Después de la boda

CARA CONNELLY

Después de la boda

HarperCollins *Español*

A mis padres

CAPÍTULO 1

Seis mil ochocientos dólares con noventa y ocho centavos. Maddie dejó caer la factura en su escritorio, donde aterrizó entre sus codos como si fuera la hoja de un árbol. Se sujetó la cabeza con ambas manos.

Lucille, su adorable, irresponsable y artística hermanita, quería ir a Italia para pasar allí un semestre estudiando a los grandes maestros.

Claro, ¿quién no iba a querer? El problema era que, con el coste de la matrícula de la universidad privada de Lucy, Maddie ya estaba empleando sus recursos al máximo. El gasto añadido de un semestre en el extranjero significaba utilizar parte de… no, acabar con todos los ahorros, incluidos los de emergencia.

Sin embargo, teniendo en cuenta todo lo que habían soportado en la vida, que Lucy tuviera aquel espíritu libre y despreocupado era un milagro. Y, si tenía que pasar muchas más horas sentada en su escritorio para preservar aquel milagro, estaba dispuesta a hacerlo.

Alguien tocó secamente con los nudillos en la puerta de su despacho. Aquel stacatto era la marca de Adrianna Marchand. Maddie puso la carpeta de un caso encima de la factura cuando Adrianna entraba en el despacho.

—Madeline. Sala de reuniones sur. Ahora mismo —dijo, y

se fijó en el maquillaje, en el peinado y en la camisa sin mangas de Maddie—. De punta en blanco.

Maddie hizo un gesto negativo con la cabeza.

—Llévate a Randall. Yo tengo que estar en el juzgado dentro de dos horas y todavía no tengo el caso completamente revisado.

Tal vez llevar un caso de una compañía de seguros fuera el trabajo jurídico más aburrido del mundo, pero también era complejo, y ella tenía muchísimo que hacer. Movió el brazo hacia las cajas que había apiladas en la mesa de centro del despacho y hacia el centenar de carpetas, cada una de un caso distinto, que había colocadas a lo largo del sofá.

—¿Te acuerdas de que me pasaste a mí todos los casos de Vicky después de despedirla sin ningún motivo?

Adrianna adquirió una expresión glacial.

—En este despacho de abogados no está garantizado el puesto de nadie.

Maddie le lanzó una mirada asesina; no quería mostrarse amedrentada. Sin embargo, estaba en inferioridad de condiciones, y lo sabía. Con una sola mirada, Adrianna podría helar el fuego del infierno y, como miembro fundador de Marchand, Riley and White's, podía despedirla, y la despediría, si se resistía demasiado.

—Está bien, como quieras —dijo.

Se quitó las cómodas zapatillas que llevaba y metió los pies en los zapatos rojos de Jimmy Choo que tenía debajo de la mesa. Después, descolgó la chaqueta de su traje de Armani del respaldo de la butaca y metió los puños por las mangas. Finalmente, extendió los brazos.

—De punta en blanco. ¿Contenta?

—Retócate el maquillaje.

Maddie puso los ojos en blanco. Después, sacó un pequeño estuche de su bolso y se aplicó colorete en las mejillas pálidas y brillo en los labios. Luego se pasó los dedos entre el pelo de color caramelo para levantárselo un poco. Lo llevaba en punta;

como los tacones, aquello era un truco para parecer más alta, pero solo medía un metro cincuenta y dos centímetros, así que seguía siendo muy bajita.

Adrianna asintió una vez y se dirigió hacia la puerta con paso enérgico. Salió al pasillo y le dijo a Maddie:

—Date prisa. Hemos hecho esperar demasiado a tu nuevo cliente.

Maddie tuvo que correr para ponerse a su altura.

—¿Mi nuevo cliente? ¿Es que no tengo ya suficiente trabajo?

—Él pidió específicamente que tú fueras su abogada. Dice que os conocéis.

—Pero ¿quién es?

—Quiere darte una sorpresa —respondió Adrianna, en un tono irónico que daba a entender que no estaba bromeando.

Antes de que Maddie pudiera responder a aquella absurda afirmación, Adrianna llamó cortésmente a la puerta de la sala de reuniones, y abrió.

Como en aquella sala se celebraban grandes reuniones con los clientes más importantes, estaba diseñada para impresionar. El suelo era de tarima de madera noble y estaba cubierto con alfombras orientales, y de las paredes colgaban paisajes de pintores cotizados. Sin embargo, era la larga mesa de cerezo lo que proporcionaba a la estancia el ambiente adecuado. La madera brillaba, y las sillas que había a su alrededor eran de cuero. Transmitía una sensación de seguridad, profesionalidad y prosperidad.

Y, por si acaso la decoración y la mesa no eran suficientes para convencer a un posible cliente de que Marchand, Riley y White eran todo eso, bastaría con fijarse en las vistas de Manhattan a través de la enorme cristalera de catorce metros que se extendía por todo el lateral de la sala. ¿Quién podía negar aquel tipo de éxito?

El nuevo cliente de Maddie estaba de pie, admirando aquellas vistas, de espaldas a la puerta, con una mano en el bolsillo del pantalón, hablando por teléfono.

A través de aquel teléfono, Maddie oyó el tintineo de la risa de una mujer. Él respondió en italiano. Maddie no entendía una palabra de lo que estaba diciendo; sus conocimientos de italiano empezaban y terminaban con el acto de pedir un risotto en Little Italy. Sin embargo, había tenido una breve aventura con un guapísimo camarero italiano, y reconocía el ritmo del idioma. Era el sonido del sexo sudoroso.

Carraspeó para anunciar su presencia, y eso le valió una mirada glacial de Adrianna. Sin embargo, el hombre las ignoró por completo. Maddie se cruzó de brazos y lo miró de arriba abajo con un sentimiento de ofensa.

Era alto; medía más de un metro ochenta, y debía de pesar unos ochenta y cinco kilos. Tenía los hombros anchos, las caderas estrechas y la postura de un atleta, elegante y relajada, como si no estuviera a diez centímetros del vacío, en el piso número sesenta de un edificio de la Quinta Avenida.

Aunque había dicho que la conocía, ella no conseguía ponerle cara al ver su reflejo en el cristal, ni tampoco al ver su pelo negro. Se le rizaba por encima del cuello de la camisa; lo llevaba demasiado largo para Wall Street, pero demasiado corto para ser jugador del equipo de fútbol de Italia.

Todo en él, su ropa, su comportamiento, su descarada arrogancia, hablaba de riqueza y seguridad en sí mismo.

Pensó que debía de estar equivocado en cuanto a ella, porque no conocía a nadie como aquel hombre. Y, teniendo en cuenta que él pensaba que su tiempo era más importante que el de los demás, tampoco quería conocerlo.

Aguantó todo lo que pudo, dando golpecitos con el pie en el suelo, mordiéndose la lengua, pero, cuando pasaron cinco minutos, se le terminó la paciencia. Descruzó los brazos y se dirigió hacia la puerta.

—No tengo tiempo para esto.

Adrianna la agarró del brazo.

—Te aguantas, Madeline.

—¿Por qué iba a aguantarme? ¿Y por qué te aguantas tú?

—preguntó Maddie. En circunstancias normales, Adrianna no toleraba las faltas de respeto, así que ¿por qué estaba tolerando las tonterías de aquel tipo?

Maddie le lanzó al hombre una mirada llena de resentimiento y habló sin molestarse en bajar la voz.

—Este tipo no me conoce. Porque, en serio, si me conociera, sabría que no voy a quedarme aquí perdiendo el tiempo mientras él le dice guarrerías a su novia.

—Oh, claro que sí te vas a quedar —siseó Adrianna—. Y harás el pino, si te lo pide. Este hombre puede hacer ganar millones a este despacho.

En hombre en cuestión eligió aquel preciso instante para colgar. Se metió el teléfono en el bolsillo tranquilamente y se giró hacia ellas.

A Maddie se le paró el corazón. Se le quedaron los labios fríos.

Adrianna empezó a hablar, pero él la interrumpió con un ligero acento europeo que suavizó la sequedad de sus palabras.

—Gracias, Adrianna. Déjanos a solas.

Sin decir una palabra, Adrianna asintió y dejó la sala de reuniones, cerrando la puerta al salir.

Entonces él miró a Maddie con condescendencia. A ella le hirvió la sangre al instante, empezó a latirle en las sienes con un ritmo llamado Furia sin Resolver, Objetivos Frustrados y Negación de la Justicia.

—Desgraciado —rugió—. ¿Cómo se atreve a decir que me conoce?

Él sonrió con un encanto engañoso. Seguramente, la curva de sus labios quería distraer a los incautos de unos ojos azules tan intensos, penetrantes y agudos que podrían delatar lo diabólico y delincuente que era.

—Señorita St. Clair —dijo él, e hizo que su nombre sonara como algo exótico—. No irá usted a negar que nos conocemos, ¿no?

—Oh, claro que lo conozco, Adam LeCroix. Y sé que debería estar cumpliendo de diez a quince años en Leavenworth.

Él sonrió un poco más, y su expresión pasó a ser de diversión.

—Y yo la conozco a usted. Sé que, si hubiera conseguido llevarme a juicio, habría hecho un trabajo excelente. Pero… —se encogió de hombros ligeramente— los dos sabemos que ningún jurado me habría condenado.

—Sigue siendo tan arrogante como siempre —respondió ella—. Y tan culpable, también.

Adam tuvo que contener una carcajada. Madeline St. Clair era tan diminuta que casi cabía en su bolsillo, pero tenía las agallas de un luchador de sumo.

La última vez que la había visto, hacía cinco años, ella era una fiscal joven y sedienta de sangre que lanzaba puñales con la mirada a su jefe, el abogado del Distrito Este de Nueva York, que tenía los ojos puestos en un cargo superior, mientras le estrechaba la mano a él y se disculpaba por haber dejado que el caso en su contra llegara tan lejos.

Él se había hecho el magnánimo y había asentido solemnemente, había dicho que los servidores públicos tenían que cumplir con su trabajo y, saludando a las cámaras con una mano, había desaparecido en el interior de su limusina.

Donde había abierto una botella de Dom Perignon de seis mil dólares y había hecho un brindis en solitario por haber conseguido escapar de la justicia.

La culpa de que hubieran estado tan cerca de atraparlo había sido suya, por haberse confiado y haberse vuelto temerario. Había cometido un error, algo raro en él; y, aunque ese error había sido insignificante, Madeline lo había utilizado para fisgonear en su vida hasta que había estado a punto de cazarlo por haber robado el cuadro *Dama en rojo*.

Un traficante de armas ruso había adquirido aquella obra maestra de Renoir, recién descubierta, en una subasta en Sotheby's. Seguramente, el mafioso esperaba que con aquella ostentosa demostración de buen gusto iba a lavar las manchas de sangre de sus billones. Él no podía soportarlo, así que había robado el cuadro. No por su valor; él ya tenía su propia fortuna. Lo había robado porque el arte era sagrado, y usarlo de trapo para limpiar la sangre de las manos de un hombre que vendía la muerte era un sacrilegio.

Él, simplemente, había salvado la obra de arte de un objetivo profano.

No era la primera vez, ni sería la última, que liberaba el arte de unas manos sucias. Aunque se decía a sí mismo que aquella era su vocación, tenía que reconocer que también era muy divertido. Burlar los mejores sistemas de seguridad que pudieran pagarse con dinero ponía a prueba su cerebro de una manera mucho más exigente que dirigir sus empresas. Entrenarse para mantener la forma física necesaria le proporcionaba una condición física de Navy SEAL. Y las descargas de adrenalina… Bueno, eso no podía conseguirse de ninguna otra manera. Ni siquiera con el sexo. Ninguna mujer le había entusiasmado tanto ni le había resultado un desafío tan grande en todos los sentidos.

Sin embargo, las tornas se habían vuelto contra él. Le habían robado uno de sus cuadros, su Monet favorito, de su villa de Portofino.

Solo con pensarlo le rechinaban los dientes.

Al final lo encontraría, no tenía ninguna duda. Tenía dinero y empleados eficientes. Tenía paciencia. Era implacable. Y, cuando le pusiera las manos encima al desgraciado que se había atrevido a entrar en su casa, le haría pagar su insolencia.

Sin embargo, entretanto tenía una preocupación más inmediata. La compañía de seguros, Hawthorne Mutual, estaba dando largas a la hora de pagarle los cuarenta y cuatro millones de dólares de la póliza del Monet.

Cuarenta y cuatro millones de dólares era mucho dinero, incluso para un hombre como él. Sin embargo, lo que realmente le enfadaba era la excusa que daba la compañía de seguros para retener la indemnización: que necesitaban investigar el robo porque, una vez, él había sido «posible sospechoso» en el robo de un Renoir.

En resumen, que la culpa de que Hawthorne remoloneara en el pago podía echársela a Madeline. Ella había manchado su reputación, había puesto en duda su integridad. Había puesto en cuestión a uno de los hombres más ricos del mundo.

No importaba que tuviera razón.

Como era obvio que ella estaba echando humo, él caminó como si tuviera todo el tiempo del mundo hacia el otro extremo de la sala, donde había un sofá de cuero, unas butacas a juego y una mesa de centro. Allí era donde los clientes confraternizaban con los socios después de las reuniones, tomando un whiskey y fumándose un puro, mientras los empleados como Madeline volvían a su despacho a hacer el verdadero trabajo. Él se sirvió dos dedos de whiskey y se sentó relajadamente en el sofá, posando un brazo estirado en el respaldo.

Ella entrecerró los ojos, que eran grises como el acero.

—¿Qué quiere, LeCroix? ¿Por qué ha venido?

Él tomó un poco de whiskey, perezosamente, disfrutando de la visión de sus mejillas enrojecidas de ira. En la oficina del fiscal la llamaban el Pitbull. Y él se alegraba de ver que no había perdido ni un ápice de su ferocidad.

Al verla echar chispas de aquella manera, recordó lo mucho que le había gustado siempre su intensidad. Lo mucho que le gustaba ella. Lo cual era extraño, porque a él le gustaban las mujeres altas, fuertes, y Madeline no era ninguna de las dos cosas.

Hacía cinco años, se había dicho a sí mismo que aquella atracción había surgido porque ella había estado a punto de procesarlo. Naturalmente, eso le causaba admiración.

Sin embargo, en aquel momento volvió a notar la atracción. Sus ojos, llenos de desconfianza, y su cuerpo ágil y fibroso tenían algo que le afectaba directamente a las ingles. Se le pasó por la cabeza una imagen de ella sentada a horcajadas sobre su regazo, arañándole el pecho, con los ojos encendidos de pasión. ¿Sería tan apasionada en la cama como en el juzgado?

Lamentablemente, no iba a averiguarlo nunca, porque estaba a punto de enfurecerla de por vida.

Cruzó las piernas con una deliberada despreocupación, mientras ella irradiaba vibraciones de cólera.

—Hawthorne Mutual ha retenido la indemnización por el Monet —dijo.

No se molestó en describir el cuadro, porque, con toda seguridad, ella lo recordaba. Hacía cinco años había conseguido una orden judicial para que él le entregara un inventario de su colección de arte. Y él se lo había entregado, por supuesto. Al menos, el inventario de su colección legal.

—¿Le han robado el Monet? —preguntó ella y, por primera vez, esbozó una sonrisa. Una sonrisa perversa.

Él se quitó una mota imaginaria de la rodilla.

—Parece que ni siquiera mi sistema de seguridad es infalible —dijo.

Ella soltó una carcajada.

—El que las da, las toma, LeCroix. Con su historia, Hawthorne no le va a pagar nunca. ¿Por cuánto estaba asegurado el cuadro? ¿Por cuarenta y cuatro millones? —dijo, con una risita desdeñosa, disfrutando de la paradoja—. Lo van a tener de juicios durante años.

Él dejó que ella saboreara su último instante de venganza. Después, la golpeó en el punto más doloroso.

—No, a mí no —dijo—. A nosotros. Nos van a tener a nosotros de juicios durante años. Porque usted me va a representar legalmente durante todo el tiempo que sea necesario.

A ella se le alzó la barbilla, casi involuntariamente, al encajar aquel golpe. Entonces, él le dio la puntilla.

—De ahora en adelante, Madeline, y permíteme que te tutee, trabajas para mí.

CAPÍTULO 2

Maddie dio un portazo tan fuerte que su diploma cayó de la pared al suelo, y el cristal se hizo añicos.

Ella ni siquiera lo miró. Se sentó en el sillón de su escritorio y se puso a mirar torvamente hacia la puerta de su despacho, esperando.

Cinco segundos más tarde, Adrianna entró como un tanque, posó ambos puños en la mesa y disparó:

—Vuelve ahora mismo a la sala de reuniones y arregla lo que hayas pifiado. Adam LeCroix es el cliente más importante que haya entrado en este despacho.

—Es un criminal —replicó Maddie—. Debería estar en la cárcel, no paseándose por Manhattan con el convencimiento de que puede comprar a quien quiera. ¡Cree que puede comprarme a mí! Que se vaya a la mierda. Prefiero morirme de hambre que trabajar para él.

—Pues te vas a morir de hambre —respondió Adrianna—. Estás despedida.

—¡Pues muy bien!

Maddie abrió su maletín y sacó los documentos. Empezó a meter objetos personales: una foto de Lucy sonriendo en un día lluvioso. Otra de Lucy, en su primer día de universidad, saludando desde la ventana de su habitación de la residencia de estudiantes. Lucy otra vez, en una pequeña exposición de su obra en una galería, con el rostro iluminado de ilusión y promesas.

Maddie se quedó inmóvil. Su mirada recayó en la factura que asomaba por debajo del expediente del caso Johnson contra Jones. Si ella no tenía trabajo, su hermana no podría pasar el semestre en Italia. En realidad, no podría seguir estudiando, a no ser que pidiera los mismos préstamos de estudiante que ella estaba devolviendo aún. Ese tipo de deudas les arrebataba a las personas las opciones, los sueños. Las dejaba a merced de gente como Adrianna Marchand... y Adam LeCroix.

No tenía más remedio que aceptar. Alzó los ojos hasta Adrianna, que sonrió.

—Sabía que ibas a entrar en razón —dijo, y apretó el botón del interfono de Maddie—. Randall, ven aquí.

—¡Sí, señora!

Randall, un pelirrojo lleno de pecas, apareció en un tiempo récord, y se ruborizó como una virgen cuando Adrianna le clavó su mirada carnívora.

—Toma esto —dijo; reunió toda la documentación del caso Johnson contra Jones en una pila y le entregó el expediente—. El juez Bernam te espera en su despacho dentro de dos horas para negociar un acuerdo extrajudicial. No me decepciones.

Randall palideció.

—Pero...

Adrianna lo silencio con una mirada.

—No te preocupes —intervino Maddie, apiadándose de él—. Es meramente formal. El demandante no está dispuesto a llegar a un acuerdo todavía.

El alivio de Randall duró muy poco. Se desvaneció cuando Adrianna le señaló las cajas que había sobre la mesa de centro y las carpetas que había en el sofá.

—Todo eso es tuyo también. Sácalo de aquí.

Randall había entrado recientemente a trabajar en el despacho, y tenía la menor carga de trabajo de todos los empleados. El muy ingenuo pensaba que las noches y los fines de semana eran suyos. Su expresión de horror habría conmovido a Maddie si no hubiera estado tan ocupada asimilando el horror que sentía ella misma: Adam LeCroix, hombre de negocios multimillonario, playboy internacional, experto ladrón de obras de arte.

Tragó saliva y notó el sabor amargo de la derrota.

Hacía cinco años, había estado a punto de llevarlo a juicio. Solo tenía pruebas circunstanciales, pero, si hubiera podido llevarlo ante los tribunales, habría conseguido convencer al jurado de que LeCroix no solo era el cerebro que había burlado el sofisticadísimo sistema de seguridad informatizado de Sotheby's, sino también el Spiderman que había escalado los muros, que había pasado por delante de las narices de varios guardias armados sin que se dieran cuenta y que, en menos de cuatro minutos, se había esfumado con *Dama en rojo* metido en un tubo de un metro de largo.

Sin embargo, su jefe era demasiado cobarde como para imputar a LeCroix. Tenía sus miras puestas en el Senado, y no estaba dispuesto a arriesgar su elección con una sonora derrota publicada en la portada del *New York Times*. Así que Maddie había visto salir a LeCroix tranquilamente de su despacho, saludando a los periodistas, que lo adoraban como si fuera una divinidad, y alejarse en su limusina negra.

Aquello había sido malo. Sin embargo, lo que le estaba sucediendo en aquel momento era… una pesadilla. Estaba a merced de aquel hombre. Si dejaba su trabajo en Marchand, Riley and White, no iba a encontrar otro puesto tan bien pagado. En medio de la crisis económica, no.

Contuvo un escalofrío. No se había sentido tan vulnerable desde que había salido de la casa de su dominante padre. Entonces había jurado que no volvería a permitir que un hombre tuviera el control sobre ella; sin embargo, LeCroix la tenía bien agarrada del cuello. Y era un tipo diabólico. Si averiguaba cómo había sido su niñez, utilizaría sus demonios personales para apretarle las tuercas al máximo.

No podía ocultar la repugnancia que sentía al tener que trabajar para él, y no iba a hacerlo, pero no podía permitir que él supiera lo mucho que le costaba.

Adam terminó otra llamada telefónica y miró el reloj. Seis minutos. Para entonces, Madeline habría capitulado y estaría asimilando su derrota. Reuniendo valor para recorrer el corto camino que separaba su despacho de la sala de reuniones y disculparse, tal y como le habría exigido aquella bruja de Marchand.

Sonrió. Eso no lo verían sus ojos. Tal vez tuviera acorralada a Madeline, pero sabía que no iba a conseguir ninguna disculpa de ella. Y no la quería.

Lo que quería eran sus cuarenta y cuatro millones de dólares, y ver cómo palidecía el todopoderoso consejero delegado de Hawthorne, Jonathan Edward Kennedy Hawthorne IV, cuando él apareciera con la antigua fiscal de su lado.

Hawthorne tenía la idea equivocada de que, por el hecho de que su tatara-tatarabuelo hubiera llegado en el Mayflower y hubiera constituido la que era la compañía de seguros más antigua, conservadora y elitista de Estados Unidos, podía jugársela a él. Que él iba a echarse a temblar ante la amenaza de reavivar antiguos rumores sobre el cuadro *Dama en rojo*.

Ni por asomo. Si los abogados de Hawthorne habían hecho los deberes, sabrían que a él no le importaba un pimiento la mala publicidad, ni los medios de comunicación, ni la opinión pública.

Lo que le importaba era que nadie le fastidiara, y menos un tipo que pensaba que su dinero era mejor que el de él solo porque fuera más antiguo.

Hawthorne iba a llevarse una sorpresa. No se esperaría que Madeline trabajara para él, cuando todo el mundo sabía que había hecho lo imposible por condenarlo. La prensa había publicado noticias sensacionalistas por todo el planeta sobre la persecución tenaz de la fiscal al multimillonario hecho a sí mismo, y habían llamado a la historia «el Pitbull contra la Piraña».

Solo por ese motivo, la mera presencia de Madeline en nómina neutralizaría cualquier argumento relativo a su culpabilidad y cualquier sospecha sobre el verdadero culpable de la desaparición del Monet. Y, si Hawthorne se sacaba de la manga cualquier otro motivo para negarle el pago de la indemnización, él soltaría a Madeline. Hawthorne no tendría ni la más mínima oportunidad contra el Pitbull.

Sonrió aún más. La guinda del pastel era que Madeline iba a odiar todos y cada uno de los minutos que pasara trabajando para él. Ni deliberadamente podría haber diseñado una venganza más dulce.

Cuando se le había ocurrido la idea, hacía una semana, se había preguntado cómo iba a poder echarle el lazo. Aquella mujer era la persona más íntegra que él hubiera conocido. Sin embargo, con una rápida investigación confidencial sobre su economía, había resuelto el problema. Su talón de Aquiles era Lucille, su hermana pequeña. El sesenta por ciento de los ingresos de Madeline iban destinados a pagar los estudios de su hermana: el alojamiento, la ropa, los viajes y la carísima matrícula de la Rhode Island School of Design. La chica tenía una pequeña beca, pero no había pedido ningún préstamo privado. Madeline cubría todos los gastos.

Así pues, literalmente, no podía permitirse el lujo de quedarse sin trabajo.

Después, solo había tenido que hacer algunas vagas promesas de negocios futuros a su jefa, con la condición de que pusiera a Madeline a trabajar en su caso, por supuesto, y ya la tenía donde quería.

Alguien abrió la puerta de la sala de reuniones, y el Pitbull entró. Le lanzó un gruñido a quien estuviera a su espalda en el pasillo, y cerró de un portazo. Recorrió la sala hacia él, como si fuera un cartucho de dinamita a punto de estallar.

Él fue incapaz de contener la sonrisa. Siempre le había encantado hacer saltar las cosas por los aires.

Ella se detuvo ante él y formuló una pregunta:

—¿Por qué?

Él enarcó las cejas.

—¿Por qué qué?

—¿Por qué yo? Es una estupidez esperar que yo le ayude con el Monet. Y, si hay un defecto que usted no tiene, es el de ser estúpido —dijo ella, y se cruzó de brazos—. Eso significa que me está arrastrando a esto por venganza. Si ya han pasado cinco años, y el único precio que pagó por robar el Renoir fue el tener que soportar más atención de sus admiradores en los medios de comunicación, ¿por qué va a arriesgar una indemnización de cuarenta y cuatro millones de dólares metiéndome a mí por medio? ¿Por qué no busca a alguien que crea que usted no ha fingido el robo de su Monet y me deja en paz?

Adam hizo girar el whiskey en el vaso. Cuando se había imaginado aquel momento, había imaginado que respondería con una implacable y rápida mención a su situación económica, y con una patada en el trasero para meterla en vereda. Sin embargo, ahora que había llegado el momento, no quería hacer nada de eso. Ella le gustaba así, con fuego en los ojos.

La verdad era que, y eso le resultaba sorprendente, no se encontraba cómodo utilizando a su hermana para ponerla de rodillas. Tal vez tuviera un punto débil con respecto al cariño filial, cosa inesperada, teniendo en cuenta que él nunca lo había conocido. Sin embargo, probablemente se trataba de un sexto sentido para los negocios. Después de todo, su beligerancia sería un activo en su batalla contra Hawthorne. Para él no sería beneficioso desmoralizarla.

No obstante, sí tenía que dejarle bien claro quién era el jefe.

—Siéntate, por favor —dijo, en un tono que no desafiaba, pero que tampoco cedía terreno. Señaló una de las butacas con la mirada.

Después de cinco segundos, que ella esperó para demostrar

que se sentaba porque quería, y no porque él se lo hubiera ordenado, posó levemente el trasero en el cuero. Apenas hundió el asiento. No podía pesar más de cuarenta y cinco kilos.

Se había dejado la chaqueta en el despacho, y el top sin mangas que llevaba se ceñía a sus proporciones con exactitud. No se trataba de que él le estuviera mirando el pecho; estaba mirándole la cara, pero su visión periférica captó cómo la tela se estiraba y se relajaba con la respiración.

—Escuche, LeCroix...

—Adam —la interrumpió él—. Mis asesores y yo nos llamamos por el nombre de pila. Así podemos hablar más libremente. Aunque no parece que tú tengas ningún problema para decirle a tu jefe lo que piensas.

—Usted no es mi jefe. Yo trabajo para Marchand, Riley and White. Usted es mi cliente. Yo soy... su abogada. Usted no me paga. Me paga el despacho. Yo no respondo ante usted. Lo represento. Eso es todo.

Él ladeó la cabeza con una sonrisa comprensiva.

—Tal vez Adrianna no haya hablado con claridad. Es cierto que yo no pago tu nómina, pero no te confundas: trabajas para mí. Respondes ante mí. Yo soy tu único cliente, y mis deseos son tus órdenes.

Madeline salió disparada de la butaca, y él estuvo a punto de echarse a reír. Se había pasado un poco con aquella última parte, pero ella se lo había buscado.

—Puede tomar sus deseos y... —rugió ella, pero él volvió a interrumpirla.

—Seguro que tienes muchas ideas originales y fascinantes sobre lo que puedo hacer con mis deseos —le dijo—, pero no es eso lo que estoy pagando. Pago tu tiempo, tus esfuerzos y tu dedicación exclusiva. Y, en exclusiva, me refiero a las veinticuatro horas del día, los siete días de la semana.

A ella se le salieron los ojos de las órbitas.

—Tengo mi propia vida, ¿sabe?

—¿De veras?

A ella se le pusieron las mejillas muy rojas, como si le ardieran.

Él podría haberle dicho que no solo tenía una situación económica delicada, sino que su vida amorosa iba a la par que su economía. Sin embargo, ¿para qué iba a hacerle saber que sus detectives privados habían investigado su vida de principio a fin? Se guardaría aquel bombazo para otro día.

De todos modos, su falta de relaciones sentimentales le sorprendía. Sus detectives habían llegado hasta su época de estudiante en el Boston College y no habían encontrado ninguna relación que hubiera durado más de un fin de semana. Por supuesto, un hombre tenía que ser muy valiente para desnudar sus partes pudendas ante ella, porque perdería un testículo con tan solo mirarla mal, pero, de todos modos, no había habido falta de interés por parte de los hombres en todos aquellos años. Era Madeline la que siempre se había negado a ir en serio.

Por su cara sonrojada, Adam supo que allí había una historia. Ya averiguaría qué era. Por el momento, tenía todo lo que necesitaba para presionarla.

—Recoge tus cosas —dijo—. Te llevo a casa.

Ella se irritó.

—Puedo ir a casa yo solita, cuando me parezca bien.

Él la ignoró y sacó el teléfono del bolsillo del pantalón.

—Fredo, trae el coche. Estaremos abajo dentro de cinco minutos.

—¡No voy a ir con usted!

Él volvió a guardarse el teléfono y se puso en pie. Medía más de un metro ochenta, y ella tuvo que inclinar la cabeza hacia atrás para poder clavarle su mirada furiosa.

Él sonrió.

—Cinco minutos, Madeline. Con tus cosas, o sin ellas. Tú eliges —le dijo, y se marchó hacia la puerta.

CAPÍTULO 3

La limusina tomó la curva. Su puerta se abrió como si fuera la boca del infierno.

Un tipo guapo, con la piel morena y un traje oscuro, se acercó para tomar su maletín.

—Hola, señorita St. Clair. Soy Fredo.

—Hola, Fredo. Puedes llamarme Maddie.

Lo miró durante el tiempo suficiente como para transmitir interés, pero se abofeteó a sí misma mentalmente. La última persona ante la que debería desnudarse era el conductor, guardaespaldas y confidente de LeCroix.

Bueno, era la penúltima persona. La última era el propio LeCroix. Las mujeres se arrojaban a sus brazos. Debía de haber tenido cientos o miles de amantes. Pero ella no iba a entrar en ese grupo.

Entendía el hecho de sentir atracción física. Aquel hombre era un dios.

Pero también era un demonio. Y, de todos modos, no había demostrado ni un ápice de interés, ni hacía cinco años, ni ahora. Tenía el ordenador abierto en el regazo y varios papeles extendidos a su lado, en el asiento, y ni siquiera la miró cuando ella entró en el coche.

Ella se sentó frente a él y observó el interior de la limusina. Por supuesto, era muy lujoso. Asientos de cuero de color crema, una iluminación suave y un bar con nevera, aunque sorprendentemente moderado. Como LeCroix era un fanfarrón, ella tardó un momento en reubicarse.

Mientras se ponían en marcha, él dijo:

—Si es lo mejor que tienes, no voy a necesitar tus servicios, después de todo.

Ella se quedó estupefacta y miró su traje y su maletín. Parecía exactamente lo que era, una abogada muy cara.

Lo miró con una expresión de ofensa.

Sin embargo, él estaba mirando por la ventanilla.

—No, no voy a cambiar de opinión —dijo, y dio un golpecito en el Bluetooth que llevaba en el oído.

Maddie notó un intenso calor en las mejillas. LeCroix no estaba hablando con ella. Ella no era lo suficientemente importante ni siquiera para eso.

Y, como si estuviera subrayándolo, él tecleó un poco en su ordenador, y siguió ninguneándola mientras ella echaba humo.

Uno de los problemas más inmediatos era que no quería que viese dónde vivía.

Antes de responsabilizarse de Lucy, ella tenía un precioso apartamento en Park Slope, un barrio de moda de Brooklyn, donde se relacionaba con los comerciantes, los estudiantes y los artistas de la zona. En aquel momento, aunque seguía viviendo en Brooklyn, se había mudado a un minúsculo apartamento que estaba en un barrio de dudoso ambiente que ni siquiera tenía nombre, y cuyo único atractivo era su cercanía al metro.

—Mira —dijo ella, intentando disimular su ansiedad—, necesito comprar unas cuantas cosas. Dile a Fredo que me deje en Macy's.

LeCroix ni siquiera alzó la vista.

—No tenemos tiempo. Despegamos dentro de hora y media.

Ella estuvo a punto de salir disparada del asiento.

—¿Que despegamos? ¿En un avión?

—Todavía no tengo cohete, aunque estoy considerándolo —respondió él, y la miró—. ¿Es que te da miedo volar?

Sí, le daba miedo. O, más bien, le causaba terror.

—No, no me da miedo volar. Pero el cuartel general de Hawthorne está aquí.

—Y el mío está en Italia.

Horas en el aire. Atravesando el Atlántico.

A Maddie le entró un sudor frío. Las alturas la aterrorizaban, y volar elevaba aquel terror a la enésima potencia.

De repente, se sintió aprisionada en la limusina. Estaba a punto de tener un ataque de pánico. Miró por la ventanilla y se dio cuenta de que estaban recorriendo Brooklyn. Era evidente que LeCroix ya sabía dónde vivía, lo cual explicaba por qué estaba tan seguro de que podía obligarla a trabajar para él.

Sintió una punzada de ira, que le resultó casi un alivio. Lo miró con furia, mientras él revisaba tranquilamente su correo electrónico, y avivó su propia cólera hasta que el miedo y la vergüenza desaparecieron.

—A ti no te han robado el Monet, ¿verdad? —preguntó—. Esto solo es un truco para demostrar que eres más listo que nadie.

Él alzó la cabeza y la miró fijamente.

—Si dijera que eso es cierto, se trataría de información confidencial entre una abogada y su cliente, ¿no, Madeline? —preguntó, sonriendo ligeramente—. Aunque te dijera que robé *Dama en rojo*, no podrías hacer nada al respecto, ¿no es así?

Ella tragó bilis.

—¿Estás admitiendo que lo hiciste?

Sus ojos, que eran de un azul increíble, brillaron con fuerza, y se le formaron pequeñas arrugas en las comisuras de los párpados al sonreír.

—En el fondo, sigues siendo una severa fiscal, ¿verdad, querida?

A ella se le disparó la presión sanguínea.

—No me llames «querida», desgraciado.

—Disculpe, abogada. Se me olvidaba lo sensibles que son las mujeres estadounidenses.

—Corta el rollo. Tú también eres estadounidense.

Ella conocía su pasado. LeCroix era hijo de dos renombrados pintores que se habían pasado la vida viajando por Europa y alojándose en las lujosas residencias de sus adinerados mecenas. Adam LeCroix había pasado muy poco tiempo de su infancia en Estados Unidos.

Era hijo único. Hablaba siete idiomas y tenía un coeficiente intelectual muy superior a la media. A los veintidós años, había vendido la colección de cuadros que le habían dejado sus padres al morir en un accidente aéreo en Córcega, y había convertido aquella pequeña fortuna en una fortuna incalculable. Hacía cinco años, Maddie había conocido la valoración de cada una de sus empresas multinacionales, y la cifra era pasmosa. Desde entonces, LeCroix había multiplicado por dos su valor.

Era uno de los hombres más ricos del mundo. El muy imbécil.

La limusina se detuvo suavemente delante de su edificio de hormigón.

Fredo abrió la puerta. Ella se movió para salir, pero se quedó paralizada al ver que LeCroix cerraba el portátil y deslizaba el trasero por el asiento para seguirla.

—Un momento. No te he invitado a entrar.

Él recibió aquel gruñido con una expresión de inocencia.

—Este vehículo tiene muchas prestaciones, pero no tiene servicio. Esperaba poder usar el tuyo.

¿Qué podía responder ella a eso? Nada. No podía responder nada.

Maddie bajó del coche con el ceño fruncido. Fredo le lanzó una sonrisa comprensiva. Ella no pudo evitar que el chófer le cayera cada vez mejor.

Mientras pasaba entre un Honda oxidado y un todoterreno reluciente, oyó que Adam le decía a Fredo:

—Bajamos dentro de diez minutos.

¿Diez minutos para hacer las maletas para un viaje a Italia? Ella se giró para decirle lo que pensaba al respecto y, en aquel momento, percibió un movimiento debajo del Honda. Subió de un salto a la acera, temiendo que pudiera tratarse de una rata. Sin embargo, no apareció nada.

Entonces, oyó un débil gemido y se agachó para echar un vistazo.

—¡Oh, no!

Era un perro, más muerto que vivo, que parpadeó una vez y cerró sus enormes ojos marrones.

Ella cayó de rodillas y metió los hombros bajo el parachoques.

—Qué demonios… —Adam se arrodilló a su lado, y añadió—: Oh, Dios —susurró. Al ver que Maddie alargaba el brazo, la agarró—. Está herido. Puede morderte.

Ella agitó la mano para zafarse de él, pero sabía que tenía razón. Trabajaba como voluntaria en un refugio para perros callejeros, y sabía que incluso los animales más dulces podían reaccionar agresivamente cuando estaban heridos. Y aquel perro estaba en muy malas condiciones. Se había escondido debajo del Honda para morir.

Ella se irguió y dirigió toda su cólera hacia Adam, que se estaba poniendo en pie.

—¡No lo vamos a dejar ahí!

—Por supuesto que no —dijo Adam. Se quitó la chaqueta del traje, la dejó sobre el Honda, se desabotonó los puños de la camisa y se remangó—. Saca el gato —le dijo a Fredo—. ¿Dónde está la clínica veterinaria más cercana? —le preguntó a Maddie.

—Al torcer esa esquina —respondió ella. Era la clínica de su amigo Parker, que también dirigía el refugio en el que ella trabajaba, y que estaba junto a la clínica.

En un momento, Fredo levantó el Honda con el gato. Al ver con claridad al perro, a Maddie se le encogió el corazón por la crueldad que había sufrido el animal.

Era un perro de pelo corto y rubio, cuyo peso debería ser de unos treinta kilos, pero que no pesaba más de veinte. Estaba tendido de costado sobre una mancha de aceite. Tenía calvas en el pelaje y se le notaban todas las costillas. Tenía una herida abierta alrededor del cuello, donde debería haber estado el collar.

Adam se arrodilló a su lado.

—Hola, chico —dijo, en un tono tan suave, que calmó incluso los nervios de Maddie—. Parece que te faltan unas cuantas comidas. Vamos a ver qué se puede hacer con respecto a eso.

El animal abrió los ojos y movió la cola una sola vez. Después, volvió a cerrar los ojos.

Adam tomó su chaqueta y lo envolvió en ella. Después, se irguió con el perro en brazos.

—Gira a la derecha en aquel cruce —le dijo Maddie a Fredo, mientras él volvía a bajar el Honda—. Está a mitad de la calle.

Después, apartó el ordenador portátil del asiento y Adam la siguió al interior de la limusina. El perro se quedó inmóvil en su regazo.

Ella llamó a Parker.

—Tengo una emergencia. Un perro. No, no creo que lo hayan atropellado, pero se está muriendo.

A Maddie se le quebró la voz. El perro no había vuelto a abrir los ojos. Tenía infectada la herida del cuello, y seguía desmadejado, como si no tuviera un solo hueso en el cuerpo.

Parker los recibió en la puerta de la clínica. Atravesaron la sala de espera, por delante de un niño que tenía un cachorro y de un señor mayor que tenía un Chihuahua en cada brazo. Pasaron a una de las consultas, que estaba al final del pasillo. Adam dejó al perro sobre la camilla de acero inoxidable.

—Yo me hago cargo a partir de ahora —dijo el veterinario, haciéndoles señas para que salieran.

La recepcionista estaba esperándolos.

—¿De quién es el perro?

Maddie abrió la boca para decir que era suyo, pero tuvo que morderse el labio. En su edificio no se permitían mascotas.

—Páseme a mí la cuenta.

—¿Cómo se llama?

—Es un perro callejero.

La mujer escribió John Doe en el formulario, un nombre genérico para los perros callejeros, y le ofreció la tablilla a Adam.

—Puede escribir la información para el cobro aquí, señor LeCroix.

Adam no se inmutó al oír su apellido. Lógico; era mundialmente famoso. Su cara salía en las noticias todas las noches. Además, al contrario que George Soros y Warren Buffett, Adam LeCroix era guapísimo, así que también ocupaba las páginas de la prensa rosa muy a menudo.

Aquello era muy desagradable. LeCroix era un delincuente. Maddie siempre cambiaba de canal cuando los presentadores empezaban a halagarlo y, en una ocasión, había tirado la revista *People* al otro lado de la peluquería al ver que aparecía en la portada, en bañador, en su yate, con una supermodelo al lado.

Sin embargo, John Doe iba a necesitar cientos de dólares en atención veterinaria, y ella no podía permitirse ese gasto.

Salieron a la sala de espera y se sentaron. El cachorrito saltó de los brazos del niño, se acercó a ellos y se puso a correr en círculos alrededor de sus piernas. Los chihuahuas vibraron como teléfonos móviles contra el pecho de su dueño, mirando con los ojos muy abiertos todo lo que ocurría.

Adam sacó su teléfono móvil y marcó.

—Vamos a estar un rato aquí —le dijo a Fredo—. Aparca y dile a Jacques que cancele el plan de vuelo y que espere.

—Tú puedes irte —dijo Maddie—. Yo me encargo de todo.

—No, de eso nada —respondió él, secamente.

—Bueno. Merecía la pena intentarlo.

Él soltó una carcajada y estiró el brazo por encima del respaldo de su silla. Ella se inclinó hacia delante, lanzándole una mirada asesina.

Y, por primera vez, se dio cuenta de que él tenía la camisa

blanca manchada de aceite de motor, y que se le habían manchado también los pantalones desde la rodilla a las ingles que, por cierto, estaban agradablemente abultadas. Y tenía el pelo revuelto, aquel pelo negro y largo que era tan increíblemente sexy.

—Estás sucia —dijo él, con una sonrisa.

Ella giró la cabeza hacia él. ¿Acaso le había leído la mente? Entonces, se miró el traje. Vaya, menos mal. Se refería a su Armani favorito, no a su cerebro libidinoso.

Maddie se encogió de hombros.

—No importa. Pasaré los gastos. Y los zapatos, también — dijo, señalando un arañazo que se había hecho en la punta—. Te advierto que cuestan más que el traje.

Él sonrió.

—Pediré que te envíen un par de cada color.

—Gasto el treinta y seis —respondió ella. Je, je. Diez pares de zapatos Jimmy Choo iban a costarle diez de los grandes, más impuestos.

—Ese tal Parker —preguntó él—, ¿es un buen veterinario?

—Por supuesto que sí.

—¿Y eres objetiva?

—¿Por qué no iba a serlo?

—Parecéis muy amiguitos.

—Eso es porque lo somos. Hago trabajo voluntario en el refugio para perros abandonados que tiene aquí al lado. Y te digo que es el mejor veterinario que conozco.

—Umm —murmuró él.

Miró a su alrededor por la sala y, de repente, ella la vio a través de sus ojos: en el techo había humedades, el linóleo del suelo ya estaba muy viejo y las paredes tenían manchas y desconchones.

Maddie se puso rígida.

—Por si no te habías dado cuenta, esto no es Beverly Hills. La gente no viene aquí a hacerles la cirugía estética a sus mascotas, pero las quieren igual. Y, como el alquiler del local es muy bajo, Parker puede invertir dinero en el refugio. Lo paga casi todo de su propio bolsillo.

Entonces, Adam la miró.

—Eso lo admiro —dijo, y ella se aplacó.

—Sí, bueno, es lo lógico —murmuró Maddie.

Apartó la mirada de sus ojos, que eran más azules que el mar. Era imposible mirarlos sin sentir calma, y ella necesitaba nervio. Era lo único que le quedaba. Intentar ignorar su presencia y tranquilizarse habría sido como intentar ignorar la presencia de una pantera a su lado.

Sabía que las mejores cualidades de los padres de Adam Le-Croix se habían sintetizado en su hijo. Sus increíbles ojos azules y sus espaldas de quarterback las había heredado de su padre celta, y el pelo negro y los pómulos de estrella de cine, de su madre italiana.

Sin embargo, el hecho de conocer el linaje del hombre más sexy que había sobre la faz de la tierra no la convertía en inmune a su atractivo.

Con un gran enfado hacia sí misma, estuvo intentando despegarse la suciedad de las rodillas hasta que Parker asomó la cabeza por la puerta.

—Eh, Mads, ven a la consulta.

Adam la siguió. Ella no podía impedírselo, ya que era el que pagaba. Sin embargo, se negó a que le agradara.

Encontraron a John Doe en la camilla, tendido sobre una manta. La chaqueta de Adam, que había quedado destrozada, estaba en una silla.

Parker alzó la mirada cuando entraron. Solo tenía ojos para Maddie.

—No está tan mal como parece. En este momento, su mayor problema es la deshidratación, que es lo que ha estado a punto de matarlo. Vamos a ponerle suero. Es obvio que está desnutrido y, sin saber cuánto tiempo lleva sin comer, no puedo decir si tiene daños en los órganos.

Pasó la mano con suavidad por la columna vertebral del

perro, y la acercó a la herida del cuello. John Doe abrió los ojos de color chocolate, que estaban llenos de tristeza.

—Tranquilo, amigo —murmuró Parker—. Nadie va a volver a hacerte daño.

A Maddie se le cayó una lágrima por la mejilla, y se la enjugó rápidamente.

Adam le tocó ligeramente la espalda y, extrañamente, ella se sintió reconfortada.

—¿Se le va a curar? —le preguntó a Parker, en un tono tenso.

—Sí, sí. He visto heridas peores que esta. Lo que ocurre es que el dueño no va aflojando el collar a medida que crece el animal, hasta que, al final, se le incrusta en la piel. En este caso, el muy desgraciado debió de arrancárselo de cuajo antes de echarlo a la calle.

—Dios —murmuró Adam.

—Le he dado un analgésico. Voy a sedarlo y le haré una cura con una pomada con antibiótico —dijo Parker, y miró a Maddie—. ¿Me ayudas a llevarlo a la habitación de atrás?

—Yo puedo llevarlo —dijo Adam.

—Gracias, pero Maddie sabe lo que hay que hacer —dijo Parker—. Si quieres, puedes sujetarnos la puerta.

Entonces, rodeó la camilla y tomó un extremo de la manta. Maddie tomó el otro extremo, y ambos pasaron por delante de Adam.

Cuando empezó a seguirlos, Parker empujó la puerta con el pie para cerrarla.

CAPÍTULO 4

Adam detuvo la puerta antes de que le golpeara la barbilla.
¿Qué demonios...?

Nunca, desde su niñez, le habían excluido tan groseramente,
y cuando era pequeño lo había odiado tanto que se había pasado los veinte años siguientes asegurándose de que siempre
era la persona más importante de la habitación.

Parecía que Parker no había captado el mensaje.

Adam resistió la tentación de echar abajo la puerta y comenzó a pasearse por la sala de espera. Miró por una pequeña
ventana que daba a un callejón estrecho y sucio.

Vio la puerta del refugio para perros. Se trataba de un edificio deteriorado que tenía una puerta recién pintada de azul.
Un adolescente muy delgado con unos pantalones vaqueros
desgastados salió con un husky muy contento, atado con una
correa. Inmediatamente, el perro se puso a olisquear el suelo
con energía, leyendo el pavimento como si fuera un periódico.
El chico le acarició el lomo, y el perro movió la cola de alegría,
viviendo el momento.

A Adam se le encogió el alma. El bobo del perro no sabía
que era un perro callejero. Que nadie lo quería. Simplemente,
aceptaba la bondad que pudiera recibir en un mundo frío y
cruel, y sacaba lo mejor de la horrible vida que le había tocado
vivir.

Él había hecho lo mismo, pero había dejado de buscar la bondad mucho antes. Había dejado de anhelar el afecto y los vínculos al darse cuenta de que no iba a conseguirlos.

Había dejado de anhelar, incluso, el tener un perro que hubiera sido un buen compañero durante sus viajes. Sus padres, que eran unos nómadas, siempre estaban cambiando de lugar, separándolo de los pocos amigos y conocidos que hubiera hecho durante su estancia en la ciudad extraña de turno.

Tal y como le habían explicado a menudo, vivir de la generosidad de los demás significaba viajar ligero de equipaje. Ya era lo suficientemente malo tener que viajar con un niño como para, además, tener que preocuparse de un perro.

Bien, pues él había hecho todo lo que había podido por adaptarse, por mezclarse con cualquier grupo, desde los hijos de sus adinerados benefactores hasta los niños de los criados. Había aprendido también sus idiomas, y el lenguaje de las clases sociales, las entonaciones y los dialectos de los ricos y de los pobres, de los lujosos salones y de la calle.

Había llevado toda aquella experiencia, además de la inteligencia que Dios le había concedido y las sesenta pinturas que le habían dejado sus padres al morir, directamente al banco. Y el hecho de saber que todo el dinero que ganaba diariamente con sus negocios tenía sus raíces en el arte que ellos habían creado a su costa le hacía sonreír, no de felicidad, pero sí de una sombría satisfacción.

La puerta se abrió de nuevo, y apareció Parker.

—Voy a hacer que esté cómodo —iba diciendo, mirando hacia atrás; con su altura y su anchura de hombros, ocultaba por completo a la diminuta Maddie—. ¿Por qué no vuelves después de que cierre la clínica? Puedes visitarlo.

Adam sonrió para sí al oír un truco tan obvio. Parker era un tipo guapo, capaz y, obviamente, inteligente. Sin embargo, parecía que había otro mensaje que no había captado: que Maddie no mantenía relaciones duraderas.

Como era de esperar, ella no dio una respuesta clara.

—Lo intentaré —dijo, mientras iba hacia la salida—. Avísame si hay algún cambio, ¿de acuerdo? Y no repares en gastos —añadió, señalándolo a él con el pulgar—. Paga el señor LeCroix.

Parker se giró hacia él. En aquellas circunstancias, a Adam no le sorprendió ver que lo miraba con desconfianza y desagrado. Lo que le sorprendía era que sus sentimientos fueran similares. Miró a Parker con altivez.

Y, por si eso no fuera lo suficientemente extraño, se oyó decir a sí mismo:

—Su secretaria tiene mi tarjeta. Que me avise en cuanto mi perro pueda viajar.

—¿A qué te refieres con eso de «mi perro»? Lo he encontrado yo. Tú habrías pasado sin darte cuenta de que estaba ahí.

Él la miró, aparentando que no sentía demasiado interés:

—En tu edificio no se aceptan mascotas.

Maddie lo fulminó con la mirada. Era evidente que estaba furiosa por el hecho de que supiera tanto sobre ella. Él ocultó una sonrisa detrás de una expresión de aburrimiento. A Maddie le daría un ataque si supiera lo mucho que la habían investigado sus detectives.

El coche se acercó a la acera. Sin embargo, Maddie se dirigió hacia su casa a pie.

Que caminara, si quería. Cuando la limusina pasó junto a ella, él la vio estirar el dedo corazón con un gesto obsceno y, detrás de las ventanillas tintadas, se echó a reír.

Su inesperada aparición en la vida de Maddie, por no mencionar el hecho de que tenía la sartén por el mango, la había dejado sin capacidad de reacción. Sin embargo, se recuperaría muy pronto y, por mucho que a él le gustara pensar que la tenía en sus manos, ella era lo suficientemente lista como para escapársele en cuanto estuviera de nuevo en forma.

Por supuesto, era su inteligencia lo que más le atraía. Era una mujer de gran temperamento y, en su batalla con Hawthorne, tanto aquella inteligencia como su genio y su terquedad podían ser muy útiles.

Sin embargo, en aquel momento, aquellas características estaban dirigidas a él.

Fredo paró junto al bordillo cuando Maddie pasaba a su lado. Adam la alcanzó justo cuando ella metía la llave en la cerradura.

—Había un baño en la clínica —dijo ella, malhumoradamente.

—¿Ah, sí? No me he dado cuenta.

Él empujó la puerta y le cedió el paso. Ella gruñó sonoramente y empezó a subir las escaleras hasta su apartamento, que estaba en la segunda planta. Allí, asaltó otra cerradura.

Él empujó aquella puerta también, y juntos pasaron a un salón que no era mucho más grande que la limusina. Ella lo dejó solo y recorrió el corto y oscuro pasillo que conducía a su dormitorio.

A mitad de aquel pasillo, Adam encontró el baño, que era tan minúsculo que cabría en una de las bañeras de su villa.

Mientras hacía pis, miró a su alrededor. Azulejos blancos y grifería de cromo. La alfombrilla del baño en un rincón, y el tubo de dentífrico destapado sobre el lavabo.

Desordenado, pero limpio.

En la pared, sobre el inodoro, había cuatro dibujos a lápiz enmarcados formando un cuadro. Escenas de una granja. Caballos, un granero, un viejo perro de caza. A sus ojos de experto, aquellos dibujos eran los intentos de una persona muy joven, pero con talento. No estaban firmados, pero él sabía de quién eran.

Mientras se lavaba las manos para quitarse la tierra y la grasa miró el contenido de su botiquín. Píldoras anticonceptivas, como era de esperar. Lo demás eran medicinas sin receta, con una sorprendente excepción: pastillas para dormir. Miró la etiqueta. Solo tenían unos días, y eso explicaba por qué se les había escapado a sus detectives. Las echó en la palma de su mano y las contó. No faltaba ninguna de las treinta que indicaba el envase.

Volvió a meterlas en el frasco y lo dejó en la balda, donde lo había encontrado. ¿Acaso los problemas económicos le quitaban el sueño a Madeline? Bien. Cuanto más preocupada estuviera, más control tendría sobre ella.

Cuando salió, la puerta del dormitorio todavía estaba cerrada. Fue al salón. Era una habitación pequeña que estaba llena de muebles demasiado grandes y que, seguramente, ella había conservado de tiempos mejores. Había una lámpara de pie con una extravagante pantalla de abalorios colocada entre un sofá de aspecto cómodo y una butaca a juego, tapizados con un terciopelo rojo rubí. Un cofre japonés hacía las veces de mesa de centro. Y, frente al sofá, una televisión plana que llenaba toda la pared, como si fuera una pantalla de cine.

Allí también reinaba cierto desorden. Había una manta de lana hecha un revoltijo sobre el sofá, un periódico sobre el cofre, abierto por la página del crucigrama, y un cuenco de cereales con un par de centímetros de leche.

Él tuvo el impulso de llevarlo a la diminuta cocina y fregarlo, pero se metió las manos en los bolsillos. ¿Cuándo era la última vez que había hecho algo tan normal como fregar un cuenco? No lo recordaba. Sin embargo, aquel espacio tan pequeño y abarrotado hacía que se preguntara cómo sería llevar una vida común y corriente. Hacía que deseara con todas sus fuerzas sentarse en el sofá y poner los pies en la mesa de centro, e intentar terminar el crucigrama.

No tenía sentido. En su mundo, él exigía orden y limpieza. Poseía una docena de casas, cada una más espléndida que la anterior, y en ninguna de ellas había nada fuera de lugar. Cuando él desordenaba algo, su servicio lo recogía. Todas las señales de vida eran rápidamente borradas por otros, y eso le facilitaba el marcharse, el saltar de casa en casa. No se sentía vinculado a ninguna de ellas, salvo, quizá, a la villa.

Sin embargo, aquel pequeño apartamento le resultaba… acogedor. Vivido. Se veía en aquel sofá, y casi podía sentir el peso de la cabeza de John Doe en el muslo.

Miró las paredes, que estaban llenas de pinturas. No se había fijado en ellas, tan absorto como estaba en aquel inexplicable anhelo.

En aquel momento, les prestó toda su atención.

Él sabía distinguir el verdadero arte. ¿Cómo no iba a saber, después de cómo se había criado? Y coleccionaba algo más que a los grandes maestros de la historia. También buscaba nuevos talentos, y se había convertido en mecenas de varias jóvenes promesas.

Aquellas pinturas eran de Lucy. Estaba familiarizado con su obra, y ya había comprado dos de sus cuadros en una pequeña exposición, de manera anónima. Tenía un gran talento. Aunque todavía estuviera verde, iba madurando muy bien y, como todavía no era conocida, su trabajo estaba muy poco cotizado.

En otras circunstancias, él la habría patrocinado. Sin embargo, si se convirtiera en su mecenas, liberaría a Maddie de sus cargas económicas, y no tenía interés en hacerlo. Ella había convertido su vida en un infierno durante seis largos meses, le había hecho sentir miedo por primera vez desde que se había convertido en un hombre adulto.

Y, ahora, la tenía en sus manos, y pensaba mantenerla así.

—Todavía sigues aquí —dijo ella, y le causó un sobresalto.

Él disimuló su respingo encogiéndose de hombros, y siguió mirando los cuadros.

—¿Has terminado de hacer las maletas?

—No.

Él se giró, con una sorpresa fingida. Ella se había cambiado de ropa: se había puesto unos pantalones vaqueros y una camiseta de color verde salvia; seguramente, ambas prendas eran del departamento de niños.

—Pues entonces, date prisa —dijo él, mirando el reloj—. Esta noche nos quedamos en mi ático para salir mañana a primera hora.

Ella permaneció calmada, fría.

—De acuerdo. Nos vemos allí más tarde.

Ah. Así que se había recuperado. Estaba fingiendo que cooperaba con la esperanza de que, si aparentaba docilidad, él le daría cierta libertad.

Ni hablar.

Sacó su teléfono y llamó a Fredo.

—Estamos ahí en diez minutos —dijo. Guardó de nuevo el móvil y siguió mirando los cuadros.

No la oyó salir; iba a tener que acordarse de que se movía como un gato, pero supo que se había retirado cuando dejó de sentir que sus ojos le taladraban la espalda.

Giró los hombros y miró con preocupación por el salón. Tuvo que resistir la tentación de sentarse en el sofá a terminar el crucigrama.

Aquello no era propio de él. Y, sin embargo, durante las dos horas que Madeline llevaba en su vida, había sentido muchas cosas inquietantes, una de las cuales era aquel extraño anhelo de tener un hogar. Incluso había adoptado a John Doe, un acto impetuoso para un hombre que vivía la vida como una partida de ajedrez, planeándolo todo con seis movimientos de antelación.

Sin embargo, ella había dado un golpe al tablero y había movido las piezas de su posición, alterando planes grandes y pequeños.

En aquel momento, mientras observaba el cuenco de cereales, se preguntó si mezclarse con Madeline St. Clair era tan buena idea, después de todo.

Maddie se apoyó en la puerta del dormitorio y cerró los ojos.

LeCroix era el demonio con un traje azul marino. No importaba su heroica reacción con respecto a John Doe. No importaba que se hubiera manchado el traje y las manos, que se hubiera destrozado los zapatos. Aquello era calderilla para él.

Bueno, tal vez sintiera una genuina preocupación por John.

Tal vez lo enviara a una de sus muchas casas. Sin embargo, no entendía que un perro, en especial un perro como John, necesitaba amor.

¿Qué sabía Adam LeCroix sobre el amor? Nada.

Su vida era ganar dinero y conseguir siempre lo que quería, aunque tuviera que robarlo. Sobre todo, si tenía que robarlo. Para él, robar era una diversión, un juego, un hobby. Y ella había estado tan cerca de trincarlo...

Y, ahora, estaba allí fuera, riéndose de su apartamento. ¿Y qué si era pequeño y modesto, y estaba un poco desordenado en aquel momento? Al mudarse a un espacio mucho más pequeño, había tenido que deshacerse de muchas de sus cosas, y solo había podido quedarse con lo que realmente le importaba. Como el sofá en el que se acurrucaba después de un largo día en la oficina. Su enorme televisión, perfecta para escapar de todo con una película, unas palomitas y un vino tinto.

Y los cuadros de Lucy, por supuesto. Atrevidos, llenos de color y de vida, como su hermana. Eran unos cuadros que inspiraban a Maddie y la empujaban a ser mejor, a trabajar más. A hacer lo que fuera necesario para ocuparse de la joven a la que había abandonado de niña.

Ahora, LeCroix había dejado la marca de su presencia en su hogar.

Maddie apretó los dientes y rebuscó por los cajones. Sacó la ropa interior, la ropa de yoga y los camisones, y lo puso todo sobre la cama. Después abrió el armario y sacó dos trajes de Gucci, uno de color azul lavanda y otro gris oscuro, y las blusas y accesorios a juego.

Lo metió todo en su funda de trajes y añadió el neceser. Cuando terminó el equipaje, todavía le quedaban cuatro minutos.

Se colgó la bolsa del hombro, miró melancólicamente su cama y se acordó de pasar por el baño para recoger los somníferos. Hasta aquel momento había conseguido pasar sin tomarlos, pero las cosas iban de mal en peor.

Adam la estaba esperando junto a la puerta. Ella pasó por delante de él, pero se detuvo en seco.

—¿Dónde está?

—¿Dónde está el qué?

—Mi cuenco de cereales.

—Lo he fregado.

—¿Que lo has fregado? ¿Por qué?

Él tomó la bolsa para llevársela.

—Quería adelantar las cosas. Leonardo prepara sus espagueti carbonara al momento.

Ella tomó el bolso de la encimera de la cocina mientras él abría la puerta. Demonios, detestaba que le metieran prisa. Sin embargo, la carbonara era una forma de arte y, casualmente, su comida favorita del mundo.

—Entiendo que Leonardo es uno de tus lacayos.

—Es poco probable que él se considere un lacayo —respondió Adam, y se hizo a un lado para que ella pudiera pasar. Tenía unos modales impecables, el muy endemoniado.

—¿Qué te parece sirviente? ¿Paje, subalterno, criado?

Él se echó a reír, y ella se dio cuenta de que nunca le había visto reírse con ganas.

Redobló sus esfuerzos por resultar desabrida.

—Debe de ser un asco saber que todos los que te rodean están contigo porque les pagas. No tienes amigos, solo empleados.

—Mientras que tú —replicó él, con ligereza, sujetando la puerta del portal para que ella saliera— siempre estás rodeada de amigos y amantes.

—Yo tengo amigos —respondió ella, y consiguió pisarle un pie al salir.

Fredo abrió la puerta de la limusina y ella ocupó el asiento que estaba orientado a favor de la marcha.

LeCroix la miró a través de la puerta.

—Me mareo si voy de espaldas a la marcha —dijo ella—. ¿Es que quieres que vomite?

—Claro que no. Hazme sitio. Podemos compartir el asiento.

Ella no tenía intención de sentarse tan cerca de él. Sus rodillas podían rozarse.

Se cruzó de brazos como si tuviera dos años.

—Madeline, muévete, o te moveré yo.

Ella siguió mirando hacia delante. Que lo intentara.

Entonces, ¡ooh! El muy desgraciado la tomó en brazos como si fuera una pluma, la depositó al otro extremo del asiento y se sentó a su lado. Fredo cerró la puerta y, cinco segundos después, estaban en camino.

—Supongo que has estado haciendo ejercicio —dijo Maddie, para disimular su orgullo herido—. ¿Es que tienes planeado otro golpe?

Él sonrió de nuevo, con cara de diversión, y ella sintió un nuevo cosquilleo. Una parte perversa de sí misma disfrutaba del hecho de ser el centro de atención de LeCroix.

Adam la miró de pies a cabeza.

—¿Cuánto pesas? ¿Cuarenta y cinco kilos?

Ella entrecerró los párpados.

—Es de mala educación preguntarle el peso a los demás.

—Bueno, que sea maleducado no es la peor acusación que me has hecho.

—Cierto, pero es el último delito que has cometido. Además de tocar mi persona. Eso es agresión.

Él se rio y, demonios, Maddie sintió otro cosquilleo. Tuvo que recordarse que Adam LeCroix era un delincuente y que, además, la estaba chantajeando.

—Mantén quietecitas las manos, LeCroix. Puede que me estés obligando a ser tu abogada y me hayas secuestrado, pero ni se te ocurra pensar que te vas a acostar conmigo, porque el sexo no es parte de este trato.

A él se le borró la sonrisa de los labios.

—Yo no hago tratos con respecto al sexo, Madeline. Nunca se me ha pasado por la cabeza. Pero, como parece que a ti sí, deja que te lo aclare: Yo nunca he comprado las relaciones sexuales, nunca he obligado a nadie de ningún modo. No utilizo el sexo como herramienta, ni como medio para obtener un fin. Para mí, el sexo es una cuestión de deseo. De deseo mutuo. Los dos tendríamos que desearlo. Y, francamente, querida —dijo, con una sonrisa de disculpa—, las mujeres tan menudas no me van.

Al ver cómo enrojecía Madeline, Adam se arrepintió de haber hecho aquel comentario. Él nunca aludía al físico de los demás. Había sido muy afortunado en ese sentido, aunque no fuera mérito suyo, y le parecía una grosería que alguien se burlara de otro con menos suerte.

En aquella ocasión, era él quien había cometido esa falta. Aunque ser menudo no tenía nada de malo. De hecho, a algunos hombres les gustaban las mujeres menudas, y él estaba empezando a ver el atractivo. Sin embargo, era evidente que ella tenía complejo por ello, así que no era justo provocarla con su estatura.

Quiso culparla a ella por su transgresión. Aquella mujer le sacaba de quicio, le pinchaba en el orgullo. Sin embargo, no tenía excusa para su comportamiento.

Ya no podía arreglarlo, así que lo mejor sería ignorarlo todo. Esperaba que ella lo olvidara pronto.

Sí, claro. Como que iba a ocurrir.

De todos modos, él lo intentó. Abrió el portátil y se puso a revisar el último informe trimestral sobre su adquisición más reciente. Tenía que tomar decisiones. Hacía tiempo que tenía que hacer cambios en la dirección, y antes de que acabara aquella semana ya tendría colocada a su gente en los puestos clave.

Tomó algunas notas y envió un breve correo electrónico. Sin embargo, no podía concentrarse. Madeline iba pensando, y él casi podía oír sus cavilaciones.

Había actuado impulsivamente, casi temerariamente, sin pensar bien sus planes con respecto a ella. Se había dejado llevar por la idea de tenerla a su merced, y no había considerado que tener cerca a Madeline era como tener cerca una granada de mano.

Era muy posible que estallara.

Supuso que podría enviarla a una de sus residencias más alejadas; que se paseara por el bosque mientras él seguía con sus negocios, y la llamaría solo cuando el asunto Hawthorne lo requiriera.

Sin embargo, ahora que la tenía, no quería dejarla escapar. Había captado su interés por completo. Era un rompecabezas que quería resolver.

Y, pese a que él hubiera hecho aquel grosero comentario sobre su estatura, era una mujer muy deseable.

De todos modos, tenía que mantenerla ocupada para que no pudiera urdir ningún plan. Aunque le había dicho que lo tuteara, tenía que restablecer su relación profesional.

Él, jefe. Ella, empleada.

Sacó una carpeta de un montón que había en el asiento y se la tendió sin apartar la mirada de la pantalla.

—¿Qué? —preguntó ella, sin tocarla.

—Voy a poner un nuevo director financiero en una empresa de software que acabo de comprar.

—¿Y qué?

—Este es su contrato. Revísalo. Préstale especial atención al pacto de no competencia.

Así tendría algo que hacer, aparte de planear su castración.

Ella enarcó una ceja.

—Yo estoy aquí para estrujar a Hawthorne, no para ayudarte en tu cruzada para dominar el mundo. Dáselo a alguno de tus lacayos.

Entonces, él la miró, y se quedó asombrado al darse cuenta de que sus ojos no eran de color gris, sino de un verde claro y luminoso.

Parpadeó.

Lo que había sacado aquel color era su camiseta de color

verde salvia. Sin embargo, aquel matiz estaba oculto bajo el gris, lo cual explicaba por qué a él siempre le habían parecido tan maravillosos sus ojos. Los ojos verdes eran su debilidad.

Se recuperó rápidamente.

—Se lo estoy dando a uno de mis lacayos. Tú.

Aquellos maravillosos ojos se entrecerraron.

Él fingió que se sorprendía.

—¿Acaso esperabas que ibas a poder hacer el vago? ¿Que ibas a escribir unos cuantos documentos mientras te relajabas en la piscina? ¿A quinientos dólares la hora?

—Tú lo has dicho —repuso ella—. ¿Para qué me vas a contratar a tiempo completo y pagar esa fortuna cuando puedo redactar la demanda y el resto de los documentos en un par de horas? Yo los firmaré, tendrán mi nombre, así que seguirás disponiendo de mi… sello de aprobación. Y te ahorrarás una fortuna.

Él sonrió ligeramente.

—Sí, pero es mi fortuna, ¿no? Y no la conservaría durante mucho tiempo si la malgastara con abogados perezosos.

—A esta abogada perezosa le faltó muy poco para llevarte a juicio.

—Ah, pero qué «poco» tan decisivo —replicó Adam.

Dejó caer la carpeta en su regazo y volvió a mirar su ordenador, como si hubiera perdido el interés en su conversación.

Entre improperios, ella sacó el contrato. Dos minutos después, lo dejó en el asiento de golpe.

—Estarás de broma, ¿no? ¿Este es el lenguaje que utilizas siempre?

—¿Por qué lo preguntas?

—Porque es horrible —dijo Maddie. Sacó un bolígrafo de su bolso y rodeó una de las frases. Después, la señaló con la punta del bolígrafo.

Él tomó el contrato, leyó la frase y miró a Maddie interrogativamente.

Ella puso los ojos en blanco.

—Esto es básico. No puedo creer que se te haya escapado.

—Resulta que es el primer contrato que ha redactado un despacho que he contratado recientemente. Pero mis propios abogados lo han revisado, y lo encuentran blindado.

—Eso es porque el problema es tan evidente que lo han pasado por alto. Sucede todo el tiempo. Tú esperas ver algo, así que lo ves, aunque no esté ahí —respondió Maddie. Tomó el contrato, escribió tres palabras, «directa o indirectamente», y volvió a soltarlo.

—¿Te parece esto de ser perezosa, LeCroix? Te ha faltado muy poco para que te jodieran.

¿Y aquello no evocó algunas imágenes interesantes?

Hacía cinco años, él había tenido fantasías con ella. Le levantaba la falda y la tumbaba sobre su escritorio. Lo habitual.

Sin embargo, en aquel momento la arrojaba en el asiento y la agarraba por las muñecas. Le arrancaba la blusa y el sujetador. Ella fingía que se resistía a él, movía la cabeza y maldecía su nombre. Sin embargo, cuando él se tendía sobre ella y entraba en su cuerpo, ella se arqueaba y se movía para seguir su ritmo, y se estremecía durante el clímax.

Sí, en aquel momento tenía una fantasía pornográfica que le endurecía el miembro, mientras la miraba fijamente a los ojos.

—Gracias, Madeline —dijo, en un tono civilizado, mientras su personalidad bárbara interior la desnudaba por completo.

Ella debió de sentir el cambio de ambiente, el calor que irradiaba su piel, el olor primigenio de su lujuria.

—Ya. De nada —murmuró.

Sin embargo, no apartó la vista. Aunque quisiera hacerlo, no podía. Sus ojos habían quedado atrapados.

A Maddie se le pusieron las mejillas rojas a medida que se alargaba aquel momento. Se le quedaron los labios secos, y se los humedeció con la lengua.

Él desvió los ojos para mirárselos con hambre. Solo la fuerza de voluntad pudo impedir que se los mordiera, que los succionara...

Entonces, la puerta se abrió. Él ni siquiera se había dado cuenta de que habían parado.

Maddie saltó por encima de él y salió de la limusina.

CAPÍTULO 5

La explosión de feromonas del coche había dejado alterada a Maddie, y su resistencia tuvo que soportar otro golpe más cuando las puertas del ascensor privado de Adam se abrieron a un vestíbulo que era dos veces su apartamento.

Ella estaba decidida a no mostrar ni la más mínima debilidad, así que disimuló su asombro con una expresión de indiferencia. Apenas miró la lámpara de araña, que era tan grande como un Volkswagen. Ni la alfombra persa, del tamaño de una pista de hockey. Y se negó a observar las obras de arte que había colgadas en las paredes, ni el desnudo de bronce de tamaño natural, aunque sabía perfectamente que era de Rodin.

Fue más difícil ignorar a un hombre adusto con un traje negro que hizo una reverencia y empezó a hablar con un marcado acento británico.

—Señor LeCroix, es un placer tenerlo de vuelta con nosotros tan pronto.

—Gracias, Henry. Te presento a la señorita St. Clair. Instálala en la suite esmeralda, por favor.

Henry asintió y le hizo una seña a una criada que estaba esperando, y que desapareció a cumplir las órdenes del señor.

—Por favor, dile a Leonardo que vamos a cenar pronto. Dentro de media hora, más o menos.

Henry asintió de nuevo. Después se volvió hacia Maddie.

—Por favor, sígame a su habitación.

Un kilómetro de pasillo lleno de cuadros después, él abrió la puerta de una suite más lujosa que la del más lujoso hotel. Una gruesa alfombra de lana color crema, una chimenea con el frente de mármol de color jade, sofá y sillas tapizadas en una suavísima tela color verde salvia… Y todo ello, diseñado para proporcionar un elegante confort.

Allí también había obras de arte propias de un museo. En cada una de las superficies descansaban figuras de todas partes del mundo. Y los cuadros… Dios Santo. En una pared, un Remington, en otra, un Turner. Y, para rematar, sobre la chimenea había un Cezanne.

Era de buen gusto, elegante y acogedor al mismo tiempo y, si el cuarto muro no hubiera sido de cristal, aunque vestido con unas gruesas cortinas de terciopelo color esmeralda, ella habría tenido que reconocer que era perfecta.

—El dormitorio está por aquí —dijo Henry, y señaló unas puertas dobles con una mano—. Bridget está deshaciendo su equipaje. Ella la atenderá mientras se aloje aquí, y la ayudará con el baño, si lo desea. Para cualquier cosa, puede llamarla a ella, o a cualquier miembro del servicio, descolgando cualquier teléfono.

—Estupendo —dijo Maddie, sonriendo amablemente, y con la esperanza de que no pareciera que estaba completamente fuera de su elemento.

Él la correspondió con una ligerísima curvatura de los labios.

—La cena se servirá dentro de treinta minutos. Bridget la acompañará al salón.

Ni de broma. No iba a volver a acercarse a LeCroix aquella noche, después de que hubieran estado a punto de saltar el uno sobre el otro en la limusina.

—Gracias, pero pueden mandarme un plato aquí.

Henry abrió mucho los ojos.

—Pero… el señor LeCroix la estará esperando.

—Lo superará —dijo ella, y puso una mano sobre el pomo de la puerta para hacerle una clara señal de que se marchara—. Nos vamos mañana, así que, si no vuelvo a verte, muchísimas gracias por todo.

Él salió al pasillo con una expresión de sorpresa. Ella le dijo adiós moviendo los dedos y se fue a darle caza a la doncella.

La encontró doblando sus bragas en diminutos triángulos.

—Hola, Bridget, soy Maddie —dijo, tendiéndole la mano.

La chica se quedó atónita, mirándosela hasta que, al final, se atrevió a tocarla antes de retirar la suya y hacer una rápida reverencia.

—Entonces, ¿le preparo un baño, señora? —preguntó, con un suave acento irlandés.

Aquello era *Downton Abbey* hecho realidad. Mayordomos, antecámaras y doncellas que hacían reverencias.

—Gracias, pero ya me ocupo yo —dijo ella, y llevó a la muchacha hacia el pasillo.

Abrió la puerta, miró a ambos lados y bajó la voz.

—Oye, Bridget, ¿por qué no te tomas la noche libre? Ve al cine, o a un club. Te prometo que no se lo voy a decir a nadie.

Y, con una sonrisa y un guiño para la chica, que se había quedado boquiabierta, cerró la puerta.

—¿Que ha dicho qué? —preguntó Adam, mirando a Henry.

Henry se cruzó de brazos. Se estaba divirtiendo. El mayordomo correcto y formal había desaparecido. Su actitud era menos de sirviente y más de amigo, y su acento era menos parecido al de la reina Isabel y más parecido al de los barrios populares de Londres.

—Te ha mandado a freír espárragos, amigo.

Adam se pasó los dedos por el pelo. Él tenía la esperanza de continuar con lo que había ocurrido en la limusina. Obviamente, el deseo mutuo se había apoderado de ellos.

Tenía que haber sabido que ella iba a resistirse. Cualquier

mujer se habría lanzado a sus brazos, pero Maddie se había lanzado sobre él para escapar del coche.

Y no solo eso, sino que sus posesiones y su riqueza no la habían impresionado. Tenía que respetarla por eso, pero, demonios, quería que ella reconociera el lugar que él ocupaba en el mundo.

Y quería que cenara con él.

Empujó hacia atrás la silla.

—Bueno, está bien. Sirve la cena en la suite esmeralda, por favor. Para dos.

Entonces, tomó dos copas con una mano y una botella de Prosecco helado en la otra, y se encaminó hacia la suite en cuestión para enfrentarse con el Pitbull.

Ella no se puso contenta al verlo.

—¿Qué? —preguntó, sin quitar la mano del pomo de la puerta, como si fuera a cerrársela en las narices en caso de que no le gustara la respuesta.

Él la ignoró y entró en la suite como si fuera suya, lo cual era cierto. Dejó las copas en la mesa de cerezo que había delante de la ventana, descorchó la botella con un sonoro pop y sirvió el vino espumoso.

Tomó una de las copas y se la tendió a Maddie.

Ella arrugó la nariz.

—No voy a beber contigo.

—Tú te lo pierdes —respondió él, y dio un sorbito a la copa—. Es perfecto con los espagueti carbonara de Leonardo.

—Tampoco voy a cenar contigo.

Él sonrió. A Madeline le gustaba tanto llevar la contraria... Era completamente distinta a las otras mujeres que entraban y salían de su vida, tan ansiosas por complacer, por jugar, por encantarlo con sus talentos. Y él no las desanimaba, por supuesto. Sin embargo, Madeline ni siquiera fingía que él le gustara.

¿Y por qué le resultaba tan atractivo aquello?

A su espalda, Henry entró en la habitación con un «Disculpe, señora» que hizo que diera un respingo. Pasó junto a ella empujando el carrito de la cena y llegó a la mesa. Entonces, comenzó a servir dos platos de porcelana con cubiertos de plata.

—Espera —dijo Maddie, con las manos en las caderas—. He pedido un plato, no un servicio para dos. Saca todo eso de aquí.

Henry la ignoró y puso una bandeja cubierta entre los dos platos, junto a una ensalada con vinagreta y el golpe de gracia, pan italiano tostado al horno. El aroma de la comida llenó la habitación como el humo.

Maddie se olvidó de protestar y fijó la mirada en el pan.

Entonces, Adam levantó la tapa de la bandeja, que estaba llena de pasta a la carbonara.

—No es sofisticado —dijo—, pero Leonardo eleva la comida más sencilla al nivel del arte.

Ella se relamió y dio un paso hacia la mesa.

Entonces, se detuvo. Miró a la ventana, y volvió a mirar la mesa. Después, a la ventana otra vez. Y, al final, se dio la vuelta.

Adam se quedó desconcertado, y observó el anochecer. La silueta de Nueva York, en uno de los mejores momentos del día, recortada contra el cielo pastel y vista desde aquella altura. Nada que objetar.

Miró a Madeline. Ella se había sentado en el sofá y había posado los talones en la mesa de centro.

Bueno, no iba a poder seguir enfurruñada mucho más tiempo. La pasta a la carbonara era su comida favorita, y no tenía defensa contra el pan italiano. Y, aunque su cóctel favorito era el Martini, con la pasta prefería tomar Prosecco.

Él se sentó e hizo entrechocar los cubiertos de servir al echarse la pasta en el plato. Después, cortó el pan con un cuchillo de sierra, sonoramente. Se metió un pedazo de corteza en la boca y lo hizo crujir entre los dientes.

Ella se cruzó de brazos por debajo del pecho, sin darse cuenta de que lo elevaba y lo apretaba contra la camiseta, para deleite de él.

Adam se sirvió otra copa de Prosecco y dejó que las burbujas chisporrotearan. Dio un sorbito… y ella plantó los pies en el suelo.

—Ya está bien de tanto morder y sorber —le espetó—. Sé que todo está delicioso. Incluso yo he oído hablar de Leonardo.

—Puedes cenar conmigo.

—Lo has entendido mal. Fue Eva la que le dio la manzana a Adán, y no al revés.

—Entonces, ¿te has atribuido el papel de Eva en esta obra? —preguntó él, y chasqueó levemente la lengua—. Es un papel bastante atípico para ti, ¿no te parece?

Ella le lanzó una mirada asesina… justo cuando él levantaba el tenedor. Uno de los espaguetis colgaba del cubierto, envuelto en nata.

Maddie se quedó mirándolo.

Él se metió el tenedor en la boca, lentamente. Recogió la pasta con la lengua, juntó los labios y… ¡Guau! Parecía que ella tenía hambre de algo más que de pasta.

La lascivia le golpeó como si fuera un puñetazo en el estómago. Se le contrajeron los testículos y los músculos abdominales en un acto reflejo.

Y la pasta se le fue por mal sitio.

Intentó toser. No consiguió tomar aire. Dejó caer el tenedor y se puso en pie, agarrándose la garganta con las manos. Golpeó involuntariamente la mesa con la cadera y tiró la copa de vino. Empezó a ver manchas.

Y, entonces… ¡Ooof! Un pegote de pasta salió disparado de su garganta y aterrizó en el plato. Él se inclinó sobre la mesa, jadeando y sintiéndose muy agradecido.

—¿Estás bien? —le preguntó Maddie. Lo tenía rodeado con los brazos, con sus pequeños puños apretados contra el plexo solar—. ¿Necesitas otro?

—No, no, estoy perfectamente —dijo él, exageradamente. Le ardía la garganta, y sus ojos goteaban como un grifo—. Gracias. Creo que me has salvado la vida.

«Después de estar a punto de matarme con esa mirada devoradora».

—Bueno… —dijo ella, mientras lo soltaba—. Hoy no ha sido exactamente mi día de suerte.

Él se giró y la vio encogerse de hombros con consternación. Se le escapó una carcajada. Y, entonces, fue como si hubiera descorchado una botella de champán: no pudo parar de reírse.

Sus risotadas se convirtieron en un ataque de risa. Se le cayeron las lágrimas. Notó un pinchazo en el costado.

Dios Santo, llevaba muchos años sin reírse así. Aquella hilaridad estaba entre el placer y el dolor, a pocos pasos de la histeria. Se dio cuenta de que aquella era una reacción a su experiencia cercana a la muerte, pero era Maddie la que la había provocado. Ella había activado directamente aquella risa.

Cuando consiguió mirar hacia arriba, vio que ella también se estaba riendo. De él, en vez de con él, pero nunca la había visto reírse, y menos con aquellas ganas, como si fuera una adolescente libre y desinhibida.

Y, que Dios le ayudara, increíblemente sexy.

Maddie se enjugó una lágrima de la mejilla. LeCroix muriéndose de risa era la cosa más divertida que había visto en su vida.

Era una pena que no hubiera ningún periodista para inmortalizar el momento. Su reputación de tipo duro se iría al garete, porque la visión de Adam LeCroix partiéndose de risa no era demasiado intimidante.

Cuando se reía, no parecía peligroso en absoluto, sino perfectamente normal y… bueno… incluso agradable.

Aunque ella no creía que fuera ninguna de las dos cosas. Sin embargo, no podía negar que era guapísimo. Dios Santo, cuando había tomado entre los labios los espaguetis carbonara, a ella se le había derretido la ropa interior.

Por suerte, LeCroix había estado a punto de ahogarse antes

de que ella pudiera cometer una estupidez, como la de permitir que se le notara la lujuria que se había apoderado de su cuerpo.

Bueno, ya había terminado todo, y él se había recuperado. Estaba completamente erguido y la miraba desde su altura de más de un metro ochenta, haciendo que se sintiera como una hormiga.

Buscó en su repertorio de comentarios malévolos, pero todas aquellas carcajadas habían liberado en ella demasiada adrenalina, y había perdido el malhumor por completo. Demonios, casi se sentía caritativa hacia él.

Y él debió de notar su debilidad, porque la aprovechó haciendo algo que ella nunca habría permitido en condiciones normales. La tomó de la mano, atrapó su mirada con aquellos ojos más azules que el mar, y murmuró con su voz grave y exótica:

—Gracias, Madeline.

Entonces, la besó.

Los nudillos. Pero… ¡guau!

En un lejano rincón de su mente, el sentido común comenzó a hablar: «Así es como lo hace. Así es como consigue que las supermodelos suban a su yate».

Sin embargo, ella debía de ser tan susceptible como las supermodelos, porque, en vez de resistirse, se quedó paralizada como un ciervo ante los focos de un coche y permitió que él le acariciara los nudillos con el dedo pulgar mientras le dejaba la marca de su beso en la piel.

Ocurrió lo mismo que había ocurrido en la limusina, pero más intensamente, puesto que sus labios estaban involucrados, con toda su calidez y su poder de seducción. Con aquel dedo, estaba a punto de llevarla al orgasmo.

Entonces, él bajó su mano, se la apretó suavemente y la soltó. Ella se miró los nudillos. Estaban igual que antes.

Vaya.

Él se dio la vuelta hacia la mesa, y fue como si se hubiera apagado la luz. O como si se hubiera puesto el sol.

Antes de que ella pudiera procesar aquel sentimiento, él se volvió hacia ella, la tomó del brazo y la llevó hacia el sofá. Ella no se resistió.

Adam la sentó y le dio una copa.

—La mía se ha roto. Vamos a tener que compartirla.

¿Compartir una copa con él? Seguramente, debería poner objeciones.

Antes de que pudiera hacerlo, él había vuelto de nuevo, con la botella y la bandeja de pasta. Se sentó a su lado, enroscó algunos espaguetis en el tenedor y lo llevó hacia su boca.

Ella apretó los labios instintivamente.

Entonces, él sonrió, el muy endemoniado, y después de haber sentido aquellos labios traicioneros en la mano, ella no podía dejar de mirarlos. Se quedó embobada mientras él hablaba.

—Madeline, solo es pasta. ¿Qué mal puede hacer?

Aquella era una buena pregunta, y había una buena respuesta que estaba ahí esperando, justo fuera de su alcance.

Él le pasó suavemente la pasta por el labio inferior, y ella no pudo resistirlo más. Abrió la boca y tomó la comida.

La pasta era fresca, y la salsa era ligera pero sustanciosa. Era una mezcla mágica, todo lo que debería ser una pasta a la carbonara, y más.

Sexo en un plato.

Maddie puso los ojos en blanco y canturreó de dicha.

Entonces, tomó el tenedor y comió un poco más. Adam le agarró la mano y torció el tenedor hacia sí mismo.

—¡Eh! ¡Toma un tenedor para ti!

—Si te empeñas —dijo él, e hizo ademán de levantarse y llevarse la fuente consigo.

—¡Eh, no! ¡Trae eso para acá!

Él enarcó una ceja. Ella entrecerró los ojos. Tomó un poco de Prosecco.

—Está bien. Vamos a compartirlo.

Él tomó la copa, apuró el contenido y sirvió más vino, mientras ella devoraba dos bocados seguidos rápidamente.

—Me toca —dijo él, mirando el tercero. Ella se lo dio, sin ceder la posesión del tenedor—. Seguramente, el pan todavía no se ha enfriado.

Ella fue con paso impaciente hacia la mesa, tomó el pan y lo llevó al sofá.

—Se me ha olvidado el cuchillo.

—No importa —respondió Adam. Partió un pedazo y se lo pasó.

Ella gimió al morderlo. La corteza crujió, y a Maddie le cayeron algunas migas en la camiseta. Las recogió con la yema del dedo y se las comió con un poco de Prosecco.

Él había dado con sus puntos débiles, con todos ellos, y a ella no le importaba.

—Pasta —murmuró Adam, y ella le dio un poco en el tenedor. Cuando él la tomó entre los labios, miró a Maddie. Ella también lo estaba mirando a él, fijamente.

Se quedó atrapada en su mirada azul mientras él masticaba. El tiempo se detuvo. Ella dejó inmóvil el tenedor, en el aire. Estaba embriagada, pero no por el vino.

Él le quitó la copa de su otra mano, rozándole los dedos, atrayendo su mirada. Ella nunca se había fijado en sus manos, pero, en aquella ocasión, se quedó fascinada.

La elegancia disimulaba su tamaño y su anchura. Tenía los dedos largos como los de un artista pero, curiosamente, no eran suaves. De hecho, las tenía encallecidas y había pequeñas cicatrices blancas, entrecruzadas, en sus nudillos, que contrastaban visiblemente con su piel bronceada.

Maddie se fijó en un corte que tenía en la palma de la mano. Sin pensarlo, le quitó la copa y le obligó a abrir los dedos para mirarlo de cerca.

—¿Te lo has hecho hoy, con ese Honda oxidado? —le preguntó, pasando el pulgar por encima. Él no se inmutó, aunque el corte debía de dolerle—. Es profundo. Tienes que ponerte la inyección contra el tétano.

—Me puse una la semana pasada —respondió él, y se subió

la manga del jersey para enseñarle otro corte que tenía en el antebrazo, aunque aquel ya estaba curándose.

A ella se le olvidó la pasta a la carbonara, porque se quedó cautivada con la visión de sus músculos, mucho más definidos de lo que hubieran debido ser en un hombre de negocios.

—¿Qué te pasó?

—Me lo hice escalando. Pisé mal y tuve un momento muy difícil antes de recuperarme.

—Podías haberte matado.

—¿Decepcionada?

Ella se encogió de hombros.

—La esperanza es lo último que se pierde.

Él se echó a reír, y ella, también. Maddie se sintió bien. Aquellos eran unos momentos cómodos, relajados.

Sin embargo, tuvo remordimientos de conciencia. Debería odiarlo, no coquetear con él, pero Adam había conseguido superar sus defensas de algún modo diabólico. Primero, haciéndose el héroe con John Doe y, después, corriendo el peligro de ahogarse y dándole a ella, de ese modo, la oportunidad de ser una heroína. Y, en vez de avergonzarse y ponerse a la defensiva, como hubiera hecho la gran mayoría de los hombres, se había echado a reír.

Y, sinceramente, ella no recordaba haberse reído tanto desde hacía mucho tiempo.

Además, por si eso no fuera suficiente, él la había dejado asombrada con aquel estúpido beso en la mano, como si fuera un caballero andante y ella, una damisela, dos cosas que no podían estar más alejadas de la realidad.

Pero, demonios, eso la había cautivado. Se había quedado atontada con sus labios, con sus ojos y con sus manos. Había tenido que contenerse para no darle un beso en la palma de la mano.

Por si fuera poco, estaban intercambiando saliva en un tenedor como si fueran amantes, o algo así.

Y no era tan horrible. No se le había puesto la carne de gallina.

61

Para ser sincera…

En aquel momento, sonó su teléfono móvil con *Stray Cat Strut*, el tono que le tenía asignado a Parker. Dejó el tenedor en la fuente y se dirigió al dormitorio.

—Hola, Park. ¿Qué tal está John Doe?

—En pie, olisqueando hasta el último rincón.

—¿En serio?

—Sí, en serio. Cuando se hidrató, no hubo manera de mantenerlo quieto. ¿Quieres venir a verlo?

Ella frunció el ceño.

—No puedo.

—¿Estás trabajando?

—Más o menos. ¿Cuándo podrá salir?

—Mañana, pero tendrá que hacer reposo —respondió Parker y, después de una pausa, preguntó—: ¿Se lo va a llevar de verdad ese tipo? Porque, en lo que a mí respecta, la que trajiste aquí a John Doe fuiste tú. Si no quieres que le dé el alta, no se la doy.

Ella vaciló, pero ¿qué podía hacer?

—Adam se ocupará de que lo cuiden bien.

—No pareces muy entusiasmada, que digamos.

—No lo estoy. Es un idiota y dudo que tenga la capacidad de sentir afecto, pero creo que le encontrará un buen hogar a John.

—¿Qué demonios, Mads? Si es idiota, ¿qué haces con él?

—De verdad, no hago nada con él. Es una cuestión de trabajo, estrictamente.

«Y yo tengo que mantenerlo así».

—Ah —dijo Parker—. Bueno, entonces, ¿desayunamos juntos el domingo, antes de sacar a pasear a los perros?

—Me parece bien —dijo ella. Solo estaban a miércoles; seguramente, habría vuelto a casa para el domingo.

Maddie volvió al salón de la suite y encontró a Adam frente al ventanal, con las manos en los bolsillos, mirando el paisaje nocturno de Manhattan. Había desaparecido cualquier rastro de la cena, y el ambiente de intimidad, también.

Ella no quiso sentirse decepcionada.

—John Doe está en pie. Puede salir mañana mismo de la clínica.

—Ya veo —dijo Adam, en un tono de ironía—. Entonces, tu héroe también hace milagros.

Ella se puso rígida.

—Parker es increíble. Es un veterinario magnífico, y es muy generoso. Seguro que tú no valoras esa cualidad, pero yo, sí.

Él se giró hacia ella y la atravesó con la mirada.

—Entonces, ¿por qué no te has casado con él?

—¿Qué?

—Está enamorado de ti, y tú también lo aprecias mucho.

—Parker no está enamorado de mí.

—Parker está incuestionablemente enamorado de ti.

—Estás loco. Y, de todos modos, no me voy a casar con él, ni con nadie —replicó Maddie. Entonces, antes de decir algo demasiado personal, se volvió de espaldas a él. Además, ¿qué sabes tú del amor? Ni del matrimonio, tampoco. Ni siquiera eres capaz de tener una relación duradera.

Él enarcó las cejas.

—¿Y cómo sabes tú todo eso? ¿De leer la prensa sensacionalista?

Ella se sintió avergonzada, pero no guardó silencio.

—¿Acaso tienes una novia escondida en una isla? ¿O una esposa, tal vez? —preguntó. No quería que le importara la respuesta, pero le importaba.

Él sonrió con frialdad.

—¿Para qué iba a necesitar una novia un idiota que no tiene la capacidad de sentir afecto, y mucho menos una esposa?

Las últimas endorfinas que le quedaban se desvanecieron. ¿Qué podía decir? Él acababa de citar sus propias palabras, y ella las había dicho en serio. ¿O, tal vez, por costumbre? De cualquier forma, aquellas palabras no daban una buena imagen de ella.

Sin embargo, Maddie respondió a la defensiva, con resentimiento.

—¿Acaso tienes el hábito de escuchar las conversaciones ajenas? ¿Tenemos que añadir eso a tus antecedentes penales?

Él bajó la vista, y la habitación se quedó sin luz. En voz baja, preguntó:

—¿Quién se está comportando de mala manera ahora, Madeline?

Adam se dio la vuelta y salió de la habitación, y ella se quedó mirándolo mientras se alejaba, boquiabierta.

Henry se cruzó con él al entrar, y dejó una bandeja sobre la mesa.

Tarta de queso, su favorita. Un trozo y dos tenedores. Y dos capuchinos humeantes.

Maldito Adam.

Adam necesitaba desahogar su mal genio antes de cometer una estupidez. De cometer una estupidez como, por ejemplo, volver por más. Más insultos, más frustración. Más Maddie.

Entró en su dormitorio dando grandes zancadas, se encaminó hacia el vestidor y se quitó la ropa mientras echaba humo por las hirientes palabras que ella le había dedicado.

Especialmente hirientes porque él mismo temía que fueran ciertas.

¿Era capaz de sentir afecto, o su infancia había atrofiado también aquella emoción?

Reflexionó sobre ello mientras se ponía una camiseta. Sus padres no sabían lo que era el afecto. Se peleaban como gatos callejeros, lanzándose pullas y platos a la cabeza, e incluso llegaban a las manos. En una ocasión, después de que su madre sorprendiera a su padre con la señora de fuera cual fuera la mansión en la que se estaban alojando, él mismo había tenido que separarlos, pero no había conseguido hacerlo antes de que su madre tuviera la oportunidad de arrancarle la oreja a su padre.

El viejo siempre bromeaba diciendo que, después del incidente, había empezado a pintar como Van Gogh y, de hecho, había empezado a usar una paleta de colores más oscuros. No obstante, incluso sin la oreja seguía siendo atractivo e irresistible para mujeres de todas las edades e intelectos, y había sacado provecho de ello acostándose con todas hasta que se cansaba de sus halagos.

A pesar de sus infidelidades, su madre no se había separado de su padre, aunque sí se había refugiado en brazos de otros hombres a menudo. Eso aguijoneaba los celos de él, tal y como ella quería, y el ciclo comenzaba de nuevo.

Así pues, sus padres sentían emociones muy fuertes, sí; principalmente, celos. Pero el amor y el afecto escaseaban, y las emociones positivas que poseyeran las canalizaban hacia su obra.

Ambos eran genios. Sin embargo, como modelo para un hijo, eran lamentables.

Él tenía la esperanza de poder hacerlo mejor en sus propias relaciones. Tenía muy cerca a las pocas personas a las que consideraba amigas. De hecho, la mayoría trabajaban para él. Henry, Fredo, y un puñado de hombres que habían luchado a su lado, literalmente, cuando llegaba a un sitio nuevo y tenía que abrirse camino.

Los adultos eran crueles, y los niños, más aún, y él siempre era el raro. Los niños de clase baja lo consideraban demasiado culto. Los de la flor y nata, demasiado ordinario. No encajaba en ningún sitio, y eso le ponía en una situación vulnerable. No recordaba cuántas veces había vuelto a casa con moretones negros y azules por cortesía de los matones locales. Sus padres, como siempre, demasiado centrados en sí mismos como para darse cuenta de si llegaba con un ojo morado, o algo peor.

Aunque, de vez en cuando, alguien también se había llevado su merecido. Y, con el paso de los años, había dejado que sus enemigos siguieran con sus vidas insustanciales, pero había buscado a quienes se habían puesto de su lado. Como Fredo, por ejemplo, que se había metido en una pelea para ayudarlo, en un parque de Florencia, a medianoche. Y a Henry, que le había cubierto las espaldas en un callejón de Liverpool.

Así que, mientras abría la puerta del gimnasio y comenzaba a levantar cien kilos en el banco de pesas, se dijo que sí, sí sabía sentir afecto. Sentía afecto, e incluso amor, por Fredo y por Henry. Y por los demás, también. Por hombres y mujeres que habían aparecido en su vida cuando él era un don nadie.

Ya no era un don nadie, y había levantado un imperio de millones de dólares para demostrarlo. Aquellos que intentaban enfrentarse a él, como Hawthorne, ya no lo hacían amenazándolo con un cuchillo o con los puños, sino que se sentaban en una sala de juntas, y eran más mortíferos que un matón de barrio.

De todos modos, era bueno mantenerse en forma. ¿Quién sabía cuándo podían cambiar las tácticas de sus oponentes?

¿Y cuándo podía ser necesario liberar otra obra de arte de unas manos sucias?

Aquella última pregunta le hizo pensar de nuevo en Madeline. Ella era la única persona, de su pasado y de su presente, que se enfrentaba a él cara a cara. No se acercaba a hurtadillas en un callejón oscuro, ni se andaba con jueguecitos. Para él, ella pertenecía a una categoría única.

Para ser sincero, la pequeña Madeline ocupaba un enorme lugar en su mente. Era una adversaria digna, demasiado astuta como para perderla de vista. Si alguna vez ella descubría alguna prueba concluyente de lo que había sucedido con la *Dama en rojo*, conseguiría que lo juzgaran costara lo que costara.

Tenía que reconocer que la admiraba por ello. Que era... importante para él. Que se preocupaba por ella.

Pero no de un modo afectuoso.

También habría podido decirse a sí mismo que ella estaba en deuda con él por haber ensuciado su buen nombre, por haberlo tenido en vela durante unas cuantas noches. Que tenía un saludable interés en hacer que se retorciera.

Sin embargo, en aquel momento no sabía lo que sentía, salvo que tenía ganas de tomarse la revancha.

Terminó una serie de ejercicios muy duros, que le habrían resultado casi imposibles si no estuviera tan enfadado. Le enfurecía que ella mostrara tanta indiferencia por lo que él había hecho de sí mismo, por todo lo que había conseguido.

Maddie lo estaba volviendo loco. Quería zarandearla. Quería echarle la bronca.

Y, que Dios le ayudara, quería acostarse con ella.

—Pero ¿cuántos metros tiene esta casa? —preguntó Maddie.

—No sabría decirle cuáles son las dimensiones —contestó Bridget—, pero ocupa todo este piso y el de arriba.

«Debe de costar una fortuna».

—En este piso están las suites de invitados, el salón y la galería. Las habitaciones en las que el señor LeCroix hace vida pública —dijo la chica, con orgullo—. En el piso superior están las habitaciones privadas del señor LeCroix: su suite, el gimnasio y la piscina climatizada. Bueno, y después está la azotea, claro.

Claro, claro.

—Es preciosa —continuó Bridget—. Está ajardinada, y tiene un invernadero con hierbas aromáticas para la cocina, y tantas flores, que no sabemos qué hacer con ellas. Tiene una terraza preciosa para hacer fiestas...

—Sí, sí, ya me hago una idea. El estilo de vida de los ricos y famosos.

—Oh, y que lo diga. Viene mucha gente famosa, actores y músicos, e incluso alguna de esas supermodelos —respondió Bridget y, entonces, bajó la cabeza con desaprobación—. Comen como pajaritos, y Leonardo se enfada cuando su maravillosa comida vuelve casi sin tocar a la cocina —dijo. Después, sonrió, y continuó—: No como ayer, ¿eh? Él se quedó muy contento al ver cómo había dado usted buena cuenta de la pasta a la carbonara.

—Ya —dijo Maddie. En comparación con las supermodelos, ella siempre iba a quedarse... bueno, corta—. Está bien, muchas gracias por el café —añadió, y se levantó rápidamente del sofá para cortar la conversación.

Bridget captó el mensaje.

—El desayuno está servido en el comedor. O, si lo prefiere, puede llamar a la cocina, y le llevaré lo que quiera.

Hizo otra reverencia, y cerró la puerta silenciosamente al salir.

Maddie se sintió mal. Le había hecho un feo a la pobre chica... ¿porque sentía celos de las supermodelos?

No, no era posible. La atracción que había sentido por Adam la noche anterior era algo que había surgido después de un día lleno de sorpresas desagradables y que había terminado con una cena poco común en un lugar desconocido. Y, como una extraña en una tierra extraña, ella había gravitado hacia lo único que reconocía y que, casualmente, era una persona a la que despreciaba.

Esa era su versión, y a ella iba a atenerse.

Y, para corroborarla, iba a desayunar en el comedor. No porque quisiera ver a Adam, sino para demostrar que no quería.

Cuando llegó, después de recorrer pasillos, galerías y un salón de baile de verdad, con frescos y una docena de lámparas de araña de Waterford, encontró a su anfitrión en pie delante de un ventanal, costumbre que a ella estaba empezando a parecerle inquietante. Adam tenía el teléfono pegado a la oreja y, mientras hablaba, miraba hacia Central Park, que se extendía bajo sus pies.

Su postura no era precisamente relajada.

—No me importa. Quiero recuperarlo. Y quiero las pelotas del imbécil que me lo robó. Si lo hizo alguien de dentro, quiero saberlo inmediatamente —dijo, con vehemencia, e hizo una pausa para escuchar—. No, mantén a la policía alejada de esto.

Meterían la pata y asustarían al desgraciado —añadió, y miró el reloj—. Estaré allí dentro de doce horas, y decidiremos lo que vamos a hacer.

Se guardó el teléfono en el bolsillo de otro de sus trajes de cinco mil dólares. Después, se dio la vuelta, lentamente, con una sonrisa desagradable en su guapísima cara.

—¿Escuchando conversaciones ajenas, Madeline?

Maddie había tenido toda la noche para arrepentirse de haber sacado conclusiones equivocadas, y supo que se merecía aquello. Tenía la oportunidad perfecta de ser mejor persona y disculparse.

Sin embargo, no pudo soportarlo.

Atravesó la habitación y se dirigió hacia una gran mesa donde había varias fuentes cubiertas.

Se sirvió huevos revueltos en un plato de porcelana y dijo, por encima de su hombro, hacia atrás:

—Es evidente que tienes muchas cosas que hacer en Italia. Lo único que voy a hacer yo es molestar.

—No, al contrario. Tu presencia es indispensable.

Él se acercó a la mesa y se colocó junto a ella. Maddie percibió el olor de su jabón, fresco y limpio. No llevaba colonia, demonios. Ella odiaba que los hombres se echaran colonia. Podría haber añadido eso a su lista de agravios.

Adam destapó una de las fuentes. Tostadas francesas, su desayuno favorito. A Maddie se le hizo la boca agua. Pero ya se había servido huevos revueltos, y no podía devolverlos a la fuente.

Mientras ella vacilaba, él le quitó el plato de las manos.

Ella se irritó.

—Y ahora, ¿qué? ¿Es que no me vas a dejar comer?

—Voy a ahorrarte problemas de conciencia. Los niños que pasan hambre, y todo eso.

—Hay niños que pasan hambre. Claro, que a ti no te importa.

Él la atravesó con la mirada.

Maddie se sonrojó. Sabía muy bien que él tenía una fundación que alimentaba a miles de niños. Sin embargo, su boca se había adelantado a su mente de nuevo. En aquella ocasión, la conciencia la obligó a reconocerlo.

—Está bien, eso no venía a cuento —dijo, y tragó saliva—. Lo siento.

Él enarcó ligeramente las cejas, y la miró con aquellos ojos devastadores. A tan corta distancia, ella podía distinguir todas las facetas, que brillaban como el mar bajo el sol.

Aquello sí que era inquietante.

Entonces, él le puso tres tostadas francesas en el plato.

—Los niños que pasan hambre —dijo— no te van a echar en cara que desayunes tostadas. Con sirope de arce calentito.

Ella entrecerró los ojos. Qué curioso, que todas sus comidas favoritas aparecieran en la carta como por arte de magia.

Adam hizo caso omiso de su escrutinio. Sirvió un montón de beicon crujiente sobre los huevos revueltos y se quedó con el plato.

—Supongo que habrás traído ropa de trabajo —dijo, mientras se sentaba a la mesa—. Tenemos una reunión con Jonathan Hawthorne a las diez.

Ella se sentó tres sillas más allá.

—¿No te estás precipitando un poco? Anoche leí el contrato, pero no hemos hablado del caso. Ni siquiera sé lo que quieres conseguir hoy.

—Lo que quiero —dijo él— es presentar a mi abogada. Que Hawthorne te conozca.

—Hmmppf —dijo ella, y se metió un pedacito de tostada en la boca. Y... ¡vaya!

Crujió y, después, se fundió. El sirope envolvió su lengua.

Maddie hizo un ruido gutural. Se puso bizca al percibir los sabores, el aroma sutil de la vainilla y del jarabe de arce, y al notar la textura. Dios Santo, la textura: crujiente por fuera, cremosa por dentro.

Adam sonrió.

—Hechas en freidora.

Le llenó la taza, y ella tomó un sorbo del mejor café que hubiera probado en su vida. La combinación de sabores fue increíble.

—Está bien —dijo Maddie. De repente, se sintió mucho más dócil—. Hawthorne es un gilipollas. Vamos a hacerle sudar.

Con su traje de color lavanda de seda y unos zapatos con unos tacones de diez centímetros, con unos pendientes de brillantes que le había regalado algún tipo y con el reloj de Cartier que se había comprado con un buen descuento, Maddie le lanzó a su reflejo del espejo su mejor sonrisa de «vas a morder el polvo, tío». Si las cosas salían como ella quería, Hawthorne se vendría abajo aquella misma mañana.

Aunque, en realidad, las cosas no estaban saliendo exactamente como ella quería.

Alguien llamó a su teléfono móvil. Era la melodía *Cruella de Vil*, el tono que le había asignado a su mejor amiga, Vicky, como homenaje a la madre de su mejor amiga, Adrianna. De alguna manera, Vicky había tomado todo el ADN malévolo que había heredado de su madre y lo había convertido en oro.

—Hola, Mads, ¿qué tal va todo?

—Estupendamente bien —dijo Maddie, mintiendo descaradamente. No tenía ni la más mínima intención de contarle a Vicky aquel encargo endiablado. Vicky llamaría a Adrianna con una rabieta, y para nada. Adrianna no cedería nunca.

—¿Cómo van los ensayos? —preguntó, para cambiar de tema. Vicky tenía un papel nuevo en una obra de teatro de Broadway, el segundo desde que la habían despedido de Marchand, Riley y White.

—Vamos progresando —respondió Vicky, e hizo una pausa—. Um… Escucha, ya hemos puesto la fecha.

—¿Para el estreno? Muy bien, allí estaré.

—No. Para la boda.

—Ah. Bueno, supongo que también estaré allí para eso.

—Vamos, Mads. Alégrate por mí.

Maddie se dejó caer sobre la cama.

—Me alegro, cariño. Me alegro de que estés enamorada. Es solo que... ¿Por qué tienes que casarte?

—¿Sigues enfadada con Ty? De verdad, me ha compensado mil veces por haber sido tan idiota.

—Si tú lo dices...

La opinión que ella tenía de Tyler mejoró ostensiblemente, pero nunca iba a poder olvidar lo desgraciada que había hecho a Vicky antes de aclararse las ideas.

De todos modos, Ty no era el problema. El problema era el matrimonio, una institución sobrevalorada y pasada de moda que otorgaba al hombre demasiado poder sobre la mujer. ¿Quién lo necesitaba? En el siglo XXI, nadie. La gente podía mantener relaciones sexuales sin estar casada. Podían tener propiedades conjuntas. ¿Por qué esa compulsión por meter el cuello en la misma soga?

Vicky estaba demasiado eufórica como para permitir que Maddie la chafara.

—Es el segundo sábado de julio. Reserva esa fecha, ¿eh?

—¡Eh, espera! ¡Eso es dentro de dos semanas!

—Sí, ya sé que es poco tiempo, pero hemos tenido que acoplar el semestre de Ty y mi estreno. Si no, tendríamos que esperar hasta la Navidad.

—¿Y qué tiene de malo la Navidad? Nieve. Lucecitas. Y seis meses más para asegurarte de que sois compatibles. En este momento, todo son SMS subidos de tono y cinco revolcones al día...

—¿Es que nos has estado espiando?

—Hablo en serio, Vic. ¿Qué pasará dentro de seis años, cuando tengáis uno o dos hijos? Ty puede tomarte como rehén.

Vicky suspiró comprensivamente.

—Escucha, cariño, ninguna de las dos hemos crecido en un hogar modélico. Mi madre es una pesadilla, y tu padre... cien veces peor.

No, en realidad, mil veces peor. Sin embargo, Vicky no conocía más que una parte de la historia, la parte en la que su padre la machacaba como un martillo hidráulico por todo lo que hacía. Si estaba leyendo un libro, era una perdedora que no tenía amigos. Si estaba jugando con sus amigos, la castigaba por no hacer los deberes. Si comía su comida, era una ansiosa. Si la picoteaba en el plato, él tiraba la comida a la basura y ella pasaba hambre. Si se movía con normalidad, era una maleducada que hacía ruido. Si pasaba de puntillas, estaba escabulléndose como un vulgar ladrón.

No era posible que hiciera nada bien. Y no era posible evitar su atención. Si ella respiraba, él la menospreciaba. Era algo constante e implacable. Y solo era la punta del iceberg.

Vicky conocía la parte del maltrato emocional, pero había muchas más cosas que no sabía. No comprendía por qué su madre no había intervenido.

—De verdad, Maddie, tu madre debería avergonzarse por no haberos protegido a Lucy y a ti.

—Tú no conoces a mi padre. Es un mandamás en nuestro pueblo. Es el alcalde y dirige el consejo escolar. Mi madre no tenía dinero, no tenía cualificación y no tenía una familia a la que recurrir. Y dos hijas que él utilizó como rehenes.

Él había amenazado a su madre más de cien veces con quitarle a las niñas. Y, más de cien veces, ella se había sometido para no perder a sus hijas.

Y, al final, las había perdido de todos modos, porque ellas se habían marchado de casa y no habían regresado jamás.

¿Cómo iba ella a confiar en que era mejor que su horrible padre y su inútil madre?

—De todos modos —dijo, apartándose todos aquellos pensamientos de la cabeza—, tú estás feliz por tu boda, y eso me basta.

—Pues me alegro, porque quiero que seas mi dama de honor.

—Oh, vaya —dijo Maddie, que se sintió conmovida y consternada a la vez—. ¿Estás segura? Porque yo no sé nada de fiestas de despedida de soltera, ni vestidos, ni ninguna de esas mier... Quiero decir, de esas cosas.

—No te preocupes, la mujer de mi hermano, Isabelle, lo tiene todo controlado. Lo único que tienes que hacer tú es aparecer y llevar los pañuelos. Ty y yo vamos a escribir nosotros mismos los votos, así que habrá lágrimas.

Escribir ellos mismos los votos. Maddie se estremeció. El único voto que ella había hecho en su vida era el de nunca hacer un voto matrimonial. Si acaso eso tenía sentido.

—Te los enviaré por SMS en cuanto los tenga pensados —dijo Vicky—. Y me dices lo que te parecen.

—Ya puedo decírtelo: cursis.

—Tú mantén la mente abierta, ¿vale? Y no te olvides de los pañuelos.

—Sí, de los pañuelos puedo ocuparme. Y del acuerdo prematrimonial.

Vicky se echó a reír.

—Me encanta tu optimismo. Pero, de verdad, no me preocupa para nada el acuerdo. Ty tiene mucho más dinero que yo y...

—Por ahora. Cuando seas una estrella de cine y ganes millones, me lo agradecerás —dijo Maddie. Era lo único que podía hacer para proteger a su amiga, así que se mantuvo firme—. Ese es el trato. Tú firmas, y yo llevo los pañuelos.

—Está bien, está bien. No se puede luchar contra el Pitbull.

Maddie se quedó satisfecha e hizo una pequeña concesión.

—Espero que nunca lo necesites, Vic, pero un acuerdo prematrimonial es como un preservativo. Es mejor tenerlo y no necesitarlo, que necesitarlo y no tenerlo.

Color lavanda. Un color que a Adam siempre le había gustado. En aquel momento, lo pensó mejor.

Era cierto que resaltaba un interesante matiz gris de los ojos de Maddie. Sin embargo, el gris era el color de la fiscal de ojos de acero que había estado a punto de imputarlo. Prefería a la mujer de ojos parecidos al agua con la que había compartido un tenedor, a la mujer sensual que se había relamido la salsa de los labios y había convertido el hecho de comer espaguetis a la carbonara en una experiencia erótica.

Él había organizado la cena de la noche anterior para derribar sus defensas. Sin embargo, le había salido el tiro por la culata, porque al verla disfrutar de aquella manera habían sido sus propias defensas las que se habían desmoronado.

Mezclar los negocios con el placer siempre era mala idea, y peor aún con Madeline St. Clair.

Iban sentados uno junto al otro en la limusina. Él abrió el ordenador portátil y fingió que la ignoraba. Aquellos zapatos con los tacones de aguja plateados le estaban volviendo loco. Casi podía sentirlos clavándose en la espalda, y sus piernas, rodeándole el cuerpo…

—Llama a tu querido Parker —dijo de repente, en tono autoritario. Lo mejor para los dos sería que él recordara que ella era una de sus empleadas.

—No es mi querido Parker —respondió ella, en un tono muy poco parecido al de la obediencia—. ¿Y qué se supone que tengo que decirle?

—Que vamos a ir a recoger a John Doe a las once.

—¿Y dónde pretendes dejarlo tirado?

Al percibir el desdén de su tono de voz, él la miró.

—No voy a dejarlo tirado en ninguna parte.

—Ya sabes a qué me refiero —dijo ella. Parecía que el efecto beneficioso de la tostada francesa había pasado ya, porque lo fulminó con la mirada—. ¿A cuál de tus propiedades lo vas a mandar?

Él había estado preguntándose precisamente eso, pero, en aquel momento, cerró el portátil y se giró hacia ella.

—Lo voy a tener conmigo —dijo, más por llevar la contraria que por otra cosa.

—Entonces, vas a necesitar cosas —dijo ella, con una sonrisita—. Hay un PetSmart en Broadway.

Lo había engatusado, y con mucha habilidad. Aunque le
molestaba, él lo disimuló asintiendo con impaciencia.

—Con respecto a Hawthorne —dijo Adam—, tienes que
saber que hay historia entre nosotros. Los detalles no son importantes. Todo se reduce a que mi dinero de nuevo rico le
ofende. Y a mí me ofenden sus aires aristocráticos.

—Y a mí me ofenden ambas cosas —repuso ella, extendiendo las manos—. Siempre es una ventaja conocer ambos
puntos de vista.

Claramente, Maddie lo rechazaba completamente, y a él le
escocía como si le hubieran echado vinagre en una herida reciente.

—Tú puedes tener en cuenta todos los puntos de vista que
quieras —le dijo con sequedad—, pero recuerda que yo te
pago. Y puedo dejar de hacerlo.

—Claro que lo recuerdo, LeCroix —respondió ella con desprecio y sarcasmo—. De lo contrario, no me acercaría a ti.

Adam apretó los dientes. Maddie había ido demasiado lejos.
Tal vez fuera cierto que él no le gustaba. Incluso que ella lo
despreciaba. Sin embargo, cuando el día anterior habían estado
sentados en aquellos mismos asientos, él había notado que la
atracción era mutua.

Y, la noche anterior, en su sofá, estaban a menos de dos centímetros de besarse cuando había sonado el móvil de Maddie
y había interrumpido el momento.

Así que al cuerno con sus pullas. La deseaba, e iba a conse-
guirla.

Y a ella le iba a gustar.

C A P Í T U L O 7

Vicky: Tyrell, te prometo que siempre seré buena contigo, que nunca te haré enfadar deliberadamente, y que, cuando te enfades, te devolveré bondad a cambio de tu ira.

Maddie: Y una buena patada en el culo.

Ninguno de los dos hombres estaba dispuesto a ceder terreno ante el otro, así que la reunión se celebró en una sala privada de un restaurante de moda del centro. En la mesa había una bandeja de plata con un servicio de café de porcelana, y un plato de deliciosas pastas.

Había cuatro tazas. Dos para los duelistas, pensó Maddie, y otras dos, para sus padrinos.

Y eso era lo que parecía: que Hawthorne y Adam estaban allí para derramar sangre.

En apariencia, fueron corteses. Se dieron la mano e hicieron las presentaciones. Sin embargo, el desagrado que sentían el uno por el otro se notaba en el ambiente. Hawthorne había llevado a su abogado, Jason Brandt, un tipo de hombros anchos que, sin duda, había estudiado en una elitista universidad de la Ivy League, con una sonrisa afable y ojos de velociráptor. Él le estrechó la mano a Maddie con delicadeza, como si tuviera miedo de rompérsela. Después, la ignoró como si no estuviera a su nivel.

Hasta que vio que su jefe, el pez gordo de pelo canoso, palidecía. Entonces, Brandt entrecerró sus ojos de depredador y la miró fijamente. Su expresión decía: «Me como a niñitas como tú para el almuerzo».

Ella le lanzó una mirada de aburrimiento. «Me como tiarrones como tú para desayunar», pensó.

Tomó las riendas de la reunión mientras Brandt todavía estaba removiendo el azúcar en el café. Expuso los términos y condiciones del contrato y las obligaciones de la aseguradora, e hizo referencia al pleito que iba a tener lugar si se negaban a pagar.

Después, siguió con la repercusión del caso en los medios de comunicación. Con la entrevista que iba a concederle, acompañada por Adam, a Anderson Cooper. Con el titular del *Wall Street Journal: La aseguradora Hawthorne rechaza pagar las indemnizaciones de sus pólizas.* Del segmento en *60 Minutes*, durante el cual se relataría la batalla del favorito de los medios de comunicación contra el gigante de los seguros.

Entonces, describió el perjuicio que todo eso podría ocasionarle a la compañía: bajada de las acciones, deserción de asegurados, disminución de los beneficios y, finalmente, la absorción por parte de otra empresa.

Cuando hubo terminado, anunció sus condiciones: o pagaban en un plazo de treinta días, u ocurriría todo lo anterior.

Solo duró diez minutos, tras los cuales, Hawthorne y su abogado salieron corriendo de la habitación.

Adam sonrió a Maddie

—Me parece que Brandt se ha hecho pis en los pantalones.

Ella cerró su maletín.

—Cincuenta dólares a que nunca ha puesto un pie en un juzgado. Hawthorne nos lo ha traído para amedrentarnos con sus aires de rico de toda la vida. «Míranos, mira nuestro pelo rubio y nuestros dientes blancos, y la clase que tenemos después de pasearnos año tras año por nuestro club de campo» —dijo ella, y soltó un resoplido desdeñoso—. Lo que no entiendo es por qué piensan que eso podría asustarte a ti, que eres el que verdaderamente intimidas.

Él sujetó la puerta y le cedió el paso.

—Vaya, eso casi parece un cumplido, viniendo de ti.

—Claro, si «intimidante» te parece un cumplido.

—Ese título te lo concedo a ti. A Hawthorne se le ha ido helando la expresión a medida que hablabas.

Ella se encogió de hombros.

—Les hemos tomado por sorpresa. Ahora que Hawthorne sabe que trabajo para ti, se dejará de jueguecitos. Cambiará al niñato guapo por alguien que sepa lo que hace, y tendrá dos opciones: o aceptar la realidad, y pagar, o dejar que su enorme ego domine la situación y terminemos en el juzgado.

—De cualquiera de las dos maneras, vamos a ganar —dijo Adam con seguridad.

Aún en contra de su voluntad, ella se enorgulleció y se sintió halagada por aquella confianza. Él había permanecido en silencio durante la reunión, y le había permitido dirigir el espectáculo. Y ella sabía valorarlo, porque era la marca de un verdadero profesional. Adam sabía lo suficiente como para llevar a una experta y dejar que la experta se hiciera cargo de todo.

Cualquier otro observador lo habría descrito como un tipo seguro, sin ninguna preocupación, como si le diera igual ganar o perder. Como ella sabía que eso no era completamente cierto, tuvo que admirar su representación. Por no mencionar la idea genial de llevarla a la reunión. Para ella, podía ser lo peor que le había ocurrido en su vida de persona adulta, pero, para lo que Adam quería conseguir, era brillante.

Ella se deslizó al interior de la limusina y dejó su maletín en el asiento de enfrente.

—Para en el primer Starbucks. Para mí, un café bien cargado —le dijo Adam a Fredo, desde la acera. Después, asomó la cabeza por la ventanilla—. Es temprano para una copa de celebración, pero no para un buen café.

—Yo quiero uno con leche y un toque de vainilla.

Él se lo repitió a Fredo. Después, se sentó a su lado y la observó mientras el coche empezaba a avanzar entre el tráfico.

—Es difícil impresionarme.

Ella enarcó las cejas con escepticismo.

—Admito —continuó él— que me esperaba un intento desganado, con poco entusiasmo. Pero me has convencido incluso a mí de que estás de mi lado.

—Saqué sobresaliente en Teatro. Además, él es incluso más idiota y arrogante que tú.

—Bueno, bueno. Tampoco tienes por qué herir mis sentimientos.

Maddie se echó a reír sin poder evitarlo. ¿Cómo no iba a reírse? Tenía la adrenalina por los aires después de haber derrotado de una forma tan aplastante a aquellos pijos. Además, Adam era gracioso. Y eso, sin añadir que tenía una sonrisa deslumbrante, los dientes blanquísimos, los labios carnosos y unos ojos muy azules que, en aquel momento, la miraban directamente.

Él inclinó un poco el cuerpo hacia ella, estiró las piernas e invadió su mitad del espacio. El pelo brillante y negro le llegaba hasta el cuello de la camisa, y su traje estaba hecho a la medida exacta de su cuerpo atlético.

Lo llevaba como un quarterback llevaba el uniforme, como una segunda piel.

De hecho, todo su mundo le sentaba a la perfección. El increíble ático, su lujosa limusina, sus serviciales empleados, todo encajaba con él, y él hacía que pareciera algo natural.

Y aquella seguridad en sí mismo era tan seductora…

Bien, ya era suficiente. Se borró la sonrisa de los labios, sacó el teléfono móvil y comenzó a consultar el correo electrónico de un modo deliberadamente grosero. Si lo ignoraba, él encogería las piernas y la sonrisa, volvería a abrir el portátil y dejaría de minar su resistencia.

Más o menos, funcionó. Adam también sacó su móvil y, aparentemente, perdió el interés en ella.

Y, entonces, ¡tin! En la pantalla de su móvil apareció un mensaje de ALeCroix:

Adam: Espero que hayas traído el pasaporte.
Maddie: ¡Ay! Se me ha olvidado.
Adam: Ya. Buen intento.
Maddie: No me necesitas en Italia.
Adam: Eso ya lo decidiré yo.
Maddie: Malo.
Adam: Niña mimada.

Demonios, otra vez estaba sonriendo. Cerró el teléfono y se puso a mirar por la ventanilla. Fredo había aparcado en doble fila enfrente de un Starbucks. En aquel momento, estaba cruzando la calle hacia ellos con tres cafés en una bandeja de cartón.

Ella bajó la ventanilla, y siguió sonriendo como si su sonrisa hubiera sido para Fredo durante todo el tiempo, y tomó los dos vasos que le entregó el chófer. Le dio a Adam el suyo sin mirarlo a los ojos. Aquel hombre era demasiado peligroso.

Se deslizó unos cuantos centímetros para alejarse de él, y se refugió en la esquina. Entonces, para intentar aparentar que se sentía relajada, estiró las piernas. Y, sin querer, tocó uno de los pies de Adam con el suyo.

¡Vaya! Sintió una descarga eléctrica por toda la pierna.

Agitó el vaso de café, y salieron unas cuantas gotas de líquido por el orificio de la tapa. Las gotas no cayeron sobre su traje por muy poco, pero mancharon el asiento.

—Mierda —balbuceó ella, mientras palpaba el suelo para recuperar la servilleta que se le había caído.

Adam limpió las gotas con calma.

—Gracias —dijo ella, con una exhalación. Tenía que controlarse. Dios Santo, media hora antes tenía a Hawthorne agarrado del cuello y a su abogado, Brandt, de las pelotas, y ni siquiera había derramado una gota de sudor. Sin embargo, en aquel momento sudaba como una jugadora de fútbol americano en pleno partido.

Adam sonrió, y ella miró sus labios sin poder evitarlo. Sus sensuales labios.

—Hay una gota a punto de caérsete del vaso.

—¿Umm?

—Madeline.

Ella apartó la mirada de sus labios.

—Se te va a caer una gota en la falda.

—Ah… Claro, claro —dijo ella, y atrapó la gota con la lengua.

Después, volvió a mirarle los labios. Los tenía entreabiertos, pero ya no sonreía. Entonces, ella le miró a los ojos, y su llama azul la abrasó.

«Oh, no. Oh, no».

La limusina paró delante de un PetSmart; Maddie se inclinó hacia la puerta, cruzándose por delante de Adam, para abrir, antes de que Fredo tuviera la oportunidad de llegar.

Adam bajó detrás de ella a la acera, y Maddie se irritó.

—Quédate aquí. No te necesito.

Con calma, él le quitó el café de la mano y se lo entregó a Fredo.

—Que no se enfríe, ¿de acuerdo? —le dijo a su chófer. Después, se dirigió a Maddie—: Nunca he tenido perro. Quiero que me enseñes lo que necesita.

Grrr. Era tan razonable…

—Está bien —le contestó Maddie con sequedad, y volvió a encaminarse hacia la tienda.

Él consiguió llegar primero a la puerta y la abrió para que ella pudiera pasar. Grrr.

Como era él quien pagaba, ella no reparó en gastos y fue por todos los artículos más caros. Una cama mullida, mantas calentitas, pienso del mejor y muchos juguetes. Un collar de lujo. Huesos. Todo fue al carrito.

Adam la siguió por los pasillos de la tienda formulando preguntas inteligentes, haciendo sugerencias sobre tallas y colores, y fue agradable mientras que ella gruñó y contestó desagradablemente. Y, cuando Maddie descargó todo lo que había comprado en el mostrador, Adam pagó sin pestañear.

Claro que todas aquellas cosas costaban menos que una de sus corbatas, así que para él no era nada, ¿no?

De vuelta en el coche, él le dijo a Fredo:

—Para en el edificio de la señorita St. Clair antes de recoger a John Doe.

Maddie apretó los dientes.

—No me necesitas para nada en Italia.

—Madeline —dijo él, con una infinita paciencia—. ¿Es tan horrible viajar al país más bello del mundo, y alojarse en una lujosa suite, en una villa palaciega con vistas al mar Mediterráneo?

—Tienes razón, suena muy bien. ¿Qué te parece si voy yo y tú te quedas aquí?

—Entonces, ¿el problema con Italia soy yo?

—Tú eres el problema con todo.

Sobre todo, en aquella limusina, que empequeñecía más y más cada vez que entraban en ella. En aquel espacio, ella no podía ignorar su presencia, ni su olor, ni sus feromonas.

Adam se echó a reír, y ella lo miró.

—No tiene gracia.

—Para mí, sí —replicó él. Volvió a estirar las piernas y a invadir su territorio—. Sacarte de tus casillas es sorprendentemente divertido.

—La fama y la fortuna deben de estar muy sobrevaloradas, si es así como te diviertes.

—¿Y cómo te diviertes tú, Madeline?

—No es asunto tuyo.

Él la miró con atención.

—No tienes aficiones.

—Trabajo mucho.

—Y ganas un buen sueldo.

—Lo valgo. Y, si crees que fisgando en mi situación económica vas a saber quién soy, estás equivocado. Soy muchas más cosas que mi cuenta bancaria.

—Sí, tendría que ser así.

Así que había estado fisgando. No era de extrañar que fuera tan petulante. Sabía que estaba sin blanca.

—Y, sin embargo, todos tus amigos juntos no llenarían este coche.

—Soy quisquillosa.

—¿Demasiado, quizá? ¿Por eso no tienes marido ni expectativas de tenerlo?

—Escucha, fisgón, no quiero tener marido ni novio. Los hombres solo valen para una cosa, y de eso sí tengo mucho.

—¿Para el sexo?

—Por supuesto. ¿Qué otra cosa puede darme un hombre que no pueda conseguir yo solita?

—¿Amor?

Ella resopló.

—Romanticismo.

—¿Estás seguro de que no eres una chica?

—La última vez que miré, no.

Y eso hizo que ella mirara también. Solo un segundo, y apartó los ojos rápidamente.

—Te lo dije.

—Pff —respondió ella—. Cualquiera puede llevar un rollo de monedas.

Él sonrió con una gran seguridad masculina.

—De todos modos, el amor y el romanticismo no son terreno exclusivo de las mujeres.

—¿Qué es lo que quieres decir? ¿Que los hombres también son tontos? Además, tú no eres precisamente un romántico, Le-Croix. Nunca he visto dos fotografías tuyas con la misma mujer.

—Las verás, cuando encuentre a la idónea.

Ella puso los ojos en blanco.

—Eres un romántico. Explícame cómo funciona eso.

—Lo haré —dijo él, y la miró con la cabeza ladeada. Otra mirada escrutadora y, en aquella ocasión, llena de calor. La abrasó a través de la ropa, le llegó a la piel y al centro del cuerpo. Oh, no. Oh, no.

—Mientras —dijo Maddie, en un tono que sonaba más calmado que su pulso—, no te metas en mis asuntos —«ni en mis bragas»—. No estoy aquí para hablar —añadió. «Ni para acostarme contigo»—. No somos amigos —«ni amantes»—. Si quieres hablar de tus sentimientos, llama a alguien a quien le importe.

«¡Y guárdate los rollos de monedas en el bolsillo!».

Mientras Maddie marchaba, entre protestas, hacia su apartamento para recoger su pasaporte, Adam se quedó sentado en la limusina, echando chispas.

Cada vez le resultaba más difícil convencerse de que ella solo era una herramienta para conseguir sus objetivos.

El problema era que, para él, las cosas habían ido más allá de la lujuria. La lujuria era fácil, no tenía complicaciones. Deseaba a aquella mujer, y la conseguiría. Su dulce cuerpecillo sería suyo.

Sin embargo, anhelaba algo más. Quería atravesar sus barreras, desentrañar su enrevesada mente. Maddie era un acertijo que quería resolver.

Aquella misteriosa aversión al romanticismo… debía de tener origen en su infancia, porque sus detectives no habían encontrado nada en sus años de instituto que pudiera servir de explicación.

Llamó a su detective privado, Giovanni, que respondió rápidamente.

—Señor LeCroix, lo siento, pero no tengo ninguna novedad que darle esta mañana.

—Seguro que está haciendo todo lo que puede —dijo él—. Se trata de Madeline St. Clair. Necesito que investigue más, que vaya a su infancia.

—¿Está buscando algo en concreto?

—Algún suceso traumático. Tal vez una agresión sexual. Un novio que la engañó. Algo que haya podido infundirle rechazo a los hombres.

—Eh… Señor LeCroix, recuerde que ella ha tenido muchas relaciones con hombres. Ninguna con mujeres, al menos, ninguna que haya salido a la luz.

—No me importa su vida sexual —respondió. Sabía de eso más de lo que hubiera querido. Al principio, sus relaciones no le habían importado. Después de todo, él no era nadie para juzgarla. Sin embargo, en aquel momento tenía sentimientos muy diferentes—. Ella nunca ha tenido una relación duradera, y quiero saber por qué.

—Lo entiendo. Pondré a alguien a trabajar en esto inmediatamente.

Ella salió por la puerta del portal con cara de pocos amigos y, sin dirigirle una mirada, comenzó a caminar por la acera hacia la clínica de Parker.

Por supuesto, él la adelantó y llegó antes a la puerta, cosa que molestó nuevamente a Maddie. Cuando ella entraba a la clínica, pasando por delante de él, Adam se dio cuenta de lo menuda que era. Su personalidad era enorme, y eso hacía que él se olvidara constantemente de que era diminuta.

Una mujer diminuta y sedienta de sangre.

Parker le hizo una seña para que entrara, y abrió la puerta de la sala del fondo. John Doe salió corriendo. Al verlos, movió la cola.

Fue directamente hacia Adam y, por primera vez en su vida, él sintió la sencilla alegría de recibir el saludo de su propio perro.

Se inclinó para rascarle las orejas, y John se apoyó contra su pierna. Daba pena verlo, tan escuálido y desgreñado, con la herida del cuello cubierta de una pomada brillante. Sin embargo, le brillaba el corazón en los ojos castaños.

Cuando el perro miró a Maddie, ella se relajó visiblemente.

Su mal humor desapareció, y se agachó. John se tiró al suelo, entre sus rodillas, y entrecerró los ojos de placer mientras ella le hacía cosquillas en la tripa.

Adam se agachó junto a Maddie y le acarició la cabeza al perro.

—Está en los huesos —murmuró—. ¿Lo mejor que podemos darle es pienso para perros? Tal vez Leonardo…

John alzó la nariz y le lamió la palma de la mano. Adam sintió una gran emoción en el pecho, una necesidad abrumadora de proteger a aquella criatura dulce del mundo cruel. De darle refugio. De ganarse el afecto que el animal daba tan generosamente.

Entonces, Parker se acercó y dijo con amargura:

—Supongo que va a estar bien con usted.

Adam miró hacia arriba y se topó con su ceño fruncido. Maddie debía de estar ciega para no darse cuenta de que aquel hombre estaba loco por ella.

Se levantó lentamente y se colocó entre ellos dos.

—Lo cuidaremos bien —dijo, más para recalcar el plural del verbo que para tranquilizar a Parker.

Parker se puso rígido, como era de esperar.

—Va a necesitar cuidados durante los próximos días. Y afecto.

—Lo tendremos con nosotros constantemente.

Maddie se puso en pie, y se tambaleó un poco sobre los tacones. Adam la sujetó con una mano, por la cintura, y se quedó asombrado de lo estrecha que era. Él podría rodearla uniendo ambas manos.

¿Cómo era posible que una persona tan menuda hubiera ocupado un lugar tan grande en su vida?

Con su ayuda, Parker le puso el nuevo arnés a John. Sus movimientos estaban bien coordinados, y eso era prueba de que habían trabajado juntos a menudo.

Al ver aquella intimidad y oír sus murmullos, Adam tuvo la seguridad irracional de que eran amantes, y se puso muy celoso. Sin pensar, dio un paso hacia Parker.

Y Fredo se interpuso en su camino.

—¿Cree que debo cancelar el plan de vuelo? —preguntó inocentemente—. Lo digo porque quizá John necesite descansar.

Adam pestañeó. Y recuperó la cordura.

—Sí —dijo. Respiró profundamente y controló sus emociones—. Sí, nos marchamos mañana, mejor que hoy.

Maddie miró a Fredo.

—Yo puedo quedarme aquí con John.

Adam la ignoró. La villa era lo más cercano que tenía a un hogar. Ella iba a ir, le gustara o no.

Cuando salieron de la clínica, Parker miró de reojo la limusina.

—¿Estás segura de esto? —le preguntó a Maddie en voz baja.

—Sí, no pasa nada —dijo ella, y le dedicó a Parker una sonrisa mucho más brillante de lo que nunca le hubiera dedicado a él.

Adam le quitó la correa de la mano a Parker y le dio las gracias secamente. Maddie extendió una manta en el asiento, y John saltó sobre ella, dio una vuelta y se acurrucó con la cabeza sobre las patas.

Parker se inclinó para acariciarle el costado.

—Vas a viajar a lo grande, amigo —dijo, y también le dio una palmadita a Maddie. No en el costado, pero incluso la rodilla era demasiado para Adam—. Nos vemos el domingo, Mads.

—No, no os vais a ver —dijo Adam, apartando a Parker de un codazo para sentarse junto a Maddie—. Estaremos en Italia. Pero ya te haremos saber cómo está John —dijo, y asintió hacia Fredo.

Con una mirada amable, pero firme, Fredo le indicó a Parker que se apartara del coche y cerró la puerta.

Al instante, Maddie le clavó el dedo índice en el bíceps a Adam.

—¿Qué demonios te pasa? ¡Parker es el hombre más agradable del mundo, y tú has sido un completo imbécil con él!

—Y tú —respondió Adam— debes de ser la única que no se da cuenta de que está loco por ti.

—¿Qué dices?

—Que quiere acostarse contigo. ¿O ya lo ha conseguido?

—No, no se ha acostado conmigo. Y, de todos modos, ¿acaso es asunto tuyo? Tú no tienes por qué…

John gimoteó.

Maddie se quedó consternada, y su voz se convirtió en un arrullo.

—Lo estamos angustiando —dijo, y le acarició el lomo huesudo al perro—. Lo siento, John.

Adam se sentó junto al animal.

—Seguramente, ha oído muchos gritos y se espera que ahora le siga una patada.

—Nosotros nunca te vamos a hacer daño, John —le dijo Maddie y, sin querer, tocó con su mano la de Adam. Él no pudo evitarlo, y la agarró.

Ella no se apartó; lo miró con los ojos llenos de lágrimas.

¿Cómo había podido pensar alguna vez que eran unos ojos fríos? Eran luminosos.

Adam intentó sonreír.

—¿Una tregua, por el bien de John?

Después de un momento, ella asintió, y le dio esperanzas.

—Está bien. Pero intenta no cabrearme, ¿de acuerdo?

No hubo manera. El ascensor no había terminado de cerrarse cuando Adam le dijo a Fredo:

—Pon la cama de John en mi suite.

—Espera un momento —dijo Maddie, dispuesta a pelear, pero John le dio un golpecito con la cabeza en la rodilla.

Ella se tragó la ira como si fuera una pastilla amarga y dijo con dulzura:

—Me gustaría que John durmiera conmigo.

—Es mi perro —respondió Adam, en un tono agradable—, pero puedes venir a visitarlo siempre que quieras.

Ella se fue a su suite de muy mal humor. Aquella tregua ya se había vuelto contra ella.

Ponerse los vaqueros mejoró algo su humor, pero no mucho. Estaba sentada en el sofá, compadeciéndose a sí misma, cuando apareció Bridget para preguntarle qué quería comer.

—No tengo hambre —le dijo a la muchacha, con un gruñido—. Dame lo mismo que esté tomando el gran jefe.

—Ah, sí. El señor LeCroix ha pedido una comida ligera, una ensalada César y unos panecillos de los de Leonardo, recién salidos del horno.

Umm, ensalada César. Y panecillos caseros… esos no crecían en los árboles. ¿Cuándo era la última vez que…?

Entrecerró los ojos.

—¿Es lo que come normalmente?

—No lo sé, señorita. El señor LeCroix casi nunca come en casa. ¿Va a comer con él?

—No. Bueno, espera. ¿Dónde está comiendo?

—En su suite, con John —dijo Bridget con benevolencia—. Está muy flaco, pero el señor LeCroix lo engordará. Se le dan muy bien los de la calle.

—¿Quieres decir que ya había hecho esto antes? ¿Había adoptado un perro callejero?

—No, no. Me refiero a la gente. Como Fredo, Henry y yo. Todos nosotros estábamos en una mala situación cuando el señor LeCroix acudió en nuestra ayuda. Dijo que estaba pagando sus deudas a la gente que lo había ayudado cuando era joven.

—¿Tú lo conociste de joven?

—No, yo no, pero mi marido, Ian, sí. Le ayudó en un pub de Dublín. Ocurrió algo con una muchacha y un puñal, pero nunca llegué a conocer los detalles.

Bridget se tocó una pequeña cruz que llevaba colgada del cuello.

—Ian era un temerario y, en aquellos tiempos, el señor Le-Croix era igual. Pero él se corrigió y consiguió un buen nombre. Volvió a echarle una mano a Ian, pero llegó tres días después de que le hubieran pegado un tiro en un callejón de Finglas. El señor LeCroix me encontró junto a su tumba, sin un penique en el bolsillo. Y míreme ahora. Un trabajo fijo y dinero en el banco. Y, en cuanto a Henry, su mala suerte empezó de niño…

En aquel momento sonó el teléfono móvil de Maddie, con el tono asignado a su hermana Lucy.

—Disculpa, Bridget, pero tendremos que terminar la conversación más tarde —dijo, acompañando a la muchacha hacia la puerta—. Voy a comer aquí arriba.

Con John. No estaba dispuesta a permitir que LeCroix lo acaparara.

Se acomodó en el sofá; estaba de mucho mejor humor. No había nada que pudiera alegrarla tanto como una larga charla con su hermana.

—Hola, Luce.

—¡Maddie! Solo puedo hablar un minuto.

—Está bien.

Decepción.

—Solo quería que supieras que voy a ir a casa para el Cuatro de Julio.

Maddie se levantó de un salto.

—¿Para el Cuatro de Julio?

Lucy se echó a reír.

—Sí, sí. He utilizado tu Visa para sacar el billete de tren. Espero que no haya problema.

—Claro que no, pero…

—Y voy con Crash. Mi novio.

—¿Novio?

—Eso que suena de fondo es su banda. Están tocando.

Eso explicaba el estruendo, pero nada más.

—No sabía que…

—Casi no te oigo —gritó Lucy, por encima del fragor—. Escucha, llegamos mañana por la tarde.

—¡Espera! ¿Qué…?

—¡Me muero de ganas de que lo conozcas!

—Pero…

—Tengo que colgar. ¡Hasta mañana!

Maddie se quedó mirando el teléfono como si tuviera la culpa de todo.

¿Acaso las cosas no iban ya lo suficientemente mal, como para que además Lucy se echara novio? ¿Y tenía que llevarlo a Nueva York cuando ella se marchaba del país?

Eso lo cambiaba todo. No podía dejarlos solos en su apartamento. Ya era difícil para ella que Lucy mantuviera relaciones sexuales, pero que las mantuviera en su cama con Crash, un músico… Eso no iba a suceder.

Italia no entraba en sus planes. LeCroix iba a tener que entrar en razón.

CAPÍTULO 8

Parecía que no, que las cosas no iban ya lo suficientemente mal, porque Maddie entró en la suite de Adam y se lo encontró vestido con unos pantalones vaqueros y una camiseta negra que mostraba los mejores brazos que ella hubiera visto en su vida.

Y ella había visto buenos brazos. La mitad de los motivos por los que iba al gimnasio era para ver brazos. Y, en aquel momento, allí estaba LeCroix, con la piel bronceada y con unos músculos marcados. Tal y como a ella le gustaban.

Apartó la mirada de Los Brazos y observó su salón. Era el doble de grande que el suyo, y estaba decorado con colores neutros que dejaban todo el protagonismo para las obras de arte, cuyo valor podría cubrir los gastos de una universidad. La chimenea de gas era de mármol negro, y había un sofá de cuero y varias butacas frente a ella; en aquel momento, todo estaba apartado para dejarle sitio a la cama de John.

Había una mesa pequeña, pero elegante, frente a las cristaleras desde las que se divisaba Central Park. Y también había un escritorio en forma de ele, con tres monitores enormes.

Después de dejar que entrara en su suite, él la ignoró diabólicamente. Se sentó en el borde del escritorio, con los tobillos cruzados y la nariz metida en un prospecto, mientras se frotaba el pecho suavemente con una mano, moviendo los músculos del brazo. Maddie se dio cuenta de que su libido estaba frenética.

Se sintió en total desventaja, y volvió a ponerse de muy mal humor.

—¿Dónde está la comida?

Él alzó la vista, distraídamente, y señaló el teléfono con un gesto de la cabeza.

—Avisa en la cocina de que vas a comer aquí.

—Bridget ya lo sabe —dijo ella, con una sonrisa exagerada—. Tú dijiste que puedo pasar con John todo el tiempo que quiera, así que me voy a mudar aquí.

Y, con la esperanza de poder molestarlo tanto que él se olvidara del viaje a Italia, se dejó caer en el sofá, sacó su teléfono móvil y se puso a mirar su Facebook.

¿Que iba a mudarse allí, había dicho? Bien, le parecía muy bien.

Tenía mucho sitio para ella en su cama de matrimonio. Y, si seguía mirándolo como llevaba haciendo desde que había entrado por la puerta, Maddie iba a encontrarse de repente tumbada boca arriba en mitad del colchón.

—Qué práctico —dijo, suavemente—. Tengo otro contrato laboral que quiero que revises, y un contrato de opciones sobre acciones con un lenguaje algo peliagudo que también necesita la revisión de unos ojos nuevos.

Rebuscó entre un taco de carpetas de cartulina, sacó dos y caminó hacia Madeline. Ella tomó ambas sin decir una palabra, las dejó en el asiento y volvió a concentrarse en su teléfono móvil.

Él se lo quitó de la mano.

—¡Eh!

Maddie intentó recuperarlo, pero él lo mantuvo fuera de su alcance. Ella se puso en pie de un salto; él lo alzó aún más. Ella rodeó el sofá y le clavó el dedo índice en el pecho.

—Dame el teléfono, idiota, o te pego una patada en tus partes.

Él se lo metió en el bolsillo trasero del pantalón, interceptó su rodilla con una mano y se la giró para tirarla, con suavidad, por encima del brazo del sofá.

Ella aterrizó boca arriba con una expresión de indignación.

—¡Esto es una agresión! ¡Voy a denunciarte!

Él se echó a reír.

Ella lo fulminó con la mirada.

John Doe gimió.

Ellos lo miraron. Después, se miraron el uno al otro.

—¿Ves lo que has hecho? —preguntó ella, en un tono dulce, pero con cara de ferocidad.

—Disculpa, John —dijo él, en un tono meloso. Rodeó el sofá, levantó a Maddie suavemente por la cintura y la puso en pie—. ¿Ves? Somos muy amigos, ¿a que sí?

—Amigos del alma —dijo ella irónicamente.

Sin embargo, Adam notó que se le había entrecortado la voz, y eso hizo que a él se le acelerara el pulso.

La miró a los ojos, que parecían un mar en plena tormenta. Eran aguas peligrosas, pero él se sentía muy temerario.

Entonces, ella se rozó los labios con la lengua. ¿Una invitación?

Él dio un paso hacia ella. El pecho de Maddie subía y bajaba a menos de un centímetro de su pecho. Ella deslizó las manos, hacia arriba, por sus antebrazos. A él se le puso el vello de punta.

Dios, era tan ligera como una pluma. Podría levantarla y probar aquellos labios, si quería.

Y quería hacerlo.

Le apretó la cintura con las manos.

Y aquel fue el momento en que Henry llamó dos veces a la puerta. El hechizo se hizo añicos.

Maddie subió la rodilla en un acto reflejo. Adam se giró y recibió el impacto en el muslo. Ella perdió el equilibrio; él solo tuvo que soltarla y ella volvió a caer sentada en el sofá, de una manera indignante.

Él correspondió a su gesto ceñudo con una sonrisa condescendiente, y la dejó echando humo mientras observaba el almuerzo que Henry estaba sirviendo en la mesa. Panecillos ligeros, lechuga crujiente, queso Parmesano recién rallado. Le resultaría muy fácil acostumbrarse a comer la comida favorita de Maddie.

—¿Van a cenar en casa esta noche? —preguntó Henry—. O, tal vez, como está aquí, haya pensado en acudir a la gala. Mencionó que el señor Hawthorne iba a asistir.

—Buena idea, Henry. Dile a Dyan —respondió Adam, mencionando a su secretaria— que voy a ir. Y que voy a llevar acompañante.

Maddie se levantó de un salto y fue hacia él como una bala.

Adam miró a John, y Maddie se acordó de que tenía que hablar en voz baja. Para compensarlo, lo atravesó con la mirada.

—No voy a ir a ninguna gala contigo. Punto.

Él fingió que no la había oído.

—Avisa a Raquel —le dijo a Henry—. Tenemos poco tiempo, así que explícale los detalles del evento. En cuanto a los vestidos, dile que valdrá una talla cero.

Observó el pecho de Maddie.

—Siempre puede meter las costuras.

No podía montar un nuevo escándalo delante de John, así que Maddie decidió atacar de otra manera.

—Léeme los labios, LeCroix. No voy a dejarme ver por la ciudad con un delincuente.

A él no le gustó ni una pizca aquella observación. Sus ojos adquirieron un brillo peligroso.

—Léeme tú a mí los labios, Madeline. Vas a venir a la gala tomada de mi brazo. En calidad de acompañante.

—Ni de broma.

—Me vas a llamar Adam, y vas a hacerlo con afecto. Nadie que nos vea esta noche puede dudar de que tienes total confianza en mi inocencia.

—No voy a hacer eso. No voy a ir —dijo ella, con una convicción férrea.

Él apretó la mandíbula. Se alejó, se sirvió un vaso de agua con gas, y dio un largo trago para recuperar la compostura. Después, se giró de nuevo hacia ella.

—Se te olvida, Madeline, que tú también tienes que jugar a este juego. Eres mi abogada. La prensa económica va a difundir la noticia hoy mismo. Si no se les adelantan las noticias o la prensa rosa, claro.

Ella tuvo un arrebato de furia.

—¿Lo has filtrado?

—No ha sido necesario. Hawthorne ya estaba pensando en ello antes de marcharse de la sala donde nos reunimos, para ver cómo podía convertirlo en una ventaja para sí mismo.

—¿Y cómo va a hacerlo?

—Dirá que te he comprado, por supuesto. Que te has vendido por dinero. Te retratará como una mercenaria avariciosa sin principios ni integridad.

En aquel instante, Maddie vio la verdad nítidamente. ¿Cómo era posible que hubiera pasado aquello por alto?

Porque estaba demasiado ocupada compadeciéndose. Demasiado preocupada por John Doe. Demasiado distraída por el atractivo sexual de Adam. Por todo eso, no había visto que la impecable reputación que se había ganado trabajando como fiscal, y que esperaba que pudiera servirle de trampolín para volver a la Oficina del Fiscal Federal una vez que Lucy se hubiera independizado, estaba manchada para siempre.

Se tambaleó, y tuvo que agarrarse al respaldo del sofá.

—Lo sabías. Lo has planeado todo.

Él se alejó hacia la ventana y miró el panorama. Las cortinas estaban corridas a medias, pero el sol entraba por la abertura y hacía brillar las burbujas de su vaso de agua.

—Claro que lo sabía. No tenía intención de vengarme de ti, así que no lo he planeado para perjudicarte, si es lo que piensas. Pero es un daño colateral, eso sí... —dijo él, y se encogió de hombros.

Ella se quedó muda, y comenzó a pensar en todas las humillaciones sociales y profesionales que podía sufrir.

Él miró su vaso de agua con algo que podría haber sido consternación, si fuera una persona con conciencia. Sin embargo, al volverse hacia ella, su expresión era insulsa.

—Por muy raro que parezca, el hecho de asistir a la gala conmigo puede reparar algo el daño hecho.

A ella se le escapó una media carcajada, todo el aliento que pudo tomar.

—Sí, claro. Vamos a fingir que estamos saliendo. Eso será de gran ayuda.

—Las cosas del corazón se perdonan mucho más fácilmente. Es mejor que la gente crea que te he conquistado, y no que te he llenado los bolsillos.

Aquello tenía algo de sentido, y le dio a Maddie otra perspectiva de todo aquel desastre.

—Necesito pensar.

Se dejó caer en el sofá y apoyó la cabeza en ambas manos para evitar desmayarse a sus pies. La tensión baja era un inconveniente en su vida, porque tendía a sufrir desmayos, y eso era muy mortificante.

John Doe se levantó, se sacudió y se acercó a ella. Se apoyó contra su pierna, y Maddie comenzó a acariciarle distraídamente la cabeza mientras reflexionaba cuidadosamente sobre todos los pasos que podía dar. Estaba claro que debería haberle dicho que no a LeCroix desde un primer momento, que debería haberle dicho a Adrianna que dejaba su puesto y haberse ido en busca de otro trabajo mientras conservaba su buena reputación.

En aquel momento, sin embargo, ya era demasiado tarde. Todo el mundo iba a pensar que se había vendido a un delincuente. Y lo peor de todo, lo más amargo, era que se había vendido. Tal vez el dinero de LeCroix no fuera a parar directamente a su bolsillo, pero era ese dinero el que había motivado sus decisiones.

—Madeline —dijo Adam, mientras se sentaba en una otomana—, no tienes que estar dándome coba todo el rato. Basta con que nos vean juntos. Tomamos algo, bailamos un poco y nos vamos. Juntos.

—¿Y tú qué ganas con eso?

—Que Hawthorne piense que tienes interés personal en mis asuntos.

Maddie le rascó una oreja a John y se recordó que se había metido en aquello por Lucy, y que todavía no había terminado su trabajo.

—Si lo hago —dijo—, quiero una cosa a cambio.

—Acabamos de dejar claro que vas a conseguir algo. Vas a parecer una mujer enamorada, y no una mercenaria.

—Eso no es suficiente. Necesito quedarme en Nueva York.

—¿Por qué?

—No tengo por qué darte explicaciones.

—Eso no es completamente cierto. Trabajas para mí —dijo él, y alzó un dedo para silenciar sus protestas—. Está bien. Trabajas para mí, así que, si tienes un buen motivo para no ir a Italia, estoy dispuesto a escucharte.

Grr... Las cosas que hacía por Lucy.

—Mi hermana viene mañana. Con su novio. Quieren quedarse en mi casa.

—Y se llevarán una agradable sorpresa al saber que tienen la casa para ellos solos.

—Exactamente —dijo ella, mientras se clavaba las uñas en la palma de la mano—. Tengo que estar allí para... ya sabes.

—¿Para hacer de carabina? Madeline, tu hermana está en la universidad. Ya ha mantenido relaciones sexuales.

—Ya lo sé. Pero este es su primer novio. No lo conozco. No sé nada de él.

—Le diré a mi gente que lo investigue. ¿Cómo se llama?

Aquello era como espiar a Lucy, pero a Maddie no le importó.

—Ella me ha dicho que se llama Crash. ¿Vale con eso?

—Seguramente, sí. Gio es muy bueno.

Cuando Adam terminó de hablar por teléfono, ella dijo:

—Aunque el chaval no tenga nada de malo, necesito estar aquí.

—¿Por qué?

—Porque es mi hermana. Es inocente. Necesita que la proteja.

—Deja una caja de preservativos sobre la almohada.

—No me refiero a eso. Bueno, eso también, claro —dijo Maddie, y comenzó a pasearse de un lado a otro con desesperación—. Lo que pasa es que Lucy es muy ingenua. No piensa que nadie pueda hacerle daño. Cree que ahora está a salvo.

—¿Es que antes no lo estaba?

Aquella pregunta por parte de Adam hizo que ella volviera la cabeza. Lo que menos quería era que LeCroix husmeara en su familia.

—Nadie está a salvo —dijo—. No puedo largarme a Italia sin ver cómo la trata.

—Entonces, vamos a llevarlos con nosotros.

Aquello la dejó muda.

Él se levantó, caminó hasta la mesa, llenó un vaso de agua y se lo llevó a Maddie.

Ella apuró el vaso mientras pensaba frenéticamente.

—Tienes respuesta para todo —le dijo, por fin.

—Me gusta pensar que sí.

—¿Y si no quieren ir a Italia?

Él la miró con lástima.

—Bueno, ¿y si Crash no tiene pasaporte?

—Llama a tu hermana y entérate.

—¿Por qué estás haciendo esto?

—Quieres comprobar cómo se porta Crash con tu hermana, ¿no?

—¿Y qué ganas tú?

Él se molestó.

—Es la segunda vez en menos de diez minutos que me preguntas qué motivos tengo.

—Porque siempre tienes un motivo. Sin embargo, esta vez no puedo imaginarme cuál es.

Él soltó una carcajada seca.

—Algunas veces —dijo, con algo de enfado—, yo mismo me sorprendo de mis motivos.

¿Y cuáles eran esos motivos? Ni siquiera él lo sabía. Sin embargo, el instinto le decía que llevara a Madeline a su villa, y Adam nunca ignoraba los dictados de su instinto.

Se giró hacia la mesa y le ofreció una silla a Maddie.

—Vamos a sentarnos a comer, ¿quieres? Raquel va a llegar dentro de poco.

Maddie negó con la cabeza, la muy obstinada. Con ella, nada era fácil. Ni fácil, ni evidente.

Por ejemplo, su hermana. Aquello era otro misterio. ¿Por qué se había hecho cargo Maddie de Lucy cuando la muchacha tenía dieciséis años? Para hacerlo, había tenido que abandonar una carrera profesional que adoraba para trabajar de abogada en uno de los mejores despachos de la ciudad, e invertir hasta el último centavo que ganaba en la carísima universidad de su hermana.

No había recibido nada de sus padres, ni siquiera para Lucy. Ni para sí misma. Se había pagado la Escuela Universitaria de Boston con préstamos y trabajos a media jornada, y después, con unas magníficas notas y una puntuación máxima en el Examen de Admisión para la Escuela de Derecho, había conseguido entrar en Harvard a estudiar la carrera.

Y, después, se había dedicado en cuerpo y alma a su profesión. La Oficina del Fiscal la había reclutado rápidamente y, al darse cuenta de que tenían pura dinamita entre las manos, la habían enviado a su oficina de Manhattan, al lugar exacto en el que quería estar todo joven fiscal sediento de sangre.

Durante los cinco años siguientes, había alcanzado un gran prestigio consiguiendo una serie de condenas que otros fiscales le envidiaban. Él había sido su único fracaso, y solo porque, como de costumbre, la política había vencido a la justicia. Entonces, Lucy había aparecido en su puerta y ella lo había dejado todo. Se había puesto a trabajar para aquella bruja de Marchand y le había conseguido a Lucy todo lo que el dinero podía comprar.

Y, en aquel momento, se había puesto como un manojo de nervios por el novio de su hermana, hasta el punto de rogarle que la dejara en Nueva York. Estaba seguro de que a Maddie le dolía más el hecho de tener que suplicarle algo a él que gastarse miles de dólares al año en la educación de Lucy.

¿Qué era lo que la empujaba a sacrificarse y preocuparse de aquel modo por su hermana? Él no había percibido nada que pudiera darle la explicación y, claramente, Maddie no iba a dársela tampoco.

Sin embargo, tal vez se la diera la propia Lucy.

Con las dos hermanas en Italia, podría desentrañar el misterio y satisfacer su curiosidad sobre Maddie.

Por el momento, la ensalada César era el almuerzo favorito de Maddie. Así pues, ella iba a comérsela y, si no, él sabría por qué.

Al final, Maddie no se tomó la ensalada, y Adam no supo por qué.

Se negó, sin dar explicaciones a sentarse a la mesa y compartir la comida como personas civilizadas. De no haber sido por John Doe, él habría alzado la voz de tanto como le frustraba aquella mujer.

En aquel preciso instante, Raquel estaba amenazándole con marcharse.

—Es una bruja, Adam. Y qué bajita —dijo. Lo último, en boca de Raquel, que medía casi un metro ochenta, era el peor insulto.

—Sé que es difícil. Y no es tan alta…

—Ni tiene tanta envergadura —dijo Raquel, tomándose ambos pechos—. Normalmente, tú te fijas en esto. Y esa chica no tiene nada —añadió, arrugando la nariz tanto como le permitía el bótox—. No lo entiendo.

Él no podía explicarlo.

—¿Le has enseñado los vestidos?

—Pues claro. Y esa mema los ha rechazado todos. Es un renacuajo, pero tiene mucho carácter.

Raquel se apartó la melena de ondas rubias hacia la espalda.

—Será mejor que hables tú con ella, Adam. Si vuelve a ponerse desagradable conmigo, me voy. De todos modos, no es precisamente la mejor modelo para mis diseños.

Aquello estaba yendo demasiado lejos. Tal vez Maddie fuera un poco difícil, pero era muy guapa, y nadie, ni siquiera Raquel, una amiga suya de los viejos tiempos, podía hablar mal de ella.

Sin embargo, Raquel continuó despotricando.

—Espero que no sea una fase que vas a atravesar. Mocosas de lengua afilada que…

—Raquel —dijo él, en un tono glacial que la silenció—. Yo le tengo aprecio a Madeline.

Aquello dejó sorprendida a Raquel. Pestañeó unas cuantas veces.

—No quería molestar.

—Voy a hablar con ella —dijo él y, habiendo comprobado que Raquel había entendido el mensaje, sonrió—. ¿Por qué no llamas a Henry? Puede traerte algo, si quieres.

Mientras bajaba en el ascensor, Adam giró los hombros como si fuera un boxeador antes de un combate. Iba a valerse de la diplomacia pero, si era necesario, lucharía.

Maddie abrió la puerta.

—Mantenla alejada de mí. Es una psicópata —dijo.

Él enarcó una ceja. Maddie se apartó para dejar que entrara en la habitación. Después, se sentó en uno de los brazos del sofá y se cruzó de brazos, con la mandíbula apretada.

—Raquel es una buena diseñadora. Viste a todas mis acompañantes.

—Sí, ya he oído hablar de ellas. Brandi y Sylvie, Wendi y Allie y aquella y la de más allá —recitó Maddie, y puso los ojos en blanco—. ¿Es que ninguna tiene un nombre de verdad? ¿Todas tienen que tener diminutivos?

—¿Como Maddie?

Ella se puso en pie.

—Cállate. Cállate y vete —dijo, señalando la puerta—. Lleva a Raquel a la gala; ella tiene los atributos necesarios. Nadie se va a reír de ella.

Él se quedó tan asombrado que se tragó el ultimátum que iba a darle. Aquello era algo más que susceptibilidad por su altura. Era inseguridad por su figura al completo.

Bueno, él podía tranquilizarla al respecto.

Sonrió y adoptó una actitud sensual, no burlona.

—Madeline, querida, tus atributos —dijo, pasando la mirada por su cuerpo de proporciones perfectas— son deliciosos. No tienes por qué preocuparte.

Ella se ruborizó.

—No estoy preocupada, idiota. Pero no quiero que Lucy se disguste al ver que su hermana hace el ridículo internacionalmente.

—¿El ridículo? ¿Por qué ibas a hacer tú el ridículo?

—Oh, por favor. ¿Es que no te imaginas los titulares? *De Pitbull a Chihuahua* —dijo Maddie, enunciando posibles títulos de noticias—. *LeCroix ata en corto al Pitbull.* Las noticias de la Fox van a tener carnaza para semanas. Estoy deseando ver los montajes fotográficos que van a hacer. ¿Mi cara con el cuerpo de un perro? ¿Con un collar de tachuelas y una correa de cuero?

Se paseó por la habitación, y continuó:

—Bueno, me da igual. Puedo aguantar las pullas profesionales. Lo que no puedo aguantar es lo personal, y ellos van a centrarse en lo mucho que has bajado de nivel, en que ahora te gustan las bajitas y… si me dan diez pavos por cada vez que mencionen a Campanilla, seré tan rica como tú.

Él contuvo una sonrisa. Adoraba su sentido del humor, pero no era el mejor momento para decírselo.

Y, por desgracia, Maddie tenía razón. La prensa diseccionaba a todas las mujeres que tenían relación con él, y Madeline no iba a ser la excepción. Además, con su historia en común, los buitres se revolcarían en la carroña.

Una vez más, se arrepintió de no haber planeado mejor las cosas. Sin embargo, aunque lo hubiera hecho, nunca se habría parado a pensar en su estatura. ¿Quién iba a saber que a ella le causaba inseguridad? Para él, Maddie era una mujer muy atractiva, cada vez más. No era su tipo, cierto, pero lanzar su cuerpecillo ágil sobre su cama se había convertido en una obsesión para él.

De todos modos, era demasiado tarde para vacilar. La CNN ya había dado la noticia, y lo mejor que él podía hacer por Maddie era llevarla a aquella dichosa gala y hacerles ver a todos los presentes que la consideraba la mujer más atractiva de todo el evento. Como no había conseguido nada con halagos, decidió pincharle en el orgullo.

—No sabía que fueras tan sensible.

Ella estiró la espalda.

—No soy sensible. Lo que pasa es que me preocupa lo que pueda sentir mi hermana. Ella sí es sensible. De un modo positivo. Detestaría que me ridiculizaran.

—¿Y no detestaría mucho más pensar que estás tan triste?

—¡Es que estoy triste!

—¿Y por qué, Madeline? —preguntó él, dolido—. Esto no es una cárcel. Tienes de todo: gimnasio, piscina climatizada… La comida y la bebida que prefieras… Solo tienes que pedirlo.

Adam se pasó una mano por el pelo con desesperación.

—¿Acaso es tan horrible tener que venir conmigo esta noche? Tal vez lo pasemos bien. Podemos bailar. A mí me gusta bailar, y creía que a ti también.

Se había desinflado, y se sentía como un bobo. Maddie lo estaba mirando con los ojos muy abiertos, como si se hubiera vuelto loco. Pues sí, se estaba volviendo loco.

Se puso furioso consigo mismo y, para conservar el poco orgullo que le quedaba, se dirigió hacia la puerta.

—Vas a ir —dijo, por encima de su hombro—. O cooperas con Raquel, o te visto yo mismo.

¿Cómo demonios sabía LeCroix que a ella le gustaba bailar?

Mientras se paseaba por la suite, pensó que debía de haber pedido que hicieran algo más que comprobar su pasado. Había identificado a sus amigos, había averiguado cuáles eran sus comidas favoritas y qué cosas le interesaban. Probablemente sabía más de sus finanzas que ella misma.

Y sabía suficiente sobre Lucy como para asegurarse su obediencia.

Sin embargo, no conocía los feos secretos de su familia. Si los conociera, ella lo sabría por la expresión de disgusto de su cara.

Un pájaro pasó por delante de la ventana y, al verlo, ella se estremeció. ¿Por qué se empeñaba la gente en vivir tan alto, con todo aquel espacio vacío frente a ellos, tan inquietante y tan inútil? Nadie podía salir y caminar sobre las nubes.

Apartó los ojos, pero no corrió las cortinas. No quería darle a LeCroix la oportunidad de burlarse de su miedo a las alturas.

Muy pronto estaría en su avión, flotando por encima del océano.

Eso sí era un espacio vacío e inquietante.

Alguien llamó a la puerta, y Raquel asomó la cabeza.

—Um… Señorita St. Clair, ¿está lista para probarse los vestidos?

¿Señorita St. Clair? ¿Qué había pasado con «gremlin», «gnomo» y el epíteto de despedida, «hobbit»?

Maddie entornó los ojos.

—Como quiera.

Raquel pasó al dormitorio, y Maddie la siguió sin prisas. Tenía que admitir que sentía curiosidad por los vestidos. A ella le gustaba la ropa bonita, pero antes había estado demasiado ocupada intercambiando insultos como para fijarse en los trajes.

Estaban colgados en una de las barras del vestidor, y eran como tres joyas: una de color ónice, otra de color zafiro y otra de color esmeralda.

—Puedo ajustar cualquiera de estos vestidos a su esbeltez —dijo Raquel, amablemente—. El zafiro —continuó, pasando los dedos por el corpiño de abalorios— resaltaría su figura, y también favorecería el color de ojos de Adam.

—¿Y por qué iba a importarme a mí un pito el color de los ojos de Adam?

La reina del desprecio, ya reformada, dejó pasar aquella pregunta retórica.

—Por supuesto, el color ónice es perfecto para cualquier ocasión —prosiguió, y acarició con delicadeza la falda de chifón, que se movió como el humo—. Pero Adam prefiere el color esmeralda —añadió Raquel, y miró a los ojos a Maddie—. Mencionó que... sí, es verdad. Resalta el verde.

Maddie se quedó asombrada y olvidó la respuesta cortante que iba a darle. Casi nadie se fijaba en que sus ojos cambiaban de color; al menos, al principio, no. Pasó la mirada por la habitación: la suite esmeralda.

Eh...

—Sí, estoy de acuerdo con Adam. El verde esmeralda le favorece mucho.

—Espere un momento —dijo Maddie—. Puedo elegir yo misma mi vestido.

Se acercó a los trajes y jugueteó con las telas. El chifón

negro era tan ligero que temblaba con la más ligera brisa. El zafiro era majestuoso, como el que llevaría una estrella de cine.

Sin embargo, el de color esmeralda… Pasó la mano por el corpiño. La tela tenía consistencia y un ligero brillo metálico.

—Es seda de Dupión —dijo Raquel—. Los gusanos se crían a mano, y la tela se teje con métodos tradicionales. El vestido es único, por supuesto.

—Por supuesto —murmuró Maddie. No podía ni imaginarse lo que costaba.

Quería rechazarlo, por principios.

Sin embargo, deseaba aún más ponérselo y sentirse, por una noche, tan bella como cualquier otra mujer. Lo suficientemente bella como para ir del brazo de Adam LeCroix.

Era una tontería. Él era un delincuente, y a ella no debería preocuparle que pensara que era una hobbit.

Sin embargo, sí le importaba. Y, aunque le doliera admitirlo, quería que él la viera con aquel vestido y se quedara boquiabierto.

CAPÍTULO 9

Vicky: Prometo estar a tu lado contra todas las adversidades, sean enemigos, o enfermedades, o pobreza o pérdida.
Estaré junto a ti.

Maddie: A menos que se trate de zombis. Entonces, saldré corriendo.

Henry estaba esperando a Maddie en el vestíbulo.

—Acompáñeme, señorita. El señor LeCroix se reunirá con usted en el piso de abajo.

Vaya, se había estropeado su gran entrada. Adam ni siquiera se había dignado a esperarla. Se quedó desilusionada.

Bueno, él se lo perdía. Alzó la barbilla, esbozó una sonrisa de falsa seguridad y entró al ascensor.

Henry la siguió y apretó el botón para bajar.

—Si me lo permite, señorita St. Clair, está usted maravillosa.

—Sí, te lo permito —dijo ella y, en aquella ocasión, sonrió de verdad—. Pero solo si me llamas Maddie.

Él le devolvió la sonrisa.

—Va a brillar tanto o más que cualquiera de las estrellas de cine de la gala.

A ella se le borró la sonrisa de los labios.

—¿Va a haber estrellas de cine?

—Sí, muchas. Todos se han unido por esta causa.

Magnífico. Una manada de gacelas de largas piernas intentando no pisar al Chihuahua.

—Eh… ¿Y cuál es esa causa?

—Reunir fondos para actores discapacitados. Eso atrae a todos los grandes nombres del cine.

Ella agarró su bolso de fiesta con los diez dedos e intentó concentrarse en que aquello era una farsa: gastar millones de dólares en una fiesta fastuosa para sacar unos cuantos pavos para los pobres tipos que estaban en lo más bajo de la jerarquía.

Era un timo. ¿Cómo se había dejado engatusar?

El ascensor se detuvo y la puerta se abrió.

—Señorita —dijo Henry, y salió, ofreciéndole el brazo.

Maddie no se movió. Miró hacia fuera y vio el vestíbulo, tan grande, tan elegante y tan lejos de casa, y se sintió exactamente como debía de haberse sentido Cenicienta cuando el carruaje se convirtió en calabaza y ella se dio cuenta de que seguía siendo una sirvienta.

Y, como siempre, Maddie reaccionó ante la impotencia con un estallido de ira. «Al cuerno con LeCroix. Por mí, como si se pierde. Como si se va toda la noche con una aspirante a actriz. No es mi problema. Me largo de aquí».

Apretó el botón para volver a subir al piso superior, y la puerta empezó a cerrarse. Henry puso una mano en el marco para impedirlo.

Y Adam entró al vestíbulo.

Ella pestañeó, como si el sol acabara de salir de entre las nubes.

Parecía que habían diseñado su esmoquin personalmente para él. Uno ochenta y pico, la altura ideal; ochenta y cinco kilos, el peso perfecto, y la seguridad en sí mismo, el mejor accesorio.

Y, su cara… Dios, su cara. Los grandes pintores de la Historia habrían llorado por poder ponérsela a Apolo, con aquel pelo brillante y aquellos labios carnosos.

La sonrisa espontánea que esbozó al verla la dejó anonadada

y, antes de darse cuenta, estaba frente a él, en el ascensor, mientras las puertas se cerraban a su espalda. Él le tomó ambas manos e hizo que las separara. La miró de pies a cabeza.

—Estás deslumbrante —le dijo.

A ella se le aceleró el corazón, pero se encogió de hombros para disimular.

—Tú tampoco estás mal.

Él se echó a reír con ganas. Sin soltarle la mano, la llevó por el enorme portal hasta la salida y salió a la acera.

—Gracias, Peter —le dijo al portero, entregándole un billete de propina.

—De nada, señor LeCroix —dijo el hombre—. Eso sí que es un buen paseo en coche.

Maddie esperaba ver la limusina junto al bordillo, pero Adam siguió avanzando hacia un coche distinto. Un coche azul metálico…

—¡Oh, Dios mío! ¡Un Bugatti Veyron! —exclamó, agarrándose el pecho. Miró el coche con la boca abierta. Miró a Adam con la boca abierta—. ¿Es…? ¿Vamos a…?

—Lo es, sí, y vamos a —respondió él, sonriendo.

Ella se acercó lentamente al coche deportivo, que debía de valer unos dos millones de dólares, y acarició el metal brillante con cuidado.

Él se acercó y le tocó la espalda.

—Creí que iba a gustarte.

Así que sabía que estaba suscrita a la revista *Car and Driver*. ¿Y qué?

Él abrió la puerta del copiloto y ella se deslizó en el asiento, admirando el salpicadero y los indicadores.

—Es como la cabina de un avión —dijo ella mientras él tomaba el volante—. Es como un avión.

—Y vuela.

Apretó el acelerador, y el Bugatti se alejó de la acera. Se movía con suavidad entre el tráfico, y la ciudad pasaba como un borrón de luces de colores.

—Aceleraría a tope —dijo él, con una sonrisa tan increíble como el coche—, pero no quiero que me detengan.

Maddie se echó a reír, y él abrió la ventana superior para que entrara el aire del atardecer. Maddie apoyó la cabeza en el respaldo y miró los rascacielos que subían hasta el cielo.

Rodeada de tanta belleza, sus problemas desaparecieron.

Dios Santo, estaba en un Bugatti Veyron con el hombre más guapo y más emocionante del planeta.

Realmente, era Cenicienta.

Adam se sentía como un rey. Veía la expresión embelesada de Maddie y sabía que él la había puesto en su cara.

Ella pasó la mano por el asiento y notó el poder de los mil doscientos caballos a través del suave cuero italiano.

—He de reconocer que tienes algunos juguetes muy bonitos, Adam.

—Nos lo llevaremos por avión a Texas algún día —dijo él, sin darle importancia—. Allí no son tan estrictos con el límite de velocidad.

Ella se echó a reír de nuevo. El sonido de su risa era adictivo.

—Incluso los texanos se enfadarían si vieran pasar un coche a cuatrocientos kilómetros por hora.

—Pero antes tendrían que alcanzarnos, ¿no?

Él paró en un semáforo de Times Square. Maddie miró a su alrededor como si se hubiera desorientado, y se sorprendió al verse en la calle 42.

—¿Y adónde vamos?

—A Cipriani's.

Maddie suspiró.

—¿Y no preferirías seguir conduciendo toda la noche?

Estaba tan deslumbrada, con las mejillas brillantes y el pelo revuelto, como una mujer que acababa de mantener unas estupendas relaciones sexuales y quisiera más. Tenía los ojos muy verdes, muy relucientes, y él tuvo que agarrar con fuerza el volante para no tratar de acariciarle la cara.

Apartó la vista.

—Después. Primero, vamos a dejarlos boquiabiertos. Después te llevaré a donde quieras.

Esperaba que fuera a la cama.

Frente a Cipriani's, la acera estaba llena de recién llegados y de limusinas de las que salían parejas y grupos de gente guapa.

Adam le dio las llaves a un aparcacoches que se quedó con la boca abierta. Maddie lo agarró del brazo, y le dijo en un susurro frenético:

—¿Te has vuelto loco? ¿Le vas a dejar el Bugatti? ¿Y si lo roba, o lo abolla?

Adam sonrió.

—Querida, solo es un coche.

—¡Un coche de dos millones de dólares! El coche más rápido que se puede conducir legalmente por la calle, por el amor de Dios. ¿Y si se va por ahí a darse una vuelta? ¿Y si se pone a doscientos cincuenta kilómetros por hora en el JFK?

—Tendría que pasarse una noche muy incómoda en la comisaría. Y tendría una gran historia que contarles a sus nietos.

—¿Cómo puedes decirlo con tanta despreocupación?

Maddie apretó la mandíbula con indignación. Él no pudo resistirse, y le tomó la barbilla en la palma de la mano. Era tan apasionada y tan deseable... Y tan preciosa como la porcelana.

Le acarició la mejilla con el dedo pulgar. Después, deslizó la otra mano hacia arriba, por la seda que cubría su brazo, hasta que tocó la suavidad de la piel de su garganta. La sujetó así.

Y, entonces, la besó.

Oh, cómo la besó. Con delicadeza, sin lengua, tan solo cerrando sus labios cálidos sobre los de ella. Le tomó la cara con sus manos fuertes, pero con delicadeza, como si fuera una flor a la que podía aplastar por un descuido.

Maddie pensó distraídamente que debería empujarlo, y posó las palmas de las manos en su pecho para hacerlo.

Sin embargo, él aprovechó aquel momento para ladear la cabeza, y pasó la punta de la lengua caliente y húmeda por la unión de sus labios. Y ella, como Eva, se abrió para saborearlo. Era algo prohibido y delicioso. Y, en vez de apartarlo, le agarró las solapas y lo atrajo hacia sí.

El deseo se multiplicó en un abrir y cerrar de ojos. Él la rodeó con los brazos y la puso de puntillas. Ella se apoyó en su pecho y fundió sus caderas contra la erección de Adam como si no hubiera ningún obstáculo entre ellos y ella pudiera acostarse con él. De no haber estado vestidos, lo habrían hecho allí mismo, en la acera.

Aquel arrebato de locura duró solo un instante, hasta que se oyó una risotada grave detrás de ellos.

Maddie se apartó de Adam con aturdimiento.

—Deberíais reservar una habitación de hotel —dijo alguien, con un marcado acento del Oeste.

Adam miró por encima del hombro de Maddie con irritación. Sin embargo, sonrió a medias, con desgana. Hizo que ella se diera la vuelta y dijo:

—Maddie, te presento a Dakota.

Ella se quedó paralizada. Dakota Rain. Seguramente, la mayor estrella de cine del mundo. Y, ciertamente, la única persona que podía distraerla de Adam.

—Dakota, te presento a Maddie St. Clair.

—La fiscal —dijo Dakota, con una sonrisa—. Me alegro de conocerla, señorita St. Clair.

Ella tragó saliva.

—Igualmente, señor Rain.

Él le ofreció la mano, y ella se la estrechó. Al notar que él la agarraba suavemente por el codo, se quedó embobada.

—¿Qué te parece si nos tuteamos? —preguntó él—. Me da la impresión de que vamos a ser buenos amigos —dijo, y dio un paso hacia la puerta.

Adam le puso una mano en el hombro.

—Vamos, ve a buscar tu propia mujer —le dijo, desenganchando el codo de Maddie de su mano y enlazando su brazo con el de él. Después, señaló hacia la calle con la cabeza.

—¿No es Ashley esa que sale del coche?

—Ah, demonios —dijo Dakota, y estuvo a punto de agacharse—. Esa chica es muy rencorosa —explicó, y le guiñó un ojo a Maddie—. Hasta luego, guapísima.

Después, desapareció en el interior del establecimiento.

—No tienes por qué poner esa cara de desilusión —le dijo Adam a Maddie, con sequedad.

—¿Desilusión? —preguntó ella, mirándolo como si hubiera perdido el juicio—. Dakota Rain acaba de llamarme «guapísima».

—Sí, y te has quedado atontada —replicó él, con disgusto.

—Bueno, es lógico. He visto todas y cada una de sus películas.

El portero les hizo entrar al vestíbulo, que ya estaba abarrotado. Adam la guio entre la multitud y dijo, con severidad e irritación:

—No te fíes de Dakota. No es el héroe romántico que interpreta en las películas. Te quitaría el vestido en un segundo y, después, nunca te contestaría a las llamadas.

Ella puso los ojos en blanco con resignación. Como si tuviera esperanzas de darse un revolcón con Dakota Rain.

De todos modos, aquella era una buena advertencia, y no la desdeñó.

—Gracias por el aviso, pero sé muy bien que el romanticismo no existe.

Después, terminó con la conversación, tirándole de la mano para llevarlo hacia el salón.

—Vamos a buscar la comida. Me muero de hambre.

—Te dije que comieras —refunfuñó él. Sin embargo, entrelazó sus dedos con los de ella mientras avanzaban entre el gentío.

Había una aglomeración de famosos, políticos y personajes

relevantes de la sociedad, todos ellos con sus mejores galas y joyas. Maddie intentó aparentar indiferencia, pero solo lo consiguió hasta que llegó al salón.

Estaba engalanado al máximo. Las columnas eran altísimas, y había tapices brillantes y plumas enormes en grandes jarrones. Y árboles de verdad, envueltos en guirnaldas luminosas.

Era como un cuento de hadas hecho realidad.

Al entrar, atrajeron muchas miradas y, aunque Maddie ya se lo esperaba, se encogió sin poder evitarlo. Siempre intentaba no ser el centro de atención, incluso en las mejores circunstancias, y aquellas no lo eran, definitivamente.

Sin embargo, las personas que se quedaban mirando no eran tan molestas como las que fingían que ella no estaba allí.

—Oooh, Adam —dijo alguien.

Aquel ronroneo de deleite provenía de una gran belleza con una melena rubia. Lo tomó del brazo y lo miró fijamente, con unos ojos de un color violeta tan intenso, que debían de habérselos realzado de algún modo. Como se había realzado también el pecho, pensó maliciosamente Maddie. En aquella repisa podía servir cócteles para cuatro.

—Hacía siglos que no te veía —dijo la mujer, y acarició el cuello de la camisa de Adam con una uña de color rojo—. No llamas y no escribes.

Él sonrió.

—Andrea. Estás muy guapa —dijo, y tiró de Maddie—. Maddie, querida, te presento a Andrea Lyon.

Los ojos violetas descendieron más de doce centímetros; al ver a Maddie, Andrea los abrió aún más y sonrió como si creyera que era la hermana pequeña de Adam y que él le iba a dar un golpecito en la cabeza.

Sin embargo, él la tomó de la cintura y la estrechó contra sí.

—Andrea, te presento a mi acompañante, Maddie St. Clair.

Al ver a aquella mujer tan bella quedarse sin habla, Maddie sintió una mezquina satisfacción. Sin embargo, Andrea tenía talento aparte de belleza, y pasó de quejarse con un mohín a convertirse en una mujer fatal que le lanzó a Adam una mirada seductora.

—Voy a estar en Nueva York este fin de semana —le dijo, en voz baja—, por si te cansas de Campanilla.

Después, desapareció entre la gente.

Maddie extendió la mano.

—Diez pavos.

Adam sonrió.

—¿Por qué no te invito a una copa, mejor?

—Está bien. Porque si te has acostado con tantas de estas mujeres como yo creo, la voy a necesitar.

Atravesaron la sala, deteniéndose cada poco a recibir el saludo de las antiguas amantes de Adam, de políticos que le daban palmadas en la espalda, de millonarios que se acercaban a socializar con él y de actores famosos que eran amigos suyos. Todos querían una parte de Adam LeCroix. Y todos se quedaban muy sorprendidos al comprobar que él reservaba la mayor parte de su atención para ella.

—Creía que el plan era que todo el mundo pensara que yo me había vuelto loca por ti —le dijo, cuando llegaron a la barra y estuvieron a solas—. Entonces, ¿a qué viene esa actuación de cavernícola?

Él enarcó las cejas.

—Ya sabes, la cara de Clint Eastwood, el brazo alrededor de mi cintura... —dijo ella, y le clavó el dedo en el miembro ofensor.

Él la estrechó contra su cuerpo y pegó su cadera a la de ella.

—¿Y quién ha dicho que es una actuación?

Maddie se humedeció los labios que, de repente, se le habían quedado secos.

—Sí, claro. Bueno, de todos modos, ya has convencido a todo el mundo que el que te has vuelto loco por mí eres tú. Ya estará por todo Twitter.

—Eso no me preocupa lo más mínimo.

—Pues está preocupando a todas las mujeres del salón.

—¿Incluso a ti?

—No, porque yo sé que tienes un as en la manga.

El barman apareció y Adam pidió dos martinis Beefeater con extra de aceitunas.

Ella lo fulminó con la mirada.

—¿Es que tu detective privado también me ha seguido a los bares?

Él se encogió de hombros.

—Puede que sea una casualidad. Mi bebida favorita es el martini Beefeater.

—No es posible.

—Sí lo es —respondió él, con una sonrisa.

Ella tuvo que contenerse para no sonreír también.

—Eres tonto.

—Vaya, ya no soy idiota.

—Una cosa no quita la otra.

Aparecieron dos copas heladas en la barra, y Adam le pasó una de ellas sin soltar su cintura. Después, tomó la otra y le ofreció un brindis.

—Por los coches rápidos y las mujeres más rápidas aún.

—Los coches potentes y los hombres musculosos.

Se echaron a reír y dieron un sorbito a la copa, mirándose por encima del borde. El apasionado abrazo que se habían dado en la acera había dejado su marca en el ambiente.

Entonces, Adam miró a lo lejos, y su buen humor disminuyó.

—Hawthorne nos ha visto. Viene hacia acá.

—Creía que ese era nuestro objetivo.

—Supongo que sí.

Adam la soltó, y ella dio un paso hacia atrás.

Maddie se dio cuenta de que se apartaba de Adam con reticencia. Habían estado demasiado cerca el uno del otro, y a ella le había gustado. Sin embargo, ¿quién podría reprochárselo? La mitad de las mujeres de aquel enorme salón dejarían plantados a sus acompañantes y se irían con Adam.

Adam posó la mano en su cintura nuevamente, y ella se sintió reconfortada, como si estuvieran unidos en algo más que en aquella batalla.

Hawthorne ignoró a Adam y se concentró en ella.

—Señorita St. Clair —dijo con malicia—. Debo decir que no esperaba encontrármela así —añadió, observando la mano de Adam en su cintura—. Pero, ya que se está vendiendo por dinero, ¿por qué no va a llegar hasta el final?

Adam se puso tenso, pero ella lo agarró suavemente del brazo. No necesitaba ayuda.

Aquel era el terreno del Pitbull.

—Dos palabras, Hawthorne: indemnización por daños punitivos —le dijo, con una sonrisa—. A los jurados les encanta imponérselas a las avariciosas compañías de seguros que no quieren pagar a sus asegurados. Así que saque la chequera.

Se dio media vuelta, y miró hacia atrás ligeramente.

—Y, por favor, la próxima vez traiga a un abogado de verdad. A Brandt puedo echarlo de la sala del juicio con un buen pedo.

Chasqueó los dedos para indicarle a Hawthorne que podía marcharse, y volvió a su cóctel.

Hawthorne se quedó congestionado y sin habla, y miró a Adam. Después, se alejó, murmurando, mientras Adam se echaba a reír.

—Increíble —le murmuró a Maddie al oído—, pero la próxima vez avísame para que pueda grabarlo.

Con el futuro profesional destrozado, y la palabra «venderse» resonándole en los oídos, Maddie se desanimó y volvió a la realidad.

—Como abogada tuya, te lo desaconsejo.

—Dime que no te encantaría verlo en YouTube.

Había un periodista de televisión esperando a menos de tres metros de ellos.

—Creo que este caso va a tener mucha atención de los medios —dijo. Y, para ella, eso no era causa de celebración.

Dejó la copa en la barra.

—¿Sabes dónde está el servicio de señoras?

Él se lo señaló, y ella calculó lo que iba a tardar en llegar a través de tantas gacelas.

—Puede que me lleve un rato —dijo—. ¿Dónde puedo encontrarte? Espero que cerca de la puerta.

Adam se echó a reír de nuevo, y se puso más guapo aún al hacerlo.

Grrr… ¿Acaso las cosas no eran ya lo suficientemente complicadas? ¿Tenía que sentir lujuria por LeCroix como si fuera una de las idiotas de sus examantes?

Con cara de pocos amigos, se adentró en la jungla. Sin embargo, no llegó a la puerta de los servicios.

El senador Michael Warren, antiguo fiscal del Distrito Este de Nueva York, y su antiguo jefe, el mismo hombre que la había vendido en el caso de Los Estados Unidos de América contra LeCroix, la interceptó.

La tomó con firmeza del codo y la llevó a un rincón. La colocó de espaldas a la pared y los tapó a ambos con su enorme cuerpo.

Estaba furioso.

—Maddie, ¿qué estás haciendo?

—No, ¿qué estás haciendo tú? —le preguntó ella, clavándole el dedo índice en el pecho—. Deja de arrastrarme como si fueras un hombre de las cavernas —añadió. Parecía que aquella noche estaba rodeada. Aquel era rubio y tenía los ojos castaños, pero también era un macho alfa.

Él le agarró el dedo.

—No le des la vuelta a la tortilla. LeCroix es un delincuente.

—Ya sé lo que es.

—Entonces, ¿por qué estás tan acaramelada con él?

—No estoy acaramelada. Soy su representante legal, idiota. Por si se te había olvidado, ahora estoy en el ámbito privado.

Su expresión severa se suavizó, así como su tono de voz.

—No he olvidado nada de ti, Maddie. No he podido olvidarte en cinco años. Ni podría olvidarte en cincuenta.

Ella puso cara de resignación.

—Oh, por favor. Nos acostamos una sola vez. Y, después, me jodiste.

—No digas que eso fue lo que ocurrió entre nosotros. De todos modos, tú nunca te habrías emparejado de manera estable conmigo. Ese no es tu estilo. Habría tenido suerte si hubiera podido acostarme contigo unas cuantas veces más antes de que me hubieras dado una patada en el culo.

Cierto, sí, pero ella no iba a admitirlo.

—Muy bien. Ahora, suéltame la mano.

Él se la apretó.

—¿Sabe LeCroix que vas a dejarlo la semana que viene, o el mes que viene, si tiene suerte? ¿Que vas a pisotear su corazón como si fuera una uva y que nunca podrá olvidarte?

—De verdad, Michael, reserva tu talento teatral para tus votantes. Y no te preocupes por LeCroix. Aunque tuviera corazón, no me lo entregaría a mí.

—No me preocupa ese tipo en absoluto. En todo caso, siento celos de él, e indignación porque te haya implicado en su último chanchullo.

—No es un chanchullo —dijo Maddie, admitiendo algo que no había querido reconocer hasta aquel momento—. Al principio, yo también creía que lo era. Pero alguien le ha robado y está muy cabreado. Tiene a un escuadrón de detectives privados investigando.

—No seas ingenua, Maddie. Está montando un show —dijo Michael—. Con la *Dama en rojo*, no le importó que tú pensaras que era culpable. Solo quería que pensaras que no podías imputarlo. Esta vez hay mucho más en juego.

Ella tuvo ganas de abofetearlo.

—En serio, Michael, has perdido facultades. Ahora tiene mucho menos en juego —dijo—. Yo soy su abogada, y no importa lo que crea, tengo que defenderlo a menos que me diga a las claras que está cometiendo una estafa; e, incluso en ese caso, lo único que podría hacer sería renunciar a representarlo.

Él agitó la cabeza y siseó:

—No te das cuenta, ¿no? Quiere acostarse contigo. Lo lleva escrito en la cara.

—Eso te lo parece a ti porque estás celoso.

En un arrebato de exasperación, ella tiró del brazo para liberarse, y se golpeó el codo con la pared. Sintió un agudo dolor.

—¡Mierda! ¡Apártate de mi camino!

Le dio un empujón en el pecho, pero no consiguió moverlo. Él la tomó de los hombros y la zarandeó.

—Escucha, Maddie. Ese tipo robó la *Dama en rojo*. ¿Quién sabe qué más cosas habrá hecho, y a quién habrá causado perjuicios?

—Ya basta, Michael. Robó el cuadro, pero no le hizo daño a nadie.

—Si robó uno, habrá robado más. No sabemos cuáles son los daños colaterales.

—Eres absurdo. Él no es tan malo.

Él se puso rígido.

—No puedo creer que lo estés defendiendo.

—Me atengo a las pruebas. Lo único que teníamos contra él era la *Dama en rojo*, y con eso yo no acuso a nadie de asesinato. Y, de todas formas, si es tan malvado, ¿por qué lo dejaste libre?

A Michael se le abrieron las ventanas de la nariz.

—Te digo ahora lo mismo que te dije entonces. Puedo hacer más cosas buenas en el Senado que LeCroix cosas malas en el mundo. O, por lo menos, eso es lo que pensaba hasta esta noche. Hasta que te he visto colgada de él…

—Senador —dijo Adam, y puso la mano en el hombro de Michael para darle un apretón no demasiado amistoso—. Veo que está charlando con mi acompañante.

—Quíteme las manos de encima, LeCroix. Está agrediendo a un senador.

Adam le apretó con más fuerza.

—Y usted está acosando a una mujer indefensa.

Michael se volvió hacia él y se zafó de su mano.

—Solo estoy hablando con ella para que tenga sentido común. Quiero protegerla.

—¿Arrinconándola en una esquina, como un matón?

Adam utilizó un tono glacial y amenazante, y Michael se enfureció.

Maddie se colocó entre ellos.

—Ya es suficiente, chicos, guardad los penes dentro del pantalón —dijo, al darse cuenta de que varias personas los estaban mirando con curiosidad—. Sonreíd, los dos.

Michael la tomó del codo.

—Maddie…

—Sonríe, Michael, o te doy un rodillazo en las pelotas y todo el mundo tendrá la escenita que está esperando.

Su mirada debió de convencerlo, porque apretó los labios y sonrió forzadamente.

Ella se giró hacia Adam. Él también tenía una mirada de furia.

—Yo sonreiré cuando te quite las manos de encima.

Ella se zafó de la mano de Michael y siguió mirando a Adam.

Él relajó la mandíbula poco a poco, y elevó una de las comisuras de los labios. Sin mirar a Michael, la tomó del mismo codo.

—Nos vamos ahora mismo —dijo, y se dirigió hacia la puerta.

CAPÍTULO 10

Maddie esperó hasta que llegaron a la acera para darle un codazo a Adam en las costillas. Él tuvo que soltarla para agarrarse el costado.

—Demonios, ¿y eso por qué?

—Por mangonearme, por eso. Y por ponerte hecho un basilisco ahí dentro. «Suelta a mi hembra». ¿De qué vas? —le preguntó ella, señalándolo con el dedo índice—. Has dicho que soy «una mujer indefensa».

Él se quedó asombrado.

—Ese tipo pesa cincuenta kilos más que tú, y te ha zarandeado. Debería haberle pegado un puñetazo solo por eso.

—Déjalo. Deja esa actitud ridícula de caballero andante. John Doe, Bridget y los niños que pasan hambre. Porque sé que eres un sinvergüenza —dijo ella, y asintió una vez—. Eres un sinvergüenza, no un héroe.

Aquel comentario hizo sonreír de verdad a Adam.

—Una cosa no quita la otra.

—Ah, entonces, ¿lo admites? ¿Admites que robaste la *Dama en rojo*?

Él la miró con neutralidad.

—Era una simple observación.

Maddie se quedó enfurruñada mientras el mismo aparcacoches les llevaba el Bugatti hasta la acera. No pareció que a

127

Adam le importara mucho que hiciera un derrape al frenar. Sacó unos cuantos billetes de la cartera y se los dio al chico, pero ella le lanzó una mirada fulminante al muchacho. Después se acercó al coche y abrió su puerta antes de que Adam pudiera hacerlo en su lugar.

«Mujer indefensa», pensó. «Ni por asomo».

Sin embargo, él consiguió tomarla del codo antes de que su trasero tocara el cuero del asiento. Ella agitó el brazo.

—Es un codo, no un timón. Deja de dirigirme de un sitio a otro.

Él alzó las manos con las palmas extendidas.

—Pensaba que te gustaría conducir.

—Ah. Bueno… —eso era todo un detalle. Era una lástima que no pudiera aceptar su oferta—. Gracias, pero prefiero ir de copiloto.

—¿Os marcháis ya? —preguntó Dakota, acercándose al coche con una mirada astuta—. Justo cuando se estaba fraguando la pelea.

—Maddie me ha obligado a guardarme el pene en el pantalón.

Ella debería haber respondido con sarcasmo, pero se había quedado embobada mirando a Dakota.

Adam se puso entre ellos y le dijo a Dakota:

—¿Qué ocurre? ¿Vuelves a casa con las manos vacías?

Dakota se encogió de hombros.

—Me he deshecho de mis admiradoras cuando he visto que tal vez te hiciera falta ayuda con el senador. Ahora tengo que empezar de nuevo —dijo, y asomó la cabeza por detrás de Adam para mirar a Maddie—. ¿Tienes alguna hermana? Porque, si se parece a ti, tal vez siente la cabeza.

Adam soltó un resoplido, empujó a Dakota medio en serio y rodeó el coche. Se sentó al volante y dijo, por la ventanilla:

—Considera revocada tu invitación.

Después, arrancó y aceleró para moverse entre el tráfico.

A aquellas horas de la noche, la mayoría de los vehículos

eran taxis. Adam circuló entre ellos como si estuvieran parados. Maddie se mordió la lengua, pero cuando pasaron cerca de uno sin apenas dejar espacio, tomó una bocanada de aire entre los dientes.

—Por Dios, Adam. ¿Por qué permites que Dakota te afecte tanto?

—No me afecta —mintió él. Sin embargo, levantó el pie del acelerador.

—Es un bromista —dijo ella—. No se toma nada en serio, y menos a sí mismo.

Adam frenó en un semáforo y la miró.

—Dakota es muy amigo mío. No se lo habría pensado dos veces si hubiera tenido que darle un puñetazo a ese senador. Pero tiene la molesta costumbre de querer lo que no puede tener.

—Es el mismísimo Dakota Rain. ¿Qué puede querer y no tener?

—En este momento, a ti.

—Te equivocas.

—No, no me equivoco. Te desea a ti.

—Quiero decir que te equivocas al decir que no puede tenerme. Da la vuelta y te lo demostraré.

Él le lanzó una mirada peligrosa. Cuando el semáforo se puso en verde, pasó de cero a cien en dos con cinco segundos, y a ella se le quedó el estómago en el cruce.

—¡Mierda, Adam!

—Podías haber conducido tú —dijo él.

Ella miró por la ventanilla, a las luces de Broadway. Sabía que tenía que confesarlo.

—No tengo carnet —murmuró.

Él disminuyó la velocidad.

—¿Disculpa?

Maddie apretó los dientes sin apartar la mirada de la calle.

—He dicho que no tengo carnet, ¿de acuerdo? Vivo en Nueva York. No lo necesito.

Silencio.

—Vamos, di lo que estás pensando. Desembucha.

—Estoy pensando en una pizza —dijo él, y aparcó de repente junto a la acera, frente a un antro con un letrero que decía *Luigi's*.

—No podemos dejar aquí el coche.

—No vamos a salir —respondió él, y le hizo una seña a un tipo gigante, vestido de traje, que apareció de entre las sombras—. Roberto —dijo, y comenzó a hablar en italiano mientras el recién llegado asentía. Después, Adam le dio un billete de cincuenta dólares, y el hombre entró en el local.

Ella miró la modesta fachada con escepticismo.

—¿Y la pizza está buena?

—Es la mejor de Nueva York.

—Ni de broma. La mejor es la de Anthony's, y está a una calle de mi casa.

—Veinte dólares a que es la de Luigi's.

—Acepto la apuesta.

Roberto salió con una caja. Adam se la dio a Maddie.

—Qué rápido —dijo ella, olisqueando la caja, mientras él volvía al tráfico.

—Llamé después de que te fueras al baño —dijo él, en un tono de voz más duro—. Es evidente que debería haberme quedado contigo. Siento que Warren te arrinconara.

—Olvídalo —respondió Maddie, y abrió la tapa—. Oh, Dios. Oh, Dios.

Masa fina, salsa de tomate espesa y queso. Mucho queso.

Adam tomó una curva.

—No sabía que habíais sido amantes.

—Bien, porque no es asunto tuyo.

Aunque sabía que no debía hacerlo, Maddie intentó tomar una porción, pero terminó soplándose los dedos porque se quemó.

—Se enamoró de ti —insistió Adam.

—Michael se enamora dos veces a la semana. Es un abogado

listo y, seguramente, es un buen senador, pero con respecto a su vida amorosa es idiota.

—Entonces, ¿tú no te enamoraste?

—¿Te acuerdas de que he dicho que no es asunto tuyo?

—Vamos, satisface mi curiosidad.

—No me da la gana.

Él le enseñó los dientes, y ella se echó a reír.

Adam paró delante de su edificio, y el portero se acercó rápidamente.

—Lo llevo al garaje, señor LeCroix —dijo, y tomó el billete que le tendía Adam.

Mientras atravesaban el portal, Maddie comentó:

—Has dado unas buenas propinas hoy. Tal vez ganara más siendo tu portera que tu abogada.

Adam marcó el código para llamar a su ascensor.

—Pero te perderías la mejor pizza de la ciudad.

—Ya veremos.

Cuando entraron en el piso de Adam, Maddie señaló su esplendor con un dedo.

—Me parece que Luigi's es un lugar demasiado modesto para un tipo que vive así.

—Es amigo mío.

—Ah. Como Henry, y Bridget. Y Fredo también, supongo.

Él se quedó sorprendido, pero no respondió.

—Conocí a Luigi en Sicilia. Él soñaba con poner su propio restaurante, y yo soñaba con su pizza.

Tomó la caja con una mano y pasó los dedos, ligeramente, por el brazo de Maddie.

—¿Y tú? ¿Con qué sueñas tú, Madeline?

Ella no estaba dispuesta a jugar a aquel juego. Los llevaría directamente a la cama. En vez de eso, tocó la tapa de la caja.

—Con tres porciones de esta acompañadas por uno de tus deliciosos vinos tintos y con un trozo de esa tarta de queso.

Él bajó la mirada desde sus ojos a su cuello, y sonrió.

—Eso parece demasiado modesto para una mujer que lleva esmeraldas.

Maddie había olvidado que llevaba un collar que él le había prestado, con una gema del tamaño de un dedo pulgar colgada de una cadena de oro.

—Perteneció a una princesa —continuó Adam— del siglo XV. Fue un regalo de compromiso —añadió. Tocó la piedra, y tocó su piel, con un dedo. A ella se le aceleró aún más el pulso.

Para disimular su nerviosismo, fingió que no le importaba.

—Parece que es carillo. ¿Cómo te hiciste con él? ¿En un robo de guante blanco?

—No, señora fiscal, no robé la esmeralda. La gané en una partida de póquer.

Vaya.

—¿Y qué apostaste tú? ¿Una isla tropical? ¿Un cohete espacial?

—El Bugatti.

A ella se le escapó un jadeo.

—¿Estás loco? ¡Yo lo decía en broma!

Entonces, recibió con fuerza el golpe: ¡Llevaba un collar de más de dos millones de dólares!

—¡Mierda! ¡Mierda! ¡Quítamelo! —exclamó, y trató de desabrochárselo. Él le apartó las manos, riéndose.

—Querida, solo es un collar.

—Y el Bugatti solo es un coche. Para ti. Para mí, no.

—Yo estoy acostumbrado a lo mejor —repuso él, y pasó un dedo por la cadena—. Y tú le haces justicia a la esmeralda.

Era exactamente lo que tenía que decir. Conocía a la perfección el lenguaje de la seducción. Lo dominaba.

Para demostrarlo, alzó la caja de la pizza.

—Hablando de apuestas, tenemos una sobre Luigi's —dijo, y la tomó de la mano—. Estoy deseando aumentarla, si tú quieres.

Ella intentó disimular lo mucho que le afectaba que la tocara.

—Lo siento, no tengo ni coches deportivos ni collares del siglo XV.

—Se me ocurren otras cosas —dijo él.

Entonces, le besó los nudillos. Fue un gesto ganador. Ella no supo cómo responder.

Como por arte de magia, Henry apareció para tomar la caja de la pizza.

—A mi suite —dijo Adam—. Con una botella de Brunello.

Entonces, la llevó hacia el ascensor, y ella, como si fuera una aspirante a actriz completamente deslumbrada, lo siguió.

Una hora después, Adam estaba paseándose por su suite cuando Maddie entró hecha un basilisco. Arrojó la correa de John sobre el escritorio.

—Verdaderamente, piensas que soy una mujer indefensa. Has mandado a Henry a que me vigilara.

Él no se disculpó.

—El parque es peligroso a medianoche.

—Sé cuidarme —replicó ella—. Llevo muchos años haciéndolo.

Hablaba en un tono suave por el bien de John, pero le salía humo por las orejas.

Después de la pizza, se había quitado el vestido de color esmeralda que él no iba a olvidar jamás y se había puesto unos pantalones vaqueros azules y un jersey del color de las ciruelas maduras. El viento le había revuelto el pelo, y tenía los ojos de un gris perla, con los párpados entrecerrados.

Él quería devorarla.

Pero eso no iba a suceder.

En algún momento, entre el ascensor y su suite, su suave seducción había encontrado un escollo. No sabía cómo había sucedido, qué había dicho o hecho, pero las cosas habían empeorado drásticamente.

Todo empezó cuando ella dejó caer la tercera esmeralda más

grande del mundo en su escritorio mientras le echaba un sermón severo y breve diciéndole que podía darle un uso mucho mejor a dos millones de dólares gastándoselos en los niños que pasaban hambre. Por supuesto, él no había contribuido a mejorar la situación al hacerle notar que no había tenido tantos miramientos con el Bugatti, pero ella se lo merecía.

Entonces, ella había comenzado a protestar por la luz de las velas, diciendo que no le dejaba ver más allá de sus narices, y que no veía la pizza. No paró hasta que él tuvo la suite iluminada como un Wal-Mart. Eso sí que era estropear el ambiente.

Y, al final, después de darle malhumoradamente los veinte dólares de la apuesta que había perdido, anunció que tenía intención de sacar a pasear a John. Sola.

Ya. Como si él fuera a permitirle que anduviera a solas por Nueva York, de noche, con la única protección de un perro escuálido.

De malas pulgas, caminó hasta el ventanal.

—¿Has hablado con tu hermana? —le preguntó, como si estuviera buscándose problemas.

—Sí.

—¿Y Crash tiene pasaporte?

—Sí.

Él observó su reflejo en el cristal: Maddie tenía los brazos cruzados y el ceño fruncido, y le estaba fulminando la espalda con la mirada.

—Seguro que querrán tener intimidad —dijo él, echando más leña al fuego—. Hay varias casitas para invitados en la finca…

—¡No! No, no, no. Casa principal, habitaciones separadas. De hecho, Lucy puede dormir conmigo.

—¿Y qué pasará cuando se escabulla en mitad de la noche?

—No lo va a hacer. No va a poder, si me quedo despierta.

—¿Una semana entera? Vaya plan tan brillante.

—¿Es que crees que tengo que permitirlo? ¿Tengo que

hacer como si un perdedor llamado Crash no se estuviera merendando a mi hermana dos habitaciones más allá?

—Esa merienda ya está teniendo lugar. Y, probablemente, en este mismo momento.

—Gracias por crear esa imagen en mi mente.

Maddie se sentó en el sofá. John se levantó de su cama y fue a apoyar la cabeza en su rodilla. Ella lo acarició distraídamente.

Adam se paseó por la habitación con las manos en los bolsillos. Su meta final era el sofá, pero iba a tener que acercarse a ella sigilosamente, como un gato a un ratón. Si la sobresaltaba, Maddie se marcharía corriendo a su habitación.

Y él no estaba de humor para que sucediera eso.

Se detuvo en la ventana y fingió que observaba el horizonte.

—El sexo no tiene por qué ser algo sórdido, ¿sabes?

—Eso lo dice un tipo que se ha acostado con miles de mujeres en los seis continentes.

Bueno, él se lo había buscado. Hizo otro intento.

—Cuando dos personas sienten algo la una por la otra…

Ella soltó un resoplido que le interrumpió.

—Gracias, pero mi madre ya me soltó ese discurso cuando tenía doce años. Lo sé todo sobre los tiernos sentimientos que transforman un acto fisiológico en algo precioso y sagrado. No.

Él apretó los puños dentro de los bolsillos. No encontraba forma de llegar a ella. Nunca se había sentido tan desorientado.

Cerró la boca y decidió mantenerla cerrada hasta que pudiera pensar en algo incontestable que decir. Fue al mueble bar y sirvió lo que quedaba de Brunello en dos copas.

—Gracias —dijo Maddie, cuando él le llevó una de las copas—. Puede que esta situación sea un asco, pero, al menos, la comida y la bebida son fantásticas.

Aquello fue una buena pulla, pero Adam la dejó pasar. Se inclinó y le acarició las orejas a John. El perro se tumbó en el suelo patas arriba, y Adam se sentó en la otomana y comenzó a rascarle el estómago.

—Si sirve de algo —dijo—, ya han investigado a Crash.

—Es un asesino en serie, ¿a que sí?

Adam se sentó en el sofá y pasó un brazo perezosamente por el respaldo.

—No. Se llama George Lemon, tiene veintiún años y es de Ogunquit, Maine. Es blanco, tiene tres hermanas pequeñas, unos padres que aún siguen casados y que tienen empleo. Una familia normal, un hogar agradable de clase media.

Él pensaba que iba a sentirse aliviada, pero Maddie hizo un gesto desdeñoso.

—Nunca se sabe lo que ocurre en esos agradables hogares de clase media.

Aquel tono tan cínico dijo mucho más que sus palabras. ¿Acaso se había vuelto así durante los años que había pasado trabajando de fiscal? ¿O era algo más cercano a su hogar?

—¿Y qué más? —preguntó Maddie—. ¿Drogas? ¿Embarazos no deseados en el instituto?

—No. Ninguna detención juvenil, nada de rehabilitación y ningún hijo ilegítimo.

Ella entrecerró los ojos.

¿Por qué le resultaba tan atractiva?

Ella se mordió el labio.

Incluso más atractiva aún.

Cambió ligeramente de postura y dejó de mirar sus dientes. Todavía estaba medio excitado de haber jugado a los amantes durante la gala; la había acariciado, la había besado y se había frotado contra su cuerpo. Una vida de experiencia había programado su cerebro y su cuerpo para que esperaran mantener relaciones sexuales después de una noche como aquella. Y, con cualquier otra mujer, eso ya habría sucedido.

Sin embargo, Maddie no era como cualquier otra mujer y, por mucho que le fascinara, también le estaba causando una grave incomodidad.

—Estás buscando dificultades donde no las hay —dijo, intentando concentrarse en la conversación—. Según mi gente, es un chico sano, guapo e inteligente. Toca la guitarra en un grupo de rock. Y tiene éxito entre las chicas.

Adam alzó una mano para silenciar la inminente protesta de Maddie.

—Eso no le convierte en un pervertido. Lo convierte en un joven sano con impulsos sexuales normales.

—Y quién sabe con cuántas enfermedades.

—Tu hermana se arriesga a eso con cualquier chico con el que se acueste.

Maddie palideció.

—De todos modos —prosiguió él—, es un estudiante de sobresaliente con talento musical y artístico y que no tiene tendencias violentas ni dependencias de ningún tipo. No parece que sea ningún peligro para Lucy. Y, con un nombre como George Lemon, tampoco puedes echarle en cara que se haya puesto Crash de apodo.

Eso hizo que Maddie se riera, aunque de mala gana.

—Está bien —dijo—. Puede seguir viviendo. Por ahora.

Ella terminó su copa de vino y deslizó el trasero hasta el borde del sofá.

—Gracias por investigarlo. Me siento un diez por ciento mejor que antes.

—De nada.

Adam le tomó la mano, y ella se lo permitió. Entonces, él le acarició la palma con el dedo pulgar, y sintió un arrebato protector, además de una descarga de deseo. Maddie era como una pieza delicada de vidrio soplado; si no tenía cuidado, podía hacerla añicos.

Tiró de ella para acercarla, y ella no se resistió. ¿Por qué se había preocupado tanto, y había luchado tanto?, se preguntó Adam. Maddie era moldeable como la arcilla. Le acarició un costado, y pasó la yema de un dedo por el lateral de su pecho. Dios, la deseaba. El deseo apenas le dejaba respirar.

Ella alzó los ojos y lo miró. Sus labios estaban a pocos centímetros de distancia. Cuando habló, lo hizo susurrando.

—Si crees que me voy a acostar contigo por haberme hecho un favor, deja de hacerte ilusiones.

Sus manos se quedaron paralizadas. Se apartó lentamente.

—Madeline —dijo—, no se trata de eso en absoluto.

—¿Es que no quieres acostarte conmigo? Te lo has estado trabajando toda la noche.

—No, no es eso —respondió él. Entonces, se pasó una mano por el pelo—. Quiero decir que sí, sí es eso. Por supuesto que quiero. Pero solo si tú también quieres.

Su mirada severa hizo que él se sintiese como un principiante.

—Pero me doy cuenta de que no quieres —añadió—. He malinterpretado la situación. Por favor, discúlpame.

Ella vaciló. Quería sentir odio hacia él, y él se dio cuenta de la lucha que estaba librando. Sin embargo, Maddie reconocía la verdad al oírla, y su expresión se suavizó. Sus hombros se relajaron.

Aunque no se arrojó a sus brazos.

—Está bien —dijo, y se acarició el estómago como si le doliera.

Después se inclinó, le dio un beso a John en la cabeza y se marchó sin despedirse.

Él vio cerrarse la puerta, y miró a su perro.

—Ha ido bien.

John lo miró comprensivamente.

Henry llamó dos veces y entró con una sonrisita de suficiencia.

—Puedes ingresar el cheque del sueldo de Fredo de este mes en mi cuenta —dijo—. Tu historial de conquistas ya no es perfecto.

—¿Desde cuándo apostáis sobre mi vida sexual?

—Desde que, por fin, se ha vuelto interesante. Dime, ¿cómo se siente uno cuando le dan calabazas por una vez en su maravillosa vida?

Se sentía muy mal, pero no iba a darle a Henry la satisfacción de reconocerlo.

—Si ya has terminado de regodearte —le dijo a su amigo, señalándole la puerta.

—No, ni por asomo —dijo Henry, y se frotó las manos—. Pero voy a dejarlo por un segundo para decirte que he hablado con Gio.

—¿Y?

—Está claro que lo ha hecho alguien de dentro. La seguridad perimetral está inalterada, y en la villa tampoco ha habido ningún fallo. El único sistema que se vio afectado fue la alarma que debería haber saltado cuando descolgaron el cuadro de la pared. Tuvieron que desconectarla desde el interior de la casa.

—Vaya, es increíble —dijo Adam con frustración—. ¿Gio no sabe quién ha podido hacerlo?

—Todavía no. Tal vez, nunca.

—Eso es inaceptable. Debe de haber huella electrónica.

—Las únicas huellas electrónicas que hay son las tuyas.

Adam soltó un juramento.

—Cuando Hawthorne se entere de esto, no va a pagar —dijo. Sin embargo, el dinero no era tan importante para él como el hecho de que alguien hubiera faltado a su confianza—. Quiero al que lo hizo, Henry. Quiero estrangularlo con mis propias manos. ¿Crees que ha podido ser Maribelle?

—Ella no tiene capacidad suficiente para eso, Adam. Lo único que sabe hacer es gastarse tu dinero.

—Me odia lo suficiente como para pagar a alguien que lo haga.

Henry se encogió de hombros y reconoció lo más obvio:

—Pero sabe que, si lo averiguaras, la echarías de casa. ¿Por qué iba a matar a la gallina de los huevos de oro?

—La gente hace todo tipo de cosas por odio. Más que por amor.

—No dirías eso si hubieras estado enamorado alguna vez.

Lo dudaba mucho. Sin embargo, no podía negar el hecho de que el amor siempre le había eludido. Se había encaprichado de algunas mujeres, de unas pocas que habían dejado marca en su memoria, pero ese enamoramiento no había durado mucho. Y, en el caso de Maribelle, había sido algo desastroso.

—Yo apuesto a que ha sido Maribelle. Tú puedes apostarte tu próximo sueldo. Si me equivoco, te pago el doble.

Sacó su teléfono, llamó a Gio y le hizo un interrogatorio. Al ver que no conseguía nada nuevo, le hizo un recordatorio en un tono glacial:

—Quiero cazar al cabrón que me la ha jugado. Registra hasta el último rincón de la villa. Y vigila bien a Maribelle.

—Ella es la primera de nuestra lista —respondió Gio—. Señor, acerca de la señorita St. Clair… No hemos encontrado ninguna denuncia por abuso sexual durante su juventud. Tampoco ha tenido novios maltratadores.

—¿Habéis llegado hasta su adolescencia?

—Sí, señor, hasta la cuna. Parece que su infancia no tiene nada fuera de lo común. Su madre era ama de casa. Su padre fue alcalde durante veinticinco años y, además, agente inmobiliario. Estuvieron casados treinta y cinco años, hasta que la madre murió. Que nosotros sepamos, señor, se crio en un agradable hogar de clase media.

—Sí —dijo Adam, y repitió pensativamente—: Pero nunca se sabe lo que ocurre en esos agradables hogares de clase media.

—¿Quiere que sigamos indagando?

—No —respondió. Ya averiguaría la verdad por sí mismo—. Concentrad todos vuestros esfuerzos en cazar al ladrón. Y, cuando lo consigáis, no llaméis a la policía. Guardádmelo para mí.

—Divertido —dijo Henry, cuando Adam hubo colgado—. Es divertido que tú, precisamente, quieras vengarte. El círculo se ha cerrado. ¿Acaso tu madre no te enseñó que no debes hacerles a los demás lo que no…

—Mi madre estaba demasiado ocupada con sus líos como para dedicar su preciado tiempo a enseñarme algo —replicó Adam, y tiró el teléfono sobre el escritorio—. Lo que aprendí de mis padres lo aprendí viendo cómo destrozaban su vida. Al final, me alegro de que me ignoraran, porque así no me destrozaron a mí también. En cuanto a eso de no hacerles a los demás lo que no quieras que te hagan a ti, no me concierne. Yo robo el arte por el bien del arte. La *Dama en rojo* se pasó cien años debajo de una sábana en una buhardilla polvorienta de París. Se merecía algo mejor que la dacha de Akulov.

Se paseó de un lado a otro mientras decía:

—Ese matón está detrás de lo que le ocurrió a Rasheed, a toda su familia. Lo sabes tan bien como yo.

Rasheed era otro viejo amigo, pero Adam no había podido salvarlo, como no había podido salvar al marido de Bridget, Ian, ni a otros que habían acabado mal antes de que él tuviera los medios necesarios para cambiar su vida. Y ninguno había tenido un final peor que el de Rasheed. Salvo la hija de Rasheed.

—¿Venganza, tal vez?

—Akulov nunca creyó que yo robara el cuadro. Me dijo a la cara que no tenía las agallas necesarias. Y, de todos modos, él no se habría quedado satisfecho con quitarme un cuadro a mí. Me habría cortado las manos.

—Entonces, es algo personal.

—Tiene que serlo. El ladrón pasó por delante de seis pinturas tan valiosas como ese Monet, pero se llevó precisamente el Monet. ¿Por qué?

—Obviamente, es el mejor de todos, y tu favorito.

—Exacto. En vez de llevarse doscientos cincuenta millones de dólares debajo del brazo, solo se llevó el cuadro que yo valoro más.

—Así que lo que quería no era la pintura, sino esto —dijo Henry, señalándolo—. Quería que te preocuparas, que pensaras en él. Que fueras a cazarlo. Quería captar tu atención, y lo ha conseguido.

—Pues sí. Lo ha conseguido como solo podría hacerlo alguien que supiera de mi verdadero interés por el arte, que lo entendiera.

—Por eso sospechas de Maribelle. Pero ella es demasiado

perezosa. No pondría en riesgo su estilo de vida. Y, si lo hiciera, contrataría a alguien para que entrara, y lo haría por el beneficio económico. No sería consciente de lo sutil que podía ser llevarse tu cuadro favorito.

Lo que decía Henry tenía todo el sentido. Maribelle, su mayor error, solo tenía interés en sí misma. No era probable que hiciera peligrar su posición por ningún motivo.

Sin embargo, él quería que fuera ella, la única persona de toda la villa en la que no confiaba. Los otros eran como Henry y Fredo, gente que había estado a su lado cuando no tenían nada que ganar. Él confiaba en ellos, y el hecho de destruir aquella confianza sí era algo de lo que Maribelle podría disfrutar.

Intentó librarse de su sombrío estado de ánimo.

—¿Y se sabe algo del Matisse? ¿Sabemos cuándo lo van a trasladar?

—Dentro de ocho días. Tendré todos los detalles con cuarenta y ocho horas de antelación —dijo Henry, y titubeó—. No sé si deberías dejar pasar este.

Adam se volvió hacia él con asombro.

—¿Y dejar que se lo quede Rosales? Es traficante de niños, por el amor de Dios. Dejó vacío el orfanato de Brasil —dijo, mencionando uno de los muchos que dirigía su fundación—. Esos niños estarán ahora en Tailandia.

—Eso es horrible, Adam, pero te lo tomas personalmente.

—Y un cuerno. Solo voy a quitarle un cuadro a ese tipo, no le voy a arrancar las pelotas, lo cual sería mucho más satisfactorio.

—De todos modos, me gustaría que lo pensaras mejor. En estas circunstancias…

—¿Qué circunstancias?

—Maddie. No entiendo por qué quieres llevarla a la villa, donde tienes escondidos todos tus secretos. La *Dama en rojo*. Y a tu…

—Yo tendré ocupada a Maddie —dijo Adam—. Y, en

cuanto a Maribelle, dile que se quede en su casa mientras yo esté allí. Dile que, si alguien aparece por algún sitio al que pudiera ir Maddie, la haré responsable a ella. Y las consecuencias no van a gustarle.

Vicky: Prometo trabajar contigo,
ayudarte a que consigas lo que quieras conseguir.

Maddie: A menos que sea una idiotez.

Maddie se levantó con los pajaritos y, al mirarse al espejo, vio sus ojeras. Se notaba que no había podido pegar ojo.

Tomó el frasco de somníferos. Nunca, pese a todos sus problemas, había recurrido a las drogas, ni legales ni ilegales. Sin embargo, se arrepentía de no haber tomado una pastilla la noche anterior, porque el hecho de dormir bien la habría ayudado a hacer frente al día que la esperaba.

En primer lugar, LeCroix iba a llevarla a su oficina de Nueva York, según él, a trabajar, aunque ella estaba segura de que era para encontrar nuevas e imaginativas formas de humillarla para vengarse por su rechazo. Si él supiera lo mucho que había deseado rendirse… Tanto, que había hecho todo lo contrario, echar un jarro de agua fría sobre su ardiente seducción. Y, después, cuando él había jugado la carta del favor, ella había tenido que tirársela a la cara. Estaba dispuesta a ceder su cerebro por dinero o por favores, pero su cuerpo, no.

Le dio la espalda al espejo, y se le hundieron los hombros.

Por muy horriblemente que se presentara la mañana, la tarde

no tenía mejor pronóstico. Lucy, su persona preferida en el mundo, la hermana a la que adoraba, llegaría a la hora de comer; no obstante, en vez de ir a museos y a algún espectáculo, Maddie iba a tener que pasarse el rato siendo amable con Crash, cuando lo que realmente quería era dar rienda suelta al pitbull que llevaba dentro.

Y eso solo eran los dramas de aquel día.

Al día siguiente saldrían en avión para Italia.

Adam había retrasado su viaje otro día más para esperar la llegada de Lucy, pero Maddie ya estaba aterrorizada. Volar le causaba pavor, y el hecho de que Adam lo supiera le causaba espanto.

Después, cuando aterrizaran, si acaso aterrizaban, tendría que pasarse una semana en su villa, cumpliendo sus órdenes y muriéndose de lujuria por él durante todas las noches, mientras Lucy, su dulce, pequeña e inocente Lucy, malgastaba su tierno corazón con George Lemon.

Lo que le hacía insoportable todo aquello era que había perdido el control sobre sus emociones. Consideraba lógica la ansiedad que sentía por Lucy y Crash, pero con respecto a Adam, pasaba de la lascivia a la risa y a la frustración tan rápida e impredeciblemente que había perdido el norte.

Quería odiarlo por lo que había hecho cinco años antes, por lo que estaba haciendo en el presente. Pero no lo odiaba. Era incomprensible. De hecho, incluso le caía bien. Y esa era otra de las emociones con las que no sabía qué hacer, aparte de guardársela para sí.

Como las manos. Realmente, necesitaba tenerlas guardaditas. Nada de dejarse abrazar. Nada de acariciarle el pecho mientras él pasaba la lengua por todos los centímetros de su boca.

Nada de volver a besarlo. Ni una sola vez.

Y, absolutamente, innegablemente, nada de sexo. Por mucho que lo deseara.

Adam llamó a Maddie a su despacho a las diez y media. Ella llegó con los ojos enrojecidos y con unos documentos en la mano.

—¿Qué quieres? Estoy ocupada.

—Estás ocupada irritando a todos los miembros de mi equipo legal —respondió él, con calma—. Mi asesor jefe me ha pedido que te saque de la oficina.

—Tu asesor jefe es idiota —respondió ella, moviendo los papeles—. ¿Cómo es posible que hayas comprado las dos terceras partes del mundo libre con la asesoría de ese pánfilo?

Él se alejó de la puerta y se colocó tras su escritorio, la posición de poder. El despacho era su terreno, y ella no iba a presionarlo allí.

—Puedes venir a trabajar para mí —dijo—. Haz las remodelaciones que quieras y forma tu propio equipo.

—Ni por un millón de pavos.

Eso sí que era un insulto.

—¿Prefieres volver con la desagradable de Adrianna?

—Por lo menos, ella no es una delincuente.

A él se le terminó la paciencia. Señaló un segundo escritorio que había en el despacho, uno mucho más pequeño que el suyo.

—Dyan se sienta ahí cuando necesito su presencia en una reunión. Ahí encontrarás todo lo que necesites.

Ella entrecerró los ojos.

—No voy a trabajar aquí contigo.

—Oh, claro que sí. Has cabreado a todo el edificio. No tienes otro sitio al que ir.

Ella se cruzó de brazos, sin saber que daban ganas de morderle los labios fruncidos, que su postura de desafío, con la cadera adelantada, tentaba a un hombre civilizado a liberar al hombre primitivo que llevaba dentro.

Por un momento, solo por un momento, se compadeció de Michael Warren y de todos los demás hombres a los que ella había seducido y abandonado. Pues bien, a él no iba a utilizarlo de la misma manera.

—Siéntate —ladró, y John Doe se sobresaltó en su cama.

—No me digas lo que tengo que hacer —gruñó ella.

Ya era suficiente. Adam rodeó el escritorio, la agarró por la cintura y la sentó en la silla.

La expresión de la cara de Maddie no tenía precio.

—Tú... tú...

—Te lo has buscado —dijo él, y volvió a su escritorio.

Sonó el teléfono, y él respondió, mientras le lanzaba a Maddie una mirada de severidad para advertirle que mantuviera la boca cerrada.

—¿Sí, Dyan? Por favor, pásamelo.

Y, haciendo girar el sillón hacia la vista que se admiraba desde aquel piso número cincuenta, volvió al trabajo.

La había mangoneado, eso era lo que había hecho. La había subido por los aires como si sus cuarenta y cinco kilos no fueran nada.

«Bueno, eso es lógico. Con unos brazos así, podría levantarme como si yo fuera una barra de pesas».

Sí, pero la había obligado a moverse en contra de su voluntad. La había tomado en un punto y la había depositado en otro.

«Y eso sería muy divertido en la cama. Podría moverme de un sitio a otro y atarme».

Vaya. Se quitó aquella imagen de la cabeza. Maddie nunca practicaba el bondage, a no ser que fuera ella la que hacía las ataduras.

Lo cual demostraba lo peligroso que era Adam. Sabía accionar todo tipo de resortes que estaban fuera de los límites.

Miró su escritorio, un mueble de caoba impresionante que dominaba incluso aquel despacho tan enorme, y sobre el que había monitores y una consola de teléfono muy elegantes.

Desde un escritorio así se podía ordenar el lanzamiento de un cohete al espacio, o dar comienzo a la Tercera Guerra Mundial. Y él parecía perfectamente capaz de hacer ambas cosas, con la silla inclinada hacia atrás mientras recitaba proyecciones y tasas de rendimiento. Era una jerigonza para ella; para él, un segundo idioma.

Lo que más le molestaba a Maddie de todo aquello era lo guapo que estaba mientras trabajaba. Normalmente, ella no se sentía atraída por los tipos trajeados y poderosos. Un bombero sudoroso era más de su tipo. Pero Adam, el muy maldito, exudaba virilidad. Era la excepción que confirmaba la regla.

Él hizo girar la silla y la sorprendió mirándolo.

—Habla con Willis de todo esto —dijo, y colgó.

Siguió observándola. Entonces, pronunció su nombre.

—Madeline.

Ella tragó saliva.

—¿Qué?

—¿Necesitas algo?

—No, nada. Estoy perfectamente. Bueno, no del todo, ya que estoy aquí metida oyéndote trapichear. Pero no necesito nada de ti. Nada.

Él enarcó las cejas, como si supiera que no era cierto.

Ella apartó los ojos y dividió los papeles en dos grupos.

—Como te estaba diciendo, tu asesor es un cabeza de chorlito. Estos contratos de seguros —dijo, dando una palmada en uno de los dos montones— tienen agujeros por los que podría pasar tu jet. Y estos contratos de ventas —añadió, dando una palmada en el otro montón— no son exactamente mi especialidad, pero son raros.

—¿Raros? ¿Eso es un término legal?

—No. Tengo que averiguar dónde está lo raro.

Su escritorio era mucho más pequeño que el de Adam, pero habría sido lo suficientemente ancho como para mantenerlo a distancia si él no lo hubiera rodeado para acercarse a ella.

Adam se inclinó hacia delante y extendió los contratos de seguros con una mano mientras acariciaba a John con la otra.

Maddie alejó su silla a un metro de él. Adam no llevaba colonia, pero tenía un olor propio y único. Debería embotellarlo y llamarlo RicoPoderosoSexy. Ganaría otra fortuna.

—Ya veo a qué te refieres —dijo él, mientras leía las frases subrayadas—. ¿Qué podemos hacer al respecto?

—Podemos… Quiero decir, tú puedes intentar que se subsanen los errores de los contratos. Y cambiar el lenguaje legal de ahora en adelante. Debería ser así —respondió Maddie, y le puso su cuaderno legal debajo de la nariz.

Él lo leyó, y después la miró con sus dos láseres de color cobalto.

—Dos millones —dijo.

—No —dijo Maddie.

Para poner distancia entre ellos dos, se levantó y atravesó la habitación. Se sirvió un vaso de agua helada de una jarra.

—Cinco.

—¡Déjalo ya! No me pagarías cinco millones ni aunque aceptara.

Él caminó hacia ella lentamente, con las manos en los bolsillos, pero su tono de voz no fue tan despreocupado como su actitud.

—Yo no hago promesas que no esté dispuesto a cumplir. Cinco millones y todos los extras de la alta dirección.

Ella rodeó el sofá y se atrincheró detrás, y se odió a sí misma por sentirse tentada. Sin embargo, ¿quién no iba a sentirse tentado por cinco millones de dólares al año?

—Gracias —dijo—, pero voy a seguir arreglándomelas con mis doscientos mil dólares al año. Sé que es una menudencia para ti, pero a mí me mantiene boyante.

Él se detuvo a un metro del lugar en el que ella se había atrincherado, y escrutó su rostro.

—Te has metido en un rincón. ¿Acaso te asusto, Madeline?

—Pfff. No.

—Pues el pulso que te late en el cuello me da a entender lo contrario.

Él se sacó una mano del bolsillo y posó los dedos en su piel. Maddie tenía acelerado el corazón, pero, al notar su contacto, el pulso se le subió por las nubes.

Él dio un paso hacia ella y le pasó los dedos por la mandíbula.

—Cinco millones te resolverían tantos problemas... —murmuró él—. No tendrías que volver a preocuparte por el dinero.

Maddie notó su susurro como una brisa tropical sobre la piel ardiente, y sus dedos, como una pluma sobre los labios.

Debería apartarse, pero se sentía demasiado bien, demasiado atraída por sus caricias, su cercanía y el calor de sus ojos.

Entonces, él inclinó la cabeza y le besó suavemente los labios.

—Puedo cuidar de ti, Maddie. Puedo... ¡Uf!

Se dobló hacia delante cuando ella le hundió el puño en el estómago.

—No soy una prostituta, LeCroix. No puedes comprarme —dijo Maddie. Lo apartó y se alejó de él—. Busca otra forma de pasarlo bien, porque no va a ser tirándote a tu fiscal.

Eso era lo que había conseguido por pensar y hablar con el pene. Adam se dejó caer en la silla del escritorio, frotándose el estómago. Se había llevado golpes más fuertes que aquel sin pestañear, pero Maddie le había tomado por sorpresa. Como siempre.

Presionó el botón del interfono.

—¿Hacia dónde ha ido? —preguntó. No tuvo que especificar a quién se refería. Maddie habría pasado por delante de Dyan como un tornado.

—Intentó tomar su ascensor privado. Al ver que no se abría sin su huella dactilar ella... ch... dijo algunas palabras malsonantes y tomó uno de los otros ascensores.

—¿Y por causalidad te has dado cuenta de adónde iba?

—He mirado las cámaras de seguridad. Bajó del ascensor en el piso cuarenta y ocho.

—Claro —dijo él. El departamento jurídico.

—Ah, y… ¿Señor? Tengo al señor Brady esperando al teléfono. Quiere hablar con usted.

—Pásamelo, por favor —dijo Adam, y se masajeó una sien—. ¿Qué ocurre, Brady? —preguntó. Como si no lo supiera ya. Brady era su asesor jefe.

—Ha vuelto, ese es el problema —dijo Brady. Se le notaba mucho el asma cuando se ponía nervioso—. Está cabreando a todo el mundo. Alice acaba de tirarle una grapadora.

—¿Y le ha dado?

—No, pero solo porque ella es muy ligera de pies —respondió Brady, medio ahogándose—. En serio, Adam, tiene que irse.

Adam notó que se le formaba un nudo de tensión en la espalda.

—Que se ponga al teléfono.

Pasó un minuto, mientras Adam miraba por la ventana. Estaba mirando hacia el Edificio Chrysler, pero veía la cara de Maddie. Aquel rostro le atraía. Le atraía su estructura ósea y su cutis de seda, sus ojos grises y sus ojeras de haber pasado la noche en vela. Era guapa, y tenía un fuerte carácter, y estaba enfadada con el mundo. ¿Cómo no iba a querer protegerla?

Ella le rompió el tímpano a través del auricular, y él se sobresaltó.

—¿Qué?

—Estás causando, de nuevo, problemas en mi departamento legal.

—¿Que yo estoy causando problemas? Esta gente está fuera de control. Alice acaba de tirarme una grapadora. ¡Una grapadora! Tienes suerte de que no me haya dado, o ya os habría puesto una demanda, y estos idiotas no sabrían cómo gestionarlo.

—Nos vamos ahora mismo —dijo él—. Fredo tiene la limusina abajo. Baja directamente y entra al coche. Y, por el amor de Dios, no le digas nada más a nadie.

Adam colgó antes de que ella pudiera responder, metió

unas cuantas carpetas en su maletín y la maldijo entre dientes.

Había sido un idiota por llevarla allí, porque sabía que probablemente iba a ser un desastre. Sin embargo, una parte obstinada de sí mismo quería que ella reconociera que había construido de la nada una de las corporaciones empresariales más grandes del mundo.

Pero eso no iba a suceder. A Maddie le importaba un comino. Cuando lo miraba, no veía al mismo hombre que el resto del mundo. Veía a un criminal y, además, a un libidinoso.

Y, por algún matiz perverso de su carácter, el hecho de que ella tuviera un poco de razón hacía que la deseara aún más.

La encontró esperando en la limusina, encogida en el rincón más alejado como si él tuviera algo contagioso. John Doe subió de un salto al asiento y posó la cabeza en su regazo. Ella le lanzó una mirada de adoración que Adam hubiera querido para sí.

El hecho de saber lo que tenía que hacer no le ponía las cosas más fáciles. Lo mejor sería abordar la cuestión en aquel momento, mientras la tenía atrapada, y mientras John estaba allí, de modo que los dos tuvieran que controlarse.

—Madeline, mi oferta de trabajo no ha tenido nada que ver con el sexo. Siento haberte dado esa impresión. Sé que he ido demasiado lejos, que he mezclado las cosas y he hecho que parecieran ambiguas…

—No había nada de ambiguo.

Él se sintió tan frustrado que siguió hablando con franqueza:

—De acuerdo, está bien. Quería tomarte contra la pared. Pero eso no tiene nada que ver con el dinero. Los cinco millones eran por el trabajo, no por el sexo. Y la oferta sigue en pie.

—Gracias, pero la respuesta sigue siendo no —dijo ella, después de unos instantes—. Sin embargo, en serio, tienes un punto débil con Brady. Quiere acostarse con Alice, así que ella lo tiene completamente dominado.

Adam se puso en el pellejo de su asesor jefe, y estuvo a

punto de sonreír. Se apoyó en el respaldo y se relajó por primera vez en toda la mañana.

—¿Y cuál de los dos tiene que salir?

Brady se quedó fuera, y Alice, dentro.

—Mi trabajo aquí ya ha terminado —dijo Maddie, con satisfacción.

Adam sonrió.

—Solo si no quieres ocupar tú el puesto.

Aquello era muy tentador, en muchos sentidos. Y estaba fuera de toda cuestión.

Ella apartó la vista y se concentró en John Doe, que iba estirado en el asiento, entre ellos dos, con las cuatro patas en el aire.

—Parker tiene que ver esto —dijo.

Sacó el teléfono móvil, hizo una fotografía y la envió por correo electrónico con un breve mensaje.

Cuando alzó la vista, Adam la estaba escrutando.

—Parece que Parker y tú estáis muy unidos.

—Ya te he dicho que somos muy amigos. Aunque ya te he dicho que no tienes por qué meter la napia en eso.

La sonrisa de Adam fue increíblemente deslumbrante.

—Nunca había oído esa expresión.

—Porque no te criaste en los bosques de Nueva Inglaterra.

—Bastante lejos, de hecho. ¿Cómo era vivir allí?

—Mucho más provinciano que tu educación —dijo Maddie.

Él había estado en todas partes; ella, en ninguna. Su único vuelo había sido tan desastroso que había decidido que el resto del mundo quedaba fuera de su alcance.

Adam se encogió de hombros.

—Normalmente, la vida en una ciudad pequeña se retrata como algo idílico. ¿Para ti no lo fue?

—No —dijo ella con sequedad, para cortar aquella conversación. Estaba dispuesta a hablar de trabajo, pero no de cuestiones personales.

echó a reír—. Lucy es lista. Cuando te conozca, se dará cuenta de que tú no podrías dejar pasar un desafío.

—Me lo tomaré como un cumplido —dijo él, secamente—, porque no es probable que consiga ningún otro de ti.

—Ni otro beso, tampoco —dijo ella, mostrándole los dientes—. La próxima vez que lo intentes, te muerdo.

Pero él no se dio por aludido.

—¿No lo echas de menos? ¿A tus amigos? ¿A tu familia?

—Mis amigos están aquí. Y mis padres están muertos —repuso Maddie. No estaba dispuesta a hablar de su padre, que, por desgracia, no estaba muerto de verdad, sino solamente muerto para ella.

—Eso es algo que tenemos en común —dijo él—. Somos huérfanos, estamos solos en el mundo.

—Yo no estoy sola. Tengo a Lucy, y hay más gente que me importa.

Él la estaba mirando con tanta agudeza, con tanta intensidad, que ella se puso a la defensiva.

—Tú tampoco estás solo, porque cada fin de semana llevas del brazo a una novia diferente.

—Hablando precisamente de eso…

Adam sacó un ejemplar del *Washington Post* de su maletín y lo abrió. Y allí estaba, en blanco y negro. El beso que se habían dado en la acera.

Durante diez segundos, ella observó la fotografía, mientras iba palideciendo.

—Cuando me besaste, sabías que iba a pasar esto.

¿Y por qué le dolía tanto eso? ¿Por qué, dadas las circunstancias, le parecía una traición?

—En realidad —dijo él, arrojando el periódico al asiento, frente a ellos—, en ese momento no estaba pensando en los paparazis.

—Ya, claro.

Maddie intentó que sonara sarcástico, pero sonó patético. Volvió la cara hacia la ventanilla e intentó controlar sus caóticas emociones. Se sentía avergonzada por muchas cosas, y una de ellas era que había creído que aquel beso era real. Había creído que, por un momento, Adam estaba tan a merced del deseo como ella.

—Lo siento, Maddie.

—Por favor. Seguro que te sientes fatal por haberme humillado en público. Tú, en realidad, solo piensas en mi bien.

Bajó la ventanilla para sentir el aire fresco en la cara. Estaban pasando por la Quinta Avenida. Las aceras estaban llenas de gente que iba de compras.

Se negó a ponerse triste. Era más fácil sentir enfado. Adam había puesto su vida patas arriba. No era una vida perfecta, pero era suya. Ella la vivía a su manera, tomaba sus propias decisiones por sus propios motivos.

—Maddie —dijo él, y cubrió su mano en el lugar donde ella la tenía posada, sobre el estómago de John.

Ella se apartó. LeCroix era el que pagaba, y ella tenía que acatar eso. Sin embargo, no iba a permitir que supiera que le gustaba y que la excitaba con tan solo pronunciar su nombre.

—Ya hemos hablado de esto —dijo él con firmeza—. Es mejor que la gente piense que te has vuelto loca por mí.

Ella apoyó la frente en la ventanilla con un golpe. Él no sabía lo cierto que era aquello.

—Es mejor que tu hermana lo piense también —prosiguió Adam.

Entonces, Maddie se giró a mirarlo con horror.

—¡No puedo permitir que Lucy crea que me he enamorado de ti! Sé que no soy un buen ejemplo, precisamente, pero soy todo lo que tiene.

Él la miró con dureza.

—Bueno, no querrás que sepa cuál es el verdadero motivo por el que estás en mi compañía todo el tiempo.

Vaya. Si Lucy se enteraba de que ella estaba sacrificando su orgullo y su futuro para pagarle la universidad, dejaría los estudios al instante.

—Tendré que pensarlo.

—Bueno, pues, mientras tanto, piensa también que ella habrá visto la fotografía antes de llegar, seguramente. Está en todos los quioscos.

—¿Y no tiene nada mejor que hacer la gente que preocuparse de quién se está acostando con Adam LeCroix?

—Teniendo en cuenta nuestra historia, tu nombre es tan importante como el mío.

Ella leyó el titular en el *Post: Piraña tiene a Pitbull comiendo de su… mano.*

—¿Por qué no han dicho pantalones directamente? Eso es lo que querían decir.

—El *Post* nunca sería tan zafio.

Ella soltó un resoplido y volvió a mirar por la ventanilla.

—No puedo contarle toda la verdad a Lucy, pero no voy a fingir que tú y yo tenemos algo.

—Como quieras. Pero deberíamos ponernos de acuerdo para dar la misma versión.

Maddie tomó aire y pensó un momento. Después, dijo:

—Lucy todavía estaba en el instituto cuando tú robaste la *Dama en rojo.* Lo más seguro es que no recuerde mucho del caso. Nadie hablaría de eso en mi casa.

—¿No? Yo creía que tus padres se habrían sentido orgullosos de que su hija apareciera en los titulares de la prensa internacional.

Ella dejó pasar por alto aquel anzuelo.

—Aunque ahora sí va a conocer aquella historia, por supuesto. La van a sacar a relucir con la fotografía. Pero tú y yo vamos a quitarle importancia.

Maddie fue relajándose a medida que desarrollaba la historia.

—Le diré que nunca fuimos archienemigos, que solo f cosa de la prensa para vender periódicos, bla, bla, bla. Que t terminó amigablemente, pero que los medios no se preoc ron de contarlo porque eso no tiene interés. Así que, cu te diste cuenta de que necesitabas ayuda para resolv asunto del seguro, recurriste a mí, naturalmente.

—¿Y el beso?

—Una apuesta —dijo ella, y le agradó aquella ide amigo Dakota hizo una apuesta contigo para ver si a besar al Pitbull, por si te arrancaba la lengua —e

CAPÍTULO 12

—¡Maddie! —exclamó Lucy, y abrazó a su hermana.

—Hola, Lucy —murmuró Maddie, a la altura de la axila de Lucy.

Adam sonrió. Maddie no había mencionado que Lucy le sacaba quince centímetros y quince kilos.

Lucy la soltó y se puso a girar por el vestíbulo del ático. La falda se le infló alrededor de las piernas.

—¡Oh, Dios mío, esta casa es increíble!

Entonces, se quedó inmóvil.

—¿Eso es un… un Rodin? —preguntó, y se acercó con paso vacilante hacia una figura de bronce montada en un pedestal de mármol.

—Sí —dijo Maddie, como si no tuviera tanta importancia—. A Adam se le sale el arte por las orejas.

—No tanto —dijo él—, pero, si te gusta Rodin, en la galería hay un busto que te interesará.

Maddie sonrió.

—Lucy, te presento a Adam LeCroix. Esta es su casa. Una de sus casas.

—Encantado de conocerte —dijo él, estrechándole la mano a Lucy.

Maddie y ella no parecían hermanas. Lucy tenía el pelo rubio rojizo, liso y sedoso. Sus ojos eran del mismo azul verdoso del Mediterráneo, y estaban llenos de sentido del humor y deleite.

—Muchas gracias por invitarnos —dijo ella, y se hizo a un lado para colocarse junto a un joven delgado y alto que había salido del ascensor. El chico tenía el pelo rubio y largo hasta los hombros, llevaba unos pantalones vaqueros rasgados por las rodillas, una camiseta de Metallica de segunda mano y una chaqueta de cuero negra.

Lucy, con una sonrisa deslumbrante, le rodeó la cintura con uno de sus esbeltos brazos.

—Mads, te presento a Crash.

Lo anunció como si hubiera ganado un premio de excelencia académica del que supiera que su hermana iba a sentirse orgullosa.

Adam le lanzó una mirada a Maddie. Ella estaba inmóvil, escrutando al chico. Crash lo aguantó con entereza, no se estremeció ni se encogió. Esbozó una media sonrisa, como si supiera que lo estaban evaluando y tuviera curiosidad, pero no nerviosismo, por el veredicto.

Al darse cuenta de que aquello podía continuar así toda la noche, Adam le puso la mano en la espalda a Maddie y la empujó suavemente para que caminara a su lado.

—Es un placer —dijo, estrechándole la mano a Crash.

Después, le dio un pellizco a Maddie para que ella reaccionara.

—Hola, Crash —dijo ella, con un gesto cercano al desdén, y le estrechó la mano rápidamente al muchacho. Crash se lo tomó con calma.

—Lucy habla de ti todo el tiempo —dijo, con una voz de tenor que tenía más madurez que su delgado rostro—. Me alegro mucho de conocerte, por fin.

Entonces, Crash le lanzó una sonrisa de las que derretían el corazón.

Desgraciadamente para Crash, Maddie era inmune a las sonrisas deslumbrantes, por lo que Adam pudo ver. La sonrisa que ella le devolvió fue más bien asesina.

Crash era resistente, y se la sacudió como si fuera agua de lluvia.

—Gracias por invitarnos a Italia. Estamos entusiasmados con el viaje.

—Sí, muchas gracias —dijo Lucy, y sonrió de manera conspirativa—. ¿Qué drogas le vas a dar a Maddie para conseguir que suba al avión?

¿Drogas? Adam miró a Maddie, que se había puesto muy roja. No lo miraba a los ojos, y parecía que le había comido la lengua el gato.

¿Por qué no le había dicho que tenía miedo a volar? No era nada de lo que avergonzarse. Parecía que era demasiado orgullosa como para contárselo.

—Mi Gulfstream no parece un avión —dijo, en un tono despreocupado, para calmar sus miedos—. Es como un apartamento. Y mis pilotos son los mejores de la profesión.

Lucy le acarició el brazo a su hermana.

—Yo también voy a estar ahí, Mads. Podemos ir tomadas de la mano todo el camino.

—Pft —dijo Maddie, con una sonrisa forzada—. No me va a pasar nada.

Crash abrazó suavemente a Lucy.

—No te preocupes, nena. No parece que tu hermana sea de las que se asusta fácilmente —dijo, y miró a Maddie con una sonrisa afable—. De hecho, parece que es capaz de hacer un agujero en el avión de un mordisco si se lo hace pasar mal.

Aquello le arrancó una carcajada de asombro a Maddie.

Lucy también se echó a reír.

—No te haces una idea. Maddie no es precisamente sutil. Una vez, en un bar, unos tipos no dejaban de darnos la tabarra, y a mi hermana se le ocurrió una idea y, a la de tres, les echamos el cóctel por el pantalón. ¡Fue para partirse de risa!

Lucy le tomó la mano a Maddie sin darse cuenta. Fue una señal de cariño inconsciente.

—Nos reímos muchísimo, porque el cosmos es un cóctel

muy azucarado, así que seguramente se les pondrían pegajosos los cojo…

—Sí, ya nos hacemos una idea —dijo Crash.

—Bueno, se lo tenían merecido —dijo Adam. Se alegraba de ver que el amor era mutuo entre las dos hermanas—. Maddie, cariño, ¿por qué no les enseñamos a Lucy y a Crash sus habitaciones?

Maddie intervino rápidamente.

—Ven, Luce, tú estás en la habitación que hay al lado de la mía —dijo. Después, mirando hacia atrás mientras caminaba, añadió—: Crash, tú estás al otro extremo del pasillo.

Lucy le lanzó a Crash una mirada de «ya te lo dije». Él le guiñó el ojo para responder «no te preocupes, nena».

Y Adam sintió una punzada de envidia.

No estaba acostumbrado a envidiar a nadie, y mucho menos a un mocoso como Crash. Pero el mundo se había vuelto del revés durante las últimas cuarenta y ocho horas y, a menos que hubiera algo que lo arreglara antes de la hora de irse a la cama, la nueva realidad era que, mientras que el chaval se pasaba las noches en la cama con una mujer muy bella, él iba a tener que contentarse con la palma de la mano.

Lucy se dejó caer en el sofá de la suite de Maddie y le dio un golpecito al asiento de al lado.

—Vamos, deja de pasearte de un lado a otro y siéntate conmigo. ¿Sabes que todo este verde te resalta los ojos?

—Ummm —murmuró Maddie, y se sentó—. Bueno, ¿y cómo es esto de Crash? —le preguntó a su hermana.

Incluso ella notó el nerviosismo de su tono de voz. Carraspeó para aclararse la garganta y cruzó las piernas como si estuviera relajada.

—Es muy guapo —dijo, intentándolo de nuevo. Y era cierto. Rubio, ojos azules, una sonrisa monísima y llena de picardía. Tenía la marca del rompecorazones.

—¿A que sí? —dijo Lucy, con un suspiro—. Y es muy dulce conmigo. Siempre me trae chocolate, ya sabes cuánto me gusta. Y cocina increíblemente bien.

Maddie no podía culpar a su hermana de mencionar la comida como causa de un enamoramiento cuando ella había vendido su alma por una pasta a la carbonara. Pero, de todos modos...

—Lo de cocinar está bien. Pero... está en un grupo de rock, ¿no? Así que debe de haber muchas chicas.

Lucy la miró fijamente.

—No me engaña. No lo haría. Y, de todos modos, yo me daría cuenta.

—Todas las mujeres piensan que se darían cuenta, y mira Vicky. No sabía que Winston la estaba engañando hasta que se lo encontró con su secretaria.

—Esa es una situación completamente distinta. Winston se comportó como un idiota desde el principio. No sé qué vio Vicky en él.

—Cierto. Pero Crash está en una banda.

—Y Adam LeCroix es un playboy internacional.

—¿Y qué?

—Pues que ese tipo es un mujeriego, Mads. ¿Por qué te has enrollado con él?

—No me he enrollado. Solo trabajo para él. ¿No lo ves? —preguntó, señalando toda la habitación con un movimiento del brazo—. ¿Lo ves? Tengo mi propia suite. Solo estoy aquí por trabajo.

—Tonterías. Te he visto en la televisión, besándolo.

—No —dijo Maddie, negando con la cabeza—. Solo estábamos... Eso fue por una apuesta. Su amigo le hizo una apuesta.

—Sí, claro. Adam LeCroix te metió la lengua hasta la garganta por una apuesta. Y ahora vas a decirme que a ti te espantó. Por eso te estabas resistiendo rodeándole el cuello con los brazos.

Alguien llamó a la puerta y rescató a Maddie. Bridget asomó la cabeza.

—La cena es dentro de veinte minutos.

Lucy se puso en pie.

—Gracias, Bridget. Y gracias por deshacer mi maleta. No era necesario, de verdad. Nos vamos mañana.

—No estoy segura de eso, señorita. He oído que el señor LeCroix le decía a Henry que cancelara el vuelo.

Maddie se puso en pie de un salto.

—¿Pero qué co… —se contuvo, y se encaminó rápidamente hacia la puerta—. Nos vemos en la mesa, Luce. Necesito hablar con Adam.

Llamó a la puerta de Adam con fuerza y entró como una exhalación en el salón de su suite.

—Escucha, LeCroix… Oh, vaya —dijo, y se tapó los ojos—. ¿Por qué te paseas por ahí de ese modo?

—¿Sin camisa? ¿En mi propia suite? Llámame exhibicionista.

Ella bajó la mano. Por lo menos, llevaba pantalones.

—Escucha —dijo Maddie, y fijó la vista en un punto por encima del hombro derecho de Adam. De su bronceado, definido y precioso hombro—: Bridget ha dicho que has cancelado el vuelo.

—Exacto. He cambiado de opinión. Vamos a trabajar desde aquí.

Ella apretó los dientes.

—Lo has hecho porque Lucy dijo que me da miedo volar.

Él se acercó, y ella no pudo evitar bajar la mirada, primero hasta su rostro y, después, más abajo, hasta su pecho y hasta su…

Volvió a mirar hacia arriba. Él captó su mirada y la sostuvo.

—Madeline.

¿Por qué su propio nombre, que nunca le había gustado, sonaba tan exótico y tan emocionante cuando él lo pronunciaba?

—Cariño.

¿Y por qué aquel apelativo cariñoso había empezado a sonarle tan natural?

Él le pasó un dedo por la frente.

—Ojalá me lo hubieras dicho.

¿Por qué se quedaba tan inmóvil en vez de apartarse de él?

—No quiero verte asustada.

De acuerdo, hechizo roto.

—No estoy asustada. Solo me pongo un poco nerviosa, nada más. Solo un idiota dejaría de preocuparse por la expectativa de atravesar el Atlántico en una lata de conservas. Tal vez tú seas idiota, pero yo, no. Y vamos a ir a Italia.

Él sonrió.

—Llevas días resistiéndote. Por fin, yo cedo. Y, ahora, tú te empeñas en ir. ¿Por qué? ¿Porque piensas que mi opinión sobre ti va a empeorar?

—Pffft. A mí no me importa lo que tú pienses de mí —dijo ella. «Mentira, mentira»—. Vamos a ir porque tú has ilusionado mucho a Lucy, por eso.

Él encogió sus perfectos hombros.

—Pueden ir sin nosotros.

—Oh, no, no. Ese chico es guapísimo y lo sabe, y Lucy está loca por él. Si no estoy allí, se van a poner a follar como conejitos.

—Van a follar como conejitos de todos modos. ¿De verdad crees que vas a poder tenerlos separados? Además, ¿por qué ibas a querer separarlos?

—¿Que por qué? —repitió Maddie. Aquella era la pregunta más tonta del mundo—. Ya has conocido a Lucy. Ella es… es mágica.

Mientras hablaba, Maddie rodeó a Adam y caminó hasta la chimenea, junto a la que John Doe roncaba plácidamente con la cena en el estómago.

—Es pura e ingenua. Si solo se tratara del sexo, no me lo pensaría dos veces. Pero ella está… enamorada.

Él la miró con desconcierto.

—¿Preferirías que mantuviera relaciones sexuales superficiales con un tipo que no le importa nada?

—Claro que no. Bueno, tal vez sí —dijo ella, y se cruzó de brazos—. Tú no lo entiendes. A ella nunca le ha hecho daño ningún chico, y no quiero que un músico bobo con una erección perpetua le robe el corazón y se lo rompa.

—¿Por qué crees que le va a romper el corazón? Tal vez se lo rompa ella a él.

Ella lo señaló con el dedo índice.

—Ya te lo he dicho, tú no lo entiendes porque nunca has estado enamorado.

Él la señaló a ella.

—Tú tampoco.

Maddie abrió la boca para responder, pero volvió a cerrarla. Entonces, dijo:

—Conozco a gente que ha estado enamorada. Al final, sufren. O se casan, y entonces sufren, y están atrapados porque tienen dos mocosos gritones...

—¿Es eso lo que le ocurrió a tu madre? ¿Erais Lucy y tú las mocosas gritonas?

Fue como una bofetada. Ella dio un paso atrás y le pisó la cola a John. El perro se puso en pie de un salto, aullando de dolor.

—Oh, Dios mío —dijo ella, y cayó de rodillas junto al animal para abrazarlo. Sin embargo, John ya se estaba disculpando por su exagerada reacción, lamiéndole la cara y dándole empujones. Maddie cayó al suelo sobre el trasero.

—Lo siento, John —dijo, y se le saltaron las lágrimas sin que pudiera evitarlo. Escondió la cara entre su pelaje, para intentar ocultar su reacción a Adam, pero ¿cómo iba a conseguirlo, si él se había arrodillado en el suelo, junto a ella?

Él comenzó a acariciarle el cuello, y Maddie se apartó de su mano agachándose.

—Ya basta —le espetó—. Es el perro el que se ha hecho daño.

—¿De verdad? Entonces, ¿por qué eres tú la que está llorando?

—Porque le he hecho daño yo, por eso —dijo, enrabietada, y John emitió un suave gemido—. Y deja de obligarme a que te conteste mal. El perro se disgusta, por el amor de Dios.

Y, para su absoluta vergüenza, se le escapó un sollozo. Apretó las manos hasta que se clavó las uñas en las palmas. ¿Por qué tenía que empezar a llorar en aquel momento? ¿Por qué había tenido que crecer y enamorarse Lucy? ¿Por qué la gente tenía que dirigir su crueldad hacia animales inocentes, como John? ¿Y, por qué, por qué tenía que oler tan bien Adam?

Era demasiado para ella. Demasiado. Se le colapsaron los circuitos y perdió el control.

Se rindió, y dejó que él la tomara entre sus brazos.

—¡Risotto! —exclamó Lucy, y estuvo a punto de dar un salto de alegría, cuando Bridget le puso el plato delante—. ¡Me encanta el risotto! Y también es el plato favorito de Maddie.

—¿Ah, sí? —preguntó Adam, fingiendo que se sorprendía. Estaba sentado a la cabecera de la mesa; Maddie estaba a su derecha y Lucy a su izquierda, y Crash, junto a Lucy.

—Sí, por supuesto —dijo Lucy, y tomó un poco de arroz. Al saborearlo, puso los ojos en blanco—. Oh, Dios mío, qué rico está. Maddie, ¿a que parece increíble?

—Sí, está delicioso —dijo Maddie, pero a Adam le pareció que estaba más interesada en su copa de vino. No lo había mirado a los ojos desde que se habían sentado. Él no sabía cómo lo había conseguido, pero había borrado de su rostro cualquier señal de llanto. Al mirarla, nadie imaginaría que hacía veinte minutos estaba sollozando entre sus brazos. Durante diez segundos, claro, antes de salir corriendo de su suite.

—Está muy bueno —dijo Crash, comiendo con el apetito de un chico de veintiún años. Devoró su risotto y miró a su alrededor, por si se podía repetir; claramente, se quedó decepcionado al ver que Bridget le retiraba el plato.

—Hay solomillo de segundo —le informó Adam—. Todo

lo que puedas comer —añadió, y miró discretamente a Bridget, que se fue rápidamente a la cocina para decirle a Leonardo que matara otra vaca.

—Excelente —dijo Crash, con una enorme sonrisa.

Sin darse cuenta, colocó el brazo sobre el respaldo de la silla de Lucy y le acarició ligeramente el cuello con dos dedos. Aquel gesto denotaba un gran nivel de intimidad.

Maddie apuró su copa de vino.

Adam estaba preguntándose si podía dejar que se emborrachara, y hasta qué punto, cuando Henry entró por la puerta.

—El señor Rain —anunció, y se hizo a un lado para cederle el paso a Dakota.

—Ya lo sé, ya lo sé, llego tarde —dijo, con su marcado acento del oeste—, pero es que en las dos primeras tiendas en las que he parado no había Brunello.

Adam lo miró con descontento.

—Te retiré la invitación, ¿no te acuerdas?

Dakota movió la mano para restarle importancia.

—Bueno, yo ya sabía que estabas bromeando —dijo. Se inclinó y le dio un beso a Maddie en la mejilla, y se inclinó ligeramente sobre la mesa para estrecharle la mano a Lucy—. Soy Dakota Rain —dijo.

—Te presento a Lucy —dijo Maddie—. Mi hermana.

—Me tomas el pelo —dijo Dakota, y se echó a reír—. Te lo pregunté, ¿te acuerdas, querida? Pero no me dijiste que tuviera novio.

—Sí. Te presento a Crash.

Dakota le estrechó la mano amigablemente, y Crash asintió con cortesía, aunque no parecía que estuviera demasiado entusiasmado al conocer a aquella estrella de Hollywood.

Adam sabía exactamente cómo se sentía.

Dakota se sentó junto a Maddie y alzó las manos para permitirle a Bridget colocar sus platos y sus cubiertos.

—Gracias —le dijo—. Hazme un favor, dile a Leonardo que no tiene que ponerme un primero. Tomaré dos de lo que haya ahora. Y, cuando puedas, trae un sacacorchos, por favor. Tengo que emborrachar a Adam antes de que quiera echarme por flirtear con su chica.

—No soy su chica —intervino Maddie—. Soy su abogada.

Adam se mordió la lengua. ¿Qué podía decir? Era cierto.

—¿De verdad? —preguntó Dakota. Miró a Adam y, después, corrió la silla un par de centímetros hacia Maddie—. ¿Cuánto tiempo vas a estar en Nueva York?

—Vivo aquí —dijo ella. Adam se fijó en que había perdido el interés por su vino, y que estaba batiendo las pestañas con coquetería.

—Entonces, tal vez pudieras ayudarme. Mira, tengo una cosa mañana por la noche...

—Mañana nos vamos —dijo Adam—. A Italia.

—¿Sí? ¿De veras? —preguntó Lucy, apartando sus ojos azules de Dakota—. Creía que habías cancelado el viaje.

—Maddie me ha convencido para que sigamos con el plan —dijo Adam, con una sonrisa tensa. Se sentía culpable, pero no tan culpable como para no evitar que Dakota le pusiera las manos encima.

—Bueno, pues es una pena —dijo Dakota. Descorchó una botella de vino y sirvió una ronda en las copas limpias que acababa de llevar Bridget. Hizo chocar su copa con la de Maddie, sonriéndole—. De todos modos, voy a estar rodando aquí todo el verano, querida. Nos reuniremos cuando vuelvas.

Adam se puso furioso al presenciar con cuánta seguridad asumía Dakota que Maddie se iba a acostar con él.

Antes de que él pudiera decir una tontería, Crash intervino:

—Soy un gran admirador de tu hermano —dijo, con sinceridad—. Es un actor increíble.

Dakota se apoyó en el respaldo de la silla y miró a Crash otra vez, como si acabara de verlo por primera vez. Adam hizo lo mismo. A cada instante que pasaba sentía más afecto por el chico.

Entonces, Dakota asintió con mucha seriedad.

—Sí lo es. No me gusta decirlo, porque es mi hermano pequeño y todo eso, pero es mil veces mejor que yo.

—Eso no es cierto —dijo Lucy, y se inclinó hacia delante tan rápidamente que a Crash se le deslizaron los dedos de su cuello. Tú estuviste increíble en *Cry for me*. Vemos esa película siempre que yo vengo de visita, y siempre lloramos cuando tienes el ataque, ¿verdad, Mads?

Maddie asintió con vehemencia.

—Esa parte en la que estás con el cuchillo… me mata —dijo, poniéndose una mano en el corazón.

—Y cuando llega la policía y te lleva… Tu expresión… Dios… —dijo Lucy, sentidamente.

—No entiendo que no te dieran el Óscar —añadió Maddie—. Te lo merecías.

—Totalmente —dijo Lucy, asintiendo.

Adam miró a Crash. El chico tenía una expresión seria. Las mujeres estaban concentradas en Dakota, que había adquirido una actitud humilde.

—Bueno, no me gusta estar en desacuerdo con dos mujeres tan bellas como vosotras, pero Denzel era el que se lo merecía ese año —dijo, y se encogió de hombros melancólicamente mientras llenaba otra vez las copas—. Tal vez surja otra oportunidad, en otra ocasión.

—¡Oh, claro que sí! —dijo Lucy, dándole ánimos.

Maddie asintió.

—Con otro papel como ese, la Academia tendrá que reconocer tus méritos.

El hecho de que le diera unas palmaditas en el dorso de la mano al pobre Dakota terminó de exasperar a Adam. Soltó un resoplido de disgusto que llamó la atención de las dos mujeres.

Ambas lo miraron con idénticas expresiones de ofensa, cosa que lo enfadó aún más.

—Antes de que desperdiciéis más comprensión con Dakota, os informo de que, en realidad, se está imaginando un *menáge à trois* con vosotras dos.

Maddie frunció los labios.

—Eso es asqueroso. Lo que pasa es que estás celoso.

Aquello fue la gota que colmó el vaso.

—¿Celoso, yo? ¿Por qué iba a estar celoso?

—Porque Dakota es famoso, guapo e interesante.

—¿Y por eso te estás arrojando a sus brazos?

—Yo no me estoy arrojando a los brazos de nadie. Estoy disfrutando de la compañía de un hombre que no es un egocéntrico.

—Difiero en eso —dijo él—, pero eso no es lo importante.

—¿Y qué es lo importante?

—Lo importante es…

Adam se detuvo. ¿Qué era lo importante? No tenía nada que ver con Dakota, eso sí lo sabía.

Se inclinó hacia atrás en su silla y respiró profundamente. Aquella mujer sabía cómo sacarle de quicio.

Sin embargo, había cierto patrón en todo aquello y, después de darse cuenta, todo cobró cierto sentido.

Había compartido un momento con Maddie en su suite, un momento en el que ella había bajado la guardia. Esa vulnerabilidad le aterrorizaba, así que respondía con ferocidad.

Lo mismo que había pasado la mañana que habían comido juntos la pasta a la carbonara. Y, de nuevo, después de la gala. Sucedía cuando el deseo mutuo surgía entre los dos.

Era su mecanismo de defensa. Cada vez que se ablandaba y permitía que él se acercara a ella, Maddie reaccionaba apartándolo todavía más. Construyendo unos muros aún más altos.

Adam se dio cuenta de que no la asustaba porque fuera una amenaza para su trabajo, para su forma de ganarse la vida, sino para sus defensas.

Fue una revelación asombrosa y, a la vez, reconfortante. Cada vez que Maddie reaccionaba con más y más virulencia, significaba que él había llegado más lejos.

Y, de repente, la noche que tenía por delante no le pareció tan desesperante.

CAPÍTULO 13

*Vicky: Te prometo que voy a intentar no hacerte daño
y, si lo hago, te prometo que te pediré perdón.*

Maddie: Pero no sin ir primero a hablar con mi abogada.

Maddie no era la única St. Clair que se movía con pies de gato. Lucy estaba a medio camino de la habitación de Crash antes de que Maddie se diera cuenta de que su hermana había pasado por delante de su puerta.

Iba a seguirla, con los ojos fijos en su presa, cuando una puerta se abrió tras ella y apareció una figura. Antes de que pudiera gritar del susto, una mano le tapó la boca y un brazo le rodeó la cintura, y alguien la levantó del suelo y la metió de nuevo en su suite.

Su secuestrador cerró la puerta de una patada y apoyó la espalda en ella. Dejó que los pies de Maddie tocaran el suelo, pero no la soltó. En otro momento, o en otro lugar, se habría sentido aterrorizada. Sin embargo, en aquel instante, el corazón no se le había desbocado de miedo, sino de furia.

—Querida —le dijo Adam, al oído—. En realidad, tú no quieres perseguir a tu hermana.

—¡Sí, sí quiero! —gritó ella.

Sin embargo, la mano de Adam amortiguó el sonido, y solo se oyó «Ummm mmm».

Maddie intentó morderle los dedos, pero él ahuecó la mano y ella no alcanzó a clavarle los dientes.

Con frustración, trató de patearle las espinillas, pero se le resbalaban las zapatillas en sus pantalones vaqueros. Le pisoteó los dedos de los pies, pero el muy desgraciado llevaba zapatos.

—Peso casi cincuenta kilos más que tú, querida. No vas a ir a ninguna parte.

Ella, temblando de indignación, dijo todas las palabrotas que se sabía contra la palma de su mano. Que Dios lo ayudara cuando la soltase. Iba a enterarse de lo que podían hacer cuarenta y cinco kilos de Pitbull enfurecido.

Por el momento, sin embargo, estaba indefensa.

Y lo peor era que le gustaba.

Por ese motivo se resistía a él. No era solo por el hecho de que él fuese un delincuente, sino porque la obligaba a hacer cosas que a ella no deberían gustarle, a desear cosas que no debería desear. Era demasiado peligroso e impredecible.

Como en aquel momento, por ejemplo. El brazo que estaba en su cintura se deslizó hacia abajo, de manera que él le agarró la cadera con una mano fuerte y la alzó, sujetándola contra su erección. Ella debería sentir pánico, pero empezó a arder de deseo. El calor se apoderó de ella.

Quería… Quería…

¡No!

Se retorció como una serpiente e intentó zafarse. Él tomó aire con fuerza, entre los dientes.

—Haz eso otra vez, por favor —le rogó, y la subió aún más, pegándola contra su cuerpo.

Y su trasero, el muy traidor, se elevó hacia él.

Aquello estaba mal, muy mal. Debería luchar contra él. Le dio un manotazo en el brazo, pero él le mordisqueó el lóbulo de la oreja, y a ella se le escapó un gemido.

Y aquel gemido liberó la lujuria de Adam. Hizo que Maddie girara la cabeza y le clavó los dientes en el cuello, como si fuera un depredador, gruñendo al notar que ella se echaba a temblar, que esperaba que la devorara.

Metió la mano en el interior de su camisón y le pasó la palma de la mano por el pezón, y le acarició el pecho ansiosamente. Aquello acabó con la resistencia de Maddie.

Ella se abandonó a la lujuria y le agarró las piernas, clavándole las uñas en los muslos para atraerlo hacia sí. Se le escapó su nombre de entre los labios, y le rogó que hiciera algo, lo que fuera. Que le diera más, más.

—Por Dios… —susurró Adam, y la hizo girar con brusquedad, de modo que ella quedó apoyada en la puerta, frente a él. Le subió el camisón y le bajó las bragas y, mientras succionaba uno de sus pezones, hundió los dedos en su cuerpo—. Dios… —susurró de nuevo, mientras ella le inundaba la palma de la mano.

Al retirar los dedos, ella gimió de nuevo, y él tomó su boca y enmudeció el gemido con los labios, y volvió a llenar su cuerpo con más dedos, cada vez más rápidamente.

Apartó los labios y le dijo al oído:

—Separa las piernas. Deja que entre.

—Sí, sí —jadeó ella.

—Rodéame con las piernas.

—Sí. Sí, sí… —gimió Maddie. No había nada que le importara en el mundo, salvo aquello. Apartó con un pie las bragas, que se le habían quedado en los tobillos, y comenzó a desabrocharle el cinturón y la cremallera del pantalón—. Preservativos —dijo, de repente—. No tengo…

—Yo sí…

Frenética de necesidad, le bajó los pantalones vaqueros mientras él rasgaba el paquete con los dientes. Ella trató de agarrar su sexo, porque sentía desesperación por notar cómo era, por acariciarlo, pero él le apartó la mano.

—Después. Me voy a correr si me tocas.

—No, no, todavía no.

Maddie le rodeó el cuello con los brazos e intentó trepar por él como si fuera un árbol. Él soltó un silbido mientras desenroscaba el preservativo.

Entonces, la tomó por el trasero con ambas manos y la levantó, y abrió su cuerpo. Entró en ella con dureza y profundidad, de una sola acometida, y la aplastó contra la puerta.

El pene de Adam era muy grande, pero su cuerpo estaba preparado para adaptarse a él. Maddie se arqueó y elevó las caderas, con los muslos apoyados en su cintura y los tobillos enganchados a su espalda.

La oscuridad hacía que todo fuera como un sueño. Él podía ser cualquiera, un extraño. Pero era Adam, tenía su olor y sus músculos. Ella le arañó los bíceps y los antebrazos.

Él siguió embistiendo con fuerza y la besó.

—Vamos, córrete conmigo —le pidió, entre jadeos.

—Sí —dijo ella, que se sentía tan desenfrenada como él—. Estoy muy cerca. No pares…

Echó hacia atrás la cabeza, se dio un golpe en la puerta y ni siquiera se enteró. Todo su cuerpo estaba tenso, cada vez más tenso…

Oyó su propio grito al llegar al orgasmo, y oyó también la voz de Adam, que le decía que iba a hacérselo toda la noche, que no iba a parar. De nuevo, la embistió, y otra vez más, y otra vez, la última.

Entonces, sus dedos se pusieron rígidos sobre las mejillas de Maddie, y sus músculos se endurecieron tanto como el hierro. Echó hacia atrás la cabeza y arqueó el cuello, con los tendones rígidos.

Le fallaron las rodillas, y los dos se deslizaron juntos, por la puerta, hasta el suelo.

Adam abrió los ojos y se dio cuenta, con felicidad, de que estaba sentado en el suelo, con las piernas cruzadas, y Maddie en su regazo, todavía unida a él.

Antes de que tuviera tiempo de saborear las sensaciones, ella empezó a moverse. Él la rodeó con los brazos y le acarició la cabeza, que estaba apoyada en el hueco de su hombro.

—Espera un minuto —murmuró en su pelo.

Ella le sorprendió, porque permitió que su cuerpecillo tenso se relajara. Él disfrutó de aquellas sensaciones, porque sabía que iban a durar poco. Enseguida, ella empezaría a retorcerse de nuevo, a intentar alejarse de él, a quitárselo de encima como si fuera una mota de polvo.

Adam no pensaba permitírselo. Fuera lo que fuera aquello que había entre ellos, calor, mero deseo o conexión, debía ser explorado.

Por supuesto, ella no querría. Se echaría a reír en su cara y le diría que creciera. Diría que solo era sexo y que no había ataduras ni emociones. Sin embargo, él había mantenido muchas veces relaciones sexuales sin trascendencia, y nunca había sido así. Nunca había deseado a una mujer en todas sus facetas, su cuerpo, su corazón, sus comentarios cortantes, su veneno.

Ni siquiera en el caso de Maribelle, y eso que había imaginado que estaba enamorado de ella.

Tal vez fuera un idiota y estuviera a punto de quemarse como una polilla que acudía al fuego, pero no había llegado tan lejos en la vida sin correr riesgos. Y, en aquella ocasión, pensaba arriesgarse con ella.

Le gustara a Maddie, o no.

Y no iba a gustarle. Todavía estaba resentida por la *Dama en rojo*. Y, aún más, tenía resentimiento hacia las relaciones.

En ese sentido, él tampoco podía hablar demasiado. Llevaba una década sin estar con la misma mujer más de un fin de semana. Si hubiera estado buscando novia, no habría buscado a Maddie. No podían ser más diferentes: la fiscal y el ladrón.

Tal vez esa fuera la causa de la fascinación. Para ella, todo era blanco o negro. Para él, sin embargo, existía el gris. Para Maddie solo existía el bien y el mal: para él había muchos pasos intermedios.

Fuera lo que fuera, lo que había entre ellos era poderoso. Él había intentado negarlo, y no lo había conseguido.

Aquel era el momento de empezar a convencer a Maddie para que ella también dijera que sí, para demostrarle lo bien que podían estar juntos. Estaba relajada, enroscada en él como un espagueti.

Justo donde él la quería.

El camisón se le había bajado por la espalda. Él deslizó la mano por debajo, le acarició suavemente los hombros y bajó hasta sus nalgas. Ella no puso objeciones.

Después, volvió a subir y le acarició los pechos. Ella no se resistió, dejó que jugara con ella hasta que sus pezones se convirtieron en picos perfectos.

Sus pechos eran perfectos, llenaban exactamente la palma de su mano, y eso era todo lo que él quería. Al tomarlos ambos con las palmas, notó un pulso en su pene. La erección no había desaparecido por completo.

Iba a tener que moverla, retirarse y ponerse un nuevo preservativo. Aunque, en realidad, no lo necesitaban. Él había visto sus informes médicos, gracias a la minuciosidad de Gio, y sabía que Maddie era muy cuidadosa con las medidas anticonceptivas y estaba tan limpia de enfermedades como él. Sin embargo, eso tendría que decírselo ella cuando confiara en él. No podía apresurar las cosas.

Así pues, por el momento, permitiría que la fina capa de látex se interpusiera entre ellos. Aunque, muy pronto, aquello tendría que desaparecer.

Le frotó la sien con la barbilla y sonrió con petulancia. Maddie estaba dócil como un corderito, disfrutando de sus caricias, pero era demasiado orgullosa como para reconocerlo.

Aquel orgullo le resultaba divertido. Era un rasgo de Maddie que le encantaba. Y detestaba tener que meterle prisa, pero las cosas se estaban poniendo peliagudas. Tenía que ocuparse de su erección. Y, cuando se hubiera cambiado el preservativo, iba a llevarla a la cama e iba a hacer que se retorciera de placer, que…

¿Que roncara?

La zarandeó por los hombros y la irguió. Ella lo miró pestañeando. Entonces, despertó por completo y entrecerró los ojos.

—¿Qué? —preguntó, tan molesta como siempre.

—Estás dormida —dijo él, con indignación.

—Lo estaba. Acabas de despertarme —respondió ella. Posó las palmas de las manos en su pecho y lo apartó—. Agarra eso —dijo, señalando el preservativo con la barbilla—, porque voy a levantarme.

—Por el amor de Dios —murmuró él, mientras obedecía—. ¿Es lo mejor que se te ocurre después de que te lo hagan contra una puerta?

Maddie se puso en pie, dejándolo sentado en el suelo, y se colocó el camisón.

—¿Qué demonios te crees que estás haciendo aquí?

—¿De verdad tengo que explicártelo? —dijo él, intentando conservar el orgullo—. Acabamos de hacer el amor.

—Pfft. Quieres decir que acabamos de mantener relaciones sexuales. Que hemos echado un polvo rápido. Zas, zas, y gracias. Ahora, lárgate —dijo ella, y señaló la puerta con el dedo pulgar.

Él se puso en pie rápidamente, sujetándose los pantalones vaqueros, aunque no se los abrochó.

—No.

Maddie se quedó boquiabierta.

—¿Cómo que no? Claro que sí. Y rápidamente. Tengo cosas que hacer.

Recogió las bragas del suelo y tomó el pomo de la puerta.

Él la agarró del brazo y tiró de ella hacia sí. La estrechó contra su cuerpo.

—No vas a molestar a tu hermana. Bajo mi techo, no.

Decir aquello fue una equivocación. A ella empezó a salirle humo por las orejas.

—Ni se te ocurra…

Entonces, él la besó. No tuvo más remedio que hacerlo. Su

boca estaba allí, frente a él, tentadora e irresistible. Maddie intentó apartar la cabeza, pero él extendió la palma de la mano sobre su nuca y le aplastó los labios, saboreando su furia.

Aunque era peligroso, también era muy erótico, y Adam hundió su lengua más allá de los dientes de Maddie. No le importaba que lo mordiera, siempre y cuando tuviera algo dentro de ella.

Maddie gimió sin poder evitarlo, y enredó su lengua con la de él al mismo tiempo que intentaba apartarse, y movió las caderas contra las de él mientras lo empujaba por el pecho. Estaba hecha un lío. Era un mar de contradicciones.

Él sentía un deseo salvaje por ella.

—Vamos a la cama —murmuró él, contra sus labios.

—No —respondió ella.

Sin embargo, él se tragó su respuesta, la tomó en brazos y la arrojó sobre su cama. Después, aterrizó sobre ella.

—Quítate, burro —dijo Maddie, dándole un puñetazo en el hombro.

Él se apoyó en los codos y miró fijamente su cara de pocos amigos.

—Maddie —dijo, con suavidad, pero también con firmeza—, voy a besarte otra vez.

—¡Y un cuerno! Esto es una agresión sexual, y vas a ir a la cárcel.

Tenía la cara muy roja, pero él conocía la diferencia entre la furia y la excitación. Bajó la barbilla, mirándola fijamente a los ojos. Eran verdes como el mar a la luz de la lámpara de la mesilla.

—No voy a hacerte daño, Maddie. Nunca te haría daño —dijo—. Bésame una sola vez. Solo una. Después, te dejaré en paz, si quiere.

Ella se echó a temblar como una hoja. Tenía las pupilas dilatadas de deseo, y tragó saliva convulsivamente. Asintió, moviendo la cabeza medio centímetro. Y él, con cuidado, bajó la cabeza y la besó.

En aquella ocasión, se contuvo y la besó con suavidad, lamiéndole la unión de los labios hinchados y mordisqueándola ligeramente.

Ella se quedó inmóvil, agarrada a la manta y rígida a causa de la tensión. Y él se hundió un poco más, sin perder el cuidado, aunque quería hundirse en su boca. Ella permitió que le acariciara la lengua, que reconociera la forma de sus dientes.

Él alzó la mano y la posó sobre su mejilla. Le acarició la mandíbula con el dedo pulgar, le rozó la comisura del labio. Entonces, lo metió en su boca.

Ella emitió un sonido gutural de deseo que hizo vibrar su pecho y sus miembros. Él sintió cómo la excitación atravesaba el cuerpo de ella y el de él. Estaba controlándose con una fuerza que se debilitaba, moviendo solo los labios, la lengua y aquel pulgar.

Maddie estaba luchando contra él, y él notaba la batalla en el ligero sudor de su piel. Ella todavía no lo sabía, pero había perdido antes de empezar. Cuando había entrado en aquella sala de reuniones del despacho, ya era suya.

Él le acarició el interior sedoso de la mejilla con el pulgar, y ella tembló aún más, gimió con más intensidad. Y, entonces, su lengua se rindió y rodeó el pulgar de Adam. Las manos se le levantaron de la cama, lo agarraron del pelo y tiraron de él hacia abajo, hacia sí.

Adam rodó con ella y se la colocó a horcajadas sobre el cuerpo. Tiró de su camisón hacia arriba, hasta que ella se inclinó hacia atrás y se lo sacó por la cabeza. Él intentó acariciarle los pechos, pero ella enganchó los pantalones vaqueros con los dedos y tiró de ellos hacia abajo, hasta que él se los quitó con los pies.

Entonces, ella volvió a ascender por su cuerpo, con los labios separados y los ojos, oscurecidos.

—Quítate la camiseta.

Él obedeció, la tomó de los brazos y tiró de ella hacia abajo. Sus senos se le pegaron al pecho, piel con piel. Él deslizó una mano por su pelo, y la otra alrededor de su trasero, y hundió los dedos en su calor húmedo.

—Joder… —susurró.

—Sí, por supuesto… —jadeó ella, moviéndose contra su sexo erecto mientras rebuscaba a tientas en los bolsillos de su pantalón.

Él emitió una carcajada que fue un jadeo, un sonido de desesperación.

—Espera. Quiero saborearte.

Maddie rompió el paquete del preservativo con los dientes.

—Después.

—Júralo.

—Sobre una pila de Biblias —dijo ella. Se irguió y desenrolló el preservativo sobre su miembro. Después, se sentó sobre él—. Qué agradable.

—Es tuyo para toda la noche.

Adam se deleitó con su visión, tan esbelta, tan ágil, sudorosa mientras se movía sobre su cuerpo. Maddie cayó hacia delante y le puso las palmas de las manos sobre el pecho, y puso sus senos perfectos a su alcance.

—Abre los ojos —le dijo él. Necesitaba verla mientras la acariciaba, y necesitaba que ella lo viera a él.

—Cállate —dijo ella, entre jadeos—. Sigue haciendo eso y cállate.

—No.

Entonces, él se incorporó y la hizo girar hasta que la tuvo tendida sobre el colchón, bajo su cuerpo. Su cara de indignación hizo que Adam sonriera salvajemente. Ahora sí tenía los ojos bien abiertos.

Sin dejar de moverse, él descendió sobre ella y le mordió la mandíbula. Ella giró la cara, y él hizo que volviera a mirarlo.

—Estás acostumbrada a llevar las riendas, ¿no? Siempre haces rogar a los chicos, así es como lo consigues. Pero conmigo, no, Maddie. Conmigo, no.

—No se te…

Él la acalló besándola. Metió la lengua en su boca y la movió al ritmo de sus embestidas. Ella le clavó las uñas en el trasero, pero él apenas notó el dolor. Estaba perdido en ella, en tomar su cuerpo y hacer que perdiera el control.

Él no se detuvo ni cambió el ritmo. Dejó que ella luchara su batalla interna, que se rindiera según sus propias condiciones. Y, cuando lo hizo, cuando cedió y lo rodeó con las piernas, y cuando alzó las caderas para recibir sus embestidas, todo en él se alineó con ella en un ritmo cósmico, con el mismo latido de sus corazones.

Él metió la mano entre sus cuerpos, encontró su centro, su núcleo, y lo acarició exactamente como sabía que ella deseaba. Y, cuando ella llegó al éxtasis, gritando, él la siguió y se dejó llevar.

Maddie no se movió cuando Adam se levantó de la cama. Él permaneció sobre ella durante un largo momento, observándola mientras dormía. El amanecer grisáceo marcaba las sombras oscuras que tenía bajo los ojos.

Parecía tan pequeña en aquella cama enorme… tan indefensa…

Ella le cortaría la cabeza si le oía decir eso en voz alta. Cuando estaba despierta, su obsesión era convencer a todo el mundo, incluida a sí misma, de que era una persona muy dura. Pero eso no era cierto.

Maddie estaba herida. Y, como un animal herido, cuando alguien se le acercaba demasiado, ella lo ahuyentaba.

Él tenía que averiguar qué era lo que provocaba aquel dolor y ayudarla a que se curara. Porque, después de aquella noche, se había quedado enganchado. Había hecho pedazos sus defensas, y la mujer que había bajo aquella fachada espinosa era tan delicada y suave, y tan generosa, como él esperaba.

Quería más de aquella mujer. La deseaba por completo.

Por el momento, no obstante, iba a dejar que durmiera.

Al salir al pasillo, se topó de frente con Lucy, que volvía a su habitación. A ella se le salieron los ojos de las órbitas.

—Buenos días —dijo él relajadamente, como si siempre se

la encontrara junto a la puerta de la habitación de su hermana, con la camiseta en la mano.

—Um… Buenos días —dijo ella, con una expresión de desconcierto—. Maddie me dijo que no os acostabais.

Él sonrió.

—No nos acostábamos. Ahora ya sí.

Ella ladeó la cabeza y lo observó. Él esperó a que le dijera que no hiciese daño a su hermana. Sin embargo, ella dijo:

—Ten cuidado, Adam. Si no, te va a romper el corazón.

Entonces, Lucy se puso un dedo en los labios.

—No le digas que me has visto, ¿de acuerdo?

Él asintió, y ella entró en su habitación.

De vuelta a su suite, saludó a John Doe rascándole la barbilla.

—Siento haberte dejado solo, chaval. Esta noche puedes dormir con nosotros dos.

Sonrió. Lucy se equivocaba. Una noche no iba a ser suficiente con Maddie. Tal vez tampoco fueran suficientes una semana, ni un año, ni diez años, para ninguno de ellos dos. Él se había excitado con solo pensar en ella.

Se acercó al ventanal. No veía a menudo el amanecer en Nueva York, y era espectacular. Los rayos dorados del sol iluminaban la parte superior de los edificios más altos de la ciudad, y los teñían del color del cielo, mientras que, en las calles, mucho más abajo, todo permanecía entre las sombras.

Sí, aquel iba a ser un bonito día. Estaba impaciente por que comenzara.

Fue hacia el teléfono, pero antes de que pudiera hacer una llamada para pedir un café, Henry llamó dos veces y entró con una cafetera en una bandeja.

—Tienes el poder de leer la mente —dijo Adam.

—He oído el ascensor —respondió Henry. Al ver que Adam llevaba la camiseta en la mano, chasqueó la lengua—. ¿Has conseguido que la bella Lucy deje la cama de su amante? Eso ha sido muy rápido, amigo mío, incluso para ti.

—Es casi una niña. Deja de pensar tan mal de mí.

—Entonces, ¿Maddie? —preguntó Henry, enarcando las cejas—. Así que Fredo recupera su sueldo, y encima se gana el mío.

—¿Otra vez apostando sobre mi vida sexual?

—Normalmente, no merece la pena apostar por ella. Pero nuestra Maddie ha aportado algo de interés al juego.

—Ya no.

—¿Has terminado ya con ella? —preguntó Henry, con cara de decepción—. Es una pena. Me había encariñado con ella. Todos, en realidad, aunque sea un poco irritable.

—Perro ladrador, poco mordedor —dijo Adam—. Y nos llevamos muy bien, así que ya puedes dejar de jugarte el sueldo. No voy a cansarme de ella en un futuro próximo.

Adam ignoró el silencio de asombro que siguió a su pequeño discurso y señaló la correa de John, que Henry tenía en una mano, con la cabeza.

—Yo lo llevo a pasear hoy —dijo. Se sentía muy lleno de energía, pese a lo poco que había dormido.

John se puso a saltar de alegría cuando salieron por la puerta. Henry se quedó tras ellos, mirándolos sin decir una palabra.

—Mierda —dijo Maddie, mirando al techo—. Mierda, mierda, mierda.

¿Qué había hecho? ¿Por qué lo había hecho? ¿Y cómo iba a deshacerlo?

Rodó por la cama y se levantó. Ay, ay, ay. Sus partes femeninas habían pasado de estar oxidadas a ser utilizadas en exceso en un solo maratón sexual.

Fue al baño y se miró al espejo. Oh, Dios. Se inclinó sobre el lavabo y movió la cabeza de un lado a otro. Tenía los labios magullados. Tenía todo el cuerpo magullado, en realidad.

Se dio una ducha de agua caliente, a una temperatura tan alta como pudo soportar y, cuando salió, casi podía moverse con normalidad.

Bridget llamó a la puerta de la suite y entró al salón, canturreando:

—Buenos días.

Maddie pensó que nunca iba a acostumbrarse a que los sirvientes entraran de repente, pero lo pensó mejor al ver que la chica le había llevado una taza de café a la habitación.

—Hace un día precioso —dijo Bridget, alegremente—. Voy a hacer su maleta mientras usted baja a desayunar, y enviaré sus cosas al coche. ¿Qué se va a poner para el viaje?

—Pantalones vaqueros. Y una camiseta. Y ese jersey —dijo ella, señalando el jersey de color morado ciruela. En ese momento, la cafeína entró en su corriente sanguíneo, y Maddie pudo sonreír—. Y buenos días, Bridget. ¿Cómo estás hoy?

—Oh, estoy muy bien. Aunque les voy a echar de menos —dijo la chica. Se acercó a los pies de la cama y recogió la colcha, que estaba en el suelo—. Tendré su habitación perfecta para cuando vuelva.

—Gracias, pero no voy a volver. Esto es una despedida.

La muchacha ladeó la cabeza.

—El señor LeCroix acaba de decirme que vuelven dentro de una semana y que yo volvería a estar a su servicio.

—Bueno, pues el señor LeCroix se ha confundido.

Vaya frescura.

Bridget cambió de tema.

—Su hermana ya está en el comedor con su novio. Es un muchacho muy agradable y muy amable.

Oh, Dios. Se había olvidado de Lucy y Crash. Seguramente, habían estado toda la noche haciéndolo. Aquel chico tenía aspecto de saber cómo tratar el cuerpo de una mujer. Maddie no podía culpar a Lucy por querer acostarse con él.

Y, de todos modos, ¿quién era ella para hablar? Si no se hubiera quedado dormida de puro agotamiento, ella también estaría en esa situación. Y Adam estaría allí, haciéndole cosas que ni ella misma sabía que quería.

Ni siquiera en su imaginación, que era más activa que las

demás, había ido tan lejos como habían llegado la noche anterior.

La diferencia era que, al contrario que su hermana, ella no iba a enamorarse.

De hecho, no había ningún motivo para que las cosas cambiaran entre Adam y ella por una sola noche. Ya había lidiado antes con eso. Había estado trabajando con Michael durante varios meses después de su fin de semana juntos. Si Adam se hacía ideas equivocadas, le echaría la misma mirada fulminante con la que había conseguido que Michael escondiera el rabo entre las piernas.

Porque ella no iba a mantener una relación estable con nadie.

Encontró a Lucy y a Crash en el comedor.

—Buenos días —dijo, con una voz cantarina, imitando a Bridget.

—Estás de buen humor —dijo Lucy con una sonrisa burlona.

Maddie entrecerró los ojos y gruñó:

—¿Y qué?

—Ah, esa es la Maddie de las mañanas a la que conozco y quiero.

Maddie le hizo una mueca a su hermana y, después, consiguió sonreír agriamente a Crash. Él alzó el tenedor hacia ella con una espléndida sonrisa, y después volvió a comer salchichas en cantidades industriales y a juguetear con Lucy.

Maddie intentó ignorar sus risitas y fue hacia la mesa donde estaban las fuentes del desayuno. ¿Cómo había podido dejar pasar a Lucy aquella noche? Era imperdonable.

Se sirvió una montaña de tostadas francesas y las bañó con sirope de arce, volvió a la mesa y se sentó frente a los tortolitos.

—Crash, ¿te importaría… —«quitarle la mano del regazo a mi hermana»— pasarme el café, por favor?

—Claro —dijo él, y le pasó la cafetera muy servicialmente.

Grr.

—Bueno, ¿y qué tal has dormido? —le preguntó Lucy, con aquella media sonrisa.

—Como un bebé —dijo ella—. ¿Y tú?

—Yo también. Las camas de este sitio son como nubes.

Su faceta de abogada se concentró en los detalles.

—¿Camas?

Lucy se encogió de hombros.

—Bueno, tú te has quedado dormida hasta tarde, así que también debe de gustarte la tuya —dijo, con un brillo inocente en la mirada—. Porque estabas durmiendo, ¿no?

Ya habían hablado suficiente de camas. Aquel tema era un campo minado.

—¿Has ido a la galería a ver el busto de Rodin? —preguntó Maddie.

Mano de santo.

—¡Oh, Dios mío, la galería!

Lucy se levantó de un salto y salió corriendo.

Maddie se apoyó en el respaldo de la silla y mojó un poco de tostada en el sirope.

Un buen rato después, estaba tomándose la segunda taza de un excelente café cuando Adam entró en la sala. Llevaba un pantalón negro de pinzas y un jersey azul oscuro que le quedaba a la perfección, y que resaltaba aún más sus ojos azules.

Maddie acababa de tomar un bocado y, al verlo, tomó aire de golpe… y el café se le fue por un mal sitio.

Dejó la taza en el plato de golpe y comenzó a toser, esparciendo gotas por el mantel blanco y la camiseta rosa de Lucy.

—¡Maddie! —exclamó Lucy, que rodeó la mesa al instante para ayudar a su hermana a ponerse en pie y hacerle la maniobra de Heimlich.

Maddie movió los brazos como si fueran aspas.

—¡Estoy bien! ¡Estoy bien!

Lucy retrocedió con cara de preocupación.

Maddie le dio un golpecito en el brazo.

—Solo me he atragantado. Estoy bien. Vamos, desayuna.

Maddie, que estaba muy ruborizada, limpió el mantel con su servilleta, sin querer mirar a Adam. Ya había visto lo suficiente como para saber que todavía tenía el pelo húmedo de la ducha, y que, cuando se había atragantado, él también había echado a correr hacia ella y había llegado un segundo después de Lucy.

Y, sin mirarlo, sabía que estaba mirándola mientras llenaba su plato, mientras se sentaba a su lado y mientras se servía café. Observándola. Esperando a que ella lo mirara a los ojos.

Cortó un pedazo de tostada, pero no se atrevió a metérsela en la boca. Todavía tenía un nudo en la garganta, y no era del atragantamiento.

Era Adam. Estaba demasiado cerca, y su calor y su olor eran demasiado potentes. Todo le recordaba sus caricias, sus labios, las dulces palabras que habían salido de ellos.

Parecía que una noche sí había cambiado algo, después de todo.

Pero ella no tenía por qué admitirlo.

Movió la silla para alejarse de él y le dijo, con enfado:

—Esta mesa es grande como un portaviones. Deja de agobiarme, ¿quieres?

Adam tomó un poco de café, decepcionado, pero no sorprendido.

Lucy se echó a reír.

—Adam, Maddie tiene muy malas pulgas por las mañanas. Necesita por lo menos dos tazas de café para volverse cortés. Tres, si no ha dormido lo suficiente.

—No es cierto —le espetó Maddie, demostrando que sí era cierto—. Lo que necesito es un poco de espacio personal. ¿Por qué todo el mundo se empeña en acosarme?

Lucy puso los ojos en blanco, y le preguntó a Adam:

—¿A qué hora salimos?

—A las nueve en punto.

—¿Vamos a ir en limusina?

—Sí. Henry se ha adelantado con John y el equipaje.

Por primera vez, Maddie se giró hacia él y lo miró frontalmente, con indignación.

—No vas a meter a John en el compartimento de equipajes.

—Por supuesto que no.Va a venir en la cabina, con nosotros —dijo él. Sin embargo, sabía que la tensión de su mirada no tenía nada que ver con John Doe.

Se inclinó hacia atrás y estiró el brazo por el respaldo de su silla. Ella se inclinó hacia delante hasta que sus pechos tocaron el plato, lo cual le dio a Adam la interesante idea de cubrírselos de sirope.

Pronto.

Por el momento, ella iba a tener que acostumbrarse a su cercanía, porque pensaba pasarse mucho tiempo dentro de su espacio personal.

Crash preguntó:

—¿Cuánto tiempo dura el vuelo?

—Siete horas —contestó Adam, y Maddie palideció. Él se dio cuenta de que había estado demasiado ocupada preocupándose por su hermana y acostándose con él como para pensar en el vuelo, y añadió—: Mis pilotos esperan un vuelo tranquilo.

Crash metió la pata.

—Eso es lo que dijeron la última vez que yo fui a Los Ángeles. Entonces, nos metimos en una bolsa de aire y el avión cayó un kilómetro y medio en dos segundos —dijo, riéndose—. Caída libre, nena. Como tirarse al vacío sin paracaídas.

Lucy le dio un pellizco.

—Ay —dijo él—. ¿Qué he hecho?

Maddie se había quedado aún más pálida, y estaba tambaleándose en el asiento. Adam le cubrió una mano con la suya, y se dio cuenta de que estaba helada. Ella no lo rechazó. Él se alegró, pero le rompía el corazón verla tan angustiada como para no ser capaz de luchar contra él.

—Vamos a estar completamente a salvo —dijo, mirando a Lucy, pero hablando para que Maddie se sintiera mejor—. Más seguros que en el trayecto en coche a Nueva Jersey.

—Ya, no hace falta que me lo digas —respondió Lucy—. Vamos a jugar al póquer todo el camino, ¿de acuerdo, Mads? Puedes intentar recuperar algunos de los cincuenta dólares que te llevo ganados.

Maddie recuperó la compostura e intentó relajarse. Lo hizo por Lucy. El poder del amor era algo asombroso.

—Sí, claro —dijo ella, y retiró la mano de la de Adam sin mirarlo—. Vamos a empezar la fiesta. Estoy impaciente.

Una vez a solas en su suite, Maddie se preguntó cómo era posible que se hubiera olvidado del vuelo de aquella mañana. Era como olvidarse de que una tenía que desayunar con los leones en el Coliseo.

Se hundió en el sofá, y notó un calambre en el estómago. ¿Por qué había comido tantas tostadas? Detestaba vomitar.

Lucy llamó a la puerta y asomó la cabeza.

—Oh, cariño —dijo. Se acercó para sentarse junto a ella y la abrazó—. Crash es tonto. Le he echado una buena bronca, a tu estilo.

Maddie sonrió débilmente.

—Si no fuera tan miedo…

—No lo digas. Tú eres la mujer más valiente, más lista y con más sentido común del mundo. Tienes una sola fobia. ¿Quién no?

—Tú no. Tú no tienes miedo de nada —dijo Maddie. Se apoyó en Lucy y dejó que le acariciara la espalda—. Quisiera tener tu optimismo.

—Bueno, pues no puedes tenerlo, porque yo lo tengo porque tú eres mi hermana. Es imposible preocuparse cuando el Pitbull te está cubriendo las espaldas.

—No voy a poder ayudarte si se cae el avión —dijo Maddie, masajeándose el estómago.

Lucy miró hacia el baño.

—Voy a buscarte un somnífero. Así puedes dormir durante el viaje.

—¿Y estar inconsciente cuando tengamos que hacer el aterrizaje de emergencia en medio del agua? No, gracias.

—Bueno. Está bien. ¿Qué hiciste anoche?

Maddie se puso muy rígida.

—¿A qué te refieres? Anoche dormí, eso es lo que hice.

—Sí, a eso me refiero. Me imaginé que ibas a estar despierta toda la noche por culpa de la preocupación, pero has dicho que has dormido muy bien. ¿Qué hiciste anoche para relajarte?

Maddie se apoyó de nuevo en Lucy.

—Con tanta acción, se me olvidó lo del vuelo.

—¿Hubo acción? ¿Con Adam?

Oh, Dios. Se había metido de cabeza en aquel lío.

—No, me refiero a la cena con Dakota Rain. Intentando no saltar sobre él.

—No me extraña. Es más guapo aún en persona. Y tiene mucho arte para flirtear —dijo Lucy, riéndose—. Crash quería matarlo. Y Adam, incluso más. El encaprichamiento que tiene Dakota contigo le estaba poniendo furioso.

—Pffft. Dakota se encapricha de una diferente al día. Nunca va a sentar la cabeza con una mujer. Y, de todos modos, eso no es de la incumbencia de Adam.

—Entonces, ¿no hay nada entre vosotros dos?

Ella respondió con una evasiva.

—Es un sinvergüenza, Lucy. Que no se te olvide. No bajes la guardia.

Lucy se echó a reír.

—Sí, claro, porque podría robarme el… Ay, espera, si no tengo nada que merezca la pena robar.

—Tienes tu corazón, tu confianza y tu buena reputación. Él muerde esas cosas y después las escupe.

—Mads, ¿es que te ha hecho daño?

—No —dijo ella. Bueno, había pisoteado su reputación,

pero Lucy no tenía por qué saberlo—. No puede hacerme daño, porque sé de qué va. Siempre causa problemas.

—¿Estás segura? Porque parece un hombre bueno. Bueno, ya ves cómo se porta con John. Lo adora. Y es muy considerado por llevarnos a Crash y a mí a Italia. Y es sofisticado, conoce el arte de verdad y ha viajado mucho, y todo eso.

Sí, cierto, pero Maddie no quería pensarlo. Adam tenía que estar en una celda.

—Por no mencionar que es tan guapo que podría quedarme mirándolo todo un día —añadió Lucy—. Pero no le cuentes a Crash que he dicho eso.

—No, no. A propósito de Crash —dijo Maddie, cambiando de tema con alivio—. ¿Vais en serio él y tú?

—Estamos enamorados.

Maddie se frotó de nuevo el estómago.

—Lo conocí durante una de sus actuaciones —dijo Lucy, con una mirada soñadora—. Tendrías que verlo sobre el escenario. Se transforma.

—¿En qué? —preguntó Maddie. ¿Acaso pasaba de ser un chaval delgaducho con un apetito voraz a ser un chaval delgaducho con una guitarra?

—Es un chico adorable y dulce que se convierte en un excitante dios del sexo. Las chicas enloquecen con él, se levantan las camisas y le suplican que les firme un autógrafo en el pecho.

—Dime que tú no has hecho eso.

—¿Yo? —preguntó Lucy con espanto—. Ni loca. Yo ya me estaba marchando del club; salía por una puerta lateral, y Crash también salió a tomar un poco de aire fresco.

—Te siguió.

—No, fue una casualidad. Yo le dije que me gustaba su grupo, él me dijo que le gustaba mi sonrisa... y el resto es historia.

—Sois demasiado jóvenes como para tener una historia. ¿Y por qué piensas que es amor? Tal vez solo sea lujuria. Os conocéis desde hace cuánto, ¿dos semanas?

—En realidad, nos conocimos el sábado pasado.

—¿Cómo? —preguntó Maddie, y se levantó del sofá de golpe—. ¿Hace solo una semana que os conocéis y es amor?

Lucy se encogió de hombros con serenidad.

—Algunas veces, simplemente, lo sabes.

—Tonterías. No se puede saber si uno siente amor después de una semana.

—Pues yo sí puedo. Ojalá te sintieras feliz por mí.

—No, eso no va a pasar. Lo que va a pasar es que ese tal Crash te va a romper el corazón, tu dulce e inocente corazón. Dime que estás usando métodos anticonceptivos. Por lo menos, de dos tipos.

Lucy se echó a reír.

—No te preocupes, ninguno de los dos está preparado para tener hijos.

—Oh, Dios, ¿ya habéis hablado de tener hijos?

—Claro. Estamos enamorados, hablamos de todo —dijo Lucy, y miró al reloj de pared que había en la habitación—. Cariño, tenemos que irnos. La limusina está esperando.

Maddie volvió a agarrarse el estómago. Era demasiado para asimilarlo de golpe. Lucy estaba enamorada de un rockero. Adam había invadido su cuerpo y también su mente. Y tenía que subirse a un avión.

¿Qué sería lo siguiente?

Su teléfono vibró. Había recibido un mensaje. Otro voto matrimonial de Vicky.

—¡Arg! —exclamó, y lo tiró al sofá.

El Gulfstream G650 de Adam era lo más novedoso del mercado. Nada de jets de segunda mano para él. Aquella preciosidad había salido directamente de la cadena de montaje a su hangar.

Maddie observó a Lucy y a Crash subir por la escalerilla y desaparecer en su interior. Estaba paralizada.

—Maddie, querida —le dijo Adam, acariciándole suavemente el brazo—. ¿Prefieres que cancelemos el viaje?

Ella tragó saliva.

—No, no. Estoy bien.

Dio un pequeño paso, pero parecía que los pies se le habían quedado anquilosados.

Adam la tomó de la mano.

—Estás helada —murmuró—. Estamos a veintiún grados, pero tu piel parece de hielo.

Ella se estremeció.

—Ya está bien —dijo él, y le hizo una seña al piloto—. No voy a hacerte pasar por esto.

—¡No! —exclamó ella, y le tiró del brazo—. Necesito subir a ese avión.

—Querida, no tienes nada de qué avergonzarte.

—No es vergüenza —respondió ella, intentando explicar algo que casi no entendía—. Bueno, tal vez, un poco. Pero es algo más que eso. Ahora se trata del avión o yo. No puedo dejar que él gane.

Se esperaba que a él se le escapara una risotada, pero Adam asintió como si la entendiera.

—Entonces, ¿estás lista?

—Un minuto. Solo necesito…

Necesitaba algo, pero, ¿qué?

Justo en aquel momento, John sacó la cabeza por la portezuela del avión y soltó un sonoro ladrido. Bajó las escaleras y salió corriendo hacia ellos, deseando enseñarles el camino.

Maddie se agachó para recibirlo, le abrazó y escondió la cara en su pelaje parcheado. Era tan valiente, y tenía un corazón tan grande… ¿Cómo iba ella a ser menos?

Con las piernas temblorosas, permitió que el perro la guiara hasta el avión.

Lucy y Crash ya estaban instalándose, probando el sistema de sonido, tomando un cóctel de champán y zumo de naranja, y desnudándose con la mirada.

Si mantuvieran relaciones sexuales allí mismo, a Maddie no le importaría. El sudor le caía por la espalda en forma de gotas.

Adam la empujó con suavidad por el pasillo y la sentó en su sitio, uno de un par de asientos que estaba enfrente de otros dos, todos ellos de cuero color crema. Él se sentó a su lado. John se tumbó a sus pies.

—¿Te traigo algo, Maddie?

Ella alzó la vista y vio a Henry. Debía de parecer un fantasma, para que él se quedara tan preocupado.

—No, ahora no —dijo Adam, en su lugar—. Mejor, cuando estemos en vuelo.

Adam le abrochó el cinturón de seguridad. No volvió a preguntarle si quería que cancelaran el vuelo. Lo cual era una buena cosa, porque ella habría dicho «Sí, por favor, sí».

Entonces, Lucy apareció frente a ella, se abrochó el cinturón y le entregó su vaso a Crash para poder agarrarle las rodillas a Maddie.

—Estoy aquí mismo, cariño —dijo—. Y Adam, también.

Maddie se dio cuenta de que él había entrelazado sus dedos con los de ella, y de que ella le estaba agarrando con tanta fuerza que tenía los nudillos blancos.

—Estoy bien —dijo.

Crash le dio un suave codazo a Lucy.

—Toma un poco más de mimosa, Lucy. Y a ti también te vendría bien, Mads —añadió, tendiéndole su vaso.

—Gracias —dijo Adam—, pero creo que es mejor estar en el aire antes de darle algo que pueda sentarle mal, ¿no os parece?

Entonces, se encendieron los motores. Maddie tuvo terror. El avión tembló ligeramente y empezó a avanzar.

Ella gimió sin poder evitarlo. El ruido de los motores ocultó aquel sonido para todo el mundo, salvo para John. Él le dio un golpecito en la espinilla con la nariz. Ella no podía mover la cabeza, pero bajó los ojos y se encontró con los de John, tan grandes y tan castaños, llenos de comprensión y consuelo.

El avión comenzó a tomar velocidad y despegó. Maddie pegó la cabeza al asiento y cerró los ojos. La tensión le anudó todos los músculos del cuerpo, tanto que no podía respirar.

Entonces, Adam le agarró la barbilla, hizo que girara la cara hacia él y la besó.

Sus labios cálidos la calmaron. Su lengua, cuando se enredó con la de ella, era real. Durante uno o dos instantes, ella se permitió apoyarse en él.

Entonces, abrió los ojos y vio los de él, tan brillantes como zafiros y llenos de promesas y preguntas mucho más peligrosas que aquel vuelo transatlántico.

De mala gana, se apartó y le soltó la mano.

—Gracias por la distracción.

—¿Era eso? —murmuró él—. Yo creía que era un beso.

—Un beso para distraerme. Y ha funcionado —dijo ella, y señaló con un dedo hacia la ventanilla, aunque sin mirar por ella—. Ya casi hemos llegado.

Él sonrió, pero ella se dio cuenta de que no estaba contento.

Una pena. Una noche de falta de sentido común no era una relación. Por supuesto, su cuerpo era maravilloso. Y le había dado los mejores orgasmos de su vida. Tan buenos, que no excluía por completo la posibilidad de mantener una corta aventura en Italia.

Pero Adam LeCroix no iba a convertirse en su novio.

Henry se acercó con unas mimosas. Ella tomó el vaso que le tendía Adam.

—Por las distracciones —dijo él.

No podía contradecirle, porque habían llegado al punto más alto del vuelo y no se había desmayado. Sin embargo, no iba a suceder nada más trascendente que el sexo entre ellos dos, y él tenía que saberlo.

—Por las distracciones —dijo ella, y añadió—: Por muy efímeras que sean.

CAPÍTULO 15

Vicky: Aunque no estemos completamente de acuerdo en algo, intentaré comprender y respetar tu postura.

Maddie: Y, después, te explicaré por qué estás confundido.

Maddie entró como un bólido en la suite de Adam y echó las manos al aire.

—¡Los has puesto en el otro ala! ¿Cómo se supone que voy a vigilarlos?

—No vas a vigilarlos. Son personas adultas. Pueden acostarse juntos si quieren. Y, cariño, ellos quieren.

—Exactamente —dijo ella—. Están haciéndolo en este mismo instante, y yo ni siquiera encuentro sus habitaciones. Este sitio es un laberinto.

—En realidad, la distribución es bastante sencilla. El ala oeste es un reflejo del ala este, en la que estamos. La habitación de Lucy ocupa la misma posición que la tuya, y la de Crash, la misma que la mía: una junto a la otra.

—Esa es otra —dijo ella, y se puso los puños en las caderas—. ¿Por qué tengo que estar yo pegada a ti?

Él sonrió lentamente. Ella se sonrojó.

—No te hagas ilusiones —dijo. Sin embargo, tenía la voz enronquecida.

—Demasiado tarde.

Adam se le acercó tanto, que ella tuvo que inclinar la cabeza hacia atrás para poder mirarlo con los ojos entrecerrados. Él le pasó un dedo por la oreja y lo deslizó por su mandíbula rígida.

Entonces, capturó su barbilla con el índice y el pulgar, y la mantuvo inmóvil mientras bajaba la cabeza para besarla.

Esperaba que ella se retirara, pero, en vez de eso, a Maddie se le oscurecieron los ojos, y sus labios se separaron bajo los de él. Entonces, estaban besándose de nuevo, entrelazando las lenguas, empujando y succionando.

Ella sabía a fresas. Había pedido que le mandaran un cuenco lleno de fresas a su habitación, sabiendo que iba a devorarlas. Era una persona sensual, por mucho que se empeñara en negarlo.

Él iba a enseñarla a aceptarlo. La inundaría de comida, de vino y de arte, y de toda la belleza que había en Italia. Le haría el amor bajo las estrellas, en el mar, en todas partes.

Empezaría en su propia habitación, a la luz de los rayos de luna que entraban por la ventana.

Subió los dedos por su brazo y los pasó por su hombro esbelto, hasta que llegó a su cuello. Era delicada como una orquídea, e igual de rara y preciosa. Aquella noche iba a hacerle el amor con dulzura, lentamente. Se tomaría su tiempo, dejaría que ella sintiera la conexión que había entre los dos, la ternura que se había apoderado de él.

Ella le tocó la cintura con los dedos, y Adam tuvo un escalofrío que le recorrió la piel. La besó más profundamente, dándole su aliento, su corazón…

Y ella tiró de su cinturón, le bajó la cremallera y lo tomó con ambas manos.

—¿Tienes más preservativos? —preguntó, dando al traste con toda la ternura—. Vamos a hacerlo ya.

—Maddie, espera —dijo él. No quería un revolcón rápido. Quería hacer el amor.

Adam le tiró de las manos, pero ella estaba bien agarrada.

—¿Qué te pasa, tipo duro, no ha habido jueguecitos preliminares suficientes para ti?

—Yo pensaba que…

—No pienses, solo hazlo —dijo ella. Metió la mano por debajo de su camisa y le pasó las cinco uñas por las costillas, mientras le acariciaba con la otra mano, de una manera que estaba llevándolo a la locura.

Adam hizo un último intento.

—Vamos a…

—No.

Ella le clavó los dientes en el pecho. Hasta la última gota de sangre de su cuerpo se le fue al pene.

—Ah, a la mierda —exhaló, y la tendió sobre el sofá.

El agua caliente se derramó por la piel sensibilizada de Maddie. Aquella ducha italiana era incluso más increíble que la del ático. Tenía incluso más rociadores de ducha, y un par de ellos eran extraíbles. Cómodo para los juegos sexuales.

Tal vez no debería haberse negado cuando Adam había intentado atraerla a su ducha. Pero, tal y como le había dejado bien claro, ella solo se duchaba con un hombre cuando ambos querían unas relaciones sexuales ardientes y resbaladizas. No simplemente para ducharse.

Claramente, él estaba lleno de ideas equivocadas sobre aquella aventura, pero ella se las iba a quitar rápidamente de la cabeza. Tendría que hacerlo, porque no quería renunciar al sexo todavía. Eran las mejores relaciones que había tenido en su vida. Casi le resultaba inquietante que los dos supieran exactamente dónde tenían que morder, dónde tenían que acariciar, cómo tenían que apretar el gatillo.

También servía de ayuda el hecho de que ambos fueran aventureros. Sus cuerpos se entrelazaban como piezas de un rompecabezas, por mucho que se retorcieran. Se entregaban completamente, se perdían el uno en el otro.

Pero físicamente. Emocionalmente, no.

Mientras se secaba con una toalla bien mullida, se miró el cuerpo en el espejo de su habitación. No se sorprendió al ver que tenía ocho dedos marcados en el trasero. En su piel pálida se formaban los hematomas con mucha facilidad. Por eso, también tenía la marca de un mordisquito en el pecho izquierdo, y otro en el muslo derecho.

Había sido esa clase de noche. Una noche de desenfreno, sin juicios, ni preocupaciones, ni pensamientos sobre el mañana.

El mañana se había convertido en hoy y, una hora y media después de separarse, ella todavía sentía su peso aplastándola contra el sofá. Su piel bajo la palma de las manos.

Giró los hombros. Era como si tuviera un picor entre los omóplatos, un picor al que no llegaba, y que Adam le rascaba, consiguiendo producirle las mejores sensaciones de su vida, un alivio enorme, una gratificación completa. Sin embargo, en cuanto él dejaba de rascar, el picor comenzaba de nuevo.

Bueno, pues tenía una semana para que la rascara, la rascara y la rascara. Tan frecuentemente como fuera posible.

Sin embargo, si Adam pensaba que iba a poder llegar a su corazón a base de rascar, pronto iba a darse cuenta de lo equivocado que estaba.

Ella era inmune al romance.

Sin embargo, la comida era otra historia. Adam había encargado pasta con calamares frescos para la cena, y ella tenía apetito. Se puso el único traje formal que había llevado, un vestido sin mangas de color azul marino con algunos adornos de abalorios en el cuello, y fue a cenar a la terraza, pasando por suelos de terrazo, bajo elegantes arcos, dejando atrás estatuas, frisos y tapices antiguos.

Al entrar a través de las puertas dobles, vio a Lucy y a Crash al otro extremo de la terraza iluminada con velas, con los brazos entrelazados. Adam estaba con ellos, y los tres charlaban amigablemente, mirando las luces de Portofino y la bahía.

Seguramente, Adam los estaba engatusando con su suave

charla de millonario, cosa que molestó tanto a Maddie que hubiera sido capaz de lanzarse contra ellos y separarlos como si fueran bolos. Sin embargo, más allá solo había un oscuro abismo.

No había ni una luz, ni una sombra, entre Portofino y ellos.

Así pues, fue hacia la mesa y se sirvió una copa de Prosecco. Miró a todas partes, salvo al abismo.

De nuevo, tuvo que admirar el buen gusto de Adam. La terraza era del tamaño de un supermercado, pero estaba dividido en zonas más reservadas con maceteros de piedra donde crecían arbolillos y unas cuantas plantas de flor. Había varias mesas con sillas repartidas por el espacio.

En un extremo, la terraza se abría y aparecía una piscina iluminada con luces submarinas. El agua parecía un oasis en aquella oscuridad. El área de comedor acogía cuatro mesitas pequeñas, cada una de ellas para cuatro personas. La suya estaba colocada para poder disfrutar de las vistas.

Era el escenario perfecto para que una chica romántica como Lucy se enamorara.

Maddie se dirigió hacia su hermana. Ellos tres se giraron hacia ella, y Adam le tendió la mano.

—Maddie, querida, ven a ver las vistas.

—Las veo desde aquí.

Lucy se fue con ella y la tomó del brazo.

—No pasa nada, Mads. El desnivel es muy suave. No tienes nada de lo que asustarte.

—No estoy asustada —murmuró Maddie, y permitió que Lucy la llevara hacia delante. En el borde de la terraza, miró hacia abajo. Bueno, no había un precipicio. Aquella noche, al menos, no iba a caer en las garras de la oscuridad.

Adam le acarició la espalda con una mano, y la dejó sobre la curva de su cintura. Ella pensó en apartarse, pero la brisa era demasiado fresca, y su mano estaba caliente.

—Tío —dijo Crash—. Este sitio es increíble. Si necesitas otro jardinero, o mayordomo, o lo que sea, soy tu hombre. Podría vivir aquí para siempre.

—Umm —murmuró Lucy—. No se me ocurre otro sitio más romántico.

Maddie soltó un resoplido.

—Solo es una casa grande con buenas vistas.

—Mads —le dijo Lucy—, mira a tu alrededor. Podrían rodar una película en este sitio. Y tendría que ser una película de amor.

—Sí —dijo Crash—. Es como si estuviera diseñado para la seducción.

Maddie aprovechó la oportunidad.

—Seducción, sí. No es lo mismo que el amor. Muy diferente. El sexo no es amor, Luce. Es solo sexo.

—No siempre —dijo Adam.

—Tú no te metas —le espetó ella.

Intentó apartarse de él, pero él le pasó una mano por la cintura y la estrechó contra sí.

—Solo lo dices por llevar la contraria —dijo—. Sabes muy bien que el sexo puede ser algo vacío y superficial, sí, pero también puede ser parte de algo mucho más importante.

—¿Ese es tu consejo para los enamorados? ¿Acuéstate con todas las mujeres que puedas, preferiblemente, con supermodelos, hasta que encuentres una que sea más importante para ti?

Él la observó con los párpados entrecerrados.

—A mí me ha funcionado.

Ella le dio un codazo.

—Pues vas a tener que seguir intentándolo, porque a mí, no.

Él sonrió.

—Mentirosa.

—Oh, por favor. Si piensas que un… —se contuvo para no decir «un par de revolcones sin ninguna trascendencia»— par de supermodelos italianos van a hacerme ver la luz, por favor, mándamelos a la habitación. Te pasaré un informe mañana.

Él sonrió con petulancia.

Demonios.

Lucy y Crash se quedaron dormidos, acurrucados. Ella habría seguido, pero Adam le dijo:

—Deja de tratarla como a una niña.

—Es que es una niña —dijo ella, entre dientes.

Él le frotó ligeramente el brazo. Era más un consuelo que un gesto de seducción, así que ella no lo rechazó.

—Madeline, mírala —dijo él—. Imagínate que la ves por la calle, sin conocerla. ¿Pensarías «Ah, mira qué niña más guapa», o, simplemente, admirarías a una joven muy bella que es madura y capaz de controlar su propio corazón?

—Si la viera colgada del brazo de un semental como Crash, pensaría: «Allá va otra boba, directamente hacia el sufrimiento y la desesperación».

—Pues parece que él está tan enamorado de ella como ella de él. De todos modos, si interfieres, atente a las consecuencias.

En eso tenía razón. Si hacía que rompieran, suponiendo que pudiera conseguirlo, Lucy iba a odiarla. Pero, tal vez, si fulminaba lo suficiente a Crash con la mirada, él se lo pensaría dos veces antes de acostarse con su hermana sin preservativos.

Un corazón roto podía arreglarse. Un hijo era para siempre.

Adam le acarició la mandíbula, hizo que girase la cara hacia él. Sus ojos parecían casi negros a la luz de las velas.

—¿Qué te pasó, Maddie? ¿Por qué dejaste de creer en el amor?

—¿Y quién dice que empecé alguna vez?

—Creía que yo estaba hastiado, pero, comparado contigo, soy un prodigio del optimismo.

—Yo no estoy hastiada. Lo que pasa es que soy realista. Creía que era algo que tú y yo teníamos en común.

—Tenemos muchas cosas en común.

—¿Cuáles, por ejemplo?

—El amor por la comida y el vino. Por un Prosecco helado. Calamares frescos recién pescados.

«Bueno, eso, tal vez».

—Pfft. ¿A quién no le gustan la buena comida y el buen vino?

—Está bien. El Bugatti. ¿Cuánta gente lo reconocería y sabría apreciarlo?

—Mucha gente —respondió ella, demasiado rápidamente. Después, cedió—: Está bien. El Bugatti. Hablando de eso, ¿qué coche conduces aquí?

—Normalmente, el Ferrari.

A ella se le aceleró el pulso.

—¿Qué modelo?

—Un Spider cuatro cinco ocho.

—¿Rojo?

—¿Los hay de otro color?

Maddie se humedeció los labios.

—Um… ¿Tenemos que ir a algún sitio? Por trabajo, quiero decir.

Él hizo un gesto negativo con la cabeza.

—Por trabajo, no, querida. Por placer.

Entonces, le pasó las yemas de los dedos por el brazo, y ella sintió un cosquilleo en todo el cuerpo.

—Tengo una casa en el Lago Como —dijo—. Es pequeña, tranquila, con unas vistas que no vas a olvidar nunca. Pasaremos una noche allí, tú y yo solos. Comeremos pasta y beberemos Brunello, y haremos el amor bajo las estrellas.

Maddie tuvo un escalofrío por la espalda, pero lo ignoró.

—Quieres decir que follaremos bajo las estrellas.

—Eso, también. Pero, primero, haremos el amor.

—No, no —dijo ella, moviendo la cabeza—. Si es sexo, acepto. Si es romanticismo lo que buscas, deja el Ferrari en el garaje. No lo necesitas.

Henry sirvió dos tazas de café y le pasó una a Adam.

—Olvídate de robar el Matisse. Es un riesgo absurdo.

Adam dejó la taza sobre el escritorio sin tomar ni un sorbo de café. Caminó hacia la ventana y miró la piscina. Lucy y Crash estaban bañándose con John. Y Maddie... Su visión hizo que tuviera que tragar saliva. Maddie estaba tomando el sol en una tumbona, con un pequeño bikini rosa.

Apartó la mirada.

—Gio habrá descubierto al ladrón antes del viernes.

Y, entonces, él, o ella, responderían por el delito. Ante él, no ante la policía.

—No se trata solo de eso, Adam. Ahora estás con Maddie...

—Maddie no tiene ningún peso en esto —dijo, y se pasó la mano por el pelo con frustración antes de admitir la verdad—: No está conmigo. Solo quiere acostarse conmigo.

Henry se echó a reír.

—Vaya, vaya. Vivir para ver. Cuarenta y cinco kilos, y te ha puesto de rodillas.

Adam volvió a mirar por la ventana. ¿Qué podía decir? Por fin había conocido a una mujer que lo conmovía, cuyos misterios quería desentrañar, y ella lo trataba como a cualquier otro hombre que hubiera pasado por su vida: lo utilizaba para conseguir algunos buenos orgasmos y después lo dejaba plantado.

—Pues no lo hagas más.

Adam se giró para mirar a su amigo.

—¿A qué te refieres?

—No te acuestes más con ella. Maddie tiene un caparazón muy duro, y no vas a poder romperlo a base de revolcones.

Eso era exactamente lo que había estado intentando.

—No puedes estar seguro de que no lo voy a conseguir.

—No, no lo vas a conseguir. Así que no le des lo que quiere hasta que ella te dé algo a cambio. Deja de acostarte con ella.

Imposible.

Después de haber pasado una segunda noche disfrutando de la intimidad que Maddie le concedía cuando estaban a oscuras, aquella mañana solo podía pensar en volver a acostarse con ella.

Henry se encogió de hombros.

—Está bien —dijo Adam, con desesperación—. Si eres tan experto, aconséjame.

—Sigue con lo que estabas haciendo. Tenla cerca de ti. Haz que sienta la tentación con todas las cosas que le gustan. Comparte tu persona con ella, conviértela en parte de tu mundo. Eso estaba funcionando, ¿no? Conseguiste acostarte con ella.

—Lo cual, según tú, fue un error. Decídete.

—Darle una pequeña muestra no fue un error. El error ha sido gestionar toda la situación con la polla, como un adolescente. Ahí es donde te equivocaste. Ahora, ella te tiene bien agarrado.

—Tal vez sea yo el que la tiene agarrada a ella.

—Eso es lo que han soñado los hombres durante siglos —dijo Henry—. Haz que se lo gane, Adam. Que salga de su caparazón para conseguirlo. O mándala a casa antes de enamorarte más de ella.

—John no sabe hacer nada —dijo Lucy, tirando la pelota hacia arriba suavemente una y otra vez, mientras John la miraba con devoción—. No sabe ir corriendo a buscar la pelota, ni el Frisbee.

—Pero sabe nadar —dijo Crash, que estaba repantigado en una tumbona. Sin camiseta, parecía fibroso, y no delgaducho. Lucy lo devoró con la mirada.

—Le tiraste al agua. ¿Qué remedio le quedaba? —gruñó Maddie.

—Hundirse, o nadar, así que nadó —dijo Adam, que apareció de repente.

Ella se volvió a mirarlo. Llevaba una camisa de seda de color azul y unos pantalones vaqueros.

Se acercó un poco más, y ella miró su rostro. Por su sonrisa, parecía que podía leerle la mente. Pues bien por él, porque ni siquiera ella misma era capaz de entender sus pensamientos.

La noche anterior habían terminado en la cama juntos cediendo a la pasión hasta que habían caído rendidos. Eso estaba muy bien, hasta que se había despertado acurrucada contra su pecho, entre sus brazos.

Acurrucarse no era su estilo, pero él había gastado tanta energía y dormía tan plácidamente, que habría sido una crueldad despertarlo. Así que se había quedado quieta, tranquila, incluso feliz.

Por supuesto, todo aquello era una mentira peligrosa y, al final, ella se había angustiado de tal forma que había vuelto a poner las cosas en marcha.

Sin embargo, en aquel momento, al verlo acercarse, se dio cuenta de que todavía estaba asustada.

Él le agarró los tobillos, hizo que levantara las piernas, se sentó a los pies de la tumbona y se colocó sus talones en el regazo.

Tan familiar, tan seguro de sí mismo… Cuando ella era un mar de dudas.

—Ya le enseñaremos a jugar —dijo Adam, mientras le acariciaba la planta del pie con los nudillos. Con la otra mano, le acarició el empeine del pie, pasándole la mano, lentamente, desde los dedos hasta el tobillo, y vuelta a empezar.

A ella se le hizo la boca agua. No pudo apartar el pie, pero consiguió decir algo:

—En la vida no solo hay juego y diversión. Me has traído aquí para trabajar.

—Tienes razón —dijo—. Deberías estar en un escritorio, bajo un fluorescente, leyendo letra pequeña. En vez de eso, estás vagueando al sol, admirando las vistas del mar. No sé por qué lo permito.

Ella le lanzó una mirada agria.

—No he venido aquí para vaguear en tu piscina. ¿Acaso te parezco una conejita de Playboy?

Una pregunta estúpida.

Él pasó la mirada por su cuerpo, desde la diminuta braguita del bikini hasta la diminuta parte superior. El bikini había aparecido sobre su cama mientras ella se duchaba; todavía tenía la etiqueta del precio, seguramente, para que supiera que nadie lo había usado antes. Sin embargo, la cifra la había dejado boquiabierta.

¿Quién, en su sano juicio, pagaría novecientos noventa y nueve dólares por dos pedacitos de nilón que, cosidos juntos, no servirían ni para tapar un sándwich?

Ella contuvo el rubor, y dijo con tirantez:

—Quiero decir que por qué estoy aquí en la piscina, en vez de trabajando.

—¿Porque es divertido?

—No, no es divertido —dijo ella, y apartó los pies de sus manos seductoras. Los plantó en el suelo—. Deja de toquetearme.

—No puedo —respondió él, y le pasó un dedo por el brazo—. Me encanta tu piel. Es terciopelo sobre acero.

Dibujó un rastro de caricias sobre su hombro.

Ella debería ponerse de pie, debería atravesar la terraza y entrar airadamente en la casa. Se imaginó haciéndolo.

Sin embargo, cerró los ojos. Se le puso la piel de gallina.

Él le rozó el cuello con los nudillos y, después, la mejilla.

Maddie tragó saliva, deseando que él fuera más abajo, que recorriera su pecho...

Entonces, dejó de sentir sus dedos.

Se inclinó ligeramente en busca de lo que había perdido. Al notar que no volvía, abrió los ojos, y vio a Adam en pie, mirándola a través de las gafas de sol, que escondían su expresión.

—Tenemos una comida de negocios en el pueblo —dijo.

—Ah, muy bien —dijo ella, echando los hombros hacia atrás para liberarse de su atractivo sexual—. ¿Cuándo?

Él miró el reloj.

—Dentro de cuarenta minutos. Quedamos en la entrada de la casa. Tienes todo lo que necesitas en el armario.

Ella se puso muy rígida.

—No soy una Barbie. No puedes vestirme.

—Creo que vas a dar tu aprobación a mi gusto —replicó él, con una media sonrisa—. De todos modos, o vas con eso o vas desnuda. Tú eliges, pero ya puedes imaginarte lo que elegiría yo.

—No te habrás librado de mi ropa —dijo ella.

—De todo.

—Devuélvemela.

—Demasiado tarde. Ha vuelto a Nueva York, donde es muy adecuada. Aquí, sin embargo, hay otro ambiente.

—¿Ah, sí? ¿La gente no lleva traje en la Riviera?

—No, no para comer —dijo él, y alzó una mano para dar su siguiente golpe—. Vamos a ir en el Ferrari.

Del guardarropa que Adam le había encargado a Raquel, Maddie había elegido un vestido de cuello halter tan blanco como las nubes. La tela de seda se cruzaba sobre su pecho y le envolvía la espalda, dejando a la vista su estómago plano.

Se cruzaba de nuevo justo en la parte baja de la espalda, sobre la cintura, y volvía a unirse en forma de uve cuatro centímetros por debajo de su ombligo. Desde allí, caían capas de tiras de tela suave, cuyas ondas revoloteaban como mariposas alrededor de sus muslos.

El efecto era mágico.

Maddie intentó seguir molesta, pero el Ferrari la había puesto de buen humor, y los cumplidos que le dedicaron por las calles del pueblo habían silenciado sus protestas por el nuevo guardarropa. Y, cuando supo que la comida iba a celebrarse en su yate, había hecho un gesto de rendición con las manos y había decidido que iba a disfrutar todo lo que pudiera.

En aquel momento, sobre la cubierta del *Signora in Rosso*, con el agua del Mediterráneo tiñendo sus ojos de verde, parecía una estrella de cine. Y estaba sonriendo.

Los edificios de colores de Portofino, con sus tiendecitas abiertas al paseo marítimo, eran como una pintura impresionista convertida en realidad. Las inclinadas colinas estaban cubiertas por una masa boscosa salpicada de villas, incluida la de Adam. Las ventanas de las casas brillaban bajo el sol.

Delante de ellos, los rayos hacían brillar el agua. El yate salió del puerto y se dirigió a mar abierto.

Adam pasó una mano desde el cuello hasta la cintura de Maddie y la dejó descansar allí. Sus brazos, sus hombros, su espalda sedosa, todo estaba desnudo y al sol.

—Aunque no me gusta que tengas que cubrirte ni un centímetro de piel, creo que te vas a quemar.

Ella se giró a mirarlo.

—Me he bañado en protección sesenta.

—¿Por todas partes?

—Bueno, por todas partes donde pueda darme el sol —dijo Maddie. Se puso una mano en la cadera, y el ademán hizo que sus pechos también se movieran, aunque él dudaba que ella se diese cuenta—. Creía que tenías una reunión.

—Sí, la tengo —dijo él, y alzó una mano para llamar a Gio, que estaba en la proa del barco—. Te presento a Giovanni. Está investigando el robo —explicó, y comenzó a hablar en italiano. Iba a decir cosas que prefería que Maddie no supiera.

—Gio, esta es la señorita St. Clair. Es preferible que piense que no hablas inglés.

—Entiendo —dijo, y le estrechó la mano a Maddie con una amable sonrisa.

Adam fue directamente al grano.

—¿Ha habido algún progreso?

—El ladrón utilizó tu ordenador.

—¿Mi ordenador personal? ¿El de mi despacho?

—Sí. Entró con tu propia contraseña y consiguió inhabilitar el sistema de seguridad desde tu escritorio.

Adam asimiló la información. Después, preguntó:

—¿Y qué hay de las contraseñas secundarias? ¿Las que hacen falta para pasar las etapas clave del proceso?

—No sabemos cómo, pero consiguió infiltrarse en el programa y reescribirlo. Esas contraseñas fueron eliminadas.

—No es posible.

—No es imposible —respondió Gio, y comenzó a darle explicaciones técnicas. Adam entendía de informática bastante más que los usuarios medios, pero aquello estaba bastante por encima de él—. Solo sabrían hacerlo unas cuantas personas —resumió Gio—, y ninguna de ellas trabaja para ti.

Adam se cruzó de brazos.

—Entonces, uno de ellos trabaja para alguien que trabaja para mí.

—Estoy investigando a los expertos, asegurándome de dónde estaban el día del robo.

—No creo que lo hicieran personalmente, pero tal vez convencieran a alguien para que lo hiciera en su lugar —dijo Adam, y se apoyó en la barandilla del barco—. Sigue el rastro del dinero, Gio. Así es como vas a encontrarlos.

—Eso fue lo primero que hicimos, y no hemos llegado a ningún sitio. Hemos analizado todas las transacciones de las cuentas de tus empleados, las que se han producido desde hace seis meses, y las hemos confirmado todas.

—¿Las de Maribelle también? Esa mujer gasta millones al año. Es posible que se os traspapelara algo.

Gio negó con la cabeza.

—Sus gastos se dividen en tres categorías: ropa, viajes y remodelaciones en su villa. Yo mismo revisé sus cuentas de este último año, y todo encaja.

—Tiene que ser ella.

Maribelle pensaba que era una mujer rechazada. Tal vez fuera norteamericana, pero por sus venas corría sangre italiana. Seguramente, pensaba que una venganza de diez años no era nada.

—En mi opinión —respondió Gio—, basándome en lo que sé de Maribelle y en mi trato con ella, creo que es demasiado inteligente como para poner en peligro su villa y su estilo de vida solo para robar un cuadro que le costaría mucho vender.

—Henry dice lo mismo, y yo estoy de acuerdo en que no tiene sentido. Pero tú no la conoces como yo.

Maribelle y él se tenían el uno al otro con una espada al cuello. Claramente, ella intentaría derramar sangre la primera.

—Envíame sus cuentas —le dijo—. Yo mismo las revisaré.

Hablaron unos instantes más. Después, Gio volvió a la costa en la lancha y Adam centró su atención en Maddie. Ella se subió las gafas de sol. Lo estaba observando con los ojos entrecerrados.

—Entonces, ¿el Monet sigue desaparecido?

Él enarcó una ceja.

—Pensaba que no te creías que me lo hubieran robado.

—Bueno, sería un engaño demasiado elaborado, ¿no? Sobre todo, ya que ahora soy tu abogada.

Finalmente, ella lo había aceptado. Sin embargo, él quería que fuera mucho más. ¿Cómo podría conseguir que Maddie lo aceptara?

Empezó por contarle lo que había averiguado Gio.

Ella escuchó atentamente. Después, hizo un resumen:

—Entonces, tienes a un traidor entre tus empleados.

—Eso parece —dijo él. No mencionó a Maribelle. Pronto, si las cosas iban tal y como él deseaba, no tendría más remedio que contárselo todo. Pero, en aquel momento, no.

Él la guio hasta la popa. La tripulación había puesto una pequeña mesa bajo un toldo: mantel blanco, uvas rojas y un Pinot Grigio enfriándose en una cubeta de hielo de plata.

Ella se sentó y permaneció en silencio mientras él servía el vino. Después, le dio un sorbito, y emitió un sonido de deleite. El mismo sonido que hacía siempre que probaba algo delicioso.

Se tocó el labio con la lengua. Él tuvo que hacer un esfuerzo por no quedársela mirando.

Volvió la cabeza hacia el mar. Habían dejado atrás el puerto, y navegaban entre embarcaciones de todo tipo, desde pequeñas barcas de pesca a yates varias veces más grandes que el suyo.

—Yo pensaba que ibas a tener uno de esos —dijo Maddie, señalando con la cabeza uno de los barcos más grandes.

—¿Acaso te importa el tamaño?

—El que diga que no es que está mintiendo —respondió ella; tomó una de las uvas del cuenco y la succionó—. Pero tú no tienes nada que mejorar.

Música para sus oídos. Sus pantalones disminuyeron dos veces de talla gracias a la apreciación.

—Y, sin embargo, cualquier viejo magnate puede tener un yate como este —dijo ella, como si fuera una experta en el tema.

Él se esforzó por recuperar la compostura.

—Tuve uno de los grandes y lo vendí. Creaba demasiadas expectativas. Cada uno de mis socios de negocios pensaba que podía acompañarme en un crucero de un mes.

—¿Con supermodelos y estrellas de cine?

—Como mínimo. Con un barco más pequeño, se restringe la lista de invitados.

—Y las orgías pequeñas son mucho más íntimas.

—No deberías creer todo lo que lees sobre mí.

—Pfft. Yo no leo nada sobre ti.

Él la miró fijamente.

—Es cierto, no lo hago. Pero es que tú estás por todas partes. Apareces cada vez que se enciende una tele, aunque sea en la pantalla de un bar. La guerra y las hambrunas no llegan a los titulares, pero cubren desde todos los ángulos hasta el último eructo y pedo de Adam LeCroix.

Él se echó a reír.

—Dios Santo, espero que no.

—Ya sabes a qué me refiero. Y a ti te encanta.

—¿Eso crees?

—Eso es lo que cree todo el mundo.

—Entonces, tendré que subirle el sueldo a mi publicista.

—¿Por convencer a todo el mundo de que te vendes a la prensa sensacionalista?

—Por mantener el interés de los medios donde yo quiero, en mi perfil público, y no en mi vida privada.

Ella no parecía muy convencida.

—Así que Cannes y St. Tropez, y eso de pasearte con las mujeres más bellas del mundo, ¿todo eso solo son trucos publicitarios? ¿Al verdadero Adam LeCroix le gusta quedarse en casa haciendo sudokus?

—Prefiero los crucigramas. Pero, sí, yo le doy titulares a la prensa con cierta regularidad. Así no miran más allá.

Ella lo observó con atención. Por primera vez, parecía que le interesaba algo que estaba por encima de su cintura.

—Entonces, ¿me estás diciendo que eres de verdad una persona reservada?

—Bueno, nunca lo he pensado así, pero creo que sí. Yo necesito tiempo para mí mismo. Cuando socializo para disfrutar de verdad, prefiero estar con mis mejores amigos. Y, cuando una mujer me interesa de verdad, no la exhibo delante de las cámaras.

Él le acarició el brazo con un nudillo.

—No ves ningún paparazi ahora, ¿verdad?

Ella no mordió el anzuelo, pero tampoco retiró el brazo.

—Bueno, eso explica que tengas un yate pequeño, pero no explica la enorme villa, ni el gigantesco ático. Ahí sí puedes hacer fiestas y llevar invitados.

—Disfruto de ambas cosas de vez en cuando, siempre que no invadan mi espacio personal. Mi suite del ático, como sabes, está lejos de la zona de invitados. Y aquí, en la villa, los invitados se quedan en la otra ala. Mi zona está restringida.

—A mí me has puesto en tu ala de la casa.

—Eres la primera. La única.

La mayoría de las mujeres se derretirían con eso. Maddie, no.

—Lo que quieres es tenerme alejada de Lucy y de Crash. Por algún motivo perverso, te excita saber que lo están haciendo bajo tu techo.

Para ser tan inteligente, a veces Maddie podía ser muy obtusa.

—Oh, sí —dijo él, con impaciencia—. Eso es, exactamente. Espero que lo estén haciendo ahora mismo, en la cama de Crash, en la cama de Lucy, en la piscina, en un flotador. ¿Por qué tienes que fastidiarles?

—Porque Lucy no sabe lo que está haciendo. Por eso.

—Y, si no experimenta, ¿cómo lo va a aprender?

—Puede aprenderlo de mí —dijo Maddie, y tamborileó con los dedos en la mesa—. Creía que íbamos a comer. ¿Dónde está la comida?

Él ignoró aquella estratagema.

—¿Y qué va a aprender de ti? ¿Qué conocimientos sobre las relaciones sentimentales tienes que darle tú?

—Que no es inteligente mantener relaciones sentimentales. Punto.

—¿Y lo has aprendido con tu vasta experiencia?

Ella lo fulminó con la mirada.

—¿Qué sabes tú de mis relaciones?

—Sé que nunca has tenido una.

Maddie se quedó boquiabierta.

—¿Has husmeado en mi vida privada?

Él estuvo a punto de tragarse la lengua. Sin embargo, era demasiado tarde, así que se encogió de hombros como si fuera lo más normal.

—No contrato a una persona para darle un puesto de confianza hasta que no estoy seguro de que su pasado no va a comprometerla.

—¿De verdad? Y, entonces, ¿cómo es que has acabado con un traidor en tu casa?

—Cuando lo averigüe, te lo diré.

La comida llegó justo antes de que comenzara la guerra. El camarero, llamado Armando, era guapo, alto y musculoso. Maddie se lo comió con los ojos. Cuando Armando levantó la tapa de la bandeja, ella exclamó «¡Pizza!», y le dedicó una sonrisa deslumbrante.

—Él no la ha hecho —dijo Adam, después de que el pobre hombre se fuera—. Le has causado una erección que no se merecía.

—Entonces, llévame con el cocinero. Estaré encantada de enrollarme con el que haya hecho esto.

—Siento desilusionarte, pero es una cocinera.

—Por esta pizza, soy capaz de hacerme bisexual.

Dios, y ahora él tenía aquella otra visión para que lo atormentara.

El vestido de Maddie era como un instrumento de tortura. Apenas cubría sus mejores partes con una fina capa de seda, y dejaba el resto de su piel sedosa bajo el sol.

Estaba en la proa, con los ojos fijos en la costa, a la que regresaban. Adam le dio la espalda a las vistas, apoyó los codos en la barandilla y la miró a ella.

El viento le revolvía suavemente el pelo y la falda. Iba descalza, y llevaba las uñas pintadas de rosa.

Había abandonado las sandalias debajo de la mesa después de la segunda copa de vino. Después de la tercera, había permitido que él deslizara la mano por debajo de aquella falda diáfana. Y había intentado arrastrarlo al camarote.

Él se había resistido. Que Dios lo ayudara. Y que Dios ayudara a Henry si aquella abstinencia no servía para convencerla.

Ella se había encogido de hombros, pero su frustración era patente. El deseo saltaba como una llama viviente entre ellos. Para luchar contra él, tenía que hacer uso de toda su fuerza de voluntad y no perder la perspectiva de cuál iba a ser la recompensa. Quería algo más que otro revolcón rápido de ella. Quería saber cuáles eran sus impulsos, lo que la empujaba en la vida.

Hasta el momento, Maddie había esquivado todas las preguntas personales. Ahora, Adam le hizo una pregunta a la que sabía que no iba a poder resistirse:

—¿Qué prefieres, el Bugatti o el Ferrari?

Ella frunció los labios.

—Es difícil saberlo. En Manhattan fuimos de semáforo en semáforo, y aquí no hemos podido pasar de cincuenta kilómetros por hora.

—Tengo una participación en una pista de carreras que está cerca de Milán. Podemos llevar el Ferrari y correr.

Eso le arrancó una sonrisa a Maddie.

—De acuerdo. Pero sería una ventaja injusta en contra del Bugatti.

—Cuando volvamos a Nueva York, nos llevamos el Bugatti a Watkins Glen. Puedes decidirlo después de eso.

Ella no dijo que sí, pero tampoco dijo que no. Él movió un par de centímetros el brazo, para colocarlo junto al de ella. Notó un chisporroteo eléctrico en la piel.

—¿Por qué nunca has aprendido a conducir?

Maddie vaciló. Después, se encogió de hombros.

—Perdí la oportunidad. Todo el mundo aprendió en el instituto. Yo, no. Y, cuando llegué a la universidad, vivía en la ciudad. No necesitaba un coche.

—Pero a ti te encantan.

—Pueden gustarme sin necesidad de conducirlos. Además, no puedo permitirme comprar un coche deportivo de verdad, así que, ¿de qué serviría?

—¿Y si yo te regalara el Bugatti? ¿Aprenderías entonces?

Ella se echó a reír. Aquel era el sonido favorito de Adam, además del sonido gutural de deleite.

—Claro. Pero nadie regala un coche de dos millones de dólares.

Él avanzó un poco más.

—¿Por qué no aprendiste en el instituto?

—Porque nadie me enseñó.

—¿Y por qué no?

De nuevo, ella titubeó. Él se quitó una mota de polvo de la camisa y miró hacia arriba, al cielo, como si solo le importara un poco la respuesta.

—Mi madre no sabía conducir —dijo ella, después de un instante—. Y mi padre… bueno, no nos llevábamos bien.

Él ya lo había deducido, porque Maddie le había dicho que estaba muerto, y no lo estaba.

—¿No tenías tíos ni tías? ¿No podía enseñarte algún amigo o amiga de la familia?

—Mi padre no lo permitió. Y, como ya te he dicho, cuando tuve edad para aprender por mí misma, no era una prioridad.

En aquel momento, Maddie debió de decidir que habían intimado demasiado, porque se alejó de la barandilla.

—Espero que estés contento —le dijo, mirando hacia atrás por encima de su hombro—. Me has traído hasta aquí para una reunión de cinco minutos que no he podido entender, y después me has hecho perder todo el día mientras Lucy y Crash están en ello como conejos.

Sí, eran afortunados.

Y Maddie se alejó. Las tiras de tela de la falda del vestido

DESPUÉS DE LA BODA

danzaban la danza de los siete velos alrededor de sus muslos desnudos.

Maddie decidió que Portofino era el lugar más bello del mundo.

Pasearon durante casi una hora por el paseo marítimo, entrando y saliendo de las tiendas, y tomaron un capuchino bajo el toldo de una bonita cafetería.

Entonces, Adam la llevó del brazo por una callejuela y le mostró una heladería en cuya vitrina había helados de todos los colores.

—¡Adam!

Una mujer de mediana edad salió del mostrador y le dio un beso en cada mejilla. Empezó a hablar en italiano, con afecto, dándole palmaditas y pellizcos en las mejillas.

Cuando le presentó a Maddie en el mismo lenguaje, a la mujer se le abrieron mucho los ojos. La agarró de los hombros y le dio besos en las mejillas, saludándola como si fuera una hija pródiga.

—Magdalena es una vieja amiga —dijo Adam.

—Deja que lo adivine. Tú la ayudaste para que pudiera abrir esta heladería.

—Y ahora tiene otras siete, por toda la Riviera.

Magdalena entró tras el mostrador y apartó a las dos muchachas que estaban trabajando allí. Ellas estaban batiendo las pestañas con coquetería y dedicándole enormes sonrisas a Adam.

—Sus hijas, Angelina y Maria.

—Quieren saltar sobre ti.

—Entonces, deberías dejar claro que no pueden —dijo él, sonriendo, y entrelazó sus dedos con los de ella.

Ella debería haberle puesto mala cara, pero ¿quién iba a culparla por quedarse mirándolo embobada? Tenía el pelo revuelto y la piel bronceada, y los ojos se le habían puesto más azules que el mar.

Magdalena les sirvió dos cucuruchos de helado de un color rosado.

—Cereza —dijo Adam, pasándole uno de los cucuruchos a Maddie—. Su última creación.

Maddie lo probó, y el sabor se derritió en su lengua. Era una crema fría, rica, sutil y dulce.

—Ummm —canturreó.

Y Adam la besó.

Él tenía los labios fríos, y sabían a cereza. También la lengua, cuando se la pasó por los dientes.

—Ese sonido —murmuró él contra su boca—. Me llega al alma. Hazlo otra vez.

Ella sintió un deseo que le contrajo los músculos del vientre. Tenía hambre de él. Lo mordió ligeramente.

—Magdalena está mirando —susurró—. Va a pensar que hay algo.

—Cariño, es que lo hay —replicó él.

Detrás del mostrador, las hijas de Magdalena se reían disimuladamente, pero el sonido se desvaneció como el final de una canción. Adam la estaba mirando con tanto calor como para derretir el helado.

Lo deseaba. Lo había deseado en el yate, y durante horas, después. Cuando él había deslizado la mano por debajo de su falda, había estado a punto de arrojarse sobre él. Sin embargo, aunque los dos estaban jadeando, él la había rechazado, diciendo que quería hablar.

¡Hablar! La mayoría de los hombres soñaban con el sexo sin ataduras, pero Adam quería conversación.

Era evidente que su negativa a hablar de sí misma había picado su curiosidad sobre ella. Le había dado una pizca de información cuando él la había interrogado por su carnet de conducir, pero eso no sería suficiente. Si quería disfrutar de nuevo de lo que él tenía guardado en los pantalones, y sí quería, tendría que seguirle la corriente. Contarle algunas cosas sin importancia, para que él pensara que estaba compartiendo alguna parte de su vida con él.

El riesgo era mínimo. Al cabo de siete días, volverían a llevar vidas separadas. Eso era cinco días más de lo que había pasado con ningún hombre, pero no tenía miedo de ir más lejos. Estaba a prueba de compromisos.

Le dio un buen lametón al helado, y vio que a él se le dilataban las pupilas.

Sí, con un poco de falsa intimidad, caería a sus pies.

Vicky: Si hay algo que es importante para ti,
yo haré que sea importante para mí también.

Maddie: Pero, si es una tontería, no.

Lucy estaba tumbada en el sofá de Maddie, con los talones descalzos apoyados en el brazo.

—¿Sabías que hay otra villa en esta finca?

Maddie se secó el pelo con la toalla y se pasó los dedos entre los mechones.

—Seguramente, será la vivienda del servicio.

— No. Henry y los demás tienen habitaciones en el piso superior de mi ala. Y hay un muro que separa esa villa del resto de la propiedad, como si fuera una parcela independiente.

—Pregúntale a Adam, si tienes curiosidad.

—Ya se lo he preguntado, pero me dijo que no me preocupara. Y que no fuera allí.

A Maddie se le irguieron las orejas. Tal vez tuviera la *Dama en rojo* allí escondida.

—Bueno, de todos modos —continuó Lucy—, vosotros dos habéis estado fuera mucho tiempo. ¿Te has divertido en el yate?

—Bah.

Lucy puso los ojos en blanco.

—Sí, claro, seguro que es un aburrimiento navegar por el Mediterráneo con el tío más fascinante y más guapo del mundo.

—Más guapo, eso no te lo puedo discutir.

—Y fascinante, también. Crash lo adora.

—Ya me he dado cuenta —respondió Maddie. Después, formuló la pregunta que no quería formular—. ¿Y qué habéis hecho vosotros dos todo el día?

—Ya sabes. Nos hemos bañado y hemos tomado el sol. Hemos echado una siesta.

«Siesta» era una palabra en código para el sexo. Maddie intentó aparentar indiferencia.

—Deberías salir de la finca, ir a ver la ciudad y a la playa.

—Sí, vamos a hacerlo. Pero aquí se está tan bien, y hay tanta privacidad… Queríamos aprovecharlo.

Maddie retorció la toalla, y ya no pudo contenerse más.

—Estás empezando a ir muy en serio con ese Crash. Es un chico agradable, pero sigue siendo un hombre No necesitas atarte a ninguna relación en este momento.

—Mads —dijo Lucy, incorporándose y mirando a su hermana comprensivamente—, tienes que olvidarlo.

Maddie se hizo la tonta.

—En serio, no necesitas un novio.

—Estoy hablando de papá. Tienes que olvidarlo.

Maddie dejó de disimular.

—No, no tengo por qué. Ni tú tampoco deberías. ¡Creciste en esa casa!

—Sí, y era un entorno enfermizo. Papá es un pervertido y mamá era la clásica víctima del maltrato emocional. Era horrible, pero ahora estamos lejos de todo esto. Y mamá, también.

Lucy se levantó y fue hacia Maddie, tomó la toalla que ella estaba arrugando con las manos y la dejó en una silla.

—Tú lo has sufrido más que yo, Mads, porque eras la mayor. Me defendías cuando yo era pequeña. Te convertiste en su blanco para desviar sus ataques de mí. Y, entonces, cuando ocurrió lo peor, tú no tenías a nadie a quien acudir —dijo, y le tomó las manos a su hermana—. Yo te tenía a ti.

A Maddie le dolía el corazón al mirar a su hermana, tan segura y tan fuerte.

—¿Es que quieres terminar como mamá? ¿Estás dispuesta a correr ese riesgo?

—Claro que estoy dispuesta —dijo Lucy—, porque yo no soy mamá. No estoy indefensa ni sola, y no tengo la falta de sentido común como para emparejarme con un tipo como papá —añadió, apretándole los dedos a Maddie—. Maddie, tienes que confiar en ti misma para no cometer los errores de mamá. Tú eres una mujer increíble e independiente a la que yo quiero y admiro.

Maddie agitó la cabeza. Lucy tenía razón en una cosa: ella se había llevado la peor parte. Cuando su padre había entrado en su habitación, la noche de su decimosexto cumpleaños, ella había luchado contra él. Y, al ver que no podía ganar, había hecho lo único que podía hacer: se había tirado por la ventana y había caído dos pisos en mitad de la noche.

El brazo que se había roto comenzó a latirle solo de pensar en ello.

—Adam es un buen tipo —prosiguió Lucy—. Cuida de sus amigos, como Henry y Fredo. Adora a John Doe. Y está loco por ti. Nos ha traído a Crash y a mí a su casa, y él no sabe si somos unos adictos al crack, por ejemplo. Lo ha hecho solo para poder estar una semana contigo.

—Tú no conoces toda la historia.

—Pero sé lo suficiente. Sé que no puede quitarte los ojos ni las manos de encima. Sé que tiene un gran corazón. Sé que no es como lo describen los medios de comunicación. Lógicamente, es un poco arrogante y demasiado seguro de sí mismo, pero, Dios, se ha hecho multimillonario. ¿Quién no iba a ser un poco arrogante?

Lucy se acercó a la mesa y tomó una fresa del cuenco que se había rellenado como por arte de magia mientras ella estaba fuera.

—Olvídate de papá y mamá. Adam y tú no sois como ellos. No dejes que se te pase la vida sin tener una oportunidad para enamorarte.

Se metió la fresa en la boca y, cuando el sabor llegó a sus papilas gustativas, se echó a reír de puro disfrute.

Al verla, Maddie tuvo que luchar contra el temor y la envidia.

Temor, porque Lucy estaba olvidando con demasiada facilidad las lecciones que habían aprendido en el pasado, y se estaba exponiendo a muchos riesgos en el futuro.

Y envidia, porque haciendo eso, su hermana pequeña había conseguido algo que Maddie siempre había considerado imposible: había salido de las sombras a la luz, y avanzaba valientemente por el accidentado camino hacia la felicidad.

—Adam, ¿te importaría que Fredo nos dejara en Madrigal? —preguntó Lucy.

Maddie alzó la vista desde su crema de caramelo.

—Eso suena a discoteca.

—Es un club donde la realeza se mezcla con los que solo son ricos y famosos —respondió Lucy—. Henry nos ha explicado que, si aparecemos en tu limusina, nos dejarán entrar.

Maddie frunció el ceño. Cuando le había sugerido a Lucy que saliera, se refería a que fuera a comer a algún restaurante del paseo marítimo, no a que pasara una noche de juerga en un club de ricachones.

Sin embargo, no podía prohibirle que fuera.

Así que tendría que arreglarse e ir con ella.

Era lo que menos le apetecía del mundo. Después de tomar demasiado el sol, de dormir demasiado poco y de haber tomado dos copas de Chianti, estaba casi en coma.

Sin embargo, no podía dejar que su hermana saliera con la dudosa protección de Crash. Tal vez él pudiera valérselas en una pelea entre chavales de una hermandad universitaria, pero, en un club donde la mitad de los clientes llevarían guardaespaldas, Lucy necesitaba al Pitbull.

Dejó la servilleta y empezó a levantarse. Entonces, Adam le dijo a Lucy:

—Os llevará Gerard. Él sabe cómo moverse entre esa gente.

—¿Quién es Gerard? —preguntó Maddie.

—El encargado de mi seguridad personal.

En otras palabras, un guardaespaldas. Y, si Adam lo tenía contratado, debía de ser el mejor. Tal vez, mejor que el Pitbull.

—Gracias —dijo ella, después de que se marcharan los tortolitos—. Se oyen muchas historias de esos clubes.

—La mayoría son exageraciones —respondió él—, pero los dos nos sentiremos mejor así.

Le posó la mano en la espalda a Maddie, y la condujo hacia la terraza con tanta suavidad, que a ella no se le ocurrió resistirse.

Por debajo de ellos, las luces de colores de Portofino rodeaban el puerto como un collar. En el agua se mecían más luces. Yates, pequeños y grandes.

—Me sorprende que no hayas querido ir tú también —dijo Maddie.

—Para mí ya no tiene tanto atractivo como antes salir a una discoteca.

—Ah, sí, se me olvidaba que prefieres quedarte sentado en tu mecedora haciendo crucigramas.

Él le lanzó una mirada de diversión.

—Puedo ir a buscar mi bastón y caminar inestablemente detrás de ellos si quieres lucir ese vestido.

Ella acarició la seda roja con los dedos. El vestido tenía un escote bajo en el pecho, y más bajo aún en la espalda, y era tan corto que casi le llegaba al trasero. A Maddie le encantaba, como le encantaban todos los vestidos que habían sustituido a sus trajes.

Sin embargo, la prepotencia de Adam la fastidiaba un poco, así que hizo un mohín.

—Es un poquito exagerado para una cena en la terraza, ¿no crees?

—Lo que creo es que naciste para llevar seda.

—No me has dejado muchas alternativas.

Él le pasó la mano por la espalda, lentamente, de arriba abajo.

—Entonces, ¿prefieres los trajes?

—No —admitió ella—. Pero estoy acostumbrada a ir en vaqueros, no en vestidos de cientos de miles de dólares.

—Disfrútalo, querida. Estás en la Riviera.

—Exacto. Este no es mi sitio —dijo ella, encogiéndose de hombros—. Pero tengo que pasar aquí toda la semana, así que, si arreglarse es parte del trabajo, tendré que tragármelo.

—Tu sacrificio es ejemplar. Vamos a enviarle una foto a Adrianna para que vea en qué mártir te ha convertido.

Aquello hizo reír a Maddie.

—No, no. Me descontaría del sueldo el dinero de este vestido.

Adam siguió acariciándola de una manera hipnótica.

—Parece una mujer difícil. ¿Por qué trabajas para ella?

Y allí estaba, la pregunta entrometida, disimulada como si fuera charla intrascendente.

—Es la madre de mi mejor amiga, así que tenía una ventaja para conseguir el puesto. Y, de entre todos los despachos pequeños, es el mejor.

—Pero defender a las compañías de seguros es muy diferente a encerrar a criminales. A mí me pareciste que eras… digamos que… muy apasionada en tu trabajo de fiscal.

Él tenía razones para saber que aquello era cierto, así que Maddie respondió:

—Trabajando para el estado no se gana tanto como en el sector privado. Yo necesitaba más dinero. Es así de fácil.

Oh, pero no, no era fácil en absoluto. Y, si Maddie creía que iba a contentarlo con aquellas evasivas, iba a llevarse una decepción.

—Entonces, tú relajaste tus principios tanto como para aceptar el vil metal de Adrianna —dijo él—, pero yo no puedo contratarte para LeCroix Entreprises por cinco millones de dólares.

Maddie sonrió.

—Una cosa es dejar de perseguir a los delincuentes, y otra aceptar su vil metal.

—Sigues obsesionada con la *Dama en rojo*, ¿no? Querida, ya has visto mi galería de la villa. Cuando deseo un cuadro, lo compro.

—Ese argumento podía haber funcionado si hubieras llegado a someterte al juicio de un jurado —dijo ella—, pero yo sé que es mentira. Tú lo haces por la adrenalina, por la emoción. A ti te causa euforia el peligro de que te atrapen.

—Eso es lo que nos convierte en una pareja única, ¿no? Yo, metido en una celda y tú, deseando tirar la llave al mar.

—Sí, sería bastante retorcido. Si realmente fuéramos una pareja, claro.

Él dejó pasar aquello.

—En tu caso, el fallo es que yo puedo buscarme la euforia y las emociones de otras formas mucho menos complicadas.

—¿Escalando? ¿Tirándote en paracaídas? Sí, claro. Podrías, incluso, participar en una carrera de globos como ese tipo de Virgin Atlantic. Pero no sería suficiente para ti. Porque esas cosas solo te ponen por encima de la gravedad, y a ti te gustaría estar por encima de las personas. De las personas inteligentes, de las que son mejores en su campo.

—No me parece motivación suficiente para arriesgar mi libertad —dijo él.

—Estoy de acuerdo. Y esa es la parte que no entiendo. ¿Por qué ibas a arriesgarte a ir a la cárcel cuando tienes más dinero que Craso, y se te salen las obras de arte por las orejas? Bueno, con los abogados que puedes permitirte, seguramente saldrías libre aunque fueras a juicio. Pero siempre existe la posibilidad, pequeña, pero real, de que termines cumpliendo condena en una cárcel y te conviertas en la novia de algún matón.

—Vaya, ahora solo quieres herir mis sentimientos. Me gustaría pensar que puedo defenderme, incluso en la cárcel.

—Claro que podrías, si estuvieras en una pelea en un club de campo. Pero, en Sing Sing, un chico tan guapo como tú pasaría de mano en mano como una prostituta de cinco dólares hasta que algún condenado a cadena perpetua decidiera convertirte en su novio.

Adam tuvo un escalofrío.

—Una imagen encantadora. Y es reconfortante saber que tú trabajaste con todas tus fuerzas para que sucediera todo eso. Y volverías a hacerlo si tuvieras la oportunidad.

Ella se quedó callada. Después, dijo, en voz baja:

—Yo no puedo perdonar el robo. Y creo que la gente debe ser castigada cuando comete un delito. Pero…

Maddie se encogió de hombros.

Él dejó aquel «pero» en el aire. Al menos, la ambivalencia era un progreso. No era la aceptación que deseaba de ella, pero era un paso en aquella dirección. Algún día, muy pronto, conseguiría que entendiera que, al quitarle el arte de las manos a un criminal, él estaba buscando la justicia a su manera.

Por el momento, no podía forzar más la situación.

Llevó la conversación hacia Lucy de nuevo.

—Mucha gente —dijo, en un tono neutral— deja de trabajar para el estado por conseguir un sueldo del sector privado. No es vergonzoso desear un estilo de vida más alto.

—Sí, estoy forrada —dijo ella, con sarcasmo—. Como si no supieras tú adónde va mi dinero, señor Invasor de la Privacidad.

¿Para qué iba a molestarse en negarlo?

—Lucy todavía era menor de edad cuando fue a vivir contigo.

—¿Y?

—La responsabilidad económica era de tus padres.

—No todo es siempre el dinero —dijo ella.

—Querida, tú eres la que ha sacado el tema del dinero. Y, por lo que yo sé, normalmente está en la raíz de las cosas. ¿Es que tus padres dejaron de mantenerla? ¿Tomaba drogas?

Maddie saltó por los aires.

—¡Lucy nunca ha mirado las drogas! ¿Por qué dices eso? ¿Por qué lo piensas? Es fuerte y bella, y demasiado lista como para destrozarse la vida.

Él posó la palma de la mano sobre su espalda, acariciándola suavemente, aunque siguió presionándola porque sabía que era más fácil que se abriera si tenía que defender a su hermana.

—La gente joven comete errores —dijo él—. Y Lucy se marchó de casa por algún motivo. Es lógico pensar que tus padres la echaran.

—No me digas lo que es lógico, idiota —respondió ella, echando fuego por los ojos—. Lucy se marchó de esa casa sola, y acudió a mí porque sabía que yo lo entendería y la acogería, y que nunca volvería a pasar miedo. Yo dejé mi estúpido trabajo para poder cuidarla como se merece, y no me lo pensé dos veces. No te atrevas a tener un mal pensamiento sobre ella. Es dulce e inocente, y su vida va a ser perfecta.

Estaba temblando. Intentó apartar su mano, pero él se la agarró y la sujetó contra su pecho.

—Maddie, cariño, perdóname —dijo él con consternación.

Se había comportado con arrogancia, sin el más mínimo cuidado, y había arrancado el vendaje de una herida que no se había curado en cinco años. Era más profunda de lo que él se imaginaba; era una herida en el corazón.

A ella se le escapó un sollozo, y él se quedó horrorizado por su falta de consideración, desconcertado por su propia emoción.

—Déjame abrazarte —murmuró—. Lo necesito, aunque tú no lo necesites.

Le acarició la piel temblorosa, susurrándole palabras de cariño. Y, por fin, cuando ella dejó de resistirse y se apoyó en él, rodeándole la cintura con sus brazos esbeltos, aceptando su afecto y su refugio, Adam se sintió como si midiera tres metros.

El deseo primario de protegerla rugió como un león dentro de su pecho.

Y, con él, el deseo primario de poseerla.

Maddie se empapó del calor de Adam, lo absorbió por la piel helada y frotó la mejilla contra la seda de su camisa y los planos duros que había bajo la tela. Los latidos de su corazón le resonaron en el oído, como un ritmo primigenio que llamaba a su ADN.

Debería estar mordiéndole el corazón. Adam había estado a punto de llamar drogadicta a Lucy.

En vez de eso, dejó caer la cabeza hacia atrás y permitió que él le besara el cuello; y él regó de besos su mandíbula, dibujando un camino feroz hacia su oreja. Su voz, baja y grave, fue casi como un rugido.

—Te deseo. Aquí. Ahora.

El cuerpo de Maddie se encendió como una antorcha. Él la acarició por todas partes. Metió las manos por debajo de los tirantes y las deslizó por debajo de su vestido.

Pasó los labios por su mejilla y, al llegar a sus labios y besarla, tragó su respiración. A ella se le formó un gemido en la garganta, un sonido de anhelo que vibró por toda su piel, por su ropa, por el universo.

Él lo interpretó como una aceptación, como si tuviera derecho a utilizar su cuerpo. Apartó la seda y posó la palma de la mano en su pecho, y la acarició como si llevara toda una vida conteniéndose. Como si, tal vez, nunca más pudiera estar con ella.

Ella lo aceptó, dejó que tuviera el control durante un momento rápido y ardiente. Entonces, sacó las uñas. Le tiró de la camisa, y los botones salieron disparados y cayeron al suelo de piedra. Encontró su piel suave, sus músculos duros, y le arañó, lo mordió, gimió de necesidad.

Él la levantó con un solo brazo y liberó la mesa de platos y vasos con el otro. Mientras todo se hacía añicos contra el suelo, ella se vio tendida boca arriba sobre la mesa, como si fuera la cena.

Él retrocedió un paso para quitarse la camisa; volvió hacia delante y le subió la falda del vestido hasta la cintura. Entonces, le tomó las nalgas con las manos y le rasgó las bragas de encaje, y sus labios cálidos empezaron a devorarla. Su lengua empezó a trabajar.

Le provocaba unas sensaciones tan deliciosas, que Maddie empezó a perder el control. Le diría que parara. Incluso alzó la cabeza.

Entonces, él sumó los dedos a su lengua, y a ella volvió a caérsele la cabeza a la mesa. Se arqueó, apoyándose en los omóplatos, y le agarró del pelo para que no pudiera dejarlo aunque quisiera, rogándole que parara, que la liberara, que terminara con todo ya.

Él la ignoró, como de costumbre, e hizo lo que quiso, hundiéndose más profundamente y más rápidamente en su cuerpo, llevándola más allá del límite, obligándola a ir a aquel lugar donde mandaba el cuerpo y los pensamientos eran ignorados.

En aquel lugar, solo existían su boca y sus manos, y solo importaba lo que él hiciera con ellas. A Maddie solo le importaba el orgasmo.

La tensión era insoportable.

Y, entonces, con la lengua y con los dedos, él consiguió borrarle por completo todo lo que tenía en la mente.

Adam nunca se había corrido haciendo que una mujer llegara al orgasmo. Pero Maddie lo volvía del revés. Lo dejaba vacío.

Y, si ella viera la mancha de su pantalón, lo tendría a su merced, porque sabría perfectamente quién tenía la sartén por el mango en aquella aventura.

Sin embargo, por el momento ella estaba lánguida como un

espagueti; la única señal de que seguía con vida era el subir y bajar de su pecho con la respiración. Tenía los ojos cerrados, y su vientre plano temblaba bajo la palma de la mano de Adam.

—Maddie, cariño —le susurró al oído.

—Umm.

—Tienes un sabor delicioso.

Ella sonrió un poco.

A la mierda la abstinencia. No podía guardar abstinencia con Maddie del mismo modo que no podía dejar de respirar.

—Voy a llevarte a la cama. Y voy a dejarte allí.

—Ummm…

No era precisamente una exclamación de júbilo, pero tampoco era una objeción.

Él la tomó en brazos, y John Doe salió de debajo de la mesa y los siguió por los pasillos de la villa.

En su habitación, Adam apartó la colcha y la tendió en la cama. El rojo de su vestido contrastaba con el blanco de las sábanas.

Ella estaba completamente dormida, así que él le quitó el vestido junto a lo que quedaba de braguitas y aprovechó la oportunidad para admirarla completamente desnuda. Se fijó en sus pestañas largas y negras, que apenas veía cuando ella tenía los ojos abiertos. Los labios, tan expresivos cuando estaba despierta, que en aquel momento estaban inmóviles y ligeramente separados.

Tenía los hombros esbeltos y los brazos delicadamente musculosos. Y sus pechos perfectos y pequeños hacían que él se preguntara por qué siempre había perdido tanto tiempo con los pechos más grandes.

Miró su vientre, donde vio la marca del bronceado; gracias a Gio, sabía que lo había conseguido en una playa de topless en St. Maarten durante un largo fin de semana con el amigo de una amiga.

Se llamaba Tom Raskin, y era de su tipo habitual. Soltero y con un buen físico, y alguien al que conocía desde hacía tiempo. Maddie no se relacionaba con hombres que conociera en los bares. En ese sentido, era precavida. Para un fin de semana erótico, prefería una cara familiar. Incluso se las había arreglado para seguir siendo amiga de algunos de ellos.

Pero de Tom Raskin, no. Como otros antes que él, él había querido algo más que dos noches. Así que ella le había mandado al cuerno.

Exactamente, lo que tenía pensado hacer con él.

Pero no iba a resultarle tan fácil quitárselo de encima.

Maddie lucharía con él, y la batalla iba a ser muy dura.

Aquella noche, al menos, la victoria era suya.

Adam se quitó el pantalón. Después, subió a la cama y se acurrucó junto a ella, abrazándola y compartiendo su calor. Notó que el pelo de Maddie le hacía cosquillas en la nariz. Ella olía a fresas.

Cerró los ojos y se quedó dormido.

CAPÍTULO 18

—Recuerdo que yo también podía dormir hasta el mediodía —dijo Maddie, malhumoradamente.

Adam metió la tercera marcha y la miró. Con el techo del Ferrari alzado, el sol sacaba reflejos rubios de su pelo.

—Es una parte muy breve de la vida —dijo—. Alégrate de que puedan disfrutar de ella.

—Me alegraría si no estuvieran acurrucados como cachorritos. En la cama de Lucy.

—Cosa que tú no sabrías si no hubieras metido las narices en su habitación.

Maddie se cruzó de brazos.

—Llamé. Ella no respondió. Tenía que asegurarme de que había llegado bien a casa.

—Gerard nos habría alertado si hubiera habido algún problema.

—Si tú lo dices…

Él se echó a reír. No había forma de ganar una discusión con Maddie. Era obstinada y poco razonable, y estaba enfurruñada porque Lucy y Crash se habían marchado en el yate, a recorrer la Riviera durante unos días, sin vigilancia.

—Estaban roncando como sierras mecánicas —gruñó ella—. No sé cómo podían dormir con ese ruido. Él tenía la mano sobre su pecho. Como si tuviera derecho.

—Querida, nosotros hemos dormido de esa manera. Y no nos ha hecho ningún daño, ¿no?

Ella centró su irritación en él.

—No te sientas tan cómodo con mis pechos. Tú tenías permiso, no derecho.

Adam se rio de nuevo, más por su perversa atracción por aquella mujer tan irritable que por su absurda declaración. Por supuesto que él tenía derechos. Pero ella no lo había reconocido todavía.

Como era de esperar, estaba en modo bélico. Lanzar granadas de mano era su reacción después de una noche íntima y de una relación sexual increíble al despertar.

—¿Y adónde vamos? ¿A otra reunión inútil? Un día de asueto entre los ricos ociosos está bien, pero no quiero que se convierta en una costumbre.

—Entonces, ¿prefieres que me dé la vuelta? ¿No quieres ir a probar este coche a la pista de carreras?

Ella pasó una mano por el cuero del asiento.

—No me habías dicho que íbamos a la pista.

—Te lo estoy diciendo ahora. ¿Quieres que continuemos?

Adam la vio luchar consigo misma. Se había tendido una trampa a sí misma con su comentario de los ricos ociosos.

—Supongo que tendremos que ir —dijo, fingiendo que le resultaba indiferente—. Tienes a todo el mundo esperando, ¿no? Cambiando de planes para que el jefe pueda jugar un poco en su pista.

Él hizo un cambio de sentido repentino y apretó el acelerador para volver rápidamente a la villa. Tomó su teléfono móvil y siguió conduciendo con una sola mano.

—Cambio de planes, Marco. No necesito la pista hoy. *Ciao.*

Maddie soltó un resoplido.

—¿Y eso en qué mejora las cosas? Les has hecho cambiar de planes dos veces.

Él le tiró el teléfono al regazo.

—Llámale tú, si quieres. Puedo dar la vuelta otra vez.

Ella apretó el teléfono en el puño. Él tuvo que contener la sonrisa. No estaba acostumbrada a que le echaran un órdago. Y menos, dos veces seguidas en dos minutos.

—Parece que hace muy buen día para ir.

—Veintiún grados y sol. Hace un buen día para cualquier cosa.

No iba a ayudarla a salir de aquella. Si quería ir a la pista, iba a tener que pedirlo.

Ella se movió con nerviosismo.

—Y, ahora, ¿qué pasa? ¿La pista se queda vacía todo el día?

—Supongo —dijo Adam, encogiéndose de hombros como si no le importara.

—¿Y no es eso malgastar el dinero?

—Puedo permitirme malgastar un poco.

—Demonios —dijo ella, dando una palmada en el asiento—. Está bien, está bien. Quiero ir.

—Cariño, eso era todo lo que tenías que decir.

Él hizo otro cambio de sentido y extendió la mano para que ella le diera el teléfono.

Aquello fue lo más divertido que había hecho en su vida, pensó Maddie.

Adam la obligó a ponerse un casco y un traje ignífugo, que le quedaba muy grande, pero eso no disminuyó la emoción de volar por la pista a la velocidad de la luz. Ella había tenido el corazón en la garganta todo el tiempo.

En aquel momento, mientras el guapo camarero le servía un Prosecco, ni siquiera pensó en flirtear con él. Estaba demasiado ocupada comiéndose a Adam con la mirada. Él tenía el pelo sudoroso por el casco, y ella, seguramente, también. Aunque las gafas de sol ocultaban sus increíbles ojos, tenía una sonrisa tan grande como la suya. Él también se había divertido. Aunque había mantenido una actitud fría y controlada durante todas las vueltas del circuito, ella notaba que la adrenalina todavía corría por sus venas.

—¿Han abierto el comedor solo para nosotros? —preguntó ella. Las vistas a la pista de carreras eran estupendas.

—Si digo que sí, ¿me vas a insultar por haberle estropeado a alguien su día libre?

—No —dijo ella, y sonrió—. Estoy segura de que les vas a compensar con la paga de una semana.

Se había dado cuenta de que él era así; sorprendentemente considerado y generoso con el dinero.

Y generoso en la cama, también. O en la mesa, como en aquel momento.

—Vamos a llevar el Bugatti a Watkins Glen la semana que viene —estaba diciendo Adam—. Ya lo he organizado.

—Yo tengo que trabajar —dijo ella—. En el bufete.

—Hawthorne no ha accedido a pagar. Va a resistirse todo lo que pueda.

Ella negó con la cabeza.

—Va a ocurrir una de estas dos cosas: O tú y tu amigo Gio encontráis el cuadro durante los próximos días, o desaparecerá para siempre, en cuyo caso, Hawthorne pagará. Hazme caso, no quiere que haya juicio.

Adam sonrió.

—Solo porque tú lo asustaste.

—Exacto. Mi trabajo aquí ya ha terminado.

Levantó la copa e hizo un brindis; después, tomó un sorbo helado.

Él no bebió con ella.

—Maddie, ya le he dicho a Adrianna que voy a hacer uso de ti todo el verano.

Ella se puso muy rígida.

—¿Que vas a hacer uso de mí? ¿Es así como se dice «follar» en italiano?

—Disculpa. Me he expresado mal. Quería decir que necesito terminar este asunto. Y reorganizar mi departamento jurídico. Y otras cuantas cosas que durarán todo septiembre.

—Acabas de decir durante el verano. Ahora es septiembre.

No me gusta alterar los límites. Y no me gusta que me usen. Soy abogada, no prostituta.

—Por el amor de Dios, Maddie —dijo él, recostándose en el respaldo de la silla—. No te estoy pagando para que te acuestes conmigo. Eres la mejor abogada que he conocido y, tal y como tú misma has dicho, mi empresa necesita asistencia en ese departamento. Que yo me sienta atraído por ti no tiene nada que ver con eso.

—Entonces, ¿por qué estoy aquí, en una pista de carreras, en vez de estar revisando contratos o ayudando a Brady a desmontar su despacho?

—Creía que lo habías pasado bien hoy —dijo él. Parecía dolido.

Maddie se ablandó. Para ser justos, ella había querido ir a la pista.

—Sí, es verdad. Ha sido estupendo. No siempre se tiene una oportunidad así en la vida. Pero no es trabajo jurídico, Adam. Es un juego, es diversión.

—Bueno, pues considéralo unas vacaciones. Unos días de relajación antes de que volvamos a Nueva York.

—¿Relajación y orgasmos mutuos?

—¿Y por qué no? —preguntó él con una de sus abrumadoras sonrisas.

Ella dejó la copa en la mesa y se pasó los dedos por el pelo enmarañado. Las cosas se estaban poniendo demasiado serias. Él tenía que entender que su pequeña aventura iba a terminar en cuanto bajaran del avión.

—Escucha, Adam. Los orgasmos son estupendos. Y el coche, y el yate. Y nunca pensé que me oiría a mí misma decir esto, pero tú eres un tipo agradable. Lo cierto es que yo sigo siendo yo, tú sigues siendo un delincuente y, de todos modos, yo no mantengo relaciones a largo plazo.

—Tú ni siquiera mantienes relaciones a corto plazo. ¿Por qué no?

—Porque es más fácil no comprometerse desde el principio. No contemplo la opción de verme envuelta en algo duradero.

—¿Por qué no?

Ella se encogió de hombros.

—He visto muchos matrimonios malos. Muchos niños atrapados en medio. No quiero ser parte de eso.

—Todo el mundo ha visto esas cosas —dijo él, y se quitó las gafas de sol—. Yo lo conozco por experiencia propia. Mis padres estaban tan concentrados en su obra artística y en torturarse el uno al otro que se olvidaron de que me tenían a mí.

Ella no lo sabía.

—Eso es una mierda —dijo Maddie—, pero, salvo por lo del robo, tú has salido bastante bien.

—¿De verdad? —preguntó él, extendiendo los brazos—. ¿Ves a una amante esposa y a unos hijos a mi alrededor?

—Oh, por favor. Todas las mujeres solteras del planeta, y la mayoría de las casadas darían diez años con tal de ser la señora de Adam LeCroix.

—Y tú, sin embargo, refunfuñas a cada segundo que tienes que pasar conmigo.

A ella se le escapó la risa. Si él supiera lo mucho que temía el final de aquella semana… Lo había admitido aquella misma mañana, cuando se había despertado acurrucada contra su pecho.

Razón de más para mantenerlo a distancia.

—Todo el mundo ha visto matrimonios malos —repitió él—, pero eso no significa que pierdan la esperanza de tener algo mejor para sí mismos.

—Yo soy uno de esos raros individuos que aprende de los errores de los demás.

—¿Y qué has aprendido tú?

—Que las mujeres siempre se llevan la peor parte. Y que, cuando se convierten en madres, están perdidas.

—¿Y eso?

—Porque es fácil chantajearlas con los niños.

—¿Y crees que eso solo les sucede a las mujeres?

—Seguramente, no, pero la mayoría de las veces, sí.

El camarero apareció con sus platos. Lenguado, frito con mantequilla y limón. El aroma hizo que Maddie comenzara a salivar.

También les llevó un plato de risotto y lo puso entre ellos para compartir, además de una ensalada ligeramente aderezada y pan. Adam había pedido que lo sirvieran todo junto porque sabía que a ella le gustaba así.

Ella tomó un poco de risotto y lo saboreó.

—No he tomado una comida mala desde que nos conocimos.

—Así que soy bueno en algo.

—Tú tienes un diez en todas las escalas sensuales. En la comida, el vino y el sexo. Y en los coches. Por supuesto, en los coches también —dijo Maddie, con una sonrisa. Quería mantener la conversación lo más ligera posible.

Él chocó suavemente su copa contra la de ella.

—Hay relaciones que se han construido sobre menos cosas.

—Y el Imperio romano, también —dijo Maddie—. Y mira lo que pasó con él.

—Entonces, ¿nunca te vas a casar ni a tener una familia?

—No. Estás mirando a una futura señora loca de los gatos.

—¿Y si te enamoras?

—No me voy a enamorar.

—Puede que sí.

—Soy inmune. Recibí la vacuna a los dieciséis años.

—¿Qué pasó a los dieciséis años?

Ella se dio una patada, literalmente, en el tobillo. ¿Por qué tenía que ganar todas las discusiones?

—No es asunto tuyo —dijo ella.

—Tu padre abusó de ti, ¿no?

Aquello fue como un puñetazo en el lugar donde más daño podía hacer. Maddie se puso en pie como si él la hubiera pinchado.

—Eres un cabrón y un desgraciado.

Con ambas manos, volteó la mesa y se la tiró encima del regazo.

Él se echó hacia atrás rápidamente, y la mayoría de la comida cayó al suelo, pero ella no se quedó a mirar. Estaba a medio camino de la puerta cuando él la alcanzó.

—Maddie…

Ella se zafó con tanta fuerza que se tambaleó.

—Aléjate de mí. Y aléjate de mi hermana.

Era como una tigresa que estaba lista para sacarle los ojos.

Él alzó ambas manos.

—Perdóname, por favor. No quería ofenderte.

—Mentiroso. Eso es lo que has querido hacer siempre. De eso trata todo esto —dijo ella, iracunda, señalando todo lo que les rodeaba con un gesto del brazo—. Tu plan era engatusarme y, después, humillarme —añadió, con una expresión de desprecio—. Siento no haber colaborado enamorándome. Eso debe de ser muy penoso para tu ego.

—Cariño…

Ella lo abofeteó.

—No me llames «cariño», idiota.

Cuando salió al aparcamiento, Maddie miró el Ferrari. Lo hubiera robado al instante si supiera conducir.

Sin embargo, se puso a andar. No había ni una nube en el cielo, y corría una brisa agradable. El aire le movía la falda, que era azul marino con lunares blancos, y le acariciaba los brazos, puesto que su camisa no tenía mangas. En un día tan delicioso como aquel, podría recorrer ocho kilómetros sin sudar.

De no haber sido por el calzado.

Eran unos zapatos de tacón de cuña, diseñados para recorrer pocos metros entre los coches y los restaurantes, los yates y las villas, pero no para caminar por el asfalto durante horas. Estaría cojeando antes de llegar a la carretera.

Miró hacia atrás y vio que el Ferrari daba marcha atrás y, después, se dirigía hacia ella. La rendición era una píldora amarga que no sabía si iba a poder tragar.

Adam frenó a su lado.

—Madeline, sube al coche.

Su voz tenía un tono férreo, era la voz del Adam LeCroix que la había sacado de su despacho a punta de pistola. ¿Y por qué no? Ya había cumplido su objetivo, y no tenía necesidad de seguir fingiendo.

Para su disgusto, aquello le dolió más de lo que le dolían los pies.

De todos modos, siguió andando.

—No seas tonta —le dijo él—. Deja que te lleve a casa. Lucy y tú podéis marcharos en cuanto queráis. Podéis volver en mi avión o, si no queréis, podéis ir en un vuelo comercial.

Ella dejó de caminar, y él paró el coche. Ella entró sin mirarlo, y salieron en silencio del recinto de la pista.

Mientras miraba por la ventanilla, Maddie intentó poner orden en sus sentimientos.

La mayoría le eran familiares: la ira, la humillación y el deseo de venganza. Sin embargo, también había dolor, y ella no sabía qué hacer con él. Estaba en su pecho, y latía al compás de su corazón, insistentemente. No podía ignorarlo.

Se agudizó al pensar en aquella mañana, cuando se había despertado entre los brazos de Adam. Se había sentido cómoda, cálida… segura.

En aquel momento, solo sentía un nudo en el estómago. Sentía pánico.

Le aterrorizaba admitirlo, pero Adam había llegado a ella a un nivel personal. Había conseguido que le importara.

La ira acudió en su ayuda. Demonios, se había dejado llevar, y se había enamorado…

—Maddie.

—No me hables.

—No puedes impedírmelo.

Ella rebuscó en el bolso y sacó una lima de uñas. Se la puso junto al cuello.

—Sí, sí puedo.

—No lo harías. Sería un delito.

—Ningún jurado me condenará.

Él sonrió con tristeza.

—La conciencia no te dejaría vivir.

—No me conoces tan bien como tú crees —dijo ella. Sin embargo, sabía que era cierto.

—Sé que me pondrías el ojo morado si pudieras, pero no me vas a cortar la yugular.

Ella tiró la lima por encima de su hombro, hacia atrás. Aterrizó en la carretera.

Siguió mirando por la ventanilla y, al verse reflejada en el espejo retrovisor, se alegró de tener las mejillas rojas. Eso significaba que estaba furiosa, y la furia era mejor que tener el corazón roto.

Oh, Dios. Adam le había roto el corazón.

Eso era lo que le sucedía. Y era todo lo que había imaginado, todo aquello de lo que había estado huyendo. Una migraña, la gripe, una mala caída por un tramo de escaleras. Una mano alrededor del cuello, seis costillas rotas, los peores dolores menstruales de la historia de la humanidad.

Adam paró en una curva de la carretera, en un lugar que ofrecía una vista maravillosa. Apagó el motor y se giró hacia ella.

Ella tenía un nudo en la garganta.

—Has dicho que ibas a llevarme a casa.

—Sí, pero primero necesito hablar contigo.

—Nada de hablar. Conduce —dijo Maddie, y miró ciegamente hacia el mar.

—Maddie, cariño.

Ella lo miró.

—¡Te he dicho que no me llames eso!

—Me gustaría complacerte —respondió él—, pero es que

eres muy querida para mí. Ojalá no fuera así. Nunca me había imaginado que pudiera sentir lo que siento por ti.

Maddie soltó un resoplido.

—Deja de decir idioteces y arranca.

—No, no voy a arrancar. Y no te molestes fingiendo que vas a poder caminar con esos zapatos. Estamos a varios kilómetros de casa, y tú no eres tan tonta como para subirte a un coche de un desconocido.

Grr.

—Está bien. Desembucha. Desahógate. Miente, engaña. Roba. A mí no me importa, solo quiero que acabes ya.

Él la miró fijamente. No se había afeitado, y tenía la sombra de la barba en la mandíbula. El viento le había despeinado, y ella tuvo ganas de apartarle el pelo de la cara.

Se sentó sobre la mano.

Él mismo se lo quitó de la frente, con un gesto de frustración.

—Todo esto es nuevo para mí —dijo él—, y no dejo de estropearlo todo. No estoy acostumbrado a echarlo todo a perder continuamente.

Ella podría responder a eso, pero se contuvo. Y contuvo la respiración, porque estaba completamente pendiente de sus palabras.

—No me falta experiencia con las mujeres —continuó Adam—. Pero no sé cómo acertar contigo. Eres un campo de minas, y yo no dejo de pisarlas. Te hago daño, nos hago daño a los dos, sin querer.

Posó el brazo en el respaldo de su asiento, deslizó la mano en su pelo y abrió la palma de la mano sobre su cráneo.

—Estoy intentando averiguar por qué. Por qué eres tan sensible…

—No soy sensible… Bueno, sí, soy sensible con respecto a algunas cosas, así que, ¿por qué no puedes dejarlo?

—Porque estoy intentando entenderte.

—No soy tan interesante.

—Eres la mujer más fascinante que he conocido.

Estaba empezando a afectarle lo que decía. Estaba empezando a tragárselo.

Se dio una bofetada mental.

—Seguramente, eso se lo dirás a todas.

—Nunca se lo he dicho a nadie —respondió él, y empezó a acariciarla con las yemas de los dedos.

Ella se estremeció, y no pudo soportarlo: reaccionó.

—Me has metido en este asunto del cobro del seguro para humillarme.

—Te he metido en el asunto del seguro para que obligues a Hawthorne a pagarme. Pero tienes razón, al principio me divertí un poco haciendo que te retorcieras.

—Y sigues divirtiéndote mucho cada vez que me retuerzo. Por decirlo suavemente.

Él sonrió.

—¿Lo ves? Hasta la semana pasada, no sabía que tenías sentido del humor. Hace cinco años nunca lo vi.

—Tampoco me viste las bragas entonces.

—No, pero te vi el sujetador.

Ella le lanzó una mirada fulminante.

—No es verdad.

—Sí es verdad. En aquella horrible sala de reuniones con los fluorescentes que zumbaban. Te inclinaste sobre la mesa para meterme alguna prueba especialmente concluyente debajo de la nariz y se te abrió la blusa. Pude echarte un vistazo.

—No te creo —dijo ella, y se cruzó de brazos—. Descríbelo.

—Era de satén color melocotón, con un borde de pequeños volantes y un lacito blanco en el centro.

Ella descruzó los brazos.

—Eres increíble. Tenías que estar preocupándote por si acaso acababas en la cárcel, y estabas mirándome el sujetador.

—Estaba mirándote las tetas. El sujetador estaba en medio.

Ella se echó a reír, porque, demonios, Adam era muy gracioso. Era gracioso y guapísimo, con aquella sonrisa diabólica y con aquellos ojos tan azules, que conseguían reducir a polvo su fuerza de voluntad.

Él le recorrió la garganta con un dedo, enganchó el dedo en su escote y miró dentro.

—Ah, hoy llevas uno blanco virginal.

Metió el dedo bajo el tirante del sujetador, y empezó a bajárselo por el hombro, centímetro a centímetro.

—Maddie —susurró, con su voz exótica—. No puedo mantener las manos apartadas de ti.

—Pues no lo hagas —respondió ella.

Entendía el sexo, y era algo que podía gestionar. Lo demás, los asuntos emocionales, solo eran una locura temporal.

—No quiero que pienses que te estoy utilizando, que esto es una mentira o un truco. Solo es deseo. Te deseo. Te deseo por completo, entera.

—Pues cállate y házmelo.

Ella agarró con un puño la pechera de su camisa y tiró de él. Él cubrió su mano.

—¿Crees que me importas? ¿Que no eres como las demás mujeres para mí?

—Sí, claro.

Ella tiró de él aún más, para acercarlo todo lo posible, pero la consola se interponía entre ellos.

—Vamos a casa.

—No, no es necesario —dijo ella. Ya se las arreglarían para esquivar la maldita consola.

Ella le soltó la camisa e intentó tirar de la cremallera de su pantalón, pero él le agarró la mano.

—Cariño, esto es importante para mí.

—¿Por qué? No necesitamos ninguna cama. Podemos hacerlo aquí mismo.

—No es eso. Es importante que lo entiendas.

—Lo que es importante es que me eches un polvo en los próximos cinco minutos.

Él se sintió exasperado.

—Por el amor de Dios, Maddie, ¿por qué tiene que ser todo tan duro contigo?

El primer impulso de Maddie fue hacer una broma obvia, pero, al ver su mirada de frustración, de lujuria y de afecto, se quedó callada.

A ella también le asustaba. Porque, por primera vez, el hecho de ver el deseo y el hambre reflejados en los ojos de un hombre hacía que se sintiera...

Que sintiera algo muy diferente a tener roto el corazón.

Durante un largo y extraño momento, se quedó mirando aquellos ojos. Y, entonces, se dio cuenta... ¡Estaba enamorada de él!

Perdió el control. El pánico se apoderó de ella.

Alzó ambas manos con las palmas hacia fuera.

—No me toques. No.

—Maddie...

—Arranca. Arranca el coche ahora mismo, o soy capaz de ir andando descalza hasta casa.

Adam condujo con los ojos puestos en la carretera y las manos en el volante, pero con la mente a catorce kilómetros detrás de él, en el comedor donde habían estado hablando.

En la versión revisada, él disfrutaba del buen humor de Maddie y del brillo de sus ojos, y se abstenía de hacer preguntas indiscretas.

Era demasiado impaciente; ahí estaba el problema. No podía esperar a que Maddie se abriera espontáneamente, así que la había presionado, y solo había conseguido «cagarla hasta que ya no tenía remedio», como diría su entrenador físico de los SEAL.

Siguieron en silencio. Pasaron unos minutos interminables.

Miró de reojo a Maddie, y vio que ella tenía la mirada perdida, con una expresión fría. Al menos, ya no parecía que tuviera intenciones asesinas, ni que estuviera aterrorizada, ni que fuera a saltar del coche con tal de alejarse de él.

Contra toda lógica, él se animó. Tal vez, solo tal vez, las cosas no estuvieran tan mal.

Empezó a formarse una idea en su mente.

Al examinarla desde todas las perspectivas, recordó lo que le había aconsejado Henry:

«No hagas eso, Adam. Acuérdate de quién es. Acuérdate de lo que intentó hacerte».

Henry tenía razón. Era muy arriesgado, pero Adam era un jugador al que solo le quedaba una carta, e iba a apostar. Porque la verdad era que, después de cinco años y cinco días, estaba seguro de que se estaba enamorando de Maddie.

Su finca de dieciséis hectáreas estaba vallada, y el acceso desde la carretera tenía una puerta. Esperó a que Gerard reconociera el Ferrari y abriera la puerta, y les hiciera una seña para que entraran.

Adam dejó atrás su villa y tomó una gran curva, pasó un bosquecillo y llegó a otra puerta cerrada. Con el corazón en un puño, marcó el código y atravesó la puerta, y se dirigió a una villa más pequeña que la suya, pero igualmente lujosa. Detuvo el coche frente a la casa.

—Lucy me habló de este lugar —dijo Maddie.

Fueron sus primeras palabras desde hacía una hora. Había demostrado cierto interés al entrar, para bien o para mal.

Él rodeó el coche para abrirle la puerta, y ella salió de mala gana.

—Se supone que tengo que estar de camino al aeropuerto.

—Te pido que me disculpes —le dijo él mientras subían las escaleras hacia la entrada—. Estoy a punto de compartir contigo mi mayor secreto.

Una criada menuda abrió la puerta.

—Señor LeCroix, me alegro de verlo —dijo, con un acento inglés que sonaba demasiado rígido, pero con una sonrisa cordial.

—Hola, Giselle. ¿Te importaría decirle a Maribelle que he venido?

—Si quiere esperar en el salón, por favor —dijo la muchacha, y desapareció escaleras arriba, mientras Adam llevaba a Maddie, a través del amplio vestíbulo, hasta una habitación en la que cabía su propio apartamento.

Parecía que estaba interesada. Al ver que ella miraba a su alrededor, él hizo lo mismo por primera vez en muchos años. Se fijó en el suelo de baldosas, en los escasos pero cómodos muebles de diseño noruego. La chimenea era de mármol de su propia cantera. Y los ventanales tenían vistas al Mediterráneo.

Henry tenía razón en una cosa: Maribelle sabía cómo gastar su dinero. Por supuesto, el silencio era muy caro, y su precio aumentaba cada año. Aunque ella lo odiaba y lo llevaría a la ruina si pudiera, sabía guardar muy bien su secreto.

Como muestra de poder, Maribelle lo tuvo esperando veinte minutos, y Maddie demostró más paciencia que la que él esperaba. Cuando Maribelle apareció por fin, Maddie entornó los ojos y la evaluó.

Adam se imaginó lo que iba a pensar de Maribelle. Medía un metro ochenta centímetros y era delgada como una serpiente, y se apoderaba de todas las habitaciones en las que entraba. Él recordó la primera vez que la había visto. Había estado a punto de tragarse la lengua.

De eso hacía ya diez años. Ella seguía siendo igual de rubia, de esbelta y de bella que en la fiesta de Hollywood. Sin embargo, se había convertido en un recordatorio constante de que la belleza real estaba debajo de la piel.

Ella se acercó a él y le presentó las mejillas para que le diera los dos besos de rigor. Después, miró despreciativamente a Maddie y dijo:

—Ya te he dicho, Adam, que Giselle trabaja muy bien. No necesito otra muchacha.

Él se tragó la réplica.

—Maribelle, te presento a una amiga mía. Madeline St. Clair.

Maribelle no había perdido su talento para la actuación. Fingió que se sorprendía, y dijo:

—Disculpe, señorita St. Clair.

Entonces, le tendió la mano, como si fuera a estrechársela a un niño.

—No se preocupe —dijo Maddie, estrechándole la mano con firmeza—. Y llámeme… Bueno, ¿sabe? Señorita St. Clair está bien.

Maddie sonrió mostrándole los dientes.

Que Dios tuviera piedad de él; se había enamorado del Pitbull.

Debió de notársele en la cara lo que estaba pensando, porque la sonrisa de Maribelle se hizo aún más fría. Se acercó a la puerta de la terraza y se asomó al exterior.

—Dominick —dijo, con deleite y mala intención—: Ha venido tu padre.

Vicky: Mi corazón es un libro abierto.
No guardaré ningún secreto para ti.

Maddie: Salvo lo de aquel fin de semana de borrachera en Barbados.
Eso está en la caja fuerte.

Dominick era la viva imagen de su padre. Tenía su pelo negro y sus increíbles ojos azules. El niño corrió por la terraza con cara de emoción, y se detuvo justo al entrar. Se quedó mirando.

Maddie cerró la boca y sonrió amistosamente. Sin embargo, no creía que fuera ella la que había hecho que se parara en seco.

Miró a Adam; él tenía una expresión seria. Claramente, no iba a tomar a su hijo en brazos ni a darle un abrazo. La alegría desapareció de los ojos del niño.

—Dominick —dijo Adam—, ven a saludar a la señorita St. Clair.

El niño se acercó y extendió una manita con seriedad.

—Es un placer conocerla, señorita St. Clair.

Tenía acento italiano, pero su inglés era perfecto.

Maddie le estrechó la mano con la misma seriedad.

—Lo mismo digo, Dominick. Puedes llamarme Maddie.

Él miró a su padre, que asintió una sola vez.

—¿Eres la nueva muchacha?

Maribelle soltó una carcajada que pareció un resoplido.

—Soy abogada —dijo Maddie, con una sonrisa amable—. He estado haciendo algunos trabajos para tu padre.

—Eres norteamericana —dijo él.

—Exacto. De Nueva York. ¿Has estado allí alguna vez?

Él hizo un gesto negativo con la cabeza.

—Allí hay hombres malos. Es mejor que me quede aquí, donde estoy más seguro.

Aquello la dejó asombrada. Miró con curiosidad a Adam.

Él ignoró su mirada y se dirigió a Maribelle.

—¿Hay algo que deba saber?

Ella se encogió de hombros.

—Roland está arriba.

—Es el tutor de Dom —le dijo Adam a Maddie—. Discúlpame un momento.

Dejó a Maddie con el niño y con su madre.

«Vaya, gracias».

Maribelle no le ofreció que se sentara, ni le preguntó si quería tomar algo. Se sirvió una copa de vino del bar y le dio un sorbito mientras miraba a Maddie de pies a cabeza.

Dom tenía mejores modales.

—¿Te gustaría sentarte, Maddie?

El niño se sentó en el sofá, con cuidado de no manchar la tapicería blanca con los zapatos, y dio un golpecito en el asiento de al lado.

Ella no pudo resistirse. Dominick era encantador y dulce, y se parecía a su padre como si fueran dos gotas de agua. Ella se quitó las sandalias y extendió la falda para poder meter los pies bajo el trasero sin enseñarle nada.

—Bueno, Dom, ¿y en qué curso estás?

—No estoy en ningún curso. Tengo al señor Roland.

—Ah. ¿Y los amigos? ¿Quién es tu mejor amigo?

—Henry.

—¿El Henry de Adam?

—Sí. Él me enseñó a nadar.

—¿Tienes piscina?

—Puedo bañarme en la de papá cuando él no está.

—¿Solo cuando él no está?

Maribelle emitió un sonido de disgusto.

—Deje el interrogatorio, abogada. Si quiere saber lo buen padre que es Adam, pregúnteselo a él. Pregúntele cuándo pasó por última vez una hora con su hijo.

Maddie miró a Dominick. Él pestañeó con una expresión solemne.

Era cierto; le había estado interrogando. Se había quedado asombrada. Esperaba que Adam le mostrara la *Dama en rojo*, que se la restregara por la nariz.

Sin embargo, le había presentado a un hijo del que el resto del mundo no sabía nada. Dom era el secreto mejor guardado de Occidente. ¿Cómo se las había arreglado Adam? ¿Y por qué?

Sentía una gran curiosidad, pero Maribelle tenía razón. A quien tenía que interrogar era al propio Adam.

Sonrió a Dom.

—¿Has conocido ya a John Doe?

Él negó con la cabeza.

—¿También trabaja para papá?

—No, al revés. Tu padre cumple todos los deseos de John.

Dom se echó a reír como si ella fuera muy divertida.

—Papá no trabaja para nadie, ¿verdad, mamá? Papá es el jefe de todo el mundo.

Dom estaba repitiendo las palabras de su madre, sin duda. Pero ella no se avergonzó.

—Sí, cariño. Y puedes estar seguro de que ahora está arriba recordándoselo a Roland, reprendiéndolo por permitir que corras fuera de la casa en este día tan bonito en vez de estar estudiando.

Dom se miró las rodillas que emergían de los pantalones cortos. Tenía un rasguño del que había brotado una gota de sangre. La aplastó con el dedo.

—No quería poner al señor Roland en un aprieto —dijo Dom, con un hilillo de voz.

—No te preocupes —le dijo su madre—. Lo calmaré cuando se marche tu padre.

Maribelle miró a Maddie.

—Bueno, ¿y quién es John Doe?

—Es un perro —respondió Maddie—. Adam lo rescató después de que lo dieran por muerto.

Maribelle le dio un sorbito a su vino. No parecía muy impresionada. Sin embargo, Dom era todo oídos.

—¿Papá tiene un perro? ¿Y está bien? ¿Está aquí?

—Sí, está bien y está aquí —respondió Maddie, con una sonrisa para el niño—. ¿Quieres conocerlo?

El niño se puso en pie de un salto.

—¿Está fuera, en el coche? ¿Podemos ir a recogerlo?

—Está en casa de tu padre.

—Oh —dijo el niño, y volvió a sentarse—. No tengo permiso para ir allí cuando está papá.

Maddie miró a Maribelle, que se encogió de hombros como diciendo «Te lo avisé».

Maddie mantuvo una expresión vacía, pero estaba preguntándose qué ocurría allí. Aquel niño era un tesoro, pero parecía que Adam se portaba mejor con un perro callejero que con él.

Le acarició el pelo a Dom.

—Te traeré a John para que lo conozcas dentro de un rato, ¿quieres?

Él volvió a alegrarse.

—¿Sabe recoger la pelota?

—Lo intenta, pero todavía no ha aprendido muy bien. Tal vez puedas enseñarle tú.

Dom se puso en pie de nuevo.

—Tengo pelotas de tenis. Voy a buscarlas —dijo, y echó a correr hacia la puerta de la terraza. Entonces, se detuvo—. ¿Es muy grande? Su boca, quiero decir.

—Sí, lo suficiente como para atrapar una pelota de tenis.

El niño sonrió y salió corriendo.

Maddie miró a Maribelle a los ojos. La otra mujer parecía aburrida, pero ella no se lo creyó.

—Lo siento —dijo Maddie—. Debería haber preguntado si podía traer a John. ¿Hay algún problema? Está vacunado y desparasitado.

Maribelle se encogió de hombros.

—Con que no se acerque a los muebles, basta —respondió, y fingió que bostezaba—. ¿Dónde lo encontró Adam?

—En Brooklyn.

—Entonces, ¿es que Adam vive ahora en un barrio bajo?

—John estaba junto al edificio de mi apartamento.

Maribelle enarcó ligeramente las cejas.

—Pero usted le ha dicho a Dom que vive en Nueva York.

—De la cual forma parte Brooklyn.

—Ummm… Está bien. ¿Y qué clase de abogada es usted?

—No soy especialista en Derecho de familia, si es lo que me está preguntando.

El alivio de Maribelle fue notable, pero la curiosidad hizo que arrugara el ceño.

—Entonces, ¿por qué está aquí?

—Estoy aquí porque Adam es el jefe de todo el mundo.

Maribelle abrió mucho los ojos. En aquella ocasión, su reacción fue de verdadera sorpresa. Antes de que pudiera responder, oyeron pasos, y ambas se dieron la vuelta. Adam se detuvo junto a la puerta.

—Maddie —dijo, como si ella tuviera que ir corriendo a su lado.

Ella estiró el brazo por el respaldo del sofá.

Él la miró con irritación y entró un poco más en el salón.

—¿Dónde está Dominick?

Maribelle hizo girar el vino en su copa.

—Buscando pelotas de tenis para lanzarle a tu perro.

Él miró a Maddie con dureza.

Ella sonrió dulcemente.

—Voy a traer a John a jugar aquí —respondió ella sin pedirle permiso.

Él se concentró en Maribelle, que estaba observando a Maddie con interés.

—Roland me ha dicho que le has dado a Dom el día libre.

—Sí —dijo Maribelle, apartando por fin los ojos de Maddie—. Hace demasiado bueno como para que tenga que pasarse el día con la nariz metida en un libro —añadió, y señaló hacia la terraza con un movimiento de la cabeza—. Está construyendo un fuerte.

—¿Para qué?

—Para divertirse, Adam. ¿Te acuerdas de lo que es divertirse? —preguntó Maribelle—. ¿No te parece suficiente que esté aquí encerrado, sin amigos con los que jugar? ¿Tampoco puede divertirse él solo?

Adam apretó la mandíbula. Obviamente, aquella discusión no era nueva.

Maddie no pudo evitar intervenir.

—¿Acaso va mal en los estudios? —preguntó.

Maribelle le respondió, mientras miraba fulminantemente a Adam.

—Dom es un genio. Tiene un nivel de universitario en lectura, en matemáticas y en ciencias. No necesita estudiar más. Necesita divertirse más, y pasar más tiempo con…

—Ya basta —dijo Adam—. Maddie, nos vamos.

Se dirigió hacia la puerta, y ella decidió no discutir.

—Volveré pronto con John —le dijo a Maribelle, que se despidió con un gesto desganado de la mano.

Adam le estaba sujetando la puerta del coche.

—Yo no soy John —le espetó ella al entrar—. No tengo por qué acudir cuando silbas.

Él no dijo nada. Cerró la puerta y se sentó al volante. Arrancó el motor, pero no condujo. Tomó el volante con ambas manos y miró a través del parabrisas, con la mandíbula y los hombros rígidos.

Ella le dio diez segundos. Después, dijo:

—¿Qué es esto, Adam?

Aquella pregunta podía referirse a muchas cosas. Él la miró con aquellos ojos luminosos y, al instante, el fuego de su mirada se apagó. Se le hundieron los hombros.

—Perdóname. Es que te he visto… muy amiguita de Maribelle. Me ha disgustado. Tú no la conoces como yo.

—Obviamente. Yo no tengo un hijo con ella —dijo Maddie. Su caos emocional había quedado en un segundo plano al conocer a Dom—. Por Dios, Adam. Tienes un hijo. ¿De qué va todo esto?

—Es una larga historia.

—Sí, por lo menos, una historia de nueve años y nueve meses. Y, sea cual sea, no me interesa. Lo increíble de todo esto es que tienes prisioneros a Maribelle y al niño.

Él la miró con incredulidad.

—Lo dirás en broma.

—Una jaula de oro sigue siendo una jaula —dijo ella. Y el maltrato era el maltrato. Los latidos de su corazón eran como martillazos—. El niño es un rehén. Lo estás usando para controlar a su madre.

—Es al contrario, Maddie. Ella lo está usando para controlarme a mí. Siempre lo ha hecho.

Él se había enfadado de nuevo. Metió la marcha y salió disparado.

—Ella se quedó embarazada deliberadamente cuando sabía que yo no quería tener un hijo. ¡Yo tenía veintiséis años, por el amor de Dios!

La puerta todavía estaba abierta. Él salió a la carretera a toda velocidad, y tomó la curva como si estuvieran en la pista de carreras.

Maddie se agarró al asiento con ambas manos.

—¿Estás casado con ella?

—Dios, no. No podía hacer nada para remediar lo del niño, pero no iba a permitir que me llevara al altar. Y me aseguré de que fuera mío antes de reconocerlo.

—Así que cometes el error de esconderlo aquí. Y su madre tiene que permitirlo, o se lo quitas.

Él se echó a reír.

—Te equivocas de nuevo, Maddie —dijo. Los neumáticos chirriaron cuando él frenó delante de su villa. Apagó el motor y se volvió hacia ella de nuevo—. Maribelle pone las reglas en este jueguecito. Dominick ha cumplido nueve años, así que el precio del silencio de su madre ha subido a nueve millones de dólares este año. A cada cumpleaños sube de ese modo su asignación.

—¿Y por qué se la pagas? ¿Por qué escondes al niño?

Él se agarró con fuerza al volante.

—Solo es una parte de la respuesta, pero es por su propia seguridad. Al ser mi hijo, es el blanco perfecto de un secuestro. No sé si podría vivir con esa preocupación. Aquí, al menos, puedo garantizar su seguridad. Aunque alguien tenga la sospecha de su existencia, esta finca es impenetrable, salvo por aire. Y, para eso, Gerard tiene misiles aire tierra.

Ella intentó condenarlo.

—Eso es armamento terrorista…

Sin embargo, ¿cómo iba a condenar a un hombre que no se detenía ante nada con tal de proteger a su familia? Una vez más, él había cambiado los conceptos del bien y el mal en su cabeza, había alterado sus principios.

Adam debió de darse cuenta de que ella flaqueaba, porque no respondió a su observación. En vez de eso, replicó:

—Ya te he dicho que solo era parte de la respuesta. La otra parte es que es causa de vergüenza.

Ella se puso muy rígida. En aquello no iba a equivocarse.

—Dom es un niño increíble. Deberías estar orgulloso, no avergonzado.

—No lo entiendes. Yo no siento vergüenza por Dominick per se. Lo que me avergüenza es que exista. Me avergüenzo del hecho de haber permitido que Maribelle me engañara —dijo él—. Cuando lo digo en voz alta, parece una tontería, pero es así.

Ella reflexionó un momento, y después, resumió la situación:

—Maribelle intentó obligarte a que te casaras con ella quedándose embarazada. Tú te enfadaste y no le diste esa satisfacción. Así que ahora os torturáis el uno al otro con el niño por una cuestión de ego.

Maddie abrió la puerta del coche, pero no salió.

—Y estáis en punto muerto. Tú tienes el dinero, y ella tiene al niño. Si ella cumple tus condiciones, que son mantener la boca cerrada y esconder al niño, tú sigues pagando. Si dejas de pagar, ella vende una exclusiva a *People* a cambio de diez millones y se lleva al niño a Hollywood.

Cabeceó. Se sentía asqueada.

—No me extraña que os odiéis el uno al otro.

Adam estaba en su despacho, con las manos en los bolsillos, observando a Maddie mientras ella recorría el camino hacia la villa de Maribelle. John iba corriendo por delante, alegremente.

Lo abandonaban. No les importaba que él fuera el poderoso Adam LeCroix. Él no era importante para ellos. Les importaban otras cosas, otra gente.

Tomó una bocanada de aire que le atravesó el pecho como la hoja de un cuchillo. No había vuelto a sentirse tan solo desde su infancia. Tan… innecesario. Incluso John le había dado la espalda.

De todos modos, él no quería al perro. Era mejor que John se quedara con Dominick. Era una carga. Una molestia. Siempre estaba debajo de los pies.

John, claro. No podía decirse lo mismo de Dom, porque el niño tenía vetada la casa principal cuando él estaba en la villa. Aunque se había colado en ella en alguna ocasión y les había dado la lata a Henry y a Fredo, y había hecho bromitas para llamar la atención de su padre.

Él no tenía tolerancia para esas cosas. Había mandado al

niño a su casa y le había echado una bronca a Maribelle, haciéndole amenazas vacías. Ella le había respondido con las uñas bien afiladas y, al final, todo se había convertido en una pelea, y ninguno de los dos se había preocupado de ahorrarle la escena a Dom.

Antes de que Maddie se hubiera marchado con su perro, le había dicho que ellos dos no eran más que unos idiotas egoístas y obstinados que, milagrosamente, habían conseguido crear un niño maravilloso que ninguno se merecía.

Aquella mujer no se andaba por las ramas. Y tenía razón.

Sin embargo, no había nada que hacer al respecto. Nada, salvo cumplir con su deber: ocuparse de que el niño estuviera cuidado y de que recibiera una buena educación. Y, si aquello no era suficiente, bueno, haría lo que siempre hacía con Dom: relegarlo a un rincón de su mente.

Se dio la vuelta y se sentó en su escritorio para hacer exactamente eso, pero, demonios, Gio se había llevado su ordenador para analizarlo.

Aquello era otro problema inquietante. Hasta el momento, solo habían podido llegar a una conclusión: que habían accedido al sistema desde aquella unidad, y que Adam era la única persona que podía haberlo hecho.

Se levantó de nuevo y se paseó por la habitación. Se detuvo en el bar, se sirvió dos dedos de whiskey, tomó un trago, dejó el vaso en la mesa y se olvidó de él.

Volvió a mirar por la ventana, sin ver lo que tenía ante sí. La buena noticia era que Maddie no había mandado llamar a su hermana. Eso significaba que tenía una noche más con ella. Iba a tener que conseguir que mereciera la pena.

Una cosa estaba clara: no iba a volver a mencionar a su padre. La reacción de Maddie le había dejado las cosas bien claras: había sufrido un abuso sexual, y el culpable había sido su padre.

Eso desentrañaba buena parte de los misterios. Como, por ejemplo, por qué se había marchado de casa a los dieciocho años y, después, había hecho tantos sacrificios para cuidar de su hermana. Por qué había renunciado al matrimonio y a los hijos. Por qué no confiaba en la respetable fachada de un hogar de clase media.

Lo que no entendía era por qué su madre no la había protegido. A pesar de su propia experiencia con su madre, él sabía que eso era lo que, supuestamente, hacían las madres.

Incluso Maribelle respondía a aquella creencia. A pesar de sus amenazas, en el fondo, él sabía que nunca pondría a Dominick en peligro. Como ella sabía que él nunca dejaría de pasarles dinero. El hecho de que ninguno de los dos lo admitiera convertía su guerra en algo mucho más estúpido aún.

Se paseó un poco más, pensando en los padres de Maddie y en sus propios padres, y en Maribelle y en sí mismo.

La que se había llevado la peor parte era Maddie. En comparación, sus padres, pese a todo su narcisismo, habían sido unos buenos padres. Para empezar, nunca le habían agredido ni hecho daño activamente. Y, aunque él había creído toda la vida que era un niño no deseado, ellos nunca se lo habían dicho explícitamente. La mayor parte del tiempo, se dedicaban a ignorarlo.

Y, como padre, él estaba más o menos entre sus padres y los de Maddie. Nunca había pegado a Dom, ni lo había maltratado de ninguna manera. Sin embargo, había alejado al niño, le había prohibido el paso a su casa y lo había rechazado abiertamente sin pensar cómo podría eso dañar al niño.

Y le habría hecho daño. Solo había que ver cómo habían alterado sus padres y los de Maddie las vidas de sus hijos con sus distintas disfunciones.

¿Cómo era posible que él no hubiera reconocido lo que podía hacerle a Dom con su insensibilidad? Su intención no era herir al niño, pero lo había hecho igualmente.

Se alejó de la ventana y encontró el whiskey que había abandonado. Dio un sorbo e intentó librarse de los remordimientos de conciencia. Iba a arreglar la situación con el niño.

Le prestaría atención. Le preguntaría por sus estudios. No podía ser la clase de padre que quería su hijo, sin embargo; había demasiados conflictos en todo aquello.

Pero, aunque no pudiera querer a Dom, al menos podía dejar de ser un canalla con él.

Maddie se había enamorado de Lucy desde el momento en que sus padres la habían llevado a casa del hospital, envuelta en una bonita manta rosa. Le había cambiado los pañales, había calentado su biberón y le había cantado cuando estaba en la cuna. Cuando Lucy lloraba, Maddie distraía a su padre. Cuando empezó a caminar y a romper algunas cosas, Maddie cargó con las culpas.

Entonces, cuando Lucy tenía cuatro años, ella se fue a la universidad y dejó a su hermana al dudoso cuidado de su madre. Nunca había vuelto a su casa.

En realidad, había huido.

Sin embargo, durante todos aquellos años de estudio y de trabajo, nunca había dejado de pensar en Lucy. Y, cuando su hermana había llegado a la adolescencia, Maddie había contratado a un detective privado para que le entregara un paquete sin que sus padres lo supieran. En él había quinientos dólares, un teléfono móvil y un cargador, y una nota donde le explicaba lo que podía hacer con todo aquello.

No había tenido noticias de Lucy durante tres años. Que ella supiera, su hermana podía haber tirado el teléfono a la basura y haberse gastado el dinero en porros. Sin embargo, el día del decimosexto cumpleaños de Lucy, ella no había salido de casa. Por si acaso.

La llamada se produjo a las nueve y media. El taxi apareció a medianoche. Y, así, tan fácilmente, Maddie tenía una hermana pequeña otra vez. Al día siguiente, dejó la Oficina del Fiscal de los Estados Unidos y empezó a trabajar en el bufete. Y no se había arrepentido ni una sola vez.

Sin embargo, nunca se había perdonado no haber sacado a Lucy de aquella casa mucho antes, antes de que su hermana tuviera que aprender las cosas a través de la más dura realidad. Maddie hubiera querido poder protegerla de aquella decepción y aquel dolor.

Y ahora, conocía a Dom, que tenía los mismos ojos llenos de inteligencia que su padre y aquella risa que tanto la había sorprendido la primera vez que la había oído, pero que se había convertido para ella en una parte esencial de Adam. Dom todavía podía tener una vida feliz y saludable, si sus padres eran capaces de dejar a un lado su ego.

La risa de Dom era constante y contagiosa. El niño iba corriendo por el jardín, persiguiendo a John, que solo sabía jugar a las persecuciones.

Maribelle salió a la terraza, donde estaba Maddie, tomándose un descanso a la sombra.

—Niños y perros —dijo, resumiéndolo todo.

—Sí. ¿Cómo es que no tenía uno?

Maribelle se encogió de hombros, pero ya no parecía que todo fuera tan estudiado en ella.

—Nunca me lo pidió, y a mí nunca se me ocurrió. Ojalá se me hubiera ocurrido. Nunca lo había visto tan feliz.

John giró apoyándose en las patas traseras y pasó por delante de Dom, justo a un centímetro de que el niño pudiera alcanzarlo. Dom también giró para seguir persiguiéndolo, pero se tropezó y cayó al suelo de bruces.

Maddie se puso tensa, esperándose el llanto; John se dio la vuelta con el rabo entre las piernas, para pedir disculpas. Dejó caer la pelota de tenis y acarició al niño con la nariz, y Dom, riéndose como un loco, rodó por el suelo y la agarró. Entonces, se puso de pie y salió corriendo. John lo siguió dando botes de felicidad.

—Es un niño fuerte —dijo Maddie.

—Sí, lo ha heredado de su padre —dijo Maribelle con una sonrisa apagada—. Yo lloro si me rompo una uña, pero Adam está hecho para el dolor. Para recibirlo, y para darlo.

Parecía que se refería al dolor físico, así que Maddie preguntó:

—¿Boxea?

—No. Lucha. Supongo que no lo has visto nunca después de una pelea. Ojos amoratados y vendajes, y el brazo pegado a las costillas, hasta que se le curan.

Aquello era nuevo para Maddie.

—¿Y no saldría en los periódicos que Adam LeCroix se ha metido en una pelea?

Maribelle la miró de reojo.

—¿Todavía no te has dado cuenta de que Adam sabe guardar un secreto?

Un secreto como tener un hijo. O robar un Renoir.

—¿Te acuerdas de la película *El club de la lucha*? —preguntó Maribelle—. Era un grupo de tíos que se pegaban los unos con los otros. Todo testosterona.

—Sí, me acuerdo. Brad Pitt, completamente magullado.

Maribelle sonrió.

—Es incluso más guapo en persona.

—Eso es imposible.

—Pero cierto. Bueno, pues eso es lo que hace Adam. Tiene un club de lucha.

—¿Por qué?

¿Y por qué estaba ella hablando de Adam con Maribelle?

Porque aquella mujer sabía muchas cosas, por eso.

—Él se crio en la calle —dijo Maribelle—. Pero, seguramente, ya lo sabes. Intentaste procesarlo por el robo de la *Dama en rojo*.

Así que Maribelle la había buscado en Google.

—Intenté procesarlo —dijo Maddie—, pero mi jefe no me lo permitió. Sin embargo, no sé mucho de su infancia, salvo que sus padres eran grandes pintores y que él vendió sus cuadros y ganó millones.

—Todo el mundo sabe que vendió sesenta cuadros y ganó sesenta millones de dólares en cinco años, bla, bla. Pero de niño, era un vagabundo. Sus padres eran como okupas; se alojaban en las casas de los ricos hasta que se convertían en una molestia, cometiendo infidelidades y peleándose como el perro y el gato. E ignorando a Adam.

»Todo un cuento de Dickens —dijo ella secamente, aunque también con cierta comprensión—. Estaba solo y era un blanco fácil. Era despreciado por todos, ricos y pobres. Le pegaron mucho. Y todo esto lo sé por Henry, que sabe todo lo que hay que saber sobre Adam. Henry se calla la mayoría de las cosas, pero durante estos años me ha contado algunas historias.

Y parecía que Maribelle estaba más que dispuesta a compartirlas con ella, lo cual tenía sentido, porque ella no podía hablar de todo aquello con nadie más.

—Así que Adam tuvo que cuidarse solito —prosiguió Maribelle—. Pelearse con los demás, robar y defender su terreno. Por eso, la lealtad es lo más importante para él. Si le fallas a Adam una vez, puedes olvidarte, estás fuera para siempre.

Eso explicaba muchas cosas sobre el hombre: su lealtad a sus amigos, por ejemplo. Lo que había aprendido en las calles lo mantenía al día entrenándose… y robando. Y también explicaba por qué no sabía nada sobre el hecho de ser padre.

Maddie miró a Maribelle. Era un metro ochenta de belleza sobrenatural, pero la expresión de su rostro era prueba fehaciente de lo que acababa de contarle: ella había fallado una vez, y ahora estaba completamente alejada de la vida de Adam.

CAPÍTULO 20

—Vamos a nadar —le dijo Maddie a Dom. Estaban jadeando casi tanto como John, que se había dejado caer en la hierba.

Dom la miró con consternación.

—Papá está en casa.

—Ya me ocupo yo de tu papaíto —dijo Maddie. Prohibirle a su hijo el paso a la piscina. Qué idiota.

Mandó a Dom a buscar su traje de baño mientras se lo decía a Maribelle.

—¿Te apetece venir? —le preguntó, y sintió alivio cuando Maribelle declinó la invitación. En bañador, a su lado, sus piernas parecerían aún más cortas, y ella podía ponerse bajo el pecho de aquella mujer como si fuera un toldo.

—No te sorprendas cuando Adam eche de allí a Dom —le dijo Maribelle.

—Si lo hace, esta noche duermo aquí.

—Le diré a Giselle que te prepare una habitación.

Maddie se echó a reír. Maribelle, también. Aquella fue una inesperada camaradería con la que ninguna de las dos supo qué hacer.

De camino a la villa de Adam, Dom caminó con seriedad al lado de Maddie, precedidos por John, que los guiaba como si fuera un border collie. Después de haber encontrado a Dom, el perro no iba a perder de vista al niño fácilmente.

—Vamos, adelántate y lleva a John a la piscina —dijo Maddie—, mientras yo me cambio.

«Y mientras le digo a tu padre que no es el jefe de todo el mundo».

Adam salió a su encuentro en el vestíbulo. Debía de haberla visto llegar desde la ventana, porque tenía una expresión tormentosa. Ella entró de cabeza en aquella tormenta.

—¿Has cargado el avión de combustible? ¿Están preparados los pilotos?

Aquello detuvo en seco a Adam.

—No. Tenía la esperanza de que…

—Bien. Porque estoy pensando en quedarme unos cuantos días más. Si eres capaz de no cabrearme más, claro está.

—De acuerdo —dijo él, y se pasó una mano por el pelo—. Está bien. Quiero hablar contigo de…

—Muy bien. Hablemos en la piscina —dijo ella, y pasó por delante de él de camino a su suite—. Dom está fuera con John. Nos hemos cansado mucho jugando por el jardín.

—Maddie, Yo…

—Ponte el bañador. Yo salgo ahora mismo —dijo, y le cerró la puerta en las narices.

Se quitó la camiseta y se preguntó si era un error entrometerse. Si era un error, no le importaba. El niño se merecía algo mucho mejor.

Y Adam, también. Estaba metido en un agujero que había cavado hacia diez años, mientras estaba luchando por llegar a lo más alto, trabajando duramente y divirtiéndose más duramente aún. Demostrándole quién era de verdad al mundo y a todos los imbéciles que habían dudado de él.

Aquella necesidad suya de demostrar su valía iba cobrando sentido. Sus padres lo habían ignorado, los matones de barrio le habían pegado y los niñatos lo habían atormentado, felices por haber encontrado a alguien más débil a quien despreciar. Él les estaba enseñando el dedo corazón a todos.

Incluso Maribelle se merecía algo mejor. Tal vez, en el pasado, ella sí se mereciera la enemistad de Adam, pero habían pasado diez años desde que había intentado atraparlo y, si ella sabía juzgar a la gente, aquella mujer había cambiado tanto como Adam. Ella estaba segura de que lamentaba su traición. Le había costado su carrera profesional en Hollywood y la había obligado a vivir en una mentira. Aunque, seguramente, no lamentaba haber tenido a su hijo.

Maddie le quitó la etiqueta a otro bikini y se puso la parte inferior.

Tampoco iba a compadecerse de Maribelle. Era adulta y tendría que arreglárselas por sí misma. Sin embargo, Dom era un niño, y necesitaba toda la ayuda posible.

Maddie recorrió descalza el pasillo y pegó la oreja a la puerta de Adam. Todo estaba en silencio. Podía ser que él estuviera allí, poniéndose el bañador, o que estuviera fuera, mandando a Dom a su casa.

Salió corriendo a la piscina y se encontró al niño sentado al borde de la piscina, con los pies metidos en el agua, en la parte menos profunda. John estaba nadando en círculos, intentando que Dom se uniera a él.

Ni rastro de Adam.

—¿Cómo está el agua?

—Siempre igual. A treinta grados.

Aquel niño era demasiado serio. Ella se puso a su espalda y lo empujó al agua.

Dom se hundió como una piedra.

—¡Mierda!

Maddie saltó al instante. El agua solo tenía un metro veinte centímetros de profundidad, pero él estaba sumergido. Ella lo agarró por las axilas mientras repasaba mentalmente las maniobras de reanimación.

Él salió a la superficie desternillándose. Maddie lo soltó, y él empezó a nadar con facilidad.

—¡Monstruito! Me has dado un buen susto.

—Eso te pasa por montar alboroto en la piscina.

—¿Quién es el adulto aquí? —refunfuñó ella. John llegó nadando y se puso entre ellos, y ella fingió que también estaba molesta con él—. Por Dios, John, la piscina es enorme. Danos espacio, ¿quieres?

Dom se echó a reír, pero, de repente, se puso serio.

Maddie se dio la vuelta y vio a Adam. Adam, en bañador. Dios. Qué cuerpo. Como Brad Pitt en *El club de la lucha*.

John nadó hacia él.

Maddie miró a Dom, y se dio cuenta de que estaba muy asustado.

—¿Quieres echar una carrera? —le preguntó.

El niño pestañeó con inseguridad. Ella volvió a mirar hacia atrás.

—Eh, Adam, ¿quieres echar una carrera?

Era lo mejor que podía decir. Aquel hombre no podía rehusar una competición.

Se lanzó al agua de cabeza, sobre John Doe, y apareció a varios metros de ellos, echándose hacia atrás el pelo negro. Sus ojos eran más azules que la piscina.

—Supongo que querrás ventaja —dijo.

—Por supuesto. Dos largos. Cuando Dom llegue al final del primer largo, empiezo yo. Cuando yo llegue a mitad del largo, empiezas tú. No vale alegar que John se ha metido en medio; eso es problema de todos. El que pierda paga las bebidas.

Perdió ella.

—Ha sido culpa de John —dijo.

Adam nadó hacia ella, sonriendo, y le tomó la pantorrilla con una mano.

—Los refrescos están en la pérgola. Dom, ¿qué quieres tú?

El niño se acercó nadando, tímidamente, y se colocó detrás de Maddie.

—Una Coca-Cola, por favor.

—Para mí, gin tonic —dijo Adam, mientras le acariciaba la pierna suavemente. Era increíblemente sexy. Ella se entretuvo, porque no quería perder aquel contacto.

Entonces, John se metió en medio. Había encontrado una pelota en algún sitio, y Adam la soltó para lanzársela al otro lado de la piscina. Con un aullido colectivo, los tres varones se lanzaron en una carrera por la pelota.

Y por aquello, pensó Maddie mientras ponía hielo en los vasos, merecía la pena tener que hacer de camarera.

Por supuesto, con Adam, las cosas nunca eran tan sencillas.

—Quiero cenar a solas contigo —le dijo, arreglándoselas para quejarse y dar una orden en la misma frase.

—Ya le he dicho a Henry que voy a cenar con Dom —dijo Maddie, mientras se quitaba el traje de baño. Después, abrió la puerta del baño y asomó la cabeza. Adam estaba sentado en el borde de la cama, con un mohín—. Puedes acompañarnos si quieres.

—Tú y yo tenemos que hablar de ciertas cosas.

—Cada vez que hablamos de ciertas cosas, te las arreglas para cabrearme. Vamos a darnos un respiro y a disfrutar de una comida, para variar.

Parecía que él estaba a punto de objetar, así que ella metió la cabeza en el baño y abrió el grifo de la ducha, mientras decía:

—Maribelle puede venir también.

—No —dijo él. Aquello era solo una orden, sin duda. Maddie sonrió para sí. ¿Cómo conseguir que Adam aceptara mejor a Dom? Convirtiéndolo en la alternativa a Maribelle.

—Está bien, Maribelle, no. Ahora, levanta el culo de mi cama y date una ducha.

—De acuerdo, déjame entrar —dijo él, que estaba a las puertas de la cabina de la ducha.

—Ni lo sueñes.

Él puso una mano en el cristal.

—¿Por qué eres tan difícil?

—Porque hoy no me caes bien. Todavía me pregunto si todo este viaje no ha sido más que una excusa para humillarme.

Y, aunque no lo sea, los hombres que rechazan a sus hijos no
son de mi agrado.

—No lo entiendes. Las cosas no son blanco o negro.

—Explícamelo.

—Déjame entrar y te lo explico.

Ella recordó su mano en la pantorrilla, la caricia de seda que
le había hecho en la pierna.

Abrió la puerta.

Él entró bajo la lluvia de agua y miró sus pechos enjabona-
dos. Ella permitió que mirara. Entonces, Adam apretó los
puños. Sus antebrazos se flexionaron y sus bíceps se marcaron.
Ella no pudo resistirse; lo tocó.

Y solo hizo falta eso: el roce de sus dedos. Él la aplastó contra la pared y la sujetó con el pecho mientras le acariciaba los
pechos. La besó, y tomó su lengua como si fuera una de sus
posesiones.

Ella correspondió a su beso y a sus caricias, le pasó las palmas
de las manos por las nalgas duras y frotó el vientre contra su
miembro endurecido.

El vapor los envolvió, surgiendo de su piel. Él deslizó los labios por su mandíbula y por su cuello. Y gimió; el sonido fue
bajo y profundo, como una llamada que vibró a través de piel
y huesos, hasta las venas de Maddie. Ella, inconscientemente,
respondió con un murmullo que salió de su vientre y que empujó a Adam a actuar. A los dos.

Adam le agarró los brazos y se los colocó alrededor del cuello. Se puso los muslos de ella sobre las caderas y bajó su cuerpo
hacia él justo en el momento en el que empujaba hacia arriba.

Le concedió un segundo para que su cuerpo pudiera adaptarse, y entonces empezó a moverse con fuerza. Le clavó los
dientes en el hombro, le agarró con fuerza las nalgas, y ella se
aferró a él con todas sus fuerzas.

El agua se le metía en los ojos, y Maddie los cerró. Las
sensaciones se intensificaron, y notó la aspereza de su barba
en la mandíbula. El deslizamiento de la piel húmeda. Su es-

palda se golpeaba con la pared a causa de las embestidas, y él murmuraba su nombre como si fuera un mantra. Y nada de aquello era suficiente. Ella quería tenerlo bajo la piel, en la sangre.

Él alzó la cara, y le clavó la mirada de sus ojos salvajes y azules.

—Córrete —jadeó él—. Conmigo, sobre mí.

—Sí —jadeó ella—. Sí, sí, sí.

Le tomó las mejillas y lo besó como nunca había besado a ningún hombre, recogiendo toda la pasión que él le transmitía y dándole la suya, hasta que los dos explotaron con una violencia que separó sus labios, aunque sus cuerpos continuaran unidos.

Maddie rodó de los almohadones que habían colocado en el centro de su cama y murmuró:

—Tomes lo que tomes, deberías comprar esa empresa.

Adam alzó la cabeza y la miró:

—Dime cuál es tu precio.

Ella resopló y abrió un párpado.

—Nadie vuelve a estar preparado a los diez minutos.

—Tú me produces ese efecto —dijo él—. Creo que eres adictiva.

Ella miró el reloj.

—Voy a buscar a Dom dentro de media hora. ¿Es tiempo suficiente?

—Sí, creo que puedo con uno más.

—Qué gracioso. Me refiero a que tienes tiempo suficiente para explicarte.

Él sabía muy bien a qué se refería, pero no quería cambiar el estado de ánimo. Durante las relaciones sexuales, ella se concentraba completamente en él, respondía y estaba dispuesta a cualquier cosa. Era confiada, cosa que no ocurría en ningún otro momento.

Sin embargo, cuando el tema era Dom, Adam sabía que no iba a ponérselo fácil. Y no quería; lo que quería era que ella le comprendiera.

—Maribelle me engañó. Ella me importaba más de lo que nunca me había importado ninguna otra mujer, pero eso no fue suficiente para ella. Se quedó embarazada solo para atarme, aunque yo no pensara dejarla por el momento.

—Pero sabría que eso iba a suceder, ¿no? Con tu historia, cualquier mujer sabría que no ibas a sentar la cabeza por voluntad propia.

—¿Y eso es excusa para traer al mundo a un niño no deseado? Engendró a una persona, Maddie, y después me exigió que yo me ocupara de esa persona.

—¿Y lo has hecho?

—Ya has visto hasta qué punto he llegado. Aquí está más seguro que en Fort Knox.

—También tu Monet.

—No me lo recuerdes.

Adam hizo ademán de incorporarse y sentarse, pero ella le puso una mano en el pecho. Aunque era ligera como una pluma, lo clavó en el colchón.

Él puso la suya encima, con la esperanza de que no la retirara. Con tal de que siguiera allí, estaba dispuesto a seguir hablando si era necesario.

—No es suficiente —dijo ella—. Un buen padre protege a su hijo con algo más que con hombres armados. ¿Y el hombre del saco, que está debajo de la cama? ¿Y el miedo a la oscuridad, al futuro, a lo desconocido?

—No está solo. Maribelle, a pesar de todos sus defectos, es una madre estupenda. O, más bien, se ha convertido en una madre estupenda. Al principio, no permitió que Dom la atara. Lo dejaba solo durante semanas. Iba a Mónaco, a St. Tropez, a Hollywood… Gastándose el dinero que yo le daba. Tenía aventuras, se acostaba con hombres… Sin duda, quería hacerme daño.

Él, por su parte, había dejado a Dom con la niñera, sintiéndose tan poco culpable como Maribelle.

—Ahora ya ha madurado, y ha dejado atrás todo eso —dijo él—. Casi nunca está fuera más que unos días. Pasa la mayor parte del tiempo con Dom.

—Metida en esa villa.

Él se encogió de hombros.

—La redecora dos veces al año. Y, cuando estoy fuera, Dom y ella pueden ir adonde quieran dentro de la finca. Y yo estoy fuera muy a menudo.

—¿Y nunca te has preguntado qué siente Dom al saber que lo desprecias?

—Yo no lo desprecio.

Lo único que ocurría era que él no quería ver al niño, no quería recordar las cosas que le recordaba Dom.

—¿Lo has abrazado, o le has acariciado el pelo, o te lo has puesto sobre los hombros?

—No. Pero mi padre tampoco hizo nunca ninguna de esas cosas conmigo. Él casi no sabía que yo estaba vivo.

—Así que esto es un círculo de maltrato. De maltrato emocional. Tú le estás haciendo a él lo que tus padres te hicieron a ti.

Una cosa era admitirlo ante sí mismo, y otra, oír aquello de labios de Maddie. No estaba listo para eso. Se sentó y la fulminó con la mirada mientras ella permanecía acurrucada como una gata en los almohadones.

—No es lo mismo —dijo—. A él nadie va a arrastrarlo a un callejón oscuro y a darle patadas hasta que vomite, ni a sujetarlo para que otros le partan la cara. Nadie le va a romper la nariz a ese niño, ni tampoco el espíritu. Eso no va a suceder mientras yo tenga un centavo en el bolsillo.

A ella se le habían puesto los ojos verdes sobre las sábanas de color salvia. Lo estaba mirando con calma, con intensidad y con compasión.

Él se dio cuenta de que tenía un nudo en la garganta, de que le faltaba el aire. Tenía el pecho cubierto de sudor.

—Yo lo protejo —añadió, con la voz ronca de emoción—. Aquí nadie puede hacerle daño.

—Nadie —dijo ella—, salvo tú.

—¡Pizza! —gritó Dom, que se sentía completamente relajado con Maddie—. ¿Puede comer un poco John también?

Adam, que estaba dos pisos por encima de ellos, no pudo oír la respuesta, pero provocó una retahíla de risitas mientras el niño se sentaba.

Henry había encendido las luces alrededor de la terraza. A medida que el sol se ponía, brillaban con más intensidad.

En aquel momento, cortó la pizza. Sirvió las porciones en los platos, y llenó los vasos de vino y de gaseosa. Después, discretamente, retiró el tercer plato de la mesa.

Adam observó a su hijo y a la mujer a la que quería, sentados en una mesita en la terraza de su casa, mientras el único perro que había tenido en la vida se movía a su alrededor.

Henry abrió la puerta de su habitación y entró sin llamar.

—Eres un idiota —le dijo.

Adam miró hacia atrás. Después, volvió a mirar a la terraza. No podía contradecirle.

—Baja ahí —le dijo Henry—. Come pizza con tu hijo. Bebe vino con tu mujer.

Adam dijo que no.

—Lo único que conseguiría sería crear falsas esperanzas. A ellos, y a mí también.

—¿Y por qué tienen que ser falsas? ¿Por qué no aceptas a tu hijo? Él es exactamente igual que tú.

—¿Y eso es una buena recomendación?

—Para el resto del mundo, sí —dijo Henry, y se acercó a él—. Y Maddie… Por Dios, mírala. Tocándole las narices al todopoderoso Adam LeCroix. Desafiándote solo por el hecho de comer pizza.

Se giró hacia Adam con una impaciencia poco acostumbrada en él.

—Lo estás fastidiando todo, Adam.

Tenía razón, pero él no se movió del sitio.

—Olvídate del Matisse —le dijo Henry, con un susurro furioso—, y del Monet. De la dichosa *Dama en rojo*. Tus tesoros están ahí abajo. Ve a disfrutar de ellos.

A través de la ventana, Adam oyó la risa de Dom otra vez. Maddie le hizo una advertencia a John moviendo el dedo índice, y el perro se escapó con un pedazo de pizza en la boca.

Era una escena hogareña, intrascendente, y él quiso reírse de Henry por haberle considerado un hombre de familia.

Sin embargo, no pudo emitir ningún sonido por el nudo que tenía en la garganta.

Desde que Maribelle lo había traicionado, hacía diez años, él había borrado de su mente toda idea de hogar y de familia. Y entonces había aparecido Maddie, dura, insolente y menuda, y aquellas ideas habían vuelto a su cabeza.

Ella estaba en lo cierto: todo aquel asunto había sido un plan, pero no para humillarla, sino para todo lo contrario. El plan había sido concebido, organizado y llevado a cabo por su inconsciente, porque su parte consciente era demasiado obstinada como para saber lo que más le convenía.

Hacía cinco años, Maddie le había atraído y había estado a punto de causarle un buen problema. Como aquella última parte le había enfadado, había desdeñado el resto y se la había sacado de la cabeza.

Era un experto en enterrar emociones incómodas.

Sin embargo, al surgir aquel asunto con Hawthorne, su astuto inconsciente se había puesto en funcionamiento y, *¡voilà!*, cuando solo llevaba cinco minutos en la misma habitación que ella, se había dado cuenta de que tenía que acostarse con ella.

Había tardado un poco más en darse cuenta de que, con Maddie, quería algo más que sexo: lo quería todo.

Por otro lado, Dom era más de lo que se había esperado.

Deliberadamente, y cruelmente, le había negado su afecto al niño desde su nacimiento. Y, en una sola tarde, gracias a Maddie, había dejado de ver a Dom como una pistola en la cabeza, o como la prueba de su propia estupidez.

Había empezado a ver a su hijo.

Aquel cambio de perspectiva lo había dejado tambaleándose.

Henry se cruzó de brazos.

—No hay vuelta atrás. Ya no puedes seguir fingiendo que no existe. Es de tu sangre. Te he visto en la piscina. Eras feliz. Feliz.

Adam miró a la terraza, a la mujer a la que quería y al hijo que ella le había traído a su puerta. Incluso al perro que siempre había deseado de niño.

Era todo lo que quería, aunque no se había dado cuenta hasta ahora.

La cuestión era qué podía hacer al respecto.

Con las manos en los bolsillos y el corazón en la garganta, Adam salió a la terraza. John se acercó a saludarlo moviendo el rabo.

Él le acarició las orejas al perro y esbozó una sonrisa forzada.

—Siento haberme retrasado, pero tenía que ocuparme de unas cosas.

A Maddie le brillaban los ojos.

—No pasa nada —dijo ella, y empujó una silla con el pie para sacarla de la mesa—. Henry va a traer otra pizza.

Él se sentó. Dom no había dicho una palabra. Adam no sabía qué pensar. Durante años, el chico había suplicado su atención, pero durante aquellos últimos meses se había dejado ver muchísimo menos. ¿Acaso había renunciado a su padre?

Él se obligó a sí mismo a mirar a su hijo a los ojos. Eran azules, exactamente igual que los suyos. Y se obligó a sonreír, pero no con la frialdad a la que estaba acostumbrado su hijo, sino con una calidez que salía de su corazón. Era la misma sonrisa que había surgido con facilidad mientras jugaban en la piscina, pero que, en aquel momento, le parecía el mayor riesgo que había corrido en la vida.

Y su hijo le devolvió la sonrisa. A Adam volvió a latirle el corazón. Alzó la vista y miró a Maddie. Ella también estaba sonriendo.

Parecía que, por fin, había hecho algo bien.

CAPÍTULO 21

Maddie volvió de puntillas a la cama y se tomó un minuto para admirar el cuerpo sobre el que estaba a punto de saltar.

Adam estaba tumbado boca arriba, con un brazo estirado y el otro detrás de la cabeza. El moreno de su cuerpo resaltaba sobre las sábanas blancas.

Y un oscuro triángulo de vello señalaba al sur por debajo de la sábana, como si a ella se le fuera a pasar por alto el abultamiento de aquel excelente equipamiento.

Tendría que estar ciega.

Él tenía los ojos cerrados, pero sonrió.

—Noto que me estás mirando.

—¿De verdad? ¿Y qué sientes?

Adam abrió los ojos y recorrió su cuerpo desnudo con la mirada. A ella le salió vapor de la piel.

Él sonrió aún más. Le hizo un gesto con los dedos para que se acercara, y ella no pudo resistirse. Posó la mejilla en su hombro y puso un muslo sobre el de él. Encajaban a la perfección.

Notó un sentimiento cálido por debajo de las costillas. Intentó no pensar en él, pero era difícil de ignorar. Llevaba vibrando desde la noche anterior, desde que habían jugado al ping-pong con Dom; Adam lo había hecho con la mano izquierda para darles una oportunidad.

De todos modos, les había dado una paliza, aunque John estuviera con ellos en el equipo, restándole un punto por cada pelota que consiguiera robarle. Y ella, que normalmente no tenía buen perder, no pudo hacer ni un mohín, porque se lo pasaron muy bien y se rieron muchísimo, como haría una familia feliz, si acaso aquello existía.

Lo cual no existía, no, tal y como ellos tres, cuatro, contando a John, podían atestiguar.

Sin embargo, por una noche lo habían olvidado y, en aquel momento, con el sol matinal derramándose en la habitación a través de la ventana, aquel sentimiento cálido persistía.

Maddie se resignó a disfrutar de él.

Por el momento.

Pasó una mano por el estómago musculoso de Adam y notó cómo subía y bajaba con su respiración. Bajó con un dedo por sus abdominales.

—No lo entiendo —murmuró—. ¿Cómo puedes tener estos músculos con Leonardo de cocinero?

—Hago muchísimo ejercicio.

—Pfft. No has levantado nada más que botellas de vino.

—Te he levantado a ti, querida, más de una vez.

Cierto. Y le había dado la vuelta, y la había hecho rodar por la cama. Y todo aquello era lo más excitante del mundo.

Siguió descendiendo, y metió los dedos bajo la sábana.

—Bueno, pues has hecho pesas unas cuantas veces conmigo. ¿De qué otra forma quemas calorías?

—Escalo. Corro. Hago pesas —dijo él, y movió las caderas para animarla a que siguiera hacia abajo.

Ella se detuvo a jugar con su vello áspero.

—¿Y luchas? —preguntó. No pudo evitar la curiosidad.

Él se quedó callado. Ella se alejó de la zona sur.

—Sí, sí —dijo él, rápidamente—. Lucho, por si querías saberlo.

—¿Y por qué? —inquirió ella, extendiendo la palma de la mano sobre la zona plana que había entre sus caderas.

—Me siento bien.

—¿Te sientes bien cuando te golpean?

—No en el momento de recibir los golpes. Pero la supervivencia es una buena sensación. Y ganar, también.

—Eres un tipo poco corriente, Adam —dijo ella, y usó las uñas ligeramente.

—En este momento, soy como cualquier otro hombre con una erección. Vamos, por el amor de Dios, Maddie —dijo él, y le dirigió la mano por debajo de la sábana.

—Es una cuestión de negocios —dijo Adam, con seriedad.

Maddie frunció los labios.

—A mí me parece más una diversión.

—No. El viñedo es una reciente adquisición, y creo que he postergado demasiado tiempo la visita.

Adam se había preparado con datos y cifras sobre la región del Piamonte, y la cualidad y la calidad de la producción de su nueva bodega, y se preparó para el interrogatorio.

Sin embargo, después de estudiarlo atentamente con los ojos entrecerrados, Maddie se limitó a preguntar:

—¿Vamos a llevar el Ferrari?

—No, la Ducati.

Ella abrió mucho los ojos, con cara de satisfacción.

—Eso explica los pantalones de cuero que había en mi armario.

¿Y no parecía una chica mala, paseándose por toda la villa con ellos? Los pantalones y la cazadora a juego le quedaban como una segunda piel. Se había puesto un carmín rojo intenso en los labios, y estaba muy sexy.

Él le puso el casco en la cabeza.

—No quiero que me sueltes la cintura ni un momento.

—¿Es que tienes miedo de que me caiga?

—No, tengo miedo de que empieces a hacer travesuras. Necesito estar concentrado en la carretera, no en otras cosas.

Él empezó el trayecto despacio, como el sexo, para darle tiempo a acostumbrarse. Después, aceleró, y salieron disparados como un misil, y la carretera sinuosa fue desvaneciéndose a su paso.

Tomó la carretera de circunvalación de Genoa y subió por las colinas, pasando por olivares y viñedos, bajo el cielo azul del verano.

Aquello era la libertad. Detrás de la visera del casco, él era un hombre anónimo, con su mujer detrás, y con el mundo a su disposición.

Cuando apareció su propio viñedo ante sus ojos, pensó en dejarlo atrás y en continuar hacia los Alpes para salir de Italia y entrar en Suiza. Solo quería seguir conduciendo con sus brazos rodeándole la cintura.

Sin embargo, se estaba perdiendo su cara. Esa era la desventaja de la moto, que no podían hablar. Que él no podía ver su sonrisa.

Así que aminoró la velocidad, tomó una curva y, cuando estuvieron en suelo firme de nuevo, con el casco en la mano, él vio que a Maddie le brillaban los ojos como diamantes, y la levantó con un abrazo, apretándola tanto que le arrancó un gritito.

—¡Ha sido increíble! —exclamó ella, sin poder dejar de reírse.

Él la sujetó por la cintura, mirándola a los ojos.

—Eres una adicta a la velocidad. Como yo.

—¿Se me ha puesto el pelo blanco? Porque me has quitado diez años de vida.

—No, blanco no, pero se te ha quedado la forma del casco.

—Y a ti —dijo ella, metiéndole los dedos entre el pelo.

—Inevitable. Pero, por favor, no pares.

—Eso tengo que decirlo yo —replicó ella, con una sonrisa de picardía.

Se inclinó hacia él y le dio un mordisquito en los labios. Después, todo se convirtió en un beso. Él la estrechó entre sus brazos. Ella ladeó la cabeza, y el beso se hizo más profundo. Y él oyó su sonido gutural de deleite, lo notó vibrando a través de su cuerpo y atentando contra su cordura.

Cuando ella se retiró, con los ojos oscurecidos y los labios hinchados, él exhaló un suspiro tembloroso.

—Dios Santo, Maddie, nunca tengo suficiente contigo.

Ella se echó a reír.

—Bueno, somos adictos al sexo y a la velocidad. ¿Qué dice eso de nosotros?

—Hay más que eso entre los dos —dijo él. Quería que ella lo admitiera.

—Sí, dos capas muy caras de cuero —dijo ella, y le dio unas palmadas en los hombros—. Bájame, King Kong.

Él quería decirle la verdad de lo que veía en sus ojos cuando estaban haciendo el amor, pero ella todavía no estaba preparada, y no quería convertir aquel momento en un enfrentamiento.

Dejó que se deslizara hacia abajo por su pecho, y la soltó de mala gana.

Ella se quitó la cazadora. Debajo llevaba una camisa de seda.

—Este traje es demasiado abrigado cuando no nos movemos a la velocidad de la luz.

Él arrojó la chaqueta de Maddie al asiento, junto a la suya.

—Me temo que hemos adelantado a Fredo. Pero llegará dentro de poco con ropa para que podamos cambiarnos.

—Lo dices en broma.

—Tú misma lo has dicho. El cuero es demasiado abrigado para una comida veraniega. Además —dijo él, y le dio un beso en los nudillos que sacó estrellas de sus ojos—, para cuando hayamos probado los vinos que se fabrican en los viñedos de este orgulloso productor, estaremos demasiado borrachos para volver en la Ducati. Fredo nos llevará a casa.

Podría acostumbrarse fácilmente a aquello. No a que los empleados fueran excesivamente obsequiosos y aduladores, sino a conocer a los más ricos, a salir de excursión en su Ducati, a comer bajo el ardiente sol italiano.

Por no mencionar que podría acostumbrarse a darse un revolcón salvaje en el asiento trasero de una limusina con una ligera embriaguez de Barolo.

Estaba claro que aquel hombre conocía los secretos del cuerpo de una mujer. Y que tenía los mejores juguetes que se podían comprar con dinero.

Y la hacía reír. Conseguía que se riera de él y de sí misma. Todo aquello era adictivo.

Así que, tal vez, no era extraño que él estuviera haciéndose una idea equivocada sobre ellos. Iba a tener que dejarle las cosas claras.

Le dio un golpecito en el pecho. Él abrió los ojos, la miró y movió la cabeza ligeramente en su regazo.

—¿Sigues pretendiendo que me trague lo de que era un viaje de negocios? ¿Emborracharse al sol y darse un revolcón en la limusina son negocios?

Él sonrió perezosamente, y le agarró la muñeca sobre su pecho.

—La última parte ha sido lo más destacado, pero yo diría que ha sido un día lleno de éxitos. Hemos recorrido el viñedo, las instalaciones de la bodega, hemos conocido a los empleados, hemos probado los caldos y hemos disfrutado de una agradable comida con los encargados del viñedo, estableciendo una relación y haciéndoles saber que no soy solo un aficionado, sino un hombre de negocios bien informado que tiene especial interés en el beneficio económico.

Se metió la mano al bolsillo y sacó un pendrive.

—Aquí están los últimos resultados, y lo que es de especial interés para ti, los contratos más recientes con los proveedores, aseguradores y distribuidores —dijo, y le metió el dispositivo por el escote—. Si hace falta algún cambio, avísame.

Era muy hábil; eso le gustaba mucho de él.

De hecho, había demasiadas cosas que le gustaban mucho de él. Como, por ejemplo, la suavidad de su pelo, la sombra de la barba de su mandíbula y la mirada sexy y cálida de sus ojos. Todo aquello le producía un cosquilleo muy intenso en el pecho.

De repente, apartó su mano.

—Compórtate, ¿quieres? Eres igual que John, siempre pidiendo que te acaricien.

Él sonrió con aquella expresión de «te leo el pensamiento». Era una sonrisa que elevaba más su lado izquierdo de la cara y hacía que surgiera un hoyuelo en su mejilla.

Ella se mareaba viendo aquella sonrisa.

O tal vez solo estuviera mareada por el viaje en coche.

Entonces, él dijo:

—He pensado que podríamos cenar con Dom esta noche.

Eso sí que le produjo un cosquilleo en el pecho.

Sin embargo, reforzaría la idea equivocada que él se estaba formando, y Maddie negó con la cabeza.

—Deberías estar a solas, el padre y el hijo, sin que yo esté en medio.

Él le lanzó una mirada enternecedora.

—Te necesito en medio. Dom y yo te necesitamos. Todavía hay cierta reserva entre nosotros. Yo tengo la culpa, pero, por ahora, nos ayuda que estés ahí —dijo, y entrelazó los dedos con los de ella—. Es importante para mí. Por favor, Maddie.

El cosquilleo se intensificó alrededor de su corazón.

—Bueno, demonios, si lo dices así...

Tal vez se hiciera la idea equivocada, sí, pero ya se la quitaría de la cabeza más tarde.

Por el momento, se lanzó a su cremallera.

CAPÍTULO 22

Vicky: Te prometo que caminaré a tu lado a la luz del día y en la oscuridad,
en los buenos momentos y en los malos.

Maddie: A menos que haya zombis, en cuyo caso, estarás solo.

Maddie estaba apoyada en el cabecero de la cama. Cruzó los brazos sobre el pecho desnudo.

—Todo este sexo solo sirve para complicar las cosas.

Adam le acarició la pierna, desde el tobillo hasta la ingle.

—Una lúcida observación casi shakespeariana por su complejidad.

Él le besó la rodilla. ¿Cómo podía ser tan atrayente una rodilla?

—No intentes distraerme —dijo ella—. Sabes que tengo razón. Antes de que empezáramos a acostarnos, todo era blanco, o negro. Tú, el magnate. Yo, la mandada. Me gustaba eso.

—Querida, odiabas eso.

—Te odiaba a ti. Hay una diferencia.

Él se apoyó en un codo y estudió su mohín a la luz de aquel nuevo día.

—¿Y cómo te sientes ahora? —le preguntó. Sabía cómo se sentía él: como un adolescente enamorado.

Ella frunció el ceño. No parecía perdidamente enamorada; más bien, parecía molesta.

—Lo que siento es que debería estar ganándome toda la pasta que le estás pagando a Cruella de Vil en vez de tirarme al jefe continuamente.

—Entiendo. ¿Te sentirías mejor acostándote conmigo si te despido?

—Si me despides, tendré que irme a casa.

—¿Y preferirías quedarte aquí conmigo? —preguntó Adam. Quería que ella lo dijera en voz alta.

Maddie se encogió de hombros.

—Ha estado muy bien, pero alguna vez tengo que volver a trabajar.

Qué mujer tan obstinada. ¿Por qué no podía admitir que aquello no había terminado todavía?

Él se levantó de la cama y adoptó la postura de Adam, el magnate, con toda la dignidad que le permitió su desnudez.

—Si lo que quieres es trabajar, Maddie, mueve el culo. Esta mañana vas a trabajar. Pero prepárate para sufrir durante un viaje a la playa esta tarde. Se lo prometí a Dom, así que no puedes escaquearte.

Eso captó su atención.

—¿Lo vas a mostrar públicamente?

—Es mi playa privada. Gerard establecerá la seguridad antes de que lleguemos —dijo él, y alzó una mano antes de que ella pudiera protestar—. He de tener en cuenta la seguridad de Dom antes de que se sepa de su existencia públicamente. Gerard lo está preparando todo.

Aquel tema le ponía nervioso, y Adam se pasó la mano por el pelo.

—Vamos a llevar a Dom a Nueva York con nosotros la semana que viene, pero necesitaremos más guardaespaldas. Yo no necesito a nadie más que a Fredo porque puedo cuidar de mí mismo, pero Dom necesita protección. Y tú también la necesitarás, cuando nuestra relación salga a la luz.

—Eh. Yo no necesito guardaespaldas porque nosotros no tenemos ninguna relación.

Él la miró con dureza. Entonces, miró las sábanas revueltas, los almohadones dispersos, y a ella de nuevo.

—Solo es sexo —dijo Maddie con torpeza—. De todos modos, ¿a Maribelle le parece bien que te lleves a Dom a Nueva York?

Buen cambio de tema.

—Ella va a venir con nosotros para estar presente en la rueda de prensa. Dyan la está preparando para la semana que viene.

—Eso sí que es rápido, Adam. Hace dos días, apenas mirabas al niño y la semana que viene va a salir en la televisión. ¿Estás seguro de que no te estás apresurando?

—Llevo años de retraso, tal y como tú comentaste delicadamente —replicó él, y le dio un pellizco en el dedo gordo—. En cuanto a ti y a mí, no puedes negar que hay algo entre nosotros. Yo lo supe hace cinco años. En otras circunstancias, nos habríamos liado entonces.

—Sí, en otras circunstancias. Como, por ejemplo, que tú no fueras un sinvergüenza.

Él sonrió con algo de petulancia.

—Si era un sinvergüenza entonces, entonces sigo siéndolo, y no parece que te moleste.

—Eso es porque solo se trata de sexo. Gracias por demostrar lo que he dicho.

No había manera de ganar una discusión con Maddie.

Hicieron un descanso para comer a mediodía, y Henry les sirvió la comida en una mesa en la terraza, bajo una enorme sombrilla.

Maddie se extendió la servilleta sobre la falda de un liviano vestido de color turquesa. No era exactamente un atuendo de trabajo, pero, tal y como Adam repetía encantado, estaban en la Riviera.

—Tengo que admitir que se te da muy bien ser magnate.

Aquel hombre tenía más información en la cabeza que la que ella pudiera meter en un pendrive, y accedía a ella con la rapidez de un ordenador. Nunca olvidaba un nombre, ni una fecha, ni un detalle y, cuando decía «Salta», la gente saltaba hasta el cielo.

Adam sonrió.

—Que no se te caiga la baba, querida, que me avergüenzo.

Le sirvió una copa de Barolo de la que habían llevado a la villa desde el viñedo. Ella le dio un sorbito. Delicioso.

—Está bien —dijo ella, un poco suavizada por el vino—. Se te da a la perfección. Aunque no necesitas que yo te lo diga. Puedes verlo en la cuenta de resultados —añadió, mientras pinchaba la lechuga con el tenedor. Después le preguntó algo que ya se le había ocurrido cinco años antes—: ¿Cuándo será suficiente para ti?

—No lo sé. Nunca lo he pensado.

—¿En serio? ¿No tienes objetivos, como convertirte en el hombre más rico del universo?

Él negó con la cabeza.

—No se trata del dinero. Ya no, aunque fue el origen de todo —respondió él, encogiéndose de hombros—. Supongo que ahora es una cuestión de poder. De saber que puedo cambiar el mundo a peor o a mejor. Espero que a mejor.

—Sí —admitió ella—. Tu fundación cambia vidas a mejor.

Miles de vidas, a diario. Era enorme, eficaz y contaba con muchos fondos, como todo lo que dirigía Adam.

—Tengo planes para hacer más cosas —dijo—, y me vendría bien la ayuda de una abogada lista, por si acaso conoces a alguien que esté interesada.

—No es mi área.

—Tú aprendes rápido. Me lo has demostrado esta misma mañana. Y confío en ti. No confío en demasiada gente.

Por un momento, Maddie tuvo la tentación de aceptar. Trabajar con Adam cuando él estaba en pleno auge proporcionaba más adrenalina que un viaje en la montaña rusa. Pero...

—Las cosas ya son lo suficientemente complicadas. No necesitamos más complicaciones.

—Ah, es verdad. Tanto sexo solo complica las cosas.

Ella alzó su copa en un brindis.

—Bromas aparte, todos los magnates deberían ser tan generosos.

—Sí, es cierto. Pero todavía no cambies de opinión sobre mí —dijo él, y miró su copa—. La verdad es que yo crecí sin hogar, y hubo muchos que me lo restregaron por la nariz. Yo tenía algo que demostrarles, y a mí también. Podría decirse que me he pasado la vida lamiéndome las heridas del ego. No es demasiado heroico, ¿verdad?

Ella se sintió conmovida por aquella sinceridad, y le acarició la mano.

—No tiene nada de malo demostrar que ya no eres una víctima, pero ¿no crees que ya lo has conseguido?

Él la miró a los ojos.

—Yo podría preguntarte lo mismo, Maddie, cariño.

Ella se echó hacia atrás.

—Escucha... yo no... no quiero...

Él puso la mano sobre su muslo, y ella sintió su calor a través de la tela.

—Ya nadie puede hacerte daño —dijo él, y su voz fue como un bálsamo calmante—. Eres una mujer adulta, inteligente y con muchos recursos. No eres la víctima de nadie, Maddie.

Por supuesto que no lo era. Hacía mucho tiempo que había aprendido a cuidarse a sí misma, y no necesitaba que él se lo dijera. Abrió la boca para darle un buen corte, pero, a pesar de la ira que sentía, no le salieron las palabras. Al mirarlo a la cara en busca de inspiración, lo único que vio en ella fue bondad. Y amor.

Y, como respuesta, en su pecho se desbordaron unos sentimientos que no entendía y no podía controlar. De repente, tuvo la imperiosa necesidad de compartir su secreto con él. De compartir la carga. Se agarró a su manga. Intentó decir las palabras.

Pero la vergüenza le paralizó la lengua. Se le cayeron las lágrimas, lágrimas de frustración y angustia.

—Oh, cariño, perdóname —le dijo él, con la voz entrecortada.

Se puso de rodillas ante ella y la abrazó. John posó la cabeza en su regazo. Se vio rodeada de bondad y de amor. John se los depositó a lametones en las manos; Adam la envolvió con su calidez.

No pudo resistirse, y apoyó la cabeza en su hombro, dejando que las lágrimas empaparan su camisa. Cuando se calmó, él le dio un beso en el pelo.

—Somos tal para cual, Maddie St. Clair, aunque estoy seguro de que te horroriza oírlo.

Ella se sonó la nariz con la servilleta.

—Haz leña del árbol caído, vamos.

A él se le escapó una carcajada.

—Cariño, te adoro.

Adam se secó con la toalla y cerró los ojos para protegerse del sol. Aunque estaba en condiciones físicas de hacer un triatlón, no podía competir contra un niño de nueve años. Lo había levantado por los aires y lo había arrojado al agua unas doscientas veces.

Por encima del ruido del mar, oyó las risotadas de Dom, que estaba jugando con Maddie. Su hijo era un nadador muy fuerte, un atleta innato. ¿Cómo era posible que no se hubiera dado cuenta antes? ¿Por qué había estado tan empeñado en estar lejos de Dom?

Obviamente, por todos los motivos en los que se había apoyado desde que había nacido su hijo. Sin embargo, había algo más: la paternidad le aterrorizaba. Estaba seguro de que iba a hacerlo mal, y lo había demostrado al ignorar a Dom durante nueve años. Y seguiría ignorándolo si Maddie no le hubiera abierto los ojos.

¿Y cómo se lo había agradecido él? Haciéndola llorar. No era su intención hacerle daño. Pero a veces estaba demasiado concentrado en dejar claro lo que pensaba como para tener en cuenta de qué forma podía afectar eso a la persona con la que estaba hablando.

—¡Papá! —gritó Dom, y su tono de pánico sacó a Adam de su ensimismamiento—. ¡Papá, John se está ahogando! ¡Se está ahogando!

Adam se levantó de un salto y se lanzó a las olas, maldiciéndose. Tenía que haber vigilado a John. El perro se había agotado saltando nadando, persiguiendo a Dom, persiguiéndolos a todos.

Y ahora, la resaca se lo llevaba. El animal intentaba nadar, pero no podía hacer nada contra la corriente.

Maddie ya estaba en el agua, nadando con todas sus fuerzas, pero tenía que remolcar la tabla de Dom. Adam se lanzó a una de las olas y salió a la superficie. Sin embargo, John había desaparecido.

—¡Allí! —dijo Dom, que se había puesto de puntillas y estaba señalando.

Adam empezó a nadar a crawl. Sus horas de entrenamiento le estaban sirviendo de gran ayuda en aquel momento.

John asomó la cabeza brevemente, y Adam nadó con más fuerza, pasó junto a Maddie y se metió bajo el agua en el lugar donde se había hundido John. Buceó en círculo e intentó encontrar al perro entre el agua turbia.

Vio el cuerpo inmóvil del animal, que se hundía, y consiguió agarrarlo. Se lo puso en el hombro y salió a la superficie justo cuando Maddie llegaba hasta ellos con la tabla.

—Ponlo encima —le dijo.

Entre los dos, subieron el peso muerto de John a la tabla, y Adam tiró de ella con todas sus fuerzas hacia la orilla.

Dom estaba al borde del agua.

—Papá, ¿podemos hacerle la reanimación? He aprendido a hacérsela a una persona. ¿Sirve para un perro?

—No lo sé.

Adam dejó a John de costado en la arena.

Maddie salió del agua con la respiración entrecortada.

—Asegúrate de que no tiene nada en la boca, nada que le obstruya la garganta. Ahora, ponle el cuello recto. Ciérrale la boca y sóplale por la nariz.

Adam obedeció al pie de la letra y ella se arrodilló junto a John y empezó a hacerle compresiones en la caja torácica. Dom llamaba a John, intentando contener las lágrimas.

Pasó un minuto mientras Adam insuflaba aire por la nariz de John y Maddie le apretaba los pulmones. No hubo respuesta.

Adam estaba sudando.

«Mierda, si se muere…».

Entonces, John tuvo una convulsión. Adam le soltó la boca y el perro vomitó agua, se estremeció y tosió.

—¡John!

Dom se lanzó al perro, entre sollozos. Maddie tiró de él suavemente y se lo sentó en el regazo.

—John necesita recuperar el aliento, cariño —dijo, y el niño se aferró a ella.

John temblaba. Estaba exhausto, pero sus confiados ojos castaños descansaron en Adam. Este le acarició la cabeza.

—Lo siento, amigo —murmuró. Todavía estaba angustiado.

—Papá, ¿está bien?

—Sí, está bien. Nos ha dado un buen susto, ¿eh?

Y les había recordado que la vida pendía de un hilo, que en un solo instante se podía perder a un ser querido.

Al mirar a su hijo, su espalda huesuda, sus brazos esbeltos, Adam se echó a temblar. El niño era muy pequeño y muy vulnerable. ¿Y si Dom hubiera estado a punto de ahogarse? ¿Y si él no hubiera estado allí para salvarlo?

Miró también a Maddie, la delicada Maddie. Era frágil como

una ramita. ¿Y si alguien le hacía daño? ¿Y él no estaba allí para protegerla?

Ellos lo necesitaban. Dom, Maddie y John. Lo necesitaban.

Tal vez Maddie viera aquella emoción reflejada en su rostro, o tal vez solo quisiera un abrazo. Fuera cual fuera el motivo, abrió los brazos, y él se acercó a ella.

—Nada de lágrimas —dijo Adam, que estaba conteniendo las suyas—. Todos estamos bien. Todos nosotros. No nos va a pasar nada.

Y los abrazó a todos.

CAPÍTULO 23

Por fin, Adam le había encontrado sentido a su vida.

Mientras se arreglaba para cenar, le contó sus planes a Henry, que se había apoyado en el marco de la puerta con los brazos cruzados.

—Esta noche vamos a cenar con Lucy y Crash —dijo Adam—. Dom no va a estar con nosotros. Quiero mantenerlo en secreto hasta la semana que viene.

—¿Pongo la mesa en la terraza?

—Sí, bien. Y mañana, necesito que lleves a Crash y a Lucy al jet. Yo me voy a llevar a Maddie al lago.

—¿Y ella está de acuerdo con eso?

—Bueno, todavía no sabe lo del lago, eso es una sorpresa. Pero sí ha accedido a quedarse durante el fin de semana para ayudarme con Dom. Intentaré que se quede más días. Volveremos a Nueva York en cuanto esté preparada la rueda de prensa.

—Eres un cabrón presuntuoso por pensar que va a cumplir todos tus deseos.

—Maddie sabe que la necesito aquí. Dom la necesita —dijo Adam, mientras metía la corbata por el cuello de la camisa—. Y está enamorada de mí.

A Henry se le escapó una carcajada.

—¿Y eso lo sabe?

—Todavía no lo ha admitido, pero lo hará —dijo Adam, sonriéndole a su viejo amigo—. Nos vamos a casar.

A Henry se le cayeron los brazos junto a los costados.

—¿Estáis comprometidos?

—Vamos a estarlo.

—¿De verdad crees que se va a casar contigo?

Adam sintió una punzada de fastidio.

—No soy un ogro.

—¡No, eres un ladrón! —exclamó Henry, y se pasó las manos por el pelo—. Entonces, ¿vas a renunciar al robo del Matisse?

—Claro que no —dijo Adam, y le echó una mirada—. ¿Está todo preparado?

Henry asintió de mala gana.

—Fredo ha recorrido esa ruta y las rutas alternativas cientos de veces. En cuanto a los tiempos, mi hombre de contacto me ha asegurado que no hay ningún cambio.

—Vamos a repasarlo una vez más.

Iba a revisar los planes con todos ellos una docena de veces más durante las cuarenta y ocho horas siguientes.

Henry se cruzó de brazos nuevamente y recitó de memoria:

—A las nueve y cuarto en punto, tú saldrás por la puerta oeste. A las nueve y dieciséis minutos, Fredo te recogerá con el Maserati negro.

Fue mencionando todos los pasos, minuto a minuto, hasta llegar al Matisse.

—Cuando estés en la galería sureste, tienes que ir al tercer cuadro de la derecha. Tiene un marco dorado muy delgado.

—¿Tu contacto está seguro de la ubicación? No voy a tener tiempo para buscarlo a tientas a oscuras.

—Está seguro —dijo Henry, y salió con Adam del vestidor a la habitación—. El sistema de seguridad está desfasado. Es el trabajo más fácil que has hecho en la vida, un paseo comparado con la *Dama en rojo*. Pero, Adam, ¿estás seguro de que quieres seguir con esto? Si Maddie se entera…

—Voy a decírselo. Después de hacerlo.

—¿Estás loco?

Adam le dio una palmada en la espalda.

—No voy a ocultarle nada a mi mujer.

—Estás arriesgándote mucho.

De nuevo, Adam se sintió fastidiado.

—Maddie y yo no somos tan diferentes como tú piensas. Tenemos los mismos objetivos, lo que pasa es que los conseguimos de maneras distintas —dijo, y sonrió con seguridad—. En cuanto le explique que Rosales trafica con niños, lo entenderá. Vamos, ahora, repasemos la huida.

—¡Maaddie!

Lucy corrió por la terraza hasta Maddie, y la abrazó.

—¡Hemos tenido un crucero increíble! ¡No puedo creerme la cantidad de millonarios que hay aquí!

—Sí, la Riviera es famosa por sus millonarios —dijo Maddie, y miró a su alrededor—. ¿Dónde está Crash? ¿Lo has dejado por un jeque?

—Ni hablar. Ha subido a la habitación a cambiarse, pero yo quería verte. ¿Y Adam? ¿Qué habéis hecho vosotros mientras no estábamos?

—Ya sabes, trabajar, y esas cosas.

Maddie se sintió un poco rara al no poder mencionar a Dom, pero, aunque sabía que Lucy iba a guardar silencio, no tenía la seguridad de que Crash hiciera lo mismo.

—Con «esas cosas» te refieres a sexo ardiente, ¿no?

Maddie se estremeció.

—Iba a decir que tenemos una aventura. Adam y yo. Temporal.

—¿Y el sexo ardiente?

—Shhh. Sí. No quiero hablar de eso.

—Mojigata —le dijo Lucy, y le dio un pellizquito en la mejilla; era el único ser humano que podría atreverse. Tiró de

Maddie y se dirigió a la terraza—. Dios, cuánto me gusta esto. Ojalá no tuviéramos que irnos mañana.

—Eh… Mira, yo me voy a quedar durante el fin de semana. Tú puedes quedarte aquí conmigo.

—Crash tiene una actuación el sábado por la noche. Pero me alegro de que tú te quedes —dijo Lucy, apretándole la mano a Maddie—. Me alegro de que le des una oportunidad a Adam.

—No le des importancia. Solo es una distracción, nada más.

Lucy miró hacia arriba, por encima del hombro de Maddie.

—Ahí viene la diversión.

Maddie no pudo contenerse, se dio la vuelta para mirarlo. Estaba guapísimo, y tenía una sonrisa increíble. Sus labios dijeron «Hola, Lucy», pero la sonrisa era solo para ella.

Le pasó un brazo por los hombros y la estrechó contra su costado, el muy petulante… Maddie intentó indignarse, pero no pudo. En vez de eso, le rodeó la cintura con un brazo.

Crash apareció también. Tenía el pelo más rubio que nunca. También pasó su brazo por los hombros de Lucy.

—Adam, tío, tu yate es alucinante. Gracias por el crucero —dijo, y sonrió a Maddie—. Hola, Mads. Qué bonito moreno. ¿Has estado tomando el sol?

Maddie sonrió de verdad. El chaval era un bobo, pero, al menos por el momento, estaba loco por Lucy.

—Hemos estado hoy en la playa. John ha estado a punto de ahogarse.

—¡Oh, John! —exclamó Lucy, y abrazó al perro.

—Adam fue quien lo sacó del agua —dijo Maddie, con orgullo.

—Lo cual no habría servido de nada si Maddie no hubiera sabido cómo se hacía la reanimación —añadió Adam, orgullosamente también.

—Ay… —dijo Lucy, con los ojos llenos de lágrimas—. Chicos, qué buen equipo hacéis —rodeó a cada uno de ellos con un brazo.

Crash acarició a John.

—John, amigo, tienes unos padres estupendos.

¿Padres?

Maddie se salió del abrazo de su hermana.

—Mira, nosotros no...

Adam la acalló con un beso.

No fue un beso casto y apropiado para darse en presencia de su hermana, sino un beso para cerrarle la boca. Ella intentó empujarle el pecho para apartarlo, pero los dedos se cerraron alrededor de seda de la camisa. Él ladeó la cabeza un poco más, y hundió la lengua profundamente.

Y ella gimió.

Cuando pararon para tomar aire, Lucy y Crash habían desaparecido.

—Mira lo que has hecho —dijo Maddie, frotándose los labios con la muñeca como si él la hubiera obligado a besarlo—. Has avergonzado a todo el mundo. Seguramente, no volveremos a verlos hasta mañana.

Él le acarició la mandíbula con los nudillos.

—Nuestro Crash no se va a perder una comida. Lo encontraremos devorando aperitivos junto a tu guapísima hermana. Y dudo que ninguno de los dos esté avergonzado.

—Bueno, pues yo, sí. Nunca había besado a nadie delante de Lucy. Es raro.

Pero, de todos modos, al salir a la terraza, Adam y ella iban abrazados.

Demonios, todo había cambiado. Todo.

Había comenzado con el sexo. Sus cuerpos se tocaban bajo las sábanas, y surgían llamas.

Sin embargo, el sexo solo era el cebo que él había utilizado para engancharla. Después, la había conquistado con su inteligencia y su sentido del humor. Y, por extraño que pudiera parecerle, con su corazón. Ella no sospechaba que él tuviera corazón. Y era mucho más grande de lo que él mismo pensaba. Adam racionaba su amor, y era comprensible para ella, pero, cuando se permitía dar rienda suelta a sus emociones, lo hacía con una fuerza avasalladora.

Demonios, la conmovía. En el momento en que John había tosido en la playa, ella le había entregado su corazón, sabiendo que no volvería a recuperarlo.

Aunque no lo necesitaba. Las cosas no habían cambiado hasta ese punto, y no pensaba mantener una relación con él, ni con nadie.

Sin embargo, como se había comprometido a quedarse allí durante el fin de semana, podía sacar partido de las endorfinas que recorrían su torrente sanguíneo. Realmente, mejoraban el sexo.

Y el ambiente de pareja era más o menos agradable, así que podía permitírselo durante unos días. ¿Qué daño podía hacer?

Tampoco iban a casarse, ni nada por el estilo.

Vicky: Te prometo que te ayudaré en las dificultades y en las cosas que asusten,
y que encenderé una luz en la oscuridad.

Maddie: Pero si veo un zombi…

El sol matinal se reflejaba en el techo del Ferrari. Adam se puso las gafas de sol.

—Relájate, cariño. Hace un día espléndido aquí, y en Nueva York parece que también.

Maddie se retorció las manos.

—Debería haber ido al aeropuerto con ellos. ¿Y si se cae el avión?

—No, no se va a caer —dijo él, en un tono de confianza absoluta—. Y, en caso de que se cayera, el hecho de que te hubieras despedido de ellos en el aeropuerto no iba a cambiar nada.

—Por lo menos, sabría que no he abandonado a mi hermana para ir de excursión a los Alpes a darme un revolcón.

Adam sonrió. Maddie debía de ser la única persona del mundo capaz de conseguir que una escapada romántica en una villa de lujo del lago Como pareciera un «aquí te pillo aquí te mato» en un motel sórdido de Las Vegas.

Sin embargo, él no podía soportar verla estresada. Le tomó la mano y se la apretó.

—¿Quieres que demos la vuelta? Todavía podemos llegar al aeropuerto.

—No —dijo ella. Suspiró, y pareció que se relajaba un poco—. Tienes razón, el hecho de estar allí no supondría ninguna diferencia. Pero gracias por ofrecerlo —dijo ella. Le devolvió la caricia apretándole la mano, y él la sintió en el pecho, alrededor del corazón.

Lentamente, estaba empezando a entrarle en la cabeza que los pequeños actos de bondad conmovían a Maddie. Él le había regalado ropa de diseño, y a ella le importaba un comino. Le había ofrecido un trabajo con un sueldo de cinco millones de dólares al año y ella lo había rechazado. Sin embargo, con el ofrecimiento de volver al aeropuerto se había ganado la primera sonrisa del día, y había conseguido borrar las sombras de su mirada.

¿Por qué le había costado tanto llegar a entender que el dinero no era el sustituto del amor? No lo era para Maddie, ni para Dom. Ni para él tampoco.

Sin embargo, el dinero proporcionaba ventajas como, por ejemplo, su casa del lago Como. Cuando Maddie vio por primera vez las espectaculares montañas que descendían bruscamente sobre el agua de color zafiro, las villas palaciegas encaramadas a los promontorios o erigidas en la roca y los jardines de varios niveles llenos de flores, se quedó sin habla.

Él tomó una estrecha carretera y pasó por delante de muros de piedra con robustas puertas que pertenecían a las villas de primera línea de costa; después, entró por una puerta estrecha de hierro forjado en una parcela relativamente modesta, y frenó delante de una bonita casa de piedra.

Maddie observó los maceteros de flores, los rododendros que inundaban el aire de olor a canela, las escaleras de piedra gris que bajaban hasta el agua, y se volvió hacia él con cara de preocupación.

—Es pequeña, ¿no? La gente se preguntará si LeCroix Entreprises está en situación de insolvencia.

Él se echó a reír.

—No te preocupes, nadie sabe que es mía. La casa está a nombre de Henry. Aquí no vive nadie, salvo el jardinero y su mujer. Ella limpia y mantiene la cocina surtida cuando es necesario.

—Parece que lleva aquí toda la vida — dijo Maddie, cuando entraron.

—No, pero algunas partes son más antiguas que otras. Por ejemplo, los azulejos del suelo tienen más de doscientos años, como las columnas de mármol del tejado de la terraza. Yo he tirado algunos muros interiores y la he modernizado un poco.

Fue mostrándole algunas de las mejoras mientras recorrían la casa, como los electrodomésticos y los muebles de la cocina, los baños y el dormitorio, con una cama de agua de tamaño gigante.

Maddie sonrió con malicia al ver la cama.

—¿Es aquí donde ruedas las películas porno?

—Solo si a ti te gusta, cariño —dijo él, y la arrojó al centro de la cama, provocando un maremoto.

A ella se le escapó una risita.

—Nunca lo he hecho en una cama de agua.

—Te va a encantar.

Él subió a la cama, y la superficie se movió suavemente. Se apoyó en un codo y la miró, mientras ella lo miraba a él. En sus ojos brillantes, Adam vio su futuro, a la mujer con la que iba a compartir la vida, el trabajo y la diversión, a la madre de sus hijos.

Dentro de él, todo encajó.

—Maddie —susurró—. Mi bella Maddie.

Ella frunció el ceño, y él se preparó para la pulla y el rechazo. Sin embargo, no llegó. Aquel pensamiento desapareció, y apareció de nuevo la sonrisa de Maddie.

Ella alzó una mano hasta su mejilla y le pasó los dedos por la mandíbula.

—Adam —susurró. Tenía el corazón en los ojos.

A él se le hinchó el pecho, con una sensación casi dolorosa. La necesidad de decirle todo lo que sentía le abrumó.

Pero ella era como un cervatillo que se acercaba de puntillas y, si hacía algún movimiento repentino, saldría corriendo.

No la había llevado allí para perseguirla mientras ella huía. La había llevado allí para alejarla de Lucy, de Dom y del pasado oscuro que evocaban, para saborear el presente y para dar un paso hacia el futuro.

No se fiaba de sí mismo y, para no decir nada, se llevó la palma de su mano a los labios. Notó que se le aceleraba el pulso bajo su dedo pulgar; cerró los ojos y dejó que su pulso entrara en sincronía con el de Maddie, para que sus corazones latieran a la vez.

Ella estaba haciendo un romántico de él, y a él le gustaba.

Ella le acarició el pecho suavemente y empezó a desabotonarle la camisa. Deslizó los dedos bajo la tela y le acarició la piel. A él se le puso la carne de gallina.

Entonces, ella le empujó con delicadeza para que se tumbara boca arriba. Se formaron ondas en el colchón cuando ella se sentó a horcajadas sobre él.

—¿Te has mareado alguna vez en esta cosa? —le preguntó, sacándole el bajo de la camisa de los pantalones.

—Todavía no —murmuró él—, pero vamos a hacer un tsunami y ya veremos qué pasa.

Ella abrió su cinturón y bajó la cremallera del pantalón. Metió las manos por la abertura y sacó su miembro erecto.

Él la observó con los ojos entrecerrados y puso las manos sobre sus muslos. Maddie llevaba un vestido de verano de algodón rosa, sin tirantes. Más tarde, él le bajaría el escote y acariciaría sus pechos. Más tarde, cuando ella no le estuviera acariciando a él.

Por el momento, enganchó los dedos pulgares en los laterales de sus braguitas y los rasgó. Ella tomó aire bruscamente, y a él se le aceleró aún más el corazón.

Adam deseaba con todas sus fuerzas tenderla en el colchón y hundirse en su calor. Pero, por una vez, Maddie se estaba tomando las cosas con calma, poniendo algo más que lujuria animal en sus caricias. Era lo que él había deseado, que se tomaran su tiempo, que se exploraran el uno al otro.

Y le estaba matando.

Ella le miró los antebrazos.

—Me encantan tus brazos —dijo—. Flexiónalos.

Él se echó a reír.

—Lo digo en serio. Quítate la camisa y flexiónalos como Popeye. Por favor.

El hambre que vio en su mirada le animó a hacerlo. Adam extendió los brazos y apretó los puños, y los llevó hasta los hombros. Cuando vio que las pupilas de Maddie se dilataban hasta aparecer completamente negras, olvidó su azoramiento y apretó aún más para marcar los bíceps.

—Mierda —susurró ella—. Me encanta tu cuerpo. Eres tan duro... por todas partes.

—Y me estoy endureciendo aún más —dijo él. Entonces, bajó las manos para cubrir las de ella.

—Buena idea —dijo Maddie—. Tú encárgate de eso para que yo pueda hacer esto.

Liberó sus manos y posó las palmas en su pecho. Las deslizó por sus hombros, lentamente, y por todos los brazos. Volvió a subir, por sus hombros, estirando su cuerpo terso sobre él; sus pechos estaban a pocos centímetros de sus labios.

Adam no podía soportar toda aquella tensión, todo aquel calor.

Se le olvidaron todas las ideas bellas sobre hacer el amor. Soltó su miembro y le tiró del vestido hasta la cintura, y atrapó con la boca aquello que deseaba. Empezó a succionarle un pezón mientras acariciaba el otro y metía la otra mano bajo su falda.

La encontró empapada.

Dios Santo.

Metió los brazos bajo sus rodillas y desencadenó al animal. Se hundió en ella de golpe, y la poseyó a cada movimiento. Sus pechos rebotaron con cada embestida. Él bajó la cabeza y lamió el sudor que brotó entre ellos. Maddie le arañó los antebrazos y se arqueó bajo él. ¿Cómo era posible que hubiera pensado alguna vez que era frágil? Era tan fuerte y tan flexible como una espada.

Sus caderas se movían al mismo ritmo que él, un ritmo frenético.

—Adam, yo…

Aquella fue una súplica que no pudo terminar. Agarró la cara de Adam entre las manos y lo miró a los ojos. Aceptándolo. Aceptándolos a los dos.

—Córrete conmigo —dijo él entre dientes.

Y dejó que el animal se saliera con la suya.

Durante toda la tarde, estuvieron flotando en la cama de Adam, bebiendo vino y haciendo el amor hasta que el hambre los obligó a levantarse. Entonces, tomaron ensalada y pollo frío en la terraza mientras el sol se ponía detrás de las montañas y echaba el telón a un día de verano perfecto.

Las luces fueron encendiéndose en las villas que había al otro lado del lago. En la más grande de todas habían colgado una guirnalda de faroles, y la terraza comenzó a llenarse de invitados que llegaron en una lancha.

Maddie suspiró, un poco borracha y muy lánguida.

—¿Te alegras de estar aquí, y no allí? —preguntó.

—Infinitamente —dijo Adam.

—Yo también. Pero echo de menos a John.

—La próxima vez traeremos un coche más grade.

Ella dio un sorbito a su vino, y esperó a sentir un escalofrío o alguna otra reacción visceral a su presunción de que su aventura iba a ir más allá del fin de semana.

No ocurrió. En vez de eso, el cosquilleo se activó en su corazón.

Adam recibió un mensaje de texto.

—Es el piloto —le dijo a Maddie—. Han aterrizado. Lucy y Crash van hacia el ático.

—Gracias por dejar que se queden allí. Yo ya he pasado lo peor, supongo, pero la idea de que estén haciéndolo en mi cama… —dijo ella, y se estremeció.

—Eso lo entiendo —dijo él, y le acarició suavemente el brazo—. Puedes estar orgullosa de Lucy. No sé qué era lo que tenía que soportar antes, y no te lo estoy preguntado, pero con tus cuidados se ha convertido en una mujer extraordinaria.

—Me gustaría que el mérito fuera mío, pero Lucy es especial desde el día que nació. Y su talento me alucina. Tal vez te hayas fijado en los cuadros que hay en mi apartamento. Son suyos.

—Sí, los reconocí. Compré varios en su exposición de Providence del año pasado.

Ella se quedó boquiabierta.

—¿Tú eres el coleccionista anónimo?

—Sí. Lucy tiene mucho talento. Su luz inunda toda su obra.

—¿Verdad? —preguntó Maddie, con una sonrisa de deleite. Entonces, dijo—: Espera un momento. ¿Cómo sabías tú lo de la exposición? No hubo publicidad.

Él siguió acariciándole el brazo lentamente.

—Te he seguido el rastro durante estos años.

Ella se puso rígida.

—¿Por qué?

—Porque me interesas. ¿Es que no te lo he dejado bien claro durante esta última semana?

—No hay nada que esté claro de la última semana.

El cosquilleo cálido se desvaneció.

—Apareces de repente y vuelves mi vida del revés. Me engatusas para que me acueste contigo. ¿Y ahora me dices que llevas siguiéndome el rastro durante cinco años? ¿Qué demonios pasa?

Él sonrió.

—Si lo miras desde mi punto de vista, tiene sentido. Yo estaba encaprichado de ti.

—¿Lo has estado durante cinco años?

—Si te hubiera conocido hace diez años, habrían sido diez.

—Eso es una locura.

—Estoy de acuerdo contigo. Seguramente, por eso me convencí de que mi continua atención era para no perder la pista de una vieja enemiga. Tengo unos cuantos enemigos vigilados.

Él debió de notar su consternación, porque su sonrisa se apagó.

—Te prometo, Maddie, que no te he espiado. Solo sé algunas cosas: cuándo dejaste la Oficina del Fiscal, y que tu hermana se fue a vivir contigo más o menos durante esa época. Sé que empezaste a trabajar para el bufete, y que a ella la admitieron en la Escuela de Diseño de Rhode Island.

Adam encogió un hombro.

—Como tú te estabas gastando una fortuna en mandarla a estudiar allí, tuve curiosidad por su trabajo. Como sabes, me interesan mucho los artistas jóvenes, e incluso patrocino a algunos de ellos. Al ver la profundidad de sus obras, pensé en patrocinarla a ella también. Como tú misma has dicho, tiene un talento increíble.

—¿Y por qué no lo hiciste?

—Porque sabía que a ti no iba a gustarte. Por eso me limité a comprar algo de su obra para generar interés en ella, y lo dejé así.

Adam se giró hacia Maddie para mirarla fijamente.

—Me doy cuenta de que te angustia pensar que haya podido espiarte. Por favor, deja que te lo explique: Gio les sigue el rastro a más de cien personas por indicación mía. Es gente que me interesa por algún motivo. Porque han trabajado para mí. Porque me gustaría que trabajaran para mí. O porque son competidores.

Él volvió a sonreír.

—Tú eres la que intentó meterme a la cárcel.

Maddie se relajó un poco. No era un acosador, solo un tipo muy rico con subalternos que hacían cosas como seguirle el rastro a la fiscal que había estado a punto de ponerle la soga al cuello.

—Mirando atrás —añadió—, debería haberte sacado de la lista. Como estabas trabajando en el bufete, ya no representabas una amenaza para mí.

—¿Y por qué no lo hiciste?

—Porque, en alguna parte compleja y misteriosa de mi psique, yo sabía que tú eras mi mujer.

—Tonterías.

—Te lo prometo.

Ella entrecerró los ojos.

—No voy a mantener una relación contigo.

—Cariño, la has mantenido desde que te exhibiste desde el otro lado de la mesa de reuniones. Desde entonces siempre me ha excitado la ropa interior de color melocotón.

—Pfft. Muchos delincuentes fantasean con hacérselo con sus fiscales. Podríamos hacer un calendario de chicas monas y forrarnos vendiéndoselo a los presos.

—Yo me llevo uno para cada habitación.

Ella se mordió el labio. Adam tenía razón, demonios. Estaban metidos en una relación. En algunos sentidos, él sabía más de ella que ninguna otra persona. No de las cosas que averiguaba Gio, sino de las cosas que la impulsaban. Él la entendía. Sabía cómo funcionaba su cerebro. Lo que la excitaba.

Sí, sabía muy bien cómo excitarla.

—Maddie.

Él vio moverse sus labios y saboreó aquella voz grave y exótica con un ligero acento europeo que la convertía en única.

Adam sacó un saquito de terciopelo color granate y lo puso en la mesa, entre ellos dos. Con un dedo, lo deslizó hacia ella. Maddie se echó hacia atrás.

—No me siento cómoda aceptando regalos tuyos.

—No es la llave del Bugatti si es eso lo que te preocupa —dijo él—. Lo que hay dentro de esa bolsa no tiene valor económico.

Misterioso. Y tentador. Sin embargo, no conseguía tocarlo.

Al ver que ella no se movía, él le tomó la mano y vació el contenido del saquito en su palma.

Un pedazo de papel. Maddie lo desplegó. D-O-M-I-N-I-C-K.

Ella miró a Adam con desconcierto.

—Es el código del ascensor del ático. Cuando volvamos a Nueva York, quiero que te quedes allí. Conmigo.

Ella soltó el papel como si quemara.

—No, no. Eso no va a suceder.

—Entonces, hagamos un trato. Quédate con tu apartamento. Ven al ático cuando quieras, quédate todo el tiempo que quieras.

Iba en serio.

Y ella, también.

—Mira, Adam, no te lo tomes por lo personal. Soy yo, no tú. Y, esta vez, lo digo en serio. Esta es la aventura más larga que he tenido. Y, francamente, creo que está a punto de agotarse. Nunca he sido la novia de nadie, y no voy a empezar ahora.

Maddie esperó a que él le dijera que aquello podía ser diferente, o que estaban demasiado bien juntos, o que le diera una oportunidad, o cualquiera de los cientos de argumentos que había oído en el pasado.

Sin embargo, cuando no llegó nada de aquello, al ver que él bajaba la mirada hasta la llama de la vela, sintió decepción.

¿Acaso iba a morirse si luchaba por ella?

Pero aquello era bueno para su ego. ¿Quién no iba a querer ser deseada por Adam LeCroix? En realidad, su reacción era buena, mucho mejor que los ruegos. Ella odiaba los ruegos.

De hecho, como él estaba cooperando, como lo entendía todo, tal vez pudieran verse de vez en cuando. Solo para pasar un buen rato. Para el sexo, ya que no había ataduras…

Él tomó el papelito con dos dedos y lo sujetó sobre la llama.

—¿Por qué has hecho eso? —preguntó ella.

—No soy uno de tus rollos —respondió él con suavidad, pero con firmeza—. No voy a estar disponible cuando a ti te dé la gana.

—Yo no he dicho que…

—Lo tienes escrito en la cara. No eres capaz de dejarme, así que vas a proponerme un acuerdo de amigos con derecho a roce. Un fin de semana apasionado de vez en cuando, cuando te sientas demasiado sola.

—Yo nunca me siento sola.

—Mentirosa. Tú estás sola todo el tiempo. Te has encerrado en ti misma y tienes miedo de salir.

Aquello era una tontería.

—Yo no tengo miedo de nada.

—El amor te causa terror.

—Tonterías. Yo quiero a Lucy. A Vicky. A John.

Bien, era una lista corta, y uno de ellos no era una persona, pero, de todos modos, ella sabía querer a los demás.

—¿Y cómo eres a la hora de aceptar el amor? Incluso con Lucy, te sientes más cómoda dándolo que recibiéndolo.

En eso tenía razón, pero ¿y qué?

—No necesito amor. Ellos, sí. Yo soy toda la familia que tiene Lucy. El padre de Vicky está muerto, y ya conoces a su madre. Es peor que no tener madre.

—Entonces, están solas en el mundo, o casi.

—Exacto. Y no merecen estarlo. Se merecen ser amadas.

—Ah —dijo él, asintiendo—. Ellas se merecen ser amadas. Y tú, no.

—Yo no he dicho eso.

—Entonces, ¿tú sí te lo mereces?

—No es que yo no me lo merezca, es que soy quisquillosa. Alguna gente dice que soy una bruja. No soy fácil de querer. No como los demás.

—Entiendo —dijo él, pero, por su tono de voz, parecía que no entendía nada.

—Ellas son cálidas y afectuosas —continuó ella—. Están llenas de luz. Son buena gente.

—Tú también, Maddie.

—Pero ellas son personas intachables.

—¿Y tú no?

Ella alzó las manos con un gesto de exasperación.

—¿Qué te pasa? ¿Es que no quieres entenderlo?

—Estoy intentando seguir tu razonamiento. Si no me equivoco, estás diciendo que no puedes aceptar el amor porque no te lo mereces, y no te lo mereces porque no eres una persona intachable.

—Yo no he dicho eso.

—Sí, es lo que has dicho, aunque de un modo absurdo. Y yo me pregunto de dónde has sacado esa tontería. Para ser una mujer inteligente, tienes unas ideas autodestructivas.

Él estaba empezando a tocar puntos demasiado sensibles.

—Mira, Adam, tú piensas que me conoces…

—Sí te conozco.

—¡No! Hemos pasado menos de una semana juntos sin hacer otra cosa que follar y pelearnos.

—A mí no se me ocurre mejor modo de llegar a conocerse.

—¿De verdad? ¿Así es como conoces tú a tus amigos? ¿Los cabreas y te los tiras?

—No intentes centrar la conversación en mí. Estamos hablando de ti.

—No. Hemos terminado de hablar. Vamos a la cama.

Ella se puso en pie, pero él la tomó de la mano.

—Maddie, tú te mereces que te quieran.

—Cállate, ¿quieres? —dijo ella. Estaba empezando a sudar—. Hasta el miércoles pasado, yo tenía una vida, ¿sabes? Antes de que Adam LeCroix llegara y empezara a darme órdenes. Dile a Gio que me investigue todo lo que quiera. Díselo a la CIA. Pero fisgar y espiar no va a decirte quién soy.

—Entonces, dímelo tú.

Ella tomó su copa y apuró el vino. Por dentro estaba temblando, pero mantuvo la mano firme.

—Soy tu compañera de revolcones. Vamos a darnos uno.

Él se apoyó en el respaldo de la silla y la desnudó con la mirada. Ella tuvo que contenerse para no mover los pies. Apretó un puño y se lo puso en la cadera.

—Te conozco, Maddie —dijo él con calma—. Sé que me rechazas cuando tus emociones se desbordan. Haces que lo que hay entre nosotros parezca algo sórdido cuando te asustan tus sentimientos. Y ahora sé por qué: porque no te sientes digna de esto.

Ella esbozó una sonrisa de desdén, pero tenía las palmas de las manos sudorosas. Empezó a darle vueltas la cabeza.

Tenía que alejarse de Adam antes de desmayarse. Pero, antes, quería decirle algo horrible, algo que le dejaría hundido para una semana.

Abrió la boca y dijo:

—Mi padre intentó violarme cuando tenía dieciséis años.

Adam la agarró antes de que cayera al suelo.

Maddie volvió en sí lentamente, meciéndose en las olas de un mar tranquilo.

—Así, muy bien —dijo Adam, con suavidad.

Estaba sentado en el borde de la cama, sujetándole las manos heladas con una de las suyas y, con la otra, apretándole un paño frío en la frente.

—Adam…

¡Oh, Dios!

Intentó incorporarse, borrar lo que había dicho.

—No lo decía en serio. Quería dejarte horrorizado para que dejaras de darme la tabarra.

Él la empujó por el hombro para que permaneciera tumbada.

—No, de verdad.

Él le puso un dedo sobre los labios. ¿Acaso su voz le molestaba? ¿Le repugnaba oírla?

Ella escrutó su rostro con miedo, y se quedó asombrada al ver que su expresión era compasiva.

—Cariño, eso no fue culpa tuya. Tú no eres la culpable.

Ella llevaba casi veinte años diciéndose lo mismo, pero…

—Tal vez yo lo tentara, me exhibiera ante él.

—¿Es eso lo que te dijo?

Maddie asintió.

—Cuéntame lo que pasó.

Ella nunca había dicho aquello en voz alta, ni siquiera a Lucy. ¿Y por qué se sentía lo suficientemente segura como para contarlo en aquel momento, y a aquel hombre?

—Mi padre —comenzó— es... Bueno, para empezar, está vivo. Pero eso tú ya lo sabías, ¿no?

Él asintió, pero ella no se indignó. Se había abierto un grifo, y toda su actitud beligerante se había ido por el desagüe.

—No tengo relación con él —dijo—. Y, ahora que Lucy está sana y salva, nunca pienso en él. No mucho. Pero, bueno, era un hijo de puta. Siempre. Con todas nosotras. Lucy puede darte un montón de información psicológica sobre sus múltiples desórdenes. Es un maltratador emocional, un narcisista, bla, bla, bla. En resumen, es un monstruo. Un depredador. Y, con una casa llena de mujeres, estaba tan feliz como un cerdo en su pocilga.

Liberó sus manos de las de Adam y se incorporó, y se colocó una almohada en la espalda. No podía contarle aquello tumbada.

—Cuando era pequeña, me criticaba por todo. Por todo. Especialmente, por lo bajita que soy. No solo bajita, sino poco desarrollada, insignificante, malformada, delgada, frágil. A medida que iba creciendo, añadió fea, tonta, inútil. Ya me entiendes.

—Te menospreciaba sin descanso.

—Sí, eso es lo que dice Lucy. Pero yo no era tan tonta como él me decía. También oía cómo insultaba a mi madre; le decía cosas que eran mentira, así que pensé que también me mentía a mí, y la mayoría de los insultos no me afectaban.

—Pero algunos los interiorizaste.

Ella se encogió de hombros.

—Sí. Sobre todo, los que se referían a mi altura. Me pongo a la defensiva con ese tema. Pero creo que eso es todo.

Él apretó la mandíbula, pero se quedó callado.

—De todos modos, era horrible cuando empezaba, así que

andábamos de puntillas por la casa para intentar mantenernos alejadas de él. Sin embargo, cuando nació Lucy, todo cambió. La niña lloraba, como todos los bebés, y él se inclinaba sobre la cuna y le gritaba que se callara. Yo no podía soportarlo, así que lo distraía, atraía su atención sobre mí.

—¿Y tu madre?

—Para entonces, mi madre ya no tenía voluntad. Era un robot doméstico —dijo ella, y se echó a reír con amargura—. Vicky no entiende por qué mi madre no se rebeló contra mi padre, pero es porque su madre es exactamente lo contrario de la mía.

—Los cobardes como tu padre no eligen a mujeres como Adrianna Marchand.

—No. Quieren a mujeres sin cualificación profesional, sin familia, sin confianza en sí mismas. Mi padre la tenía aterrorizada. Su mejor arma era yo. Si ella se rebelaba lo más mínimo, él la amenazaba diciéndole que iba a quitarle a su hija y que no volvería a verla. Y ella se quedaba callada y le llevaba las zapatillas.

—Me imagino que hizo las mismas amenazas con Lucy, y la usó para controlarte a ti.

—Sí. Y puedo decirte que funciona como un hechizo.

—¿Qué ocurrió cuando tenías dieciséis años?

—Ya te lo he dicho —respondió ella, con la voz ronca—. Intentó violarme.

En aquella ocasión, fue un poco más fácil decirlo. Comenzó a sudar, pero la habitación no dio vueltas a su alrededor.

—¿Y lo denunciaste?

—No. Como ya te he dicho, funcionaba como un hechizo.

—¿Y fuiste al psicólogo?

—No, me daba vergüenza.

—Cuéntamelo —le dijo él, con calma, como si no fuera a terminarse el mundo si lo hacía.

Y, por algún motivo, ella lo creyó.

—En mi casa, los cumpleaños eran una pesadilla. No había

regalos ni tarta. Solo eran otra oportunidad para que él nos dijera lo decepcionantes que éramos. Que mi madre parecía una fregona, que era vieja y que estaba ajada. Que yo era una enana.

Maddie se frotó las manos húmedas en los muslos.

—El día de mi decimosexto cumpleaños, me acosté a las diez. Me quedé allí a oscuras, esperando a oír cómo cerraba mi puerta con llave por fuera, como hacía todas las noches. Pero él no lo hizo, y yo debí de quedarme dormida, porque, de repente, él estaba en mi habitación, inclinado sobre mi cama.

Notó que se le contraía el pecho. La garganta, también.

—Nunca me había pegado, cosa que es rara, ¿verdad? Pero yo pensé que iba a ocurrir en aquel momento. Había contestado mal durante la cena. Lucy había derramado su vaso de leche, y él le había gritado que era una torpe, una manazas, una idiota. Así que yo le dije que era un gilipollas. Nunca había llegado tan lejos, y pensé que había ido a mi habitación para darme un correctivo, así que me tapé la cara con las manos. Pero no era eso. Me agarró los brazos y me los sujetó contra la almohada con una mano. Tiró la manta al suelo. Dijo… dijo que yo lo estaba pidiendo. Que iba por ahí exhibiéndome con minifaldas y tacones. Dijo que yo era como era mi madre de joven: una fulanilla. Pero él la había metido en vereda, dijo, y haría lo mismo conmigo.

Tuvo que tragar saliva, y se llevó la mano a la garganta.

—¿Te he dicho que es un tipo muy grande? Es tres veces más grande que yo. Me subió la camiseta, me la puso sobre la cara y me… me pellizcó un pecho. Dijo que mis tetas eran como picaduras de mosquito, y que yo era como un espantapájaros. Él decía que sí me gustaba, pero yo lo odiaba. Me dolía, y tenía ganas de vomitar. Pero me quedé inmóvil como una tabla. Entonces, él me bajó las bragas y me metió los dedos. A lo bestia. Nunca me había tocado nadie… y él tiene unos dedos muy gordos. Tenía las uñas afiladas. Yo empecé a llorar, así que sacó los dedos y me quitó la camiseta de la cara. Me dijo que me acostumbrara, porque ya tenía dieciséis años y era edad suficiente, y que era mejor que la fregona de abajo. Y, entonces, me metió la camiseta en la boca. A mí no se me había pasado por la cabeza gritar, pero, cuando él hizo eso, intenté tomar aire y la camiseta se me metió en la garganta. Se quedó ahí, y no me dejaba respirar. Y no hay nada peor que eso.

Maddie se agarró el pecho.

—Me volví loca, y él no se lo esperaba. Estaba bajándose los pantalones, y yo empecé a convulsionarme de pánico, porque me estaba asfixiando, y le di un rodillazo en el estómago. Él me soltó los brazos y yo me saqué la camiseta de la boca, y pude respirar. Entonces, él volvió por mí, y sentí su erección. Estaba entre la puerta y yo, así que me volví hacia la ventana que había sobre mi cama. Estábamos en agosto, y la ventana estaba abierta. Él intentó agarrarme. Yo me tiré de cabeza a la calle.

Se agarró el brazo y siguió hablando:

—Caí desde un segundo piso y me rompí el hueso en dos. Lo último que recuerdo antes de perder el conocimiento es que él se inclinaba sobre mí y me decía que, si contaba algo, no volvería a ver a Lucy.

Ya estaba. Ya había terminado. Seguramente, Adam veía que ella era indigna. Su sangre estaba contaminada y, obviamente, ella debía de ser tóxica para que su propio padre sintiera lujuria por su hija.

—Maddie —dijo él, con la voz temblorosa de emoción—. Siento con toda mi alma que tuvieras que soportar eso. Y me alegro mucho de que tu padre no esté muerto, porque voy a matarlo yo.

Ella alzó la cara.

—No.

—Sí, mientras le explico por qué estoy rompiéndole los brazos, aplastándole la garganta…

—No —dijo ella, apretando los puños—. No puedes.

—Claro que puedo. Y voy a hacerlo. Mira el daño que te ha hecho. Ha alterado toda tu vida.

Ella negó con la cabeza.

—No lo niegues —dijo él—. Te culpas por lo que él hizo aquella noche, y eso ha influido en todas tus decisiones posteriores.

—Claro que sí. Hay un ápice de verdad en todo lo que dijo. Yo llevaba minifaldas, y tacones, para parecer más alta…

—¡Y una mierda! —exclamó él, y la agarró por los hombros—. No voy a escuchar cómo responsabilizas a una niña de dieciséis años por las perversiones de ese animal. Lo voy a matar, y tú vas a bailar sobre su tumba con los tacones más altos que yo pueda comprar.

Iba en serio.

Ella reaccionó.

—Escucha, Lancelot, no necesito que vayas a rescatarme. Tuve problemas en la infancia, ¿y quién no?

—Los tuyos son más graves que los de la mayoría de la gente. Pero tú no eres responsable de las atrocidades de tu padre, Maddie. Es hora de que lo aceptes y sigas adelante con tu vida.

—Mi vida está perfectamente bien. Lo que pasa es que tú estás enfadado porque no acepto los planes que tú has hecho para mí.

Él apretó la mandíbula. Iba a decir algo más, a levantar la voz. Pero se contuvo, respiró profundamente y exhaló una bocanada de aire a través de los dientes.

—Lo siento —dijo en voz baja—. Estoy desahogándome contigo cuando lo que quiero hacer es dirigir mi rabia contra tu padre.

Le tomó las manos y le besó las muñecas, una a una.

—Cariño, eres la mujer más valiente que conozco.

Ella se quedó mirándolo boquiabierta.

—¿Cómo puedes pensar que soy valiente después de oír esa historia? Ya te he dicho que estuve años moviéndome por la casa como un ratón. Y esa noche me quedé quieta. Si él no me hubiera ahogado, habría seguido allí quieta mientras me violaba. ¿Qué tiene eso de valiente?

—Eras una niña, Maddie. Te desprecias a ti misma por hacer lo que podías para sobrevivir. Y, de todos modos, eso no es cierto. Tú desviaste su atención de tu hermana. Y, Dios mío, ¡te tiraste por una ventana de cabeza!

—Eso fue por miedo, no por valentía. Cuando llegué a casa del hospital, compré un pestillo para la puerta y me escondí en mi habitación durante dos años. En cuanto me gradué en el instituto, salí corriendo y no volví más —dijo ella, y se agarró el estómago con ambas manos—. ¿No lo ves, Adam? Dejé a mi hermana pequeña con ese monstruo. Dejé a Lucy.

Al decir aquellas palabras, toda la culpabilidad que había sentido durante veinte años la aplastó.

—La dejé —repitió, con un gemido—. La dejé en esa casa.

Adam la agarró de nuevo por los hombros.

—¡Ya basta! No vas a culparte a ti misma por eso. ¿Qué ibas a hacer? Dímelo.

—¡Llevarla conmigo!

—¿A una niña de cuatro años? Él te la habría quitado. Y, después, ¿qué? Te dijo que no volverías a verla, ¿no?

Maddie asintió. Se le caían las lágrimas por las mejillas.

—Entonces, deja de culparte —dijo él. Le soltó los hombros y se pasó una mano por el pelo con desesperación—. Dios mío, Maddie, no sé qué es peor: que te culpes por sus perversiones o que te tortures por haber hecho lo único que podías hacer.

Él se puso en pie y comenzó a pasearse de un lado a otro. Se giró a mirarla.

—Te pusiste en contacto con ella, ¿no? La avisaste y le proporcionaste los medios para marcharse de casa si era necesario.

Ella volvió a asentir. Había hecho algo más: le había denunciado anónimamente. Pero su padre era un pilar de la comunidad, y su madre, una inútil. Y Lucy no tenía nada que decirles a los servicios sociales cuando habían llamado, porque él todavía no la había tocado.

Y no lo hizo hasta el día de su decimosexto cumpleaños. Entonces, Lucy no perdió el tiempo acudiendo a las autoridades. Fue directamente a ver a Maddie. Y, como Maddie era fiscal federal en ese momento, él no se atrevió a ir por ella.

—La acogiste —dijo Adam—, cambiaste tu vida para darle todo lo que podías. Y sigues haciéndolo, trabajando como una esclava para la bruja. Dejando que yo te utilice como un peón.

Él entendió lo que estaba diciendo, y en su cara se reflejó un gran dolor.

—Yo no soy mejor que él, porque te he acosado para mi propio disfrute.

—¡No! —dijo ella. Se levantó de un salto y lo abrazó—. Tú no te pareces en nada a él, Adam. A él lo odio, y a ti te quiero.

Él se quedó rígido. Y ella, también.

¡Oh, Dios!

Rápidamente, Maddie intentó controlar los daños.

—Quería decir que… quiero decir que…

Pero ya era demasiado tarde. Él la besó.

Oh, y cómo la besó. Tomó su cara entre las manos y ladeó la cabeza. Tomó sus labios, su lengua, con dulzura, posesión y reverencia. Y con amor.

Sí, con amor.

De él, y de ella. Inesperado, insondable. Sin aviso. Solo una caída al vacío.

Estaban enamorándose.

Vicky: Te prometo que no me iré a la cama enfadada, ni me marcharé en medio de una discusión sin escuchar cuál es tu postura.

Maddie: Pero, de todos modos, al final yo tendré la última palabra.

—Gracias por venir —dijo Maribelle con una sonrisa que parecía genuina—. Dom está entusiasmado.

—Gracias por la invitación —respondió Maddie. Miró a su alrededor por el salón. Debería resultarle mucho más raro quedar con la exnovia de Adam ahora que ellos dos estaban… enamorados—. Adam tiene una cena de negocios muy aburrida. Supongo que ser un pez gordo no solo es juegos y diversión.

Se oyeron unos pasos por las escaleras. Dom apareció corriendo en el salón.

—¡Maddie!

Se abrazó a su cintura y le robó el aliento con aquella muestra de afecto. A sus pies, John se puso a saltar de alegría para darle la bienvenida. A ella se le formó un nudo de emoción en la garganta.

Las cosas habían cambiado mucho en una sola semana. Había encontrado a John, a Dom e incluso a Maribelle. Y la noche anterior, había compartido una carga que llevaba acarreando sola más de veinte años. La había dejado a los pies de

Adam; los dos se habían tomado de la mano y se habían alejado de ella.

Y aquel día… bueno, aquel día era el primero del resto de su vida.

¡Qué cursi! Pero nunca se había sentido tan feliz.

Dom le tiró de la mano.

—Ven a ver lo que hay de cena.

La llevó a la terraza; allí, Gisele estaba cortando una pizza recién hecha con todos los ingredientes. Maddie soltó un silbido de agradecimiento.

Dom sonrió.

—Sabía que te gusta mucho, así que le pedí a Gisele que la hiciera.

—Gracias, chaval. Lo has hecho muy bien.

La cena fue muy alegre. Dom habló sin parar mientras comían pizza, contándole con pelos y señales todos los intentos de John por conseguir alcanzar una pelota, un Frisbee o una galleta.

Sin embargo, a medida que la cena iba llegando a su fin, el niño se quedó callado.

Cuando se llevaron los platos del postre, Dom le preguntó a su madre:

—¿Puedo enseñarle a Maddie mi habitación?

Maribelle se quedó sorprendida.

—Claro, si ella quiere.

—Por supuesto que quiero —dijo Maddie, y le revolvió el pelo. ¿A quién no le gustaban las ranas, los peces, las pelotas de béisbol y los huesos para perro?

Sin embargo, Dom fue poniéndose más y más sombrío mientras subían las escaleras. En el descansillo, comenzó a arrastrar los pies. Se detuvo ante la puerta de su dormitorio.

—¿Qué te pasa, Dom? ¿Es que tienes un cadáver ahí escondido?

Él negó con la cabeza. Abrió la puerta y entraron en una habitación completamente normal, llena de juguetes, con una cama infantil y un escritorio muy grande. Había libros y muñecos de Disney por todas partes. Un poco desordenada, pero no un desastre.

Ella lo siguió, cerró la puerta y dijo:

—Bueno, Dom, ahora estamos solos John, tú y yo. ¿Qué te pasa?

—Hoy ha venido papá. Me ha dicho que puedo ir a Nueva York y quedarme en su casa con él.

—Eso está muy bien, ¿no? Tú quieres estar con él, ¿a que sí?

Dom asintió.

—Papá nunca me había hecho caso antes. Ahora, sí. ¿Es por ti? ¿Tú le has obligado?

El niño no era nada tonto.

—Yo solo le he explicado lo que se estaba perdiendo, pero no le he obligado. Nadie obliga a tu padre a hacer algo que no quiere hacer.

Dom sonrió apagadamente.

—Papá es el jefe de todo el mundo.

Ella se rio.

—No, no de todo el mundo. Pero es su propio jefe. Eso, sí.

Maddie se sentó en la cama, pero Dom se quedó donde estaba, con la mano posada en el baúl de los juguetes.

Su cara de angustia le rompía el corazón.

—Mira, Dom. Tu padre es solo un hombre. Es un hombre muy importante, es superlisto y muy poderoso en el mundo de los negocios. Pero sigue siendo una persona, como tú, y tiene sentimientos. De hecho, es muy blando, aunque le guste comportarse como si fuera un tipo duro.

A Maddie se le escapó un suspiro. La psicología infantil no era su fuerte.

—Lo que intento decirte es que, hace mucho tiempo, tu madre hirió sus sentimientos, y él ha estado enfadado mucho tiempo, y eso también te ha afectado a ti, aunque tú no hayas tenido absolutamente nada que ver. ¿Entiendes eso? Tú te enfadas con una persona y se lo haces pagar a todos los que estén cerca.

Él parecía un poco confundido, y ella se preguntó si no le estaba dando unas explicaciones demasiado buenas.

—Bueno, pero tu padre ya lo ha superado todo. Ya no está enfadado con tu madre, y lamenta mucho haber perdido todo el tiempo que ha perdido sin estar contigo.

—Eso es exactamente lo que dijo él —respondió el niño, con la cabeza agachada.

—Tengo que decir, Dom, que pensaba que ibas a ponerte más contento con lo que está pasando.

—Sí, pero es que, cuando él sepa lo que hice, se va a enfadar conmigo para siempre —dijo Dom, y se le cayó una lágrima por la mejilla—. Lo he estropeado todo.

Maddie se levantó de un salto y se arrodilló frente al niño.

—Dom, cariño, tú no has estropeado nada. Adam te quiere.

—No, ya no me va a querer.

—Vamos, dime lo que has hecho y yo te ayudo a arreglarlo. Te lo prometo.

Él la miró a la cara. Estaba desesperado por creerla. Ella puso su mejor cara de abogada que va a resolver todos los problemas de su cliente.

Debió de convencerlo, porque Dom se enjugó las lágrimas y se irguió. Entonces, abrió el baúl de los juguetes, revolvió y sacó un rollo de lienzo antiguo.

—Robé la pintura de papá.

—Adam, eres tonto. Deja lo del Matisse.

Adam sonrió.

—Tú mismo dijiste que era pan comido.

—Eso no es lo que me preocupa —dijo Henry, y le entregó una camiseta negra ajustada, como los pantalones que acababa de ponerse.

—Si es Maddie lo que te preocupa, olvídalo. Ella piensa que tengo una reunión, cosa que es cierta, más o menos. Está cenando con Dom.

Con solo pensar en ella, sentía una calidez en el pecho. La noche anterior, en el lago, ella había dejado de luchar y lo había aceptado. Todavía no había aceptado que fueran a tener una vida juntos, pero había admitido que lo quería.

Cuando volvían a la villa aquella mañana, en el coche, no había habido ni una sola palabra de enfado entre ellos. Aunque ella no había perdido su afilada lengua, tampoco. Pero sus pullas eran bienintencionadas, y le había agarrado la mano, le había acariciado la palma, le había tirado de los dedos. El amor había fluido entre ellos como un torrente.

Estaba enamorado. Y estaba disfrutando absolutamente de todo.

—Entonces, ¿Maribelle también lo sabe? —preguntó Henry, con consternación.

—No es lo ideal —dijo Adam—, pero sabe lo que tiene que hacer.

Se ató el cinturón de herramientas a la cintura y entró al baño para pintarse de negro las mejillas.

—Le he dado a Maddie el código del ascensor del ático. Y, después de un poco de persuasión, he conseguido que acceda a usarlo.

Henry arqueó las cejas.

—¿Va a ir a vivir contigo?

—Es un proceso —dijo Adam, frotándose las manos—. Maddie no salta a ningún sitio antes de mirar bien. Pero no va a poder resistirse mucho tiempo. ¿Por qué iba a hacerlo?

Henry miró a Adam, que iba vestido de negro de pies a cabeza.

Adam se echó a reír de alegría.

—Ten fe, amigo mío, en el inmenso poder del amor.

Si alguna vez Maddie había necesitado mantener la cabeza fría, era en aquel momento.

Esperó un segundo y sonrió forzadamente.

—Cariño, tu padre no te va a matar. Se va a alegrar mucho de que saber lo que pasó con su cuadro, y se va a alegrar más aún de recuperarlo.

Parecía que Dom pensaba que ella no entendía la gravedad del asunto, porque se lo explicó.

—Me metí en su despacho y entré en su ordenador. Apagué la alarma y saqué su cuadro favorito del marco, y lo robé.

—Sí, cariño. Es una hazaña. Tu padre te va a preguntar exactamente qué es lo que hiciste para evitar su modernísimo sistema de seguridad, porque querrá que nadie más pueda hacerlo —dijo ella, acariciándole los brazos al niño—. También va a querer saber por qué lo robaste. Y yo.

—Para que él viniera a casa —dijo Dom, entre lágrimas—. Algunas veces, cuando está en casa, me escondo debajo del bar de su despacho. Así lo veo un poco, y oigo su voz.

El pobre niño estaba hambriento del afecto de su padre. Y, ahora que lo tenía, sentía terror al pensar en que podía perderlo de nuevo.

Y, aunque conociera el riesgo, había devuelto el lienzo, en vez de quemarlo en la chimenea sin que nadie lo supiera.

—Eres muy valiente por decir la verdad, Dom. Tu padre se va a dar cuenta, y te admirará por ello.

«O, al menos, te admirará cuando yo termine de hablar con él».

—Tengo una idea —dijo—. ¿Por qué no le llevo yo el cuadro y le explico la situación?

Miró el reloj; eran las ocho y media. Los europeos cenaban tarde, así que, tal vez, Adam todavía no hubiera salido de casa.

—Si corro, tal vez lo encuentre.

Dom la miró esperanzadamente.

Ella se metió el rollo bajo el brazo y le dio un beso en la cabeza.

—Vuelvo enseguida, cariño. Todo va a salir bien, ya verás.

Entonces, salió corriendo, bajó las escaleras y atravesó el salón, donde Maribelle estaba sentada con el ordenador en las rodillas.

—Ahora mismo vuelvo —dijo, mientras salía rápidamente.

Maribelle se puso en pie de un salto y salió tras ella.

—¡Espera! ¡Maddie, no!

Sin embargo, ella ya estaba a medio camino de la villa, porque quería acabar cuanto antes con la angustia de Dom, convenciendo a Adam de que fuera a ver al niño antes de marcharse a la cena de negocios.

Entró por la terraza y subió corriendo hacia la habitación de Adam. La puerta estaba entreabierta, y ella oyó su voz.

—Adam —dijo, entre jadeos—. Me alegro de que todavía estés aquí…

Al verlo, Maddie se detuvo en seco.

Adam estaba vestido como un ninja, de negro absoluto. Los únicos puntos de color que había en él eran sus ojos azules.

—Dios Santo. Vas a robar algo. Esta misma noche.

Él dio un paso hacia ella.

—Maddie, escúchame.

Ella se puso furiosa.

—Tú, pedazo de mentiroso, ladrón, gilipollas, delincuente.

Él intentó sonreír.

—Creo que con eso lo has mencionado todo, cariño, no es necesario que sigas.

—No me llames «cariño», delincuente. Será mejor que me encierres, porque si sales así, voy a llamar a la policía ahora mismo.

A él se le borró la sonrisa de los labios.

—No lo entiendes —dijo, y se volvió hacia Henry—. Danos un momento.

Cuando se cerró la puerta, él dio otro paso hacia ella.

—Hay un Matisse —dijo, y ella reconoció el tono que utilizaba para calmar, para conseguir la confianza de los demás—. Algunos dicen que es el mejor. Lo compró un tipo llamado Rosales el mes pasado. Lo pagó con dinero sucio.

—Y tú eres el superhéroe que vas a salvar el mundo robando cuadros —dijo ella. Le costó hablar con desprecio, porque por dentro estaba encogida.

—Trafica con gente, Maddie. Vende niños a burdeles. Niños y niñas de la edad de Dom, y más pequeños aún —dijo él, con furia.

—Lo entiendo. Él es un canalla. Eso te convierte a ti en Bruce Wayne. Fredo conduce el Batmóvil, ¿no? Y Henry es Robin.

Él apretó la mandíbula.

—Yo hago justicia a mi manera, Maddie. La ley es tu apoyo, no el mío.

—Así que tú dictas tus propias leyes.

—Mientras que tú sigues ciegamente las de otros. Tu ley deja escapar a mucha gente, a tipos como Rosales y tu padre.

Ella se estremeció por dentro, pero, por fuera, permaneció tan firme como el acero.

—Hablando de padres, tú has hecho un gran trabajo con tu hijo.

Tomó el lienzo y lo desenrolló.

Él se quedó mirando el Monet, y palideció.

—No. Dom, no.

—Sí, Dom, sí. Quería conseguir tu atención —dijo ella—. Debes de estar muy orgulloso. De tal palo, tal astilla —añadió, y dejó caer el lienzo al suelo—. Te quiere con toda su alma, así que intenta no hacerle más daño de lo que ya le has hecho.

Se dio la vuelta y se dirigió hacia la puerta.

—No me sigas, Adam. No quiero volver a verte.

Mientras Maddie recorría el pasillo, se echó a temblar. Entró en su suite, metió algunos artículos de uso personal en el bolso, tomó el pasaporte y el teléfono y volvió a salir.

Atravesó el césped de la casa de Maribelle y entró sin llamar. Maribelle se quedó mirándola, pálida, y Maddie pasó por delante de ella sin decirle ni una palabra. Subió a la habitación de

Dom y se lo encontró acurrucado en la cama con John, con la cara escondida en el pelaje del perro.

Maddie se controló y respiró con normalidad mientras se sentaba a su lado. El niño alzó la cabeza y la miró con los ojos hinchados.

—No está enfadado —dijo Maddie, con la esperanza de que fuera cierto—. Se alegra de que hayas devuelto el cuadro, y te quiere.

—¿Me… me quiere? —preguntó, y el asombro borró la angustia de sus ojos.

—Claro que sí.

Le habría gustado poder decirle al niño que el amor de Adam tenía algún valor, pero ¿cómo iba a hacerlo, cuando él acababa de demostrarle lo contrario?

Maddie le acarició el pelo, tan negro, tan suave y tan espeso como el de su padre.

—Cariño, ha ocurrido algo. Tengo que volver a Nueva York inmediatamente.

Dom se incorporó.

—¿Papá va también? ¿Puedo ir yo?

—No, esta vez voy a ir sola. Pero tu padre te llevará la semana que viene, estoy segura, tal y como ha dicho.

—¿Y John?

Ella miró a Maribelle, que estaba apoyada en el marco de la puerta, y luego miró a Dom.

—Ahora, John es tu perro. Esa es una gran responsabilidad. ¿Estarás a la altura?

Él asintió con gravedad.

—Sí. Lo voy a cuidar muy bien. Y seguiré enseñándole a alcanzar las cosas. La semana que viene te lo enseñaremos, ¿eh?

A ella se le encogió la garganta. Que Dios la ayudara, porque se había enamorado de los dos. Bueno, de los tres, contando a John.

Maribelle entró en la habitación.

—Cariño, Maddie tiene que irse. John y tú acostaos ya, ¿de acuerdo?

Maddie se levantó con el alma encogida y salió.

Abajo, Maribelle le dijo:

—Ha llamado Adam y me ha dicho lo que ha pasado.

—Pero tú ya lo sabías casi todo, ¿no? —preguntó ella. Le dolía, incluso, la traición de Maribelle.

—No, lo del Monet, no. Dios mío. Dom es un genio con los ordenadores, pero nunca se me pasó por la cabeza —dijo, y se frotó la frente. Después, se concentró en Maddie—. ¿Qué vas a hacer?

—Llamar a un taxi para que me lleve al aeropuerto.

Maribelle tomó su bolso.

—Te llevo. Es lo menos que puedo hacer.

El Mercedes negro de Maribelle parecía el coche de un jeque árabe.

—Está blindado —dijo Maribelle—. Gasta más gasolina que un avión.

Maddie se sentó en el asiento del pasajero y guardó silencio. No estaba de humor para charlar. Cuando bajaban por la montaña, fue mirando las villas vecinas, de cuyas ventanas salía una luz cálida. Hogares bonitos y felices.

Ja.

A ella se le había olvidado, por un momento, que eso no existía. Aquel había sido su primer error.

El siguiente, y el más grande, había sido confiarle su más terrible secreto a Adam. No porque él fuera a traicionar su confianza, sino porque había permitido que fisgara en su corazón. Le había dejado entrar, se había permitido sentir que estaba protegida y que era amada.

Y, como una adolescente, se había enamorado.

En menos de un día, él le había enseñado su verdadera forma de ser. En el fondo, ella siempre había sabido que estaba allí, latente. Adam había escupido en lo que a ella le importaba. Le había pedido que renunciara a sus principios. Que lo entendiera, que le aplaudiera por lo que hacía.

El muy arrogante.

—¿Maddie?

—¿Qué pasa?

—Adam tiene predilección por el arte. Es complicado, pero, en resumen, sus padres antepusieron el arte a su propio hijo. Así que él no ha tenido más remedio que crcer que el arte es más importante que cualquier otra cosa. De lo contrario, habría tenido que admitir que no valía nada para sus padres.

—Vaya, Maribelle, qué bien lo entiendes. Me sorprende que no seáis una pareja feliz.

—Lo entiendo ahora. Durante años, me he dado con la cabeza en la pared, hasta que pedí ayuda.

—Entonces, ¿esto es psicología de segunda mano? No, gracias.

—Eres igual de obstinada que él.

—Los halagos no te van a servir de nada.

Maribelle se echó a reír.

—Qué bruja. ¿Cómo puede ser que no te odie? Te has quedado con el hombre al que yo quise, y ni siquiera has tenido que esforzarte por conseguirlo. Te has ganado el corazón de Dom en cinco minutos. Has traído un perro a mi prístino hogar.

—Adelante, ódiame. Comprueba si me importa algo.

—No puedo —dijo Maribelle, encogiendo un hombro—. Has conseguido un milagro. Has conseguido que Adam abriera los ojos y viera a su increíble hijo.

—Pfft. Para ello he tenido que insistirle mucho.

—Y ha funcionado, ¿no? Tú has conseguido zarandearlo, sacarlo del camino que llevaba. Estaba repitiendo lo que hicieron sus padres con él, haciendo lo mismo con su propio hijo —dijo Maribelle. Alargó el brazo y tomó de la mano a Maddie—. No quiero que te marches. Eres justo lo que necesita nuestra familia disfuncional.

A Maddie se le formó un nudo en la garganta. Ella había estado dispuesta a entrar en aquella familia con los ojos cerrados.

Se soltó de la mano de Maribelle.

—Gracias, pero ya tengo la mía.

Salieron a la carretera principal y comenzaron a recorrer la costa.

—A propósito, ¿adónde vamos?

—A Milán. Tardaremos un rato. Puedes dormir, si quieres.

No iba a poder hacerlo. Pero podía fingir; así, al menos, Maribelle se callaría. ¿Quién iba a suponer que era una defensora de Adam?

Antes, sacó su teléfono del bolsillo y buscó el número de Brandt.

—Soy Madeline St. Clair —dijo, con energía, para dejar un mensaje en el contestador automático—. El Monet ha sido recuperado. Vamos a retirar la solicitud de indemnización. A partir de este momento no represento al señor LeCroix; así pues, para futuras comunicaciones pueden dirigirse al departamento jurídico de LeCroix Entreprises.

Guardó el teléfono de nuevo y murmuró:

—Que tengas un buen día.

Después, cerró los ojos.

CAPÍTULO 27

Adam llamó a Gerard por teléfono y lo interrogó.

—¿Qué coche se han llevado? ¿A qué aeropuerto van? ¿Las tienes en el GPS?

—Van en el Mercedes, y el GPS dice que van a Milán. Llegarán a tiempo para el vuelo de medianoche de Alitalia.

—Escúchame, Gerard —dijo Adam—. Maddie no lleva nada bien lo de volar. Quiero que vaya alguien en ese vuelo con ella, para vigilarla. Que sea una mujer, y que no se ponga en contacto con ella a menos que sea imprescindible —Adam se pasó una mano por la cara—. Y que le den un asiento de primera. Invéntate cualquier excusa. No puede saber que yo estoy detrás.

—Entendido.

—Quiero saber su número de vuelo y todos los detalles.

—Los tendrá.

Adam colgó y le dio una patada al escritorio. Dejó una marca en la madera con la puntera de la bota.

—Agredir al mobiliario no te va a servir para que vuelva —dijo Henry.

—Va a volver —dijo él. Sin embargo, no estaba tan seguro. Había visto su mirada de dolor... No podía aceptar que él la hubiera hecho sufrir así, que lo hubiera echado todo a perder por su arrogancia.

—Se quedó asombrada, eso es todo —dijo—. Al final, recuperará el sentido común.

Henry se echó a reír con incredulidad.

—¿Estamos hablando de la misma mujer? Porque la Maddie que yo conozco no va a entrar por esa puerta. Lo has fastidiado todo, Adam, con tu arrogancia.

Adam sintió una punzada de miedo. Marcó el teléfono de Gio, y le explicó lo sucedido.

—Quiero a alguien frente a su edificio. Quiero saber cuándo llega, cuando sale y adónde va. A todas horas.

—¿Pincho el teléfono? ¿Saco fotografías?

—No, no. No invadáis su privacidad —dijo él, pasándose los dedos por el pelo con desesperación—. Solo quiero saber que está bien.

—Me pongo a ello —dijo Gio, y colgó.

—Es una línea muy fina —dijo Henry—, la que hay entre saber que está bien y espiar. No creo que ella distinga la diferencia.

—No se va a enterar.

—¿Como no iba a enterarse de lo de esta noche?

—Eso ha sido un error. Maribelle tendrá que responder.

—Ella no podía prever esto, Adam. No sabía que Dom tenía el Monet, ni que Maddie iba a venir corriendo a traértelo.

Adam se dejó caer en el sofá.

—¿Por qué no podía esperar hasta mañana?

—Es muy sencillo: no quería que tu hijo cargara con ello otra noche. Quería volver y decirle a Dom que su padre lo perdonaba y que lo quería.

Por supuesto, Henry tenía razón. Adam le lanzó una mirada fulminante.

Henry se cruzó de brazos.

—Me apuesto el próximo sueldo a que eso es lo que hizo. A pesar de que acababas de romperle el corazón, fue a consolar a tu hijo, mientras tú estabas aquí compadeciéndote de ti mismo.

También tenía razón en eso.

Adam se levantó.

— -Voy a hablar con él.

—Acuérdate de que Dom no tiene la culpa de que Maddie te haya dejado.

—Maddie no me ha dejado. Solo está disgustada, eso es todo. En cuanto a Dom, tampoco puedo permitir que crea que robar es una manera aceptable de decir lo que piensa.

Henry se limitó a arquear las cejas.

Adam bajó los ojos.

—No te preocupes, sé quién tiene la culpa. De lo del Monet, y de lo de Maddie.

El teléfono de Adam sonó, y lo sacó de su ensimismamiento. Estaba en su escritorio, donde había pasado la noche en vela.

—Dime, Gio.

—No ha aparecido por su apartamento.

Adam se irguió.

—Debería haber llegado hace dos horas. ¿Dónde está?

—Lo estamos averiguando. Tal vez haya tomado otro vuelo, o un tren, un autobús, un taxi. Puede que haya ido a un hotel. Estamos empezando.

—Lucy está en el ático. ¿Qué ha dicho?

—No hemos hablado con ella todavía.

—¡Por Dios, Gio! ¡Haz tu puñetero trabajo!

—Señor LeCroix, son las seis de la mañana en Nueva York. No quería asustar a la hermana de la señorita St. Clair. Le dije a mi hombre que no la llamara hasta las siete.

Adam respiró profundamente.

—Está bien —dijo, y se acercó a la ventana, a mirar la piscina que brillaba bajo la luz de la luna—. Haced un seguimiento de su tarjeta de crédito, de los cajeros.

—Sí, estamos en ello.

—Hablaré con Maribelle. Tal vez Maddie le dijera algo. Estate disponible, Gio. A todas horas.

Maribelle lo saludó con una ceja enarcada y una media sonrisa.

—¿Una mala noche?

Él entró en su salón, un lugar que siempre había odiado, pero que en aquel momento le resultó reconfortante. Dom vivía allí. Y parecía que John también.

Y Maddie había estado allí la noche anterior.

—Ha desaparecido —dijo, mirando a Maribelle—. No ha ido a su apartamento.

—No me sorprende.

Maribelle tomó el teléfono.

—Gisele, café para dos, por favor —dijo. Después, colgó y añadió—: Vamos a la terraza.

—Esto no es una visita de cortesía.

—Dom está arriba, con Roland. No creo que deba oír esto, ¿no?

Adam asintió. La siguió al exterior, y se paseó por la terraza mientras ella se sentaba en la mesa, bajo un toldo morado. Gisele les llevó el café, y Maribelle sirvió dos tazas.

—Gracias por venir a ver a Dom anoche.

—No tienes que agradecerme que venga a ver a mi propio hijo.

—Bueno, pues entonces, me alegro de que vinieras. Esta mañana estaba muy contento. Debía de sentir mucha angustia por lo del Monet.

Parecía que Maribelle estaba decidida a ser paciente ante su mal humor. Bien, él también podía ser cortés.

—Lamento que las cosas hayan llegado tan lejos —dijo—. No debería haber tenido que cometer un robo para ganarse mi atención.

—No, pero ha funcionado. Así que vamos a agradecer la

ironía de toda la situación, y a mirar hacia delante —dijo ella, y sonrió.

Él no pudo aguantar más. Estaba desesperado por conseguir consuelo. Sacó la otra silla y se sentó.

—Lo has hecho muy bien con él, Maribelle. Y sin mi ayuda.

—Es un niño estupendo, pese a nosotros dos —dijo ella, haciendo un brindis con la taza de café—. Bueno, vamos a hablar de Maddie. La has pifiado a base de bien, Adam.

—Ha tenido una reacción desproporcionada, eso es todo. Con el tiempo, se dará cuenta.

Maribelle negó con la cabeza.

—No. Lo has estropeado. Y, antes de que creas que me alegro, te diré que intenté convencerla para que se quedara.

Él dejó que se notaran sus dudas.

—Es buena para ti, Adam. Estás aquí sentado, ¿no? Ninguno de los dos nos habríamos imaginado algo así la semana pasada.

—Yo creía que ibas a ponerte celosa.

—Siento celos de ella, pero no por lo que tú piensas. Maddie puede quedarse con tu precioso trasero, a mí ya no me interesa. Lo que me da envidia es cómo se enfrenta a ti. Tú no eres su jefe.

Adam miró su taza, y se dio cuenta de que había tirado el café en el plato. Aquella era una torpeza muy poco habitual en él; sin embargo, aquella mañana era un desastre. Se había repetido mil veces que Maddie iba a perdonarlo, pero ni siquiera él se lo creía.

Maribelle tenía razón. La había pifiado a base de bien.

—¿Y qué debería hacer? —le preguntó.

—Dejarla en paz.

Él alzó la mirada.

—Pero es que la quiero.

—Pues deja de controlarla. Y respeta las cosas que le importan. Se tragó el hecho de que tú fueras un ladrón en el pasado, pero, cuando tú te comprometiste en una relación con ella, es como si le hubieras prometido que no volverías a hacerlo. Que no ibas a cruzar esa línea roja. ¿Qué le dijiste cuando te sorprendió?

—Que ella utilizaba su ley como apoyo, que seguía las reglas sin pensar.

Además, había mencionado a su padre. Adam bajó la cabeza y se la sujetó con ambas manos.

Hubo un silencio después de aquella confesión, y Adam se puso a pensar en que, ciertamente, había pisoteado los límites de Maddie y los había despreciado. La había desdeñado a ella porque ella lo había sorprendido, lo había avergonzado y no había estado de acuerdo con lo que iba a hacer. ¿Y qué era aquello, salvo un intento de controlarla por medio del menosprecio?

Bueno, ella había tenido mucha experiencia en eso cuando era muy joven. Sabía reconocer a un acosador cuando lo veía.

Maribelle dejó que él reflexionara mientras tomaba café. Después dijo:

—La gente comete errores y estropea las cosas. Dicen y hacen tonterías cuando están enamorados. Algunas cosas, en nombre del amor, y otras, a pesar del amor.

Por supuesto, tenía razón. Parecía que había pasado aquellos diez años madurando, mientras que él se había atrincherado en su arrogancia.

La miró a los ojos.

—Lo siento, Maribelle. Debería haberte perdonado hace mucho.

Ella se encogió de hombros.

—Hice algo horrible. Tardé años en perdonarme a mí misma. No esperes tanto, Adam. Perdónate a ti mismo ahora y arregla las cosas con Maddie.

La humildad era algo muy reconfortante.

—No sé cómo.

—Haz que lo que es importante para ella lo sea para ti también. Anteponla a ella a todo lo demás. Si la quieres, te resultará fácil.

Era lo más fácil del mundo, ahora que podía pensar con claridad.

Pero, antes, tenía que encontrarla.

—Ha sacado cinco mil dólares de su cuenta bancaria —dijo Gio—. En una sucursal de Times Square, a las nueve en punto de esta mañana. Después, ha desaparecido. Su hermana no sabe dónde está, ni tampoco su asistenta. Me he puesto en contacto con Victoria Westin, que ha negado haber hablado con ella, como el veterinario.

—¿Tarjeta de crédito? —preguntó Adam, aunque sabía que Maddie era demasiado inteligente para eso—. ¿Teléfono móvil?

—No los ha utilizado. Y creo que no lo hará hasta que no quiera que la encuentren —dijo Gio—. ¿Maribelle no tenía información?

—Dice que no sabe dónde está Maddie. Y la creo.

Maribelle también le había dicho que dejara de controlar a Maddie. ¿Quién habría pensado que iba a aceptar un consejo suyo? Las ironías de la vida lo estaban bombardeando.

—Déjalo todo, Gio.

—¿Señor?

—Suspende la búsqueda por completo.

Adam se despidió y colgó. Miró hacia Portofino por la ventana. El sol se estaba poniendo, y su luz se reflejaba en las ventanas de las casas y en el agua. Un yate se deslizaba silenciosamente por el mar, hacia el horizonte.

Hacía veinticuatro horas estaba en la cima del mundo: estaba enamorado, y todo era glorioso.

En aquel momento, seguía enamorado, pero todo era un asco.

Con una última esperanza, llamó a Lucy.

—¿Diga?

—Soy Adam.

—Oh, Adam, ¿cómo has podido?

A él le dio un vuelco el corazón.

—¿Has hablado con ella? ¿Está bien?

—¿Sabes cuánto ha tardado Maddie en enamorarse? ¡Yo le rogué que te diera una oportunidad, y tú lo has echado todo a perder! ¡Le has roto el corazón!

—Por favor, Lucy —dijo él, agarrándose al marco de la ventana—. ¿Qué ha dicho?

—Que eres un desgraciado y un mentiroso. ¿Qué has hecho?

—Una estupidez. Algo arrogante y estúpido.

—¿La has engañado?

—¡No! La quiero. Necesito decírselo, y pedirle perdón. Lucy, ¿sabes dónde está?

—No, no lo sé. Cuando llamó, parecía que estaba en la estación de autobuses Port Authority.

Oh, Dios. Podía estar en un autobús con destino a cualquier parte. Sola. Vulnerable.

—Mierda —dijo, y apoyó la frente en el cristal frío de la ventana—. Bueno, de todos modos, no me la merezco.

—Seguramente, tienes razón —respondió Lucy—. Ella tiene un corazón puro.

—Y yo se lo he destrozado —dijo él.

Hubo un silencio mientras él volvía a recordar la escena del dormitorio. Maddie se había sentido totalmente traicionada.

Casi se había olvidado de Lucy cuando ella exhaló un largo suspiro.

—Mira, Adam, no sé dónde está Maddie ahora, pero sé dónde va a estar dentro de una semana.

CAPÍTULO 28

Victoria Westin apoyó los tacones en la barandilla del porche.

—Bueno, ¿y qué te parece?

Maddie miró las botas de cowboy que llevaba su amiga.

—Que te vas a romper un tendón con eso.

—¿Ah, con las botas? —preguntó Vicky, y giró un tobillo para mostrarlas. Eran negras, con las costuras en hilo rosa—. Parece que los rancheros no llevan zapatos planos cuando están recogiendo estiércol de las cuadras. ¿Quién iba a decirlo? —preguntó, y sacó el Chardonnay del cubo de hielo que había entre sus mecedoras—. Pero me refería al rancho —dijo, mientras rellenaba sus copas—. ¿Qué te parece?

—Es…

Maddie contuvo una respuesta desagradable y miró los establos, el corral, los caballos comiendo heno. Después, respondió con sinceridad.

—Es diferente a lo que yo me esperaba. Es un lugar vivido, y amado. Es como si estuvieras en casa, Vic. Es como si estuvieras en tu hogar.

Vicky sonrió con sorpresa.

—Me encanta estar aquí. Y el refugio para animales salvajes… Bueno, es increíble.

Ty había creado un refugio para animales llamado Lissa

Brown Memorial Refuge en memoria de su difunta esposa en los terrenos adyacentes al rancho.

—Acabamos de rescatar dos elefantes de un circo que se ha ido a pique.

—Eso es estupendo. ¿Puedo verlos antes de irme?

—Claro —dijo Vicky—. Tú eres tan urbanita que pensé que ibas a odiar Texas.

—Es un horno. Pero el vino está frío, así que estoy bien.

Maddie dio un sorbo al vino y dejó que el líquido frío le cayera por la garganta. Después, se meció suavemente con los pies.

—Ejem… Parece que estás relajada de verdad —dijo Vicky, con cautela.

Maddie sabía qué respuesta se esperaba su amiga. «¿Qué quieres decir? ¿Cómo voy a estar relajada cuando aquí al lado hay unos animales gigantes y malolientes que podrían pisotearme como si fuera una cucaracha?».

—Estoy relajada —dijo en vez de eso—. Llevo una semana viajando incomunicada. Nada de teléfono, ni correos electrónicos, ni Internet. Y me he dado cuenta de que no son necesarios. No hacen más que quitarte tiempo.

Vicky asintió.

—Bueno, ¿y qué has hecho con todo ese tiempo?

—He pensado.

—Ah.

—La gente no piensa lo suficiente hoy en día. Siempre estamos acaparando información, y no nos da tiempo a procesarla.

Vicky bajó los pies al suelo y dio un taconazo.

—Bueno, ahora me toca preguntar a mí. ¿Quién eres tú, y qué has hecho con mi mejor amiga?

Maddie sonrió.

—Parezco Oprah, ¿eh? No te preocupes, es algo temporal, hasta que termine de asimilar ciertas cosas.

—Me alegro de saberlo, pero, de todos modos, tú no eres la Maddie de antes.

—Sí, bueno, es que me han roto el corazón —dijo, y alzó una mano—. Lo sé, lo sé. Dije que nunca iba a enamorarme. Fue un error. Lo he superado.

Y era cierto. Adam LeCroix no era más que una mancha en su historial que, aparte de eso, era perfecto.

—Pero he de reconocer que él me ha enseñado algunas cosas —dijo, antes de que Vicky pudiera interrogarla—. Creo que yo estaba… eh… atascada. En ciertas áreas. Y he tenido algunas revelaciones. En primer lugar, Lucy ya es una adulta.

Vicky asintió. Era obvio que estaba esperando el resto.

—Esa es la mayor revelación. Se ha convertido en una adulta, y es lista y buena, y tiene un corazón de oro. Y va a estar bien. Yo siempre voy a estar ahí si me necesita, pero ahora es una adulta.

Asintió. Aquello sonaba bien, cierto.

—Estupendo —dijo Vicky, en un tono de apoyo.

—Y mi padre —dijo. Aquella parte era la más difícil—. Fui a ver a ese cabrón.

—Oh, cariño…

—No hablé con él, ni nada por el estilo —dijo. Ella no era tan valiente—. Solo lo espié mientras estaba en la cafetería con sus colegas.

—¿Y él no te vio? ¿No te reconoció nadie?

Con respecto a aquello, Maddie podía sonreír.

—Me disfracé de niño. Me puse una camiseta de hockey, una gorra de béisbol al revés y un tubo de monedas en el bolsillo delantero.

Entonces, la sonrisa se le borró de los labios.

—Lo gracioso, Maddie, es que es un viejo. Ya no da miedo. ¿Y la mayor sorpresa de todas? Es que no puede medir más de un metro setenta y cinco, ni pesar más de ochenta kilos. Me habría apostado algo a que medía uno noventa y cinco y pesaba ciento treinta kilos.

—Todavía sigue siendo el doble de grande que tú. Era lógico que le tuvieras miedo.

—Lo sé, no me voy a culpar por ello. Pero es una lección. Cuando algo te asusta, lo exageras en tu mente. Bueno, me abrió los ojos ir a verlo. Pero no te preocupes, que no me he curado de todas mis neurosis.

—Bueno, paso a paso. Yo necesito tiempo para acostumbrarme a una Maddie mentalmente sana.

—Ja, ja. De todos modos, ahora sé que fue él, no yo. Yo no me merecía lo que me hizo, ni mi madre, ni Lucy.

Aquello era lo que había terminado de convencerla. Su padre había tratado a Lucy, que no se merecía más que amor, de la misma manera que la había tratado a ella, y eso significaba que él era un pervertido y que ellas eran sus víctimas.

No eran noticias frescas; su parte racional siempre había sabido que era cierto. Sin embargo, no lo había interiorizado en el aspecto emocional. ¿Cómo iba a poder, si cada vez que pensaba en su padre la ahogaban la culpabilidad y la vergüenza? Era más fácil no pensar en ello. Enterrar los sentimientos bajo otra montaña de trabajo y de tonterías.

Entonces, había llegado Adam y lo había sacado todo a la luz, le había arrancado los detalles, había hecho que lo dijera todo en voz alta.

Le gustaría odiarle por ello, añadir otra ofensa a una larga lista de crímenes. Sin embargo, no podía. Le había roto el corazón, indudablemente, pero también la había obligado a mirar al pasado y al presente. Y, por ese motivo, se sentía mucho mejor.

Si había alguien que podía entender lo que era un trauma causado por un progenitor, esa era Vicky. Brindó con Maddie.

—Por haber sobrevivido a unos padres de mierda.

Bebieron. Vicky volvió a rellenar las copas, y dejó la botella vacía en el hielo.

Maddie estaba ligeramente embriagada, y lo peor había quedado atrás, así que apuró el vino y abordó el último tema:

—También estoy feliz por la boda. Ty y tú seréis felices, probablemente. Así que me parece bien.

Vicky soltó un resoplido.

—Estoy oyendo tu brindis en la comida: «Por Ty y Vicky que, probablemente, serán felices».

—Espera, ¿es que tengo que hacer un brindis?

—Sí —dijo Vicky, y volvió a poner los tacones sobre la barandilla—. Vamos, ahora deja de remolonear y dime quién es él. ¿O debería decir quién era? ¿Lo dejaste vivo?

—No ha muerto, solo ha muerto para mí. Tu madre me impuso un caso asqueroso y terminé en su casa, en Italia. Es muy rico y está buenísimo, y yo estaba atontada con tanto vino y tanta pasta.

Vicky asintió sabiamente. Después, se preparó para hacer un interrogatorio que sacara a relucir las medias verdades y las mentiras.

Maddie se encogió. Adam era lo único que no había terminado de procesar. Había recorrido mil seiscientos kilómetros en un autobús, y todavía no podía deshacerse de él. Todavía le dolía pensar en él. Y no estaba lista para hablar de él.

Miró a su alrededor, en busca de una distracción, y vio una polvareda a lo lejos. Un coche se acercaba a toda velocidad.

—Parece que ya ha vuelto Ty —dijo Maddie. Su prometido había ido al aeropuerto a recoger a Adrianna.

Vicky se protegió los ojos del sol con la mano.

—No, no es la camioneta de Ty. Es un coche de color azul. ¿Quién puede ser?

El coche misterioso desapareció detrás de los establos. Cuando volvió a aparecer, estaba mucho más cerca, y era claramente visible.

Maddie se puso en pie al instante.

—¡El muy cabrón!

Ignorando a Vicky, que se había quedado asombrada, bajó los escalones del porche hasta el camino circular y se plantó ambos puños en las caderas mientras el Bugatti se acercaba.

El motor se paró. La nube de polvo bajó.

La puerta se abrió, y Adam salió del coche. Durante un momento, permaneció inmóvil, mirándola a través de las gafas de sol. Después, se las quitó y las lanzó al asiento. Cerró la puerta con un clic siniestro.

Rodeó el coche. Tenía el pelo revuelto y las mejillas más hundidas de lo que ella recordaba, y los ojos tan azules como el cielo.

Vicky dijo, desde el porche:

—¡Vaya! ¿Quién es ese?

Maddie se dirigió a Adam:

—Ya puedes darte la vuelta, LeCroix. Aquí no eres bienvenido.

Él siguió andando, y se detuvo a treinta centímetros de ella. A tan corta distancia, su masculinidad era abrumadora. Sus ojos eran implacables.

Ella apretó los labios e intentó fulminarlo con la mirada.

—Te dije que no quería volver a verte.

—Es verdad, lo dijiste, pero tenemos cosas de las que hablar.

—¿Cómo me has encontrado?

—Por tu hermana.

—Se va a llevar una buena bronca.

—Sin duda. Pero tú no asustas a Lucy, Maddie, y no me asustas a mí tampoco.

La estaba mirando de una manera tan intensa, que ella dio un paso atrás.

—Vamos, di lo que tengas que decir antes de que me dé un calambre en el cuello.

Él avanzó un paso más.

—Me has dejado plantado. Has desaparecido sin dejar rastro.

—¿Tu sabueso no me encontraba?

—No, no ha podido. Seguramente, esa era tu intención. Estaba muy preocupado sin saber si estabas viva o muerta.

Aquello explicaba que estuviera tan demacrado.

Ella se negó a sentirse mal.

—Me has tratado como a una idiota. Dijiste que me querías, pero me mandaste con Dom para poder escabullirte a robar.

—Iba a contártelo al día siguiente. Necesitaba tiempo para explicártelo.

—¿Cuánto tiempo necesitas para decir «Soy un ladrón mentiroso y traicionero?

—Yo no lo veo de ese modo.

—Exacto. Tú crees que eres un caballero andante. Yo creo que eres un delincuente.

Aquello le enfadó mucho.

Después de una semana esperando su oportunidad, Adam estaba al límite. No podía dormir ni comer. Solo Dom y John habían conseguido que conservara la cordura. Les había dejado en Austin con la promesa de llevar a Maddie a casa y después había conducido durante horas, atravesando unas tierras desérticas, con el corazón sangrando, dispuesto a ponerse de rodillas si ella accedía a escucharlo.

Pero ella había recurrido a los gestos desdeñosos y a los insultos.

Él se sintió decepcionado de un modo irracional, y respondió:

—Te gustaría verme en la cárcel, ¿eh? Incluso después de todo lo que ha pasado entre nosotros, sigues siendo tan inflexible, tan dura como hace cinco años.

—Todo lo que ha pasado entre nosotros, idiota, han sido fluidos corporales.

—Si creyeras eso, no habrías salido corriendo al primer obstáculo.

—En mi pueblo, el robo no es un obstáculo. Son diez años en la cárcel.

Ah. Aquel era su límite. La última vez, él lo había pisado, y se había burlado de ella, y aquel había sido un error que no dejaba de lamentar.

—Maddie —dijo—. Lo siento.

Ella entornó los ojos como si fuera un pistolero, pero, al menos, mantuvo la boca cerrada.

—Te hice daño, y…

La rubia del porche se asomó por detrás de Maddie.

—Hola, soy Vicky —dijo, y le tendió la mano—. Tú eres Adam LeCroix. Vaya, bienvenido.

Adam le estrechó la mano. Aquella era la mejor amiga de Maddie, y su primer impulso fue reclutarla para que lo ayudara en su guerra, pero… eso sería más de lo mismo, ¿no? Arrinconar a Maddie, intentar que doblegara su voluntad. Él quería que lo eligiera libremente.

—No he venido a colarme en tu boda —dijo él, amablemente—. Necesitaba ver a Maddie, y me ha costado dar con ella.

—Ah, así que tú eres su cliente —dijo Vicky, enarcando una ceja en dirección a Maddie—. Entonces, seguro que querréis estar a solas para hablar. Pero me temo que estamos a punto de tener compañía. Incluyendo a mi madre —añadió, y señaló con un gesto de la cabeza una camioneta que entraba en el camino.

—¡Mierda! —siseó Maddie, como si fuera una cobra—. ¡Vete! ¡Ahora! ¡Rápido!

Le empujó el pecho con ambas manos.

Él no se movió.

—Me gustaría ver a Adrianna —dijo él—. Tengo que hablar con ella.

—¿Es que quieres decirle que me he tomado una semana libre? Demasiado tarde, ya le he mandado un mensaje.

Maddie intentó que se diera la vuelta, pero él se cruzó de brazos. En la cama, a ella le encantaba su fuerza, pero no podía tenerlo todo.

La camioneta se detuvo detrás del Bugatti. La cara de amargada de Adrianna era visible a través del parabrisas; abrió la puerta del coche, ignoró la ayuda que le brindaba Vicky y bajó torpemente del asiento. Llevaba una falda de tubo que se le subió por los muslos bien torneados.

Cuando puso los pies en el suelo, el polvo le manchó los zapatos de ante, pero ni siquiera se dio cuenta. Tenía algo más importante en mente.

—Tyrell —dijo— conduce como un loco.

Ty estaba ocupado descargando dos maletas del tamaño de un coche, y respondió con voz de sufrimiento desde la parte de atrás:

—Ya te he dicho que el límite de velocidad es ciento treinta kilómetros por hora.

—Eso no significa que sea seguro —dijo Adrianna, y miró a su hija—. De verdad, Victoria, ¿cómo se te ha ocurrido esto de Texas?

Miró con desaprobación la casa, los establos, a los caballos y, por fin, a la gente. Al ver a Maddie, se le salieron los ojos de las órbitas.

Adam se adelantó hacia la línea de fuego.

—Adrianna, cuánto me alegro de verte —dijo, con una sonrisa encantadora.

—Adam, qué inesperado. Y agradable, por supuesto —dijo Adrianna. Volvió a mirar a Maddie, y añadió—: Pero, si has venido hasta aquí para quejarte de Maddie, no era necesario. Me dará explicaciones a mí.

Maddie se puso delante de él.

—No hay nada que explicar. Recuperamos el Monet, se lo notifiqué a Hawthorne y me tomé unas vacaciones, puesto que tengo muchos días acumulados.

—Si es tan sencillo, ¿por qué ha llamado él al despacho preguntando por ti? ¿Por qué has apagado tú tu teléfono? Es evidente que has cometido un error y estás intentando ocultar las consecuencias.

Adam intervino de nuevo, antes de que Maddie pudiera destruirse a sí misma.

—Por el contrario, Maddie ha descubierto el Monet y me ha ahorrado un juicio carísimo cuyo resultado era impredecible —dijo, y sonrió—. Incluso le ofrecí un trabajo, pero ella lo rechazó. Parece que, si deseo contratar sus servicios, tendrá que ser a través del bufete.

Aquello pacificó a la bruja. Sin embargo, Maddie se puso hecha una furia.

—¡No voy a trabajar para ti!

Adrianna volvió a enfadarse.

—Tú no eliges a los clientes, Madeline. Eso lo hago yo. Y, si Adam quiere contar contigo, contará contigo.

—¡No! —exclamó Maddie, y empujó a Adam por el pecho, con las dos manos. Estaba tan furiosa, que en aquella ocasión consiguió que retrocediera un paso.

—¡Madeline! —exclamó Adrianna, y fue por ella.

Adam intentó meterse entre ellas dos, pero Maddie le dio una patada en la espinilla. Entonces, se giró hacia Adrianna, apretando el puño. Él la agarró de un brazo, y Adrianna la agarró del otro.

Y Tyrell intervino valientemente.

—Eh, penséis lo que penséis de Texas —dijo—, nosotros no tratamos así a las mujeres, ni siquiera a las mujeres malhumoradas con la boca muy grande.

Maddie se zafó de sus captores y le lanzó puñales con la mirada a Ty. Él la ignoró y abordó un tema de conversación neutral.

—Bonito coche —dijo, rodeando el Bugatti—. No había visto nunca uno así.

Maddie puso los ojos en blanco.

—Claro que no, es un Bugatti Veyron. Vale dos millones de dólares.

Tres pares de ojos se salieron de sus órbitas.

Ty fue el primero que pudo hablar.

—¿A qué velocidad llega?

—A los cuatrocientos kilómetros por hora —dijo ella, mirando el coche con nostalgia—. Pasa de cero a cien en dos con cinco segundos.

Adrianna preguntó secamente:

—¿Y tú cómo sabes todo eso?

—No es asunto tuyo —respondió Maddie.

—Ten cuidado con lo que dices, Madeline, o…

Vicky interrumpió a su madre.

—Mamá, por favor.

—No la defiendas. Va demasiado lejos. Dejando plantado a un cliente. Empujándolo físicamente. Si valora su puesto de trabajo...

—Adrianna —dijo Adam, con su mejor tono de magnate, para acallarla—. Tú no vas a despedir a Maddie por mi causa. Ha hecho admirablemente bien su trabajo. Tan bien, de hecho, que voy a darle un bonus.

Tomó la mano de Maddie y le puso la llave del coche en la palma.

Se hizo el silencio. A Adam se le aceleró el corazón mientras Maddie se miraba la palma de la mano. Entonces, ella alzó la cabeza y lo miró con asombro.

—¿Qué haces, Adam?

—Dijiste que aprenderías a conducir si te regalaba el Bugatti —dijo, encogiéndose de hombros—, así que aquí lo tienes.

Ella escrutó su cara lentamente, y él la estudió a ella. Maddie también había sufrido. Al ver que tenía las mejillas hundidas, y unas profundas ojeras, se le encogió el corazón.

Había pensado en dejar lo del coche para después de que se hubieran reconciliado, para que ella entendiera que era un regalo, y no un soborno, pero su primera llamada de teléfono a Adrianna los había llevado a un momento que él no preveía. Un momento en el que el trabajo de Maddie estaba en peligro por su culpa.

Así pues, había tomado la decisión de darle el coche, porque estaba seguro de que, al ver lo mucho que estimaba su trabajo, Adrianna no iba a despedirla.

Sin embargo, no estaba tan seguro de la reacción de Maddie. Esperó a ver cuál era, con los puños apretados en los bolsillos.

Entonces, Maddie se acercó a Tyrell.

—Dos millones de dólares servirán para alimentar a muchos elefantes —dijo, mientras le metía la llave en el bolsillo de la camisa.

Después, siguió andando, subió al porche y entró en la casa.

La puerta mosquitera dio un golpe al cerrarse.

Tres pares de ojos se clavaron en Adam. Él apenas los vio. Solo quería ir tras ella, conseguir que lo escuchara, que le creyera.

Sin embargo, el instinto lo mantuvo inmóvil en aquel lugar. Hizo que esperara y respirara hondo, y que se enfrentara al desastre.

Ty se sacó la llave del bolsillo y se la tendió.

Adam negó con la cabeza.

—Es suyo, y puede hacer lo que quiera con él.

Adrianna empezó a hablar, pero él alzó una mano.

—No quiero oír otra palabra. Y que Dios te ayude si Maddie sufre algún perjuicio por su conexión conmigo.

Aquello pareció muy duro, pero sirvió para que Adrianna cerrara la boca y asintiera. Después, se dio la vuelta y caminó hacia la casa.

Ty la vio marcharse y soltó un suave silbido.

—Vaya, vaya, si no lo veo, no lo creo —dijo. Después, señaló su camioneta con la cabeza—. Vamos, sube. Te llevo a Austin.

—Gracias, pero voy a llamar a mi chófer.

—Entonces, vas a estar esperando un buen rato. Entra y tómate una cerveza.

Adam tenía una idea mejor.

—Espero en tu porche, si no te importa.

—Como quieras —dijo Ty—. Si cambias de opinión, la cerveza está en el frigorífico.

En el porche había una botella de vino vacía metida en un cubo lleno de agua tibia. Él se sentó en una de las mecedoras. Le envió un mensaje de texto a Fredo, por si acaso, y se sentó a esperar a Maddie.

No tardaría mucho. Estaba seguro de que su presencia en el porche iba a volverla loca. Se pasearía de un lado a otro, echaría humo por las orejas y maldeciría. Y, al final, antes de que Fredo llegara a Hill Country, entraría en erupción como un volcán, saldría por la puerta para echarle la bronca.

Y él pondría el corazón a sus pies, el destino en sus manos. Y se la ganaría, o lo perdería todo, incluida su libertad, apostándolo a una sola carta.

—Míralo —dijo Maddie, desde su sitio junto a la ventana de la cocina—, ahí sentado, como si fuera el dueño de la casa, meciéndose y haciendo el vago mientras sus subalternos cumplen todas sus órdenes.

—Ummm —respondió Vicky, distraídamente. Estaba cortando zanahorias en la encimera, y parecía que había dejado de oír las quejas y protestas de Maddie.

Ty apareció en la puerta con una sonrisa esperanzada. Maddie vio a Vicky negar con la cabeza en el reflejo de la ventana, y él se dio la vuelta y se alejó silenciosamente.

«Estupendo. LeCroix me tiene deprimiendo al novio y a la novia».

—Ya está. Tiene que marcharse.

Encontró a Ty matando el tiempo con el iPad. Extendió la palma de la mano.

—Dámela.

Él fingió que se sorprendía.

—¿Y los elefantes?

Ella movió los dedos. Él sacó la llave. Ella la agarró y salió por la puerta.

Adam alzó la vista y la vio. No se sorprendió. Se le veía como en casa en aquel porche castigado por el clima, con sus pantalones vaqueros desgastados y con una camiseta que le marcaba los músculos abdominales. Añadiendo a eso el pelo, que se había peinado con los dedos, y a la sombra de la barba, podría haber sido un vaquero increíblemente sexy que estaba descansando un poco después de pasar un duro día de trabajo domando caballos salvajes.

Le puso la llave bajo la nariz.

—Vamos, vaquero. Ensilla y lárgate.

Él miró la llave y la miró a ella. Y apoyó los talones en la barandilla.

Ella le dio una palmada con el dorso de la mano en el muslo.

—Vamos. Largo.

—Voy a esperar. Fredo está de camino.

—Puedes reunirte con él a medio camino.

—Viene con Dom. Y con John. Seguro que a ellos les gustará verte.

Ella abrió y cerró la boca como un pez. Los ojos se le llenaron de lágrimas estúpidas y traicioneras. Pestañeó, y no pudo evitar preguntar:

—¿Cómo están?

Él sacó su teléfono y buscó un vídeo. Ella se inclinó para verlo.

John, mucho más sano y con más peso, saltaba por el césped verde de la villa. Fuera de cámara, Dom lo llamaba a gritos y lanzaba una pelota de tenis. John hacía un giro, saltaba y... la atrapaba al vuelo.

La cámara se movía y grababa el baile victorioso de Dom. Después, el vídeo se congelaba. Maddie se dio cuenta de que estaba sonriendo, y de que se le había derramado una lágrima por la mejilla.

Se la enjugó y dio un paso atrás.

—Bien —dijo, asintiendo—. Ya he visto que están bien. Me alegro. Ahora, largo.

Él se guardó el teléfono en el bolsillo.

—El Bugatti ya está a tu nombre.

El vídeo había suavizado su malhumor, pero no su determinación.

—No puedo aceptarlo.

—Entonces, dáselo a Tyrell. Pero, antes de que se marche con él, hay algo en el asiento del copiloto que tal vez deberías ver.

Ella fingió que no le interesaba.

—A menos que sean los pantalones de cuero, no lo quiero.

Él sonrió a medias.

—Míralo tú. Así podrás decidir lo que quieres hacer con ello.

Ella libró una encarnizada batalla contra la curiosidad, y perdió.

—Muy bien. Como quieras.

Se acercó al coche y abrió la puerta.

En el asiento del copiloto había un tubo de cartón largo. Ella miró hacia atrás. Adam se estaba meciendo lentamente, observándola con unos ojos inescrutables.

Ella tomó el tubo y volvió al porche. Se lo puso en el regazo.

—Dom habría tenido las agallas suficientes para dártelo él mismo. No me debes nada.

—Maddie, no es el Monet.

—Entonces, ¿qué…¡Oh!

Maddie palideció y se tambaleó. Dio un paso atrás.

Él se levantó, la sujetó y la sentó en la mecedora.

—Baja la cabeza y métela entre las rodillas —le dijo, empujándola suavemente hacia abajo—. Estás bien. Yo estoy contigo.

¿Por qué conseguía él que se sintiera segura cuando era el motivo por el que se estaba desmayando?

—¿Es la *Dama en rojo*? —murmuró ella, contra su regazo.

—Ummm, sí, es la *Dama en rojo*.

—¿Por qué?

—Porque, cariño, te quiero.

—¿Y qué?

Él se echó a reír.

—Tan romántica como siempre.

¿Romántica? ¿Qué tenía de romántico un Renoir robado?

Ella se incorporó lentamente. Adam estaba arrodillado a su lado, y ella no tuvo más remedio que mirarlo a los ojos.

—Maddie —dijo él—, pienses lo que pienses de mí, quiero que sepas una cosa: nunca he querido hacerte daño, ni traicionarte. Hacía mucho tiempo que tenía planeado lo del Matisse, y te lo habría explicado al día siguiente. Pero fue demasiado poco, y demasiado tarde, y lo siento.

Ella quería apartar la mirada, pero él la tenía hipnotizada.

—Lo que te habría dicho, si hubiera tenido la oportunidad, es que tengo predilección por el arte.

A ella se le escapó una carcajada seca.

—No. Tú tienes predilección por los coches. Lo que tienes por el arte es una obsesión.

—Llámalo como quieras. Henry tiene sus teorías al respecto, y Maribelle, también. Pero el porqué no tiene importancia. Sea cual sea el motivo, el arte es muy importante para mí. Me asquea ver que los criminales lo utilizan para cubrir su rastro de sangre, mientras que la ley, Maddie, no hace nada por evitarlo.

Sonaba tan razonable, tan apasionado… Un ladrón con una buena causa.

—Por ese motivo, no tengo escrúpulos a la hora de robarle un cuadro a un criminal. Y, si el riesgo me excita, tal y como tú observaste astutamente, solo diré que el mundo está lleno de tesoros que robar; si lo hiciera por las emociones, habría expandido mi ámbito.

—¿Y no lo has hecho?

Adam sonrió.

—Si lo hubiera hecho, tú lo habrías descubierto hace cinco años. Fuiste terriblemente minuciosa.

La sonrisa desapareció de sus labios, y tomó sus manos.

—Robé la *Dama en rojo* para quitársela a Akulov. Ahora, te lo entrego a ti.

Ella no sabía qué decir ni qué hacer. Lo tenía en sus manos. Debería estar saltando de alegría, pero tenía ganas de llorar.

¿Por qué había esperado a que ella ya no fuera suya para confesárselo todo?

—Sé lo que estás pensando —dijo él—. Antes de que llames al FBI, déjame terminar.

—No, no digas nada —dijo ella, negando con la cabeza—. No hables más, Adam, hasta que tengas abogado.

—No es nada inculpatorio, al menos legalmente. Pero tengo que decirlo, Maddie. Yo no puedo cambiar lo que creo por ti, Maddie, ni mi código moral. Pero puedo aceptar que tú no lo compartas. Puedo… colgar mi capa. Por ti. Quiero hacerlo.

—¿Y por qué no lo hiciste hace una semana, cuando habría servido de algo?

—Porque soy un arrogante, como tú me has dicho frecuentemente. Pensé que tú, como hacen todos los demás, reconocerías que estabas equivocada y aceptarías el punto de vista de Adam LeCroix —dijo, y se echó a reír—. Bueno, cuando lo pensaba no parecía tan condescendiente y egoísta. De todos modos, estaba equivocado. Me pasé de la raya. Ahora solo puedo disculparme y prometerte que no volveré a hacerlo. Puedo cometer otros errores, y no tengo duda de que me pondrás en mi sitio. Pero este, nunca más.

Ella apartó las manos y se las pasó por la cara.

—Vaya, Adam. No es tan sencillo como pedir perdón. Acabas de confesar un delito.

—Pero tú sabes desde hace años que lo había cometido yo.

—Pero tú acabas de decirlo en voz alta. Yo no puedo esconder la cabeza en la arena.

En ese tubo hay un cuadro de muchos millones de dólares. No puedo colgarlo en mi apartamento. No puedo hacer como si no fuera robado. ¿Por qué me has hecho esto? ¿Por qué me has puesto en esta situación?

—Para demostrarte lo que me importas y lo que estoy dispuesto a arriesgar por ti. Después de tu detallada descripción de la cárcel, preferiría no tener que ir, y te aseguro que no voy a escatimar en gastos para librarme, pero entiendo que me denuncies. Entiendo el riesgo que estoy corriendo.

Le tomó la cara entre las manos y le acarició las mejillas.

—No soy tu jefe, Maddie. Te he presionado, te he manipulado y te he arrinconado contra la pared —le dijo, y le dio un beso en la frente—. Pero, ahora, pongo mi vida en tus manos.

Al ver la angustia de Maddie, Adam casi se arrepintió de haberlo hecho. A pesar de que sus intenciones fueran las mejores, parecía que siempre le hacía daño.

Ella lo miró con dureza.

—Estoy entre la espada y la pared. Si dejo que te vayas con la *Dama en rojo*, soy cómplice. Si te entrego, vas a ir a la cárcel —dijo, y le clavó el dedo índice en el pecho—. ¿Por qué no has podido quedarte en Italia con el cuadro guardado?

Él sonrió.

—Porque te quiero. Es tan sencillo como eso. Y confío en ti. Parece que confío tanto como para arriesgar la vida.

—No es lo más inteligente que has hecho en la vida.

Tal vez no fuera inteligente, pero era una muestra de fe. Quería que ella fuera su mujer, la madre de sus hijos, una compañera para compartir todo lo que poseía. Si ella sentía la mitad de todo aquello por él, no lo entregaría. Aceptaría quién era él y creería en su promesa. Y encontrarían la forma de resolver el problema de la *Dama en rojo*.

Ella se apartó y sacó su teléfono del bolsillo. Consultó la guía y marcó un número.

Él intentó contener la sonrisa. Al menos, no había llamado a la policía.

Entonces, dijo:

—Hola, soy Madeline St. Clair. Quisiera hablar con el senador Warren, por favor.

A él se le cayó el alma a los pies.

—Hola, Michael —dijo Maddie. Hubo una pausa—. Sí, sí, yo también me alegro. Escucha, todavía tienes contactos en la Oficina del Fiscal, ¿verdad?

Adam miró al suelo. Le había roto el corazón, y ella no iba a aceptarlo.

—Bueno, porque tengo la *Dama en rojo*, y quiero pasártela.

Otra pausa.

—No, no sé dónde estaba. Apareció en la puerta de mi casa.

Adam la miró a los ojos. Ya no había una tormenta en ellos; tenían un color gris claro, y una mirada de acero.

—No pienses con el pene, Michael. Si implicas a LeCroix, la fiscalía tendrá que probarlo de todos modos. Además, los titulares preguntarán por qué lo dejaste escapar la primera vez —dijo ella. Entonces, sonrió con satisfacción—. Exacto, mantenlo en secreto. Pide unos cuantos favores.

Adam sonrió mientras ella ponía los ojos en blanco. Michael estaba soltándole una parrafada.

Después de un minuto, ella lo interrumpió.

—Claro, claro, gestiónalo como tú quieras. Te veo el lunes, en tu casa —otra pausa—. No, para cenar, no. Te llamo.

Colgó. Se miraron el uno al otro.

—Muy inteligente —dijo él, por fin.

—Claro. Por eso gano un buen sueldo.

Él se acercó. El deseo crepitó entre los dos.

—Me has hecho sudar.

—Te lo merecías.

—¿Y si el buen senador no te hubiera seguido la corriente?

—Pfft. ¿Sabes el provecho que va a sacar de esto?

—¿Y tú? ¿Qué sacas?

Ella le tomó la mano y le dio la llave del Bugatti.

—Maddie, es tuyo.

—Claro que sí, y me vas a enseñar a conducirlo. Pero, por ahora, vamos a utilizarlo de otra forma.

Él se quedó desconcertado, y ella se echó a reír.

—Lo primero que voy a sacar es un poco de sexo en un coche.

Texas Hill Country estaba lleno de carreteras que podían servirles para su propósito, pero no llegaron más allá del establo de Ty. Se pararon junto a una empacadora de paja oxidada.

Adam paró el motor y ella se le lanzó encima. Le sacó la camiseta por la cabeza y miró su pecho, que brillaba bajo el sol. Pasó las manos ansiosamente por su piel, mientras él le desabrochaba el sujetador y tomaba sus pechos como si fueran manzanas, para morderlos y succionarlos.

No era suficiente. Él había entregado su orgullo y su corazón y, ahora, quería el cuerpo de Maddie. Ella le desabrochó el cinturón y tomó su miembro caliente y pesado entre las manos, y en la boca, agachándose sobre la consola.

Él tuvo que abandonar sus pechos, así que le subió la falda para acariciarle las nalgas. Hundió los dedos en sus braguitas. El coche era como una sauna, y los dos estaban sudando. Ella se elevó por encima de la consola y se sentó a horcajadas sobre él, desesperada por montar en su cuerpo. Pero Adam era demasiado grande, y el volante no iba a ceder. Él abrió la puerta y salieron del coche medio desnudos.

Entraron corriendo al establo, ignorando a los caballos y las balas de heno. Había una fila de seis sillas sobre una viga, a la altura de la cintura, y él la inclinó sobre la más grande. Ella movió el trasero, y él levantó su falda y le bajó las bragas, y entró en su cuerpo de una sola embestida.

Ella lo acogió por completo, y él le sujetó las caderas con las manos. No hubo más juegos preliminares. Todo fue rápido y duro.

Ella intentó arquearse y tomar un poco el control, pero él tenía las riendas y la volvió loca, llevándola cada vez más alto.

Ella estaba desesperada por acariciarlo, quería tocar su pecho duro y sudoroso, pero no podía alcanzarlo. Volvió la cabeza, pero no podía verlo.

Solo podía sentirlo dentro de su cuerpo, así que cerró los ojos y recibió sus acometidas hasta que la tensión fue demasiado intensa y todos sus músculos se contrajeron…

Hasta que todo el universo se contrajo… y explotó.

Maddie tuvo que admitirlo. La boda fue muy bonita.

Se celebró al atardecer, en una pradera llena de flores. La novia llegó al altar, situado bajo un nogal de un siglo de edad, montada en el caballo favorito de Ty, Brescia, con los rayos de sol reflejándose en su pelo dorado. La cara de amor y devoción de Ty cuando la vio acercarse despejó todas las dudas de Maddie.

Él la ayudó a desmontar y le pasó las riendas a Dom, que tenía una enorme sonrisa. Maddie se adelantó con el ramo de Vicky y se puso de puntillas para darle un beso en la mejilla a su amiga. Después, retrocedió y se colocó junto a Adam. El resto de los invitados eran un pequeño círculo de familiares y amigos de los dos novios.

Maddie conocía a la mayoría de ellos: a Cody, el hermano de Ty, a Matt, el hermano de Vicky, y a la esposa de Matt, Isabelle. Y al mejor amigo de Ty, Jack McCabe, que estaba junto a su esposa Lil y a su bebé.

El pastor era un hombre muy grande, llamado Buster, que también iba a ser el camarero; él ofició los preliminares. Después, Vicky y Ty recitaron sus propios votos.

Y, tal y como había predicho Vicky, la gente tuvo que sacar los pañuelos.

Fue un momento mágico, en el que el amor de Vicky y su voz entrecortada convirtieron aquellos votos cursis en poesía.

Maddie quería pensar que iban a incumplirlos una y otra vez, pero la magia del ambiente debió de contagiársele, porque se le encendió una luz y, por fin, comprendió que no era necesario ser perfecto, sino solo hacer un esfuerzo sincero.

Eso, y amar.

Cuando la boda terminó, ya se había puesto el sol, y las estrellas brillaban como lentejuelas en el cielo.

Dom llevó a Brescia al establo, y Adam y Maddie lo acompañaron.

Adam le señaló con la cabeza una silla de montar, y enarcó una ceja. Ella negó con la cabeza.

—La nuestra tenía un pomo mucho más grande. Por decirlo de algún modo.

Los dos se echaron a reír en voz baja.

Los invitados estaban comiendo aperitivos en el porche. Buster servía las bebidas. La gente charlaba en la hierba.

—Parejas felices —dijo Adam.

—Umm… Sí, supongo que eso puede suceder.

Él se animó un poco al oír su respuesta. Aquel había sido un día estupendo para ellos; habían montado a caballo con Dom y John, y habían ido a visitar a los elefantes. Sin embargo, por la mañana volverían a Nueva York, al mundo real. ¿Qué iba a ocurrir entonces?

En el establo, Adam le quitó la silla a Brescia y le enseñó a Dom cómo cepillarla; después, retrocedió unos pasos con Maddie, sin perderle de vista.

—Con respecto a mañana —dijo—, podemos volver conduciendo, si no quieres volar.

—Siempre preferiría no volar. Pero le dije a Michael que estaría allí el lunes. No quiero darle tiempo para que se lo piense mejor.

—¿Y tú? ¿Tienes dudas?

—¿Sobre la *Dama*? No, ninguna.

—¿Y sobre nosotros?

Maddie se frotó los brazos como si tuviera frío, aunque hacían más de veinticinco grados. Aquello no era buena señal.

—No estoy lista para irme a vivir contigo —dijo, por fin—. Pero… esos votos. Los que ha recitado Vicky. Si trabajamos en esas cosas durante un tiempo y la cosa marcha bien, entonces, sí, me iré a vivir contigo —añadió, con una pequeña sonrisa—. Entonces, si podemos mantenerlos cuando nos veamos todos los días… Bueno, puede que… ya sabes.

—¿Que te cases conmigo?

—Sí. Eso.

Él asintió con seriedad, conteniendo la sonrisa.

—Está bien. Nos lo tomaremos con tranquilidad.

—Bien —dijo ella, y su sonrisa se hizo más amplia. Le rodeó la cintura con los brazos y apoyó la mejilla en su pecho.

Él saboreó su calor, su olor, y la estrechó contra sí. Se juró que no iba a presionarla.

Entonces, empezó a pasar las páginas de un calendario mental.

—Noto que estás haciendo planes —dijo ella.

—¿Quién, yo?

Ella alzó la cara y lo miró con el ceño fruncido.

—Estás pensando en una fecha para la boda, ¿no?

—Bueno, es que no me dejas planear otro robo.

—Qué gracioso —dijo ella, y le dio un golpe en las costillas—. Acuérdate de que no eres mi jefe.

—Si se me olvida, recuérdamelo tú.

—Puedes estar seguro —dijo ella, y volvió a posar la cabeza en su pecho.

Él volvió a su calendario.

Octubre era un buen mes. En Portofino hacía un tiempo espléndido.